Klaus Brabänder
AusgeKocht

Für Jutta mit lieben Grüßen Klaus

Klaus Brabänder wurde 1955 im saarländischen Neunkirchen geboren und wohnt heute in Bexbach und Spiesen-Elversberg. Im Hauptberuf war er als Bauingenieur tätig. Neben der Liebe zur Literatur und seiner Tätigkeit als Autor ist er häufig auf Reisen, wo ihm viele seiner Ideen für besondere Geschichten in den Sinn kommen. *AusgeKocht* ist der elfte Band seiner erfolgreichen Krimireihe aus dem Saarland.

www.klaus-brabaender.de

Klaus Brabänder

AusgeKocht

Kriminalroman

KBV

MIX
Papier | Fördert gute Waldnutzung
FSC® C083411
FSC
www.fsc.org

Originalausgabe

www.kbv-verlag.de
E-Mail: info@kbv-verlag.de
Telefon: 0 65 93 - 998 96-0
Umschlaggestaltung: Ralf Kramp unter Verwendung von
© Photo&Graphic Stock - stock.adobe.com
Lektorat: Hans-Udo Meyer, Birgel
Druck: CPI books, Ebner & Spiegel GmbH, Ulm
Printed in Germany
ISBN 978-3-95441-718-6 (Taschenbuch)
ISBN 978-3-95441-719-3 (e-Book)

Gewidmet den Köchen des ACE
(Artistes Culinaires Elversberg)

1

Montag, 5. Juni 2023

Einen passenderen Familiennamen hätte man Alfred Koch nicht in die Wiege legen können!

Er hieß nicht nur so, er war auch einer! Jedenfalls nach eigener Überzeugung, denn nach seiner Einschätzung waren seine Kochkünste überdurchschnittlich bis genial. Das galt auch für alle anderen seiner vermeintlichen Talente, daran hegte Alfred nicht den geringsten Zweifel.

Was das Kochen betrifft, hatte Alfred seinen Namen stets als besondere Verpflichtung gesehen, was dazu führte, dass er das Kulinarische zu seinem Hobby auserkoren hatte; und das sah man ihm auch an.

Man stelle sich vor, sein Vater hätte den Namen *Pfeifer* mit in die Ehe gebracht! Womöglich hätte er Schiedsrichter werden müssen. Oder *Richter*; ein abscheulicher Gedanke! Oder *Bauer*, *Gärtner* oder *Weber*. Diese Gedankenspiele hatte er immer wieder zum Besten gegeben und sich darüber selbst am meisten amüsiert.

Nein, *Koch* war genau richtig, der Name passte vorzüglich! Anfangs hatte er sogar überlegt, ob dieser Name womöglich eine schicksalhafte Aufforderung war, das Kochen zu seinem Hauptberuf zu machen, aber bei näherer Betrachtung hatte Alfred davon Abstand genommen, weil weder die Bezahlung noch die Arbeitszeiten dazu geeignet waren, den Namen als von Gott gewollte Berufung zu betrachten.

Da war es sinnvoller, sich über Beziehungen in den öffentlichen Dienst zu schmuggeln und in der Landesverwaltung ein sicheres Nest zu finden.

Das Kochen betrieb Alfred fortan sehr intensiv als Hobby und war seit vielen Jahren Mitglied im Klub der kochenden Männer, wo es ihm stets eine Freude war, sein Können und seine Erfahrung unter Beweis zu stellen und an andere weiterzugeben. Dass das bei manchen Kochfreunden nicht immer gut ankam, störte Alfred kaum. Genies wurden immer verkannt, das lehrte die Geschichte.

So weit, so gut!

Nun gab es allerdings an diesem Vormittag im Juni gegen 10 Uhr 30 eine nicht unerhebliche Entdeckung, welche zwangsläufig zu der Erkenntnis führte, dass der 58-jährige Alfred Koch sein letztes Entree bereits angerichtet, den letzten Hauptgang serviert und die letzte Nachspeise kreiert hatte; weitere kulinarische Genüsse würden ihm für immer verwehrt bleiben!

Ausgekocht!

Werner Ziegler, seinerseits zweiter Vorsitzender, Wanderwart und Amtsträger weiterer Funktionen, die im Wanderverein *Gut-zu-Fuß* sonst keiner haben wollte, hatte seine Aufgaben nämlich wie immer mehr als ernst genommen und beim Aufräumen nicht umhinkönnen, auch den Kühlraum, der an den Kochclub untervermietet war, und der ihn eigentlich gar nichts anging, zu inspizieren.

Es wäre schließlich nicht das erste Mal, dass die Kochheinis das Licht hatten brennen lassen oder der fast leere Kühlschrank auf volle Pulle lief. Wie oft hatte er diese maskulinen Herdvergewaltiger und Gemüseschnippler schon darauf hingewiesen, dass das eine riesige Geld- und Energieverschwendung war, aber nein, die Herrschaften hatten sich das Schweineschmalz anscheinend in die Ohren gestopft, anstatt es in die Pfanne zu geben.

Dass im Kühlraum, für den Ziegler, zum Unmut der Köche, in seiner Funktion als stellvertretender Vorsitzender einen Zweitschlüssel hatte, mal wieder Licht brannte, überraschte Werner Ziegler daher nicht sonderlich; das hätte er sich ja denken können!

Unerwartet war hingegen, dass Alfred Koch auf einem Stapel leerer Gemüsekisten saß! Und schockierend war vor allem, dass Alfred wirklich nicht gesund aussah! Ganz im Gegenteil! Zudem verströmte der Raum nach dem Öffnen einen fürchterlichen Gestank, der Ziegler an das Plumpsklo im Hinterhof seiner Großeltern erinnerte.

Kochs Kopf lehnte seitlich am Regal; seine Gesichtsfarbe unterschied sich kaum vom schmutzigen Weiß des Kühlschranks und die Augen glotzten Ziegler hypnotisierend an. Selbst der naivste unter den Zeitgenossen hätte ahnen können, dass mit Alfred, den Werner seit vielen Jahren kannte und genauso lang nicht mochte, etwas nicht in Ordnung war.

Diese Vermutung wurde zur Gewissheit, als die Tür, durch einen Windstoß bewegt, gegen die Wand schlug, und die Erschütterung dazu führte, dass Alfred Koch ohne Vorwarnung nach vorne kippte, Werner Ziegler entgegenkam und auf dem Boden zwischen der Türöffnung aufschlug.

Ziegler erschrak sich fast zu Tode, war aber immerhin geistesgegenwärtig genug, ins Vereinshaus zu eilen, um den Notarzt und die Polizei zu alarmieren. Dann rannte er zurück, versuchte, dem armen Kerl zu helfen, stellte allerdings gleich fest, dass da nichts mehr zu machen war. Kein Puls, keine Atmung, die Pupillen reagierten nicht! Alfred Koch war tot, soviel war klar! Danach brauchte Ziegler einen Schnaps; nach dem zweiten wurde ihm schummrig vor Augen.

2

Am gleichen Tag

»Mein Name ist Katja Reinert«, stellte sich die Hauptkommissarin dem Einsatzleiter der Tatortsicherung vor. »LKA Saarbrücken! Danke Kollegen für die Arbeit.«

»Weyrich, angenehm. Alles klar«, entgegnete der Beamte. »Ich weiß, wer Sie sind …«

»Nicht so förmlich, bitte!«, lächelte Katja Reinert.

»Nett gemeint, aber in meinem Alter ist man das Förmliche eben gewohnt. Kein Problem! Ähm … wir sind schon eine Weile hier, der Anruf kam um 10 Uhr 47. Die Kollegen vom Kriminaldauerdienst sind auch gerade erst angekommen.«

»Die sind genauso unterbesetzt wie wir alle. Okay! Mit wie vielen Leuten seid ihr vor Ort? Gibt es was Besonderes, das ich wissen müsste?«

»Ich habe nur drei Streifen mit einer Gesamtstärke von acht Kolleginnen und Kollegen. Zwei Kollegen muss ich umgehend abziehen, aber wir kommen klar. Liegt ziemlich abseits hier und ich muss lediglich zwei Seiten absichern, der Rest ist umzäunt. Hauptsächlich geht es um Schaulustige aus der Nachbarschaft; Spiesen-Elversberg ist ein Dorf, da spricht sich alles in Windeseile rum. Als wir kamen, war es ruhig, keine Auffälligkeiten. Bericht folgt, aber da wird nichts Besonderes drinstehen. Routine.«

»Wer hat euch alarmiert?«

»Der Mann heißt Werner Ziegler. Der Notarzt war vor uns da. Er hat den Mann mit ins St. Ingberter Krankenhaus genommen, weil Ziegler kollabiert ist. Ist wohl schon ein etwas älteres Semester.«

»Hast du den Toten gesehen?«

»Nur von Weitem. Nachdem der Arzt erklärt hatte, dass er tot ist, sind wir nicht näher ran.«

»Super! Wo liegt er?«

»Hinter dem Hauptgebäude. Da ist ein Anbau mit mehreren Räumen.«

»Dem Transparent nach zu urteilen, gehört das Gelände zu einem Wanderverein. Ist von denen schon jemand aufgetaucht?«

»Nicht, dass ich wüsste. Ich weiß auch nicht, ob die überhaupt informiert worden sind.«

»Gut, ich kümmere mich drum. Hast du Informationen über die Identität des Toten?«

»Nein, negativ.«

»Danke, Kollege! Ich geh dann mal zum Team rüber. Bis später vielleicht.«

Die Hauptkommissarin schlüpfte unter dem Absperrband hindurch, ging zum Fahrzeug des Kriminaldauerdienstes und ließ sich von einer jungen Beamtin Schutzkleidung und Überschuhe aushändigen.

»Geht's, oder willst du dich im Fahrzeug umziehen?«, fragte die Kollegin.

»Nee, geht schon! Wer hat die Einsatzleitung?«

»Die Kollegin Wertmüller. Korrekterweise, Frau Dr. Wertmüller, aber da legt sie keinen Wert drauf.«

»Den Namen habe ich zwar bereits gehört, aber persönlich kennengelernt habe ich sie noch nicht«, erklärte die Hauptkommissarin.

»Sie ist erst seit wenigen Wochen bei uns; ist aber eine ganz Nette.«

»Habt ihr schon was?«, wollte die Hauptkommissarin wissen.

»Nee, wir sind noch nicht lange hier. War mal wieder nicht einfach, das Personal zusammenzukratzen. Du kennst das wahrscheinlich; das wird bei euch auch nicht anders ein.«

»Da sagst du was! Meine Truppe geht auf dem Zahnfleisch. Was heißt Truppe: Wir sind noch drei, einer ist auf Weiterbildung! Die Überstunden bekommen wir im Leben nicht mehr weg. So, fertig! Wo muss ich hin?«

»Um das Hauptgebäude rum, hinten links.«

Katja Reinert nahm den beschriebenen Weg und lugte um die Ecke. Je näher sie kam, desto stärker wurde der bestialische Gestank. Das war nach einem Leichenfund nicht ungewöhnlich, aber daran gewöhnen würde sich Katja Reinert nie.

Drei Gestalten in den üblichen Ganzkörperkondomen waren mit dem Auffinden und der Sicherung von Spuren, deren Dokumentation und Einmessung beschäftigt. Katja war es aus der Entfernung nicht möglich, zu erkennen, ob sich unter dem Schutzanzug eine Frau oder ein Mann verbarg. Ohne Genehmigung der Teamleiterin bis zur Leiche hin zu gehen, würde Frau Wertmüller der Hauptkommissarin wahrscheinlich übelnehmen, weswegen Katja Reinert es für angebracht hielt, sich bemerkbar zu machen.

»Hallo Kolleginnen und Kollegen. Mein Name ist Reinert, Dezernat drei; nur damit ihr wisst, dass ich auch schon da bin!«

Eine der Gestalten drehte sich um und winkte ihr zu.

»Ah, die Frau Hauptkommissarin! Schön, dass wir uns auch mal kennenlernen. Die persönliche Vorstellung ist bisher aus Zeitmangel ausgefallen, aber ich habe schon einiges über dich gehört.«

»Ich hoffe, nur Gutes!«

»Absolut! Warte eine Minute, ich komme gleich!«

Frau Wertmüller sprach mit einer der weißen Gestalten und stand kurze Zeit später vor der Hauptkommissarin.

»So«, sagte die Frau und streifte die Kapuze vom Kopf. »Ich bin Ramona.«

»Hallo, angenehm. Katja.«

Die beiden Frauen unterließen es wegen der Handschuhe, die Hände zu schütteln.

»Wie ist die Lage?«, fragte Katja Reinert.

»Viel kann ich nicht sagen. Männlich, 55 bis 60 Jahre alt, kräftige, gedrungene Statur, keine sichtbaren äußeren Verletzungen. Die Todesursache muss die Obduktion ergeben; sofern sie genehmigt wird. Keine Kampfspuren. Keine Blutspuren. Einkotungen, galliges Erbrechen.«

»Man riecht es! Fremdeinwirkungen?«

»Bisher nicht ersichtlich.«

»Todeszeitpunkt?«

»Kann ich dir noch nicht sagen. Der Auffindeort ist ein Kühlraum, deshalb sind aufwendige Untersuchungen und Modellrechnungen notwendig. Aber ich schätze mal, dass er ein, zwei Tage hier liegt.«

»Gibt es Hinweise auf seine Identität?«

»Nein. Wir haben die Leiche noch nicht bewegt; er liegt auf dem Bauch. In den Taschen der Hose ist nichts, was einer Identifizierung dienlich wäre. Wenn wir ihn später umdrehen, sehen wir weiter.«

»Könnte er erfroren sein?«, spekulierte die Hauptkommissarin.

»Naja, so kalt ist es im Kühlraum nun auch wieder nicht; Kühlraum ist vielleicht der falsche Ausdruck, wenngleich das Türschild ihn so ausweist. Eher ein Lagerraum ohne Kühlaggregat und Heizung … der Tote trug allerdings keine Jacke, insofern könnte Unterkühlung je nach Dauer und Gesundheitszustand mit todesursächlich sein. Aber das ist jetzt Spekulation, die Obduktion wird zeigen, woran er gestorben ist.«

»Gut, danke. Ich werde zunächst mit diesem Herrn Ziegler sprechen müssen, sobald der wieder auf dem Damm ist. Möglicherweise kennt er den Toten.«

»Kann ich nichts zu sagen, der Mann war schon weg, als wir kamen. Katja, es gibt da etwas, worauf du dein Augenmerk richten solltest.«

»Ach ja?«

»Der Schlüssel zu dem Raum steckt von außen.«

»Und was schließt du daraus?«

»Das ist dein Job«, lachte Ramona Wertmüller. »Ich glaube nicht, dass du meinen Rat brauchst.«

»Trotzdem würde ich gerne deine Meinung hören.«

»Ich frage mich, ob der Mann freiwillig in diesem Raum war.«

»Es könnte auch sein eigener Schlüssel sein«, entgegnete die Hauptkommissarin.

»Könnte, muss aber nicht. Er könnte auch dem gehören, der ihn gefunden hat. In dem Fall hätte dieser Ziegler die Tür aufgesperrt … den Rest kannst du dir denken.«

»Brannte Licht in dem Raum?«

»Es brennt immer noch. Wir nehmen logischerweise Fingerabdrücke vom Schalter und Türgriff. Wir brauchen Vergleichsabdrücke von diesem Ziegler, denk dran!«

»Logisch! Ich muss schleunigst mit dem Zeugen Ziegler reden! Wann kann ich zur Leiche?«

»Gib uns eine halbe bis dreiviertel Stunde, dann sind wir hier soweit.«

»Gut, ich warte. Vielleicht kann sich mein Kollege um Herrn Ziegler kümmern, mal schauen. Wir müssen auch Kontakt zu diesen Wandervögeln aufnehmen. Sag Bescheid, wenn du soweit bist.«

»Mache ich«, bestätigte Ramona Wertmüller. »Übrigens: Wir müssen unbedingt mal zusammen einen Kaffee trinken. Es kann nicht sein, dass man die Kollegen so überhaupt nicht kennt!«

»Klar, gerne! Nach Feierabend am Sankt Johanner Markt vielleicht. Das ist eine offizielle Einladung! Ruf mich einfach an, dann machen wir was aus.«

»Okay, ich mach dann mal weiter.«

Während Ramona Wertmüller sich weiter mit der Leiche von Alfred Koch beschäftigte, versuchte Katja Reinert ihren Kollegen Sam Wolff zu erreichen.

»So ein Zufall«, meldete sich der junge Hauptkommissar. »Ich wollte dich gerade anrufen und fragen, ob ich dich unterstützen soll.«

»Super!«

In einer kurzen Zusammenfassung informierte die Hauptkommissarin den Kollegen über den Stand der Dinge.

»Pass auf, Sam! Nimm bitte Kontakt mit dem Krankenhaus in St. Ingbert auf. Dort wurde heute Morgen ein Mann namens Werner Ziegler eingeliefert. Ein älterer Herr, der die Leiche hier in Spiesen-Elversberg gefunden hat. Er ist kollabiert und der Notarzt hat ihn eingeliefert. Frag nach, ob er stationär aufgenommen wurde, und ob er ansprechbar und vernehmungsfähig ist. Frag auch nach seiner Adresse, wir brauchen seine Aussage dringend! Wenn möglich, stell ihm folgende Fragen:

Kennt er das Opfer? Falls ja, alle Daten.

War die Tür abgesperrt? Falls ja, mit welchem Schlüssel hat er geöffnet?

Hat das Licht gebrannt?

Waren noch andere Personen auf dem Gelände?

Weitere Befragungen werden wir später mit ihm durchführen, das ist das Wichtigste, was ich wissen muss. Informier mich umgehend über das Ergebnis. Ich werde noch mindestens eine Stunde hier sein, eher länger. Ach ja: Wir brauchen Zieglers Fingerabdrücke zum Abgleich!«

»Gut, ich sag Bescheid«, bestätigte Sam Wolff. »Ich mache mich sofort auf den Weg und melde mich von unterwegs telefonisch im Krankenhaus an.«

»Gut, bis später!«

Nach dem Telefonat ging Katja Reinert zum Eingang des Hauptgebäudes und betrat das Clubheim durch einen Vorraum, in dem es rechts zu den Toiletten und durch die linke Tür zum Versammlungsraum ging. Geradeaus gab es noch eine Tür, die allerdings verschlossen war. Die Tür zum großen Saal stand offen, drinnen standen in Reihen Stühle und Tische, rechts um die Ecke befand sich eine Theke mit Ausschank, dahinter eine große offene Küche, zu der auch die abgesperrte Tür aus dem Vorraum führte. Im Schankraum führte eine weitere abgeschlossene Tür anscheinend nach draußen, denn von dort waren Stimmen zu vernehmen; das waren wohl die der Spurenermittler um Ramona Wertmüller.

Auf dem Tresen lag ein in Folie eingeschweißtes A4-Blatt, auf dem zahlreiche Namen und Telefonnummern aufgeführt waren, anscheinend die Kontaktdaten der Funktionsträger des Wandervereins.

Katja wählte die erste Telefonnummer und wartete. Nach einigen Sekunden ertönte der Anrufbeantworter, der erklärte, dass die gewünschte Person im Augenblick nicht erreichbar sei. Als Katja die zweite Nummer wählte, ertönte das Steigerlied, danach die Ansage, dass Werner Ziegler zurzeit nicht zu Hause sei.

Bei keiner der aufgeführten Nummern ging jemand ans Telefon.

3

Kurze Zeit später

Hauptkommissar Sam Wolff hatte seine ganze Überzeugungskraft und Autorität aufbringen müssen, um die Telefonzentrale des Krankenhauses zu einer Auskunft zu bewegen. Am Ende hatte er wenigstens die Bestätigung, dass Werner Ziegler eingeliefert und stationär aufgenommen worden war.

Wolff hatte daraufhin unmissverständlich klargemacht, dass er in spätestens fünfzehn Minuten vor Ort den behandelnden Arzt zu sprechen wünsche und mit erheblichen Problemen gedroht, falls seinem Anliegen nicht stattgegeben werde.

Die Drohung zeigte Wirkung, denn der Arzt erwartete ihn bereits auf der Station und zeigte sich kooperativ, obwohl ihm anzumerken war, dass er unter Stress stand und ihm die zusätzliche Arbeit gegen den Strich ging.

»Herr Ziegler ist nach meiner Einschätzung stabil und ansprechbar, aber nur bedingt belastbar«, erklärte der Arzt. »Für ein paar Minuten gestatte ich eine Befragung, aber bitte vermeiden Sie jegliche Aufregung des Patienten. So ein traumatisches Erlebnis … naja, Sie können sich sicher vorstellen, dass das für einen älteren Menschen belastend und gefährlich ist. Wir haben ihm ein Beruhigungsmittel verabreicht. Er ist wach und bereit, Ihre Fragen zu beantworten, aber wie gesagt: Fünf bis zehn Minuten, dann ist Schluss. Mir wäre daran gelegen, wenn ich dabei sein könnte; für alle Fälle.«

»Meinetwegen«, nickte der Hauptkommissar. »Aber Sie warten vor der Tür! Für alle Fälle! Das ist eine polizeiliche Ermittlung und ... ich muss das nicht weiter ausführen, gehen wir!«

Werner Ziegler machte nicht den Eindruck, als ob er schwer angeschlagen sei. Im Gegenteil! Es war ihm ziemlich zuwider, dass er die Fragen des Hauptkommissars im Bett liegend beantworten sollte, aber der Arzt bestimmte, dass der Patient nicht aufstehen durfte. Ziegler wirkte zwar etwas schläfrig, wohl wegen des Beruhigungsmittels, trotzdem schien er für sein Alter ziemlich aufgeweckt und agil zu sein.

»Wie geht es Ihnen im Augenblick, Herr Ziegler?«, fragte der Hauptkommissar der Höflichkeit wegen, nachdem er den Arzt aus dem Zimmer geschickt hatte.

»Ach, soweit ganz gut, aber mit diesem komischen Krankenkittel komme ich mir vor wie auf dem Weg zum Krematorium. Die behandeln mich hier, als wäre ich ein sabbernder Tattergreis!«

»Ach was, die Ärzte wollen nur Ihr Bestes. Das war für Sie eine schlimme Erfahrung, da ist es gut, wenn man auf Sie aufpasst. Sie dürfen bestimmt bald wieder nach Hause.«

»Mein Bestes?«, lachte der Patient. »Die behalten mich hier, damit sie mit der Krankenkasse abrechnen können. Ich bin zwar alt, aber nicht blöd! Da hat man mal einen kleinen Schwächeanfall, schon wird man behandelt, als würde man gleich abkratzen.«

»Herr Ziegler, ich möchte Ihnen ein paar Fragen stellen, geht das bei Ihnen?«

»Ja klar, was wollen Sie denn wissen?«

»Ich nehme das Gespräch mit dem Mikrofon in meinem Handy auf; einverstanden?«

»Von mir aus.«

»Der Mann, den Sie heute Morgen gefunden haben, kennen Sie den?«

»Ja klar! Das ist Alfred Koch!«

»Aha! Woher kennen Sie ihn?«

»Der ist Mitglied im Klub kochender Männer; die sind bei uns im Verein zur Untermiete. Ich kenne den Alfred schon seit vielen Jahren. Leider!«

»Warum leider?«

»Ist er tot?«

»Ja, Herr Ziegler!«

»Man soll über Tote ja nicht schlecht reden, aber der Alfred Koch war ein ziemliches Arschloch!«

»Upps! Wieso?«

»Ach, seine ganze Art. Hochnäsig, arrogant, von oben herab. Hat sich ziemlich was eingebildet und …«

»Dazu kommen wir ein anderes Mal, Herr Ziegler. Wann haben Sie ihn gefunden, und weshalb sind Sie überhaupt in diesen Raum gegangen?«

»Ich bin der zweite Vorsitzende vom Wanderverein und schaue immer mal wieder nach dem Rechten! Man hat ja eine Verpflichtung! Wissen Sie, das können Sie sich gar nicht vorstellen! Die Leute haben heute kein Verantwortungsgefühl mehr. Früher war es selbstverständlich, dass man alles so hinterlässt, wie man es vorgefunden hat. Sauber, alles weggeräumt, und so weiter. Heutzutage können Sie das vergessen! Zum Beispiel …«

»Verstehe! Kommen wir zum Kern der Sache! Sie haben also alles inspiziert, so weit, so gut! Warum gerade diesen Raum?«

»Der gehört eigentlich zum Kochclub! Die Jungs kochen einmal im Monat bei uns; letzte Woche auch …«

»Wann?«, unterbrach Sam Wolff.

»Weiß ich nicht, müsste ich im Plan nachschauen.«

»Na gut, weiter!«

»Die lassen oft das Licht brennen, oder der Kühlschrank läuft auf Hochtouren, obwohl da kaum was drin ist. Muss doch nicht sein! Wie oft habe ich denen das erklärt, aber nein … ich wollte das überprüfen.«

»Waren Sie alleine auf dem Gelände? Um welche Uhrzeit?«

»So ab zehn ungefähr. Klar war ich alleine! Denken Sie etwa, um diese Zeit kümmert sich jemand? Die kommen zu Arbeitseinsätzen nur, wenn es Freibier gibt …«

»Verstehe«, stoppte der Hauptkommissar Zieglers Redefluss erneut. »War die Tür abgesperrt?«

»Logisch, sonst hätte ich ja nicht aufsperren müssen.«

»Mit Ihrem Schlüssel?«

»Ja mit welchem denn sonst?«

»Wer hat noch einen Schlüssel?«

»Die Köche natürlich! Sie stellen vielleicht Fragen.«

»Sonst noch jemand?«

»Ich glaube nicht.«

»Der erste Vorsitzende vom Wanderclub vielleicht?«

»Ach der! Wozu braucht der einen Schlüssel? Der macht doch nur den Frühstücksdirektor!«

»Hat das Licht gebrannt, als Sie die Tür geöffnet haben?«

»Na klar; das hatte ich mir doch gleich gedacht. Es ist immer dasselbe! Das kann man denen tausendmal sagen, aber da kannst du auch mit deinem Tannenbaum reden. Die kapieren das einfach nicht …«

»Langsam! Wie war das, als Sie die Tür geöffnet und in den Raum geschaut haben? Was war Ihr erster Eindruck?«

»Ich habe mich zunächst gewundert, wieso der Koch da so komisch auf den Kisten hockt. Nanu, dachte ich, was macht der denn da? Der hing so da, als wäre er eingenickt. Dann kam mir der Kerl plötzlich entgegen und fiel mir vor die Füße.

Ich bin vor Schreck fast in Ohnmacht gefallen. Naja, später bin ich das dann ja auch, aber …«

»Ich weiß, Herr Ziegler. Was haben Sie danach gemacht?«

»Ich bin außen rum ins Vereinsheim und habe die Polizei und den Notarzt gerufen. Ich musste außen rum, weil die Tür zum Schankraum zu war und ich vor Schreck den Schlüssel nicht aus dem Schloss bekommen habe. Ich weiß auch nicht, es ging alles so schnell und …«

»Haben Sie irgendwas bemerkt, was anders war als sonst? Personen, Geräusche, irgendwas?«

»Nein, ich war ja auch viel zu durcheinander.«

»Wo haben Sie auf die Einsatzkräfte gewartet, Herr Ziegler?«

»Drinnen im Vereinshaus. Ich habe mich nicht mehr rausgetraut und hatte weiche Knie. Zur Beruhigung habe ich einen Mirabellenschnaps getrunken, der war noch übrig vom letzten Fest. Eigentlich wollte ich nur einen, aber als der nicht gewirkt hat, habe ich einen nachgelegt. Dann kam aber auch schon der Notarzt und da hat es mir die Beine weggehauen. Das ist mir noch nie passiert, das können Sie mir glauben. Normalerweise machen mir zwei Schnaps nix aus, aber da …«

»Ich vermute mal, dass Sie nicht wegen dem Schnaps umgefallen sind, Herr Ziegler. Das war wohl eher der Schock.«

»Das hat der Doktor auch gesagt.«

Als habe der Arzt an der Tür auf sein Stichwort gewartet, kam er ohne anzuklopfen ins Krankenzimmer und zeigte demonstrativ auf die Uhr.

»Ich denke, es reicht jetzt!«, mahnte er. »Der Patient braucht Ruhe. Wenn es über Nacht keine Komplikationen gibt, wird er vielleicht schon morgen nach Hause entlassen. Das entscheiden die Kollegen morgen früh.«

»Letzte Frage: Was ist mit den Angehörigen von Herrn Ziegler? Wissen sie Bescheid? Oder sollen wir das übernehmen?«

»Wir haben seinen Sohn telefonisch informiert. Er wohnt in München und ist bereits auf dem Weg hierher. Ich gehe davon aus, dass er in Kürze eintreffen wird. Ohne Obhut würden wir Herrn Ziegler nicht gehen lassen.«

»Ich bin nämlich Witwer und wohne allein«, ergänzte Werner Ziegler.

»Ich lasse Ihnen meine Visitenkarte hier«, erklärte der Hauptkommissar. »Melden Sie sich bitte, wenn Sie wieder zu Hause sind und es Ihnen besser geht. Wir werden sicherlich noch ein paar Fragen haben. Bis dahin gute Besserung und vielen Dank. Sie sind hier in guten Händen und werden bestimmt bald wieder topfit sein. Ich nehme noch schnell Ihre Fingerabdrücke; die benötigen wir zum Vergleich, geht ganz schnell.«

Sam Wolff nahm Werner Zieglers Fingerabdrücke, verabschiedete sich, erkundigte sich bei der Stationsleitung nach den Kontaktdaten des Patienten, unterschrieb dem Arzt ein Besucherprotokoll, hinterließ seine Visitenkarte und machte sich schließlich auf den Weg zu Katja Reinert, die sicherlich gespannt auf neue Informationen wartete.

4

Etwa eine Stunde nach dem Telefonat mit Katja Reinert traf Sam Wolff auf dem Gelände des Wandervereins *Gut-zu-Fuß* ein und begrüßte seine Chefin.

Sie saß auf einer Steinbank vor dem Vereinsgebäude, um einen Tisch saßen einige Personen, die Sam nicht zuordnen konnte. Die Hauptkommissarin unterbrach ihr Gespräch, bedeutete den Leuten, kurz zu warten, nahm Sam zur Seite und ließ sich berichten, was die Befragung von Werner Ziegler ergeben hatte.

Als Sam geendet hatte, informierte sie ihrerseits den Kollegen über den Stand der Ermittlungen und dem Ergebnis der ersten Leichenschau.

Ramona Wertmüller hatte die Leiche im Beisein der Hauptkommissarin umgedreht, zahlreiche Proben entnommen und die Kleidung untersucht. Weder in den Taschen noch im Umfeld waren Hinweise auf die Identität des Toten gefunden worden. Papiere, Schlüssel, Portemonnaie ... Fehlanzeige. Ohne Werner Ziegler würde man bis zum jetzigen Zeitpunkt immer noch nicht wissen, um wen es sich bei der aufgefundenen Person handelte.

»Wenn Koch keinen Schlüssel bei sich hatte, Ziegler die Tür erst aufsperren musste ...«

»Schon klar, Katja!«, unterbrach Sam. »Ich weiß, was du meinst. Zudem wissen wir nicht, wie Koch hierhergekommen ist, und wie er wieder nach Hause kommen wollte. Der wohnt am anderen Ende des Dorfes; zu Fuß ist das ein ziemliches

Stück. Geld für ein Taxi hatte er anscheinend nicht dabei. Hatte er einen Wagen? Wo ist der abgeblieben, und wo sind seine Haustürschlüssel?«

»Genau! Es gibt einige Ungereimtheiten. Wir werden unser Team verstärken müssen, alleine schaffen wir das nicht. Aber jetzt kümmern wir uns zunächst um die Leute hier; wir teilen uns das auf!«

»Wer sind die Herrschaften?«, fragte Sam Wolff. »Wo kommen die her?«

»Einige sind vom Wanderverein, andere vom Kochclub. Ein Anwohner der Straße oberhalb namens Arthur Schmitt hat mitbekommen, dass hier was los ist und hat alle zusammengetrommelt. Schmitt selbst ist ein Kochbruder des Opfers.«

»Die berühmte Buschtrommel ist manchmal ganz hilfreich«, grinste der Hauptkommissar.

Die beiden Ermittler gingen zurück zum Tisch, wo die Hauptkommissarin einigen Mitgliedern des Wandervereins und des Kochclubs den Kollegen Wolff vorstellte.

»Das ist Hauptkommissar Wolff, mein Kollege, der bereits an anderer Stelle in dieser Sache ermittelt hat. Nur so viel: Ihrem Wanderkollegen geht es soweit gut, es besteht die Hoffnung, dass er bald nach Hause entlassen wird. Es ergeben sich allerdings einige Fragen, die zu beantworten, wir um Ihre Mithilfe bitten. Damit es schneller geht und wir Sie nicht unnötig aufhalten müssen, teilen mein Kollege und ich uns die Befragungen auf. Sofern wir darüber hinaus zu einem späteren Zeitpunkt weitere Fragen haben, werden wir uns mit Ihnen in Verbindung setzen.«

»Wie lange wird das denn noch dauern?«, fragte einer der Wandervögel missmutig. »Ich muss um vier zu meiner Skatrunde, jetzt ist es schon fast drei!«

»Tut mir leid, aber ich fürchte, dass Ihre Skatbrüder heute ohne Sie auskommen müssen«, entgegnete die Hauptkommissarin.

»Das gilt übrigens auch für eventuelle Skatschwestern«, ergänzte Sam Wolff mit todernster Miene.

»Genau!«, lächelte Katja Reinert. »Wir wollen Ihren Tagesplänen gerne Rechnung tragen, aber das hier hat Vorrang. Wenn wir Sie einzeln ins Präsidium einbestellen würden, wäre der Zeitaufwand für Sie wesentlich größer; und unserer übrigens auch. Ich gehe davon aus, dass Sie alle zur Aufklärung der Todesumstände von Alfred Koch beitragen wollen.«

»Ich weiß nicht, warum ihr darum so ein Gedöns macht«, meldete sich ein älterer Herr, dem die Verbissenheit ins Gesicht geschrieben stand. »Der Koch hatte einen in der Krone, ist im Kühlraum eingepennt oder hatte einen Herzkasper, so dick wie der war. Dumm gelaufen und fertig! Wo ist da das Problem?«

»Ich fürchte, als Kriminalbeamter wären Sie nicht weit gekommen«, erwiderte Sam Wolff ebenso unfreundlich. »Die Ermittlungen überlassen Sie besser uns; wir sind nicht zu unserem Vergnügen hier!«

»So ist es!«, bestätigte die Hauptkommissarin. »Die Herrschaften vom Kochclub gehen mit Herrn Wolff dort drüben zum Zelt. Der Rest nimmt bitte auf der Bank vorne links Platz und wartet, bis ich Sie einzeln zu mir bitte. Das ist eine Erstbefragung, wir wollen uns lediglich einen Eindruck verschaffen. Also los, bitte!«

Vom Kochclub waren drei Männer anwesend, die Gruppe der Wanderfreunde umfasste vier Personen, ausschließlich ältere Herren, die in unmittelbarer Nähe wohnten und mit dem Wandern selbst weniger am Hut hatten als mit den Vereinsfesten.

Die Vertreter des Kochclubs waren kooperativ, was Sam nicht überraschte, denn schließlich kam der Tote aus ihren eigenen Reihen. Im Laufe der Gespräche stellte sich jedoch heraus, dass Alfred Koch in der Beliebtheitsskala seiner Kochbrüder ziemlich weit hinten rangierte.

Anwesend waren der erste Vorsitzende, ein Apotheker, sein Vize, ein Zahnarzt, Arthur Schmitt und ein langgedientes Mitglied, der ein Optikergeschäft betrieb. Als ihnen der Tod des Kochbruders Alfred Koch mitgeteilt worden war, waren die drei Männer bestürzt gewesen, und auch jetzt hatte Sam Wolff den Eindruck, dass ihre Bestürzung nicht gespielt war. Der Hauptkommissar hatte keine Mühe, die geforderten Informationen zu bekommen. Die Kontaktliste der restlichen Kochbrüder war schnell übermittelt, alle Fragen wurden bereitwillig beantwortet. Als es jedoch um die persönliche Einschätzung von Alfred Koch ging, waren die Männer etwas zurückhaltender.

»Sie werden hoffentlich nicht erwarten, dass wir hier dreckige Wäsche waschen oder uns herablassend über Alfred äußern«, meinte der Apotheker. »Er war ein guter Koch und sein Ende ist absolut tragisch. Wir stehen alle unter Schock!«

»Genau!«, bestätigten die anderen wie aus einem Munde.

»Alfred hatte gewiss seine Macken«, ergänzte der Optiker, »aber wer von uns hat die nicht?«

»Herr Ziegler hat kein gutes Bild von ihm in Erinnerung«, entgegnete der Hauptkommissar.

»Ach Gott«, stöhnte der Zahnarzt. »Der alte Ziegler hat mit jedem Stress, der ihm über den Weg läuft. Für den ist jeder ein Arschloch, der nicht nach seiner Pfeife tanzt. Der Mann ist ein ibw.«

»Ein was?«, stutzte der Hauptkommissar.

»Ibw. Ich bin wichtig! Falls Sie verstehen, was ich meine.«

»Ah ja, verstehe!«, lächelte Sam Wolff. »Sie erwähnten, dass der Kochclub vorigen Donnerstag hier zum Kochen versammelt war. Alfred Koch auch?«

»Logisch!«, nickte der Apotheker.

»Hatte er einen Schlüssel zum Kühlraum?«

»Offiziell hat unser Club nur einen Schlüssel! Jeweils zum Vereinshaus und zum Kühllager«, erklärte der Vorsitzende. »Und die habe ich!«

»Gut möglich, dass sich Alfred im Laufe der Jahre einen hat nachmachen lassen«, ergänzte der Zahnarzt. »Du weißt ja, wie er ist … äh, war.«

»Wie war er denn?«, bohrte Sam Wolff nach.

»Alfred hatte seinen eigenen Kopf; an Regeln hielt er sich nur bedingt. Aber das nur am Rande!«

Sam Wolffs Handy meldete den Eingang einer Meldung.

»Die Kollegen melden, dass unter Kochs Adresse niemand erreichbar ist«, sagte er in die Runde. »Hat er keine …«

»Kein Wunder«, ging der Optiker dazwischen. »Meines Wissens hatte er keine Verwandten mehr, seit ihm seine Frau vor Jahren davongelaufen ist.«

»Keine Kinder? Geschwister?«

»Soviel ich weiß: nein! Aber er war da nicht sehr mitteilsam.«

»Hat er ein Fahrzeug?«

»Ja!«

»Geht es etwas genauer?«

»Einen Volvo Kombi. Der ist bestimmt 20 Jahre alt.«

»Wir haben kein Fahrzeug dieser Art gefunden. In seiner Garage steht er auch nicht.«

»Das Schiff von Volvo passt da auch gar nicht rein; er musste immer in der Einfahrt parken.«

»Da steht er auch nicht!«

»Merkwürdig!«

»Eben! Herr Koch hatte weder Papiere, noch Autoschlüssel noch eine Geldbörse bei sich!«

»Entschuldigung!«, intervenierte der Apotheker. »Aber Alfred ohne Bargeld … kann ich mir nicht vorstellen!«

»Weshalb nicht?«

»Naja … der Alfred … wie soll ich das erklären? Er haute bisweilen halt gerne mal auf den Putz!«

»Christoph, sag wie es ist!«, forderte der Optiker. »Er hat oft damit geprahlt, dass er nach dem Kochen noch in den Puff geht. Mehr wissen wir aber auch nicht, also ich jedenfalls nicht!«

»In welchem Etablissement hat er … naja sprichwörtlich verkehrt?«

»Keine Ahnung, nicht mein Ding! Will es auch gar nicht wissen! Nach entsprechendem Alkoholkonsum hat er jedenfalls eindeutige Bemerkungen fallen lassen.«

»Okay, danke für den Hinweis! Wann haben Sie Alfred Koch zum letzten Mal gesehen?«

Die Kochbrüder berieten sich, überlegten und kamen zu der übereinstimmenden Meinung, dass das am Donnerstag gegen Ende des Kochabends gewesen sein musste. Uhrzeit und Details waren ihnen nicht mehr in Erinnerung, nur so viel, dass Alfred Koch wahrscheinlich einer der letzten gewesen sein könnte. Umso mehr stellte sich die Frage, wie Koch nach Hause kommen wollte.

»Es war spät«, wusste der Zahnarzt. »Bestimmt nach 23 Uhr. Üblicherweise werden einige Kochbrüder von ihren Frauen abgeholt, andere fahren mit dem Taxi oder haben eine Mitfahrgelegenheit. Das organisiert jeder für sich selbst.«

»Gut, wir werden das bei den Taxiunternehmen nachfragen und bei den anderen Mitgliedern Ihres Klubs«, erklärte der Hauptkommissar. »Er war also noch da, als Sie gegangen sind.«

»Ja«, kam die einhellige Antwort.

»Waren noch andere Personen auf dem Gelände? Menschen, die mit dem Kochabend nichts zu tun hatten?«

»Nö«, meinte der Zahnarzt lapidar.

»Doch!«, widersprach der Apotheker. »Der Bürgermeister war eingeladen; als Gast! Er ist kein Mitglied, versucht aber so oft zu kommen, wie es ihm möglich ist. Herr Huf ist allerdings gleich nach dem Essen gegangen.«

»Und der Rest der Truppe?«, fragte der Hauptkommissar. »Wie lange sind die Teilnehmer geblieben?«

»Unterschiedlich«, meinte der Optiker. »Aufräumen, Spülen ... das machen die, die nicht als Beiköche eingeteilt waren. Meistens sitzen die noch auf einen Absacker zusammen, da kann es schnell mal Mitternacht werden.«

»Und Alfred Koch?«

»Der ist oft der Letzte und ...«

»... fährt anschließend ins Bordell«, vollendete Sam Wolff den Satz.

»Gut möglich, keine Ahnung!«

»Wer schließt ab?«

»Der Letzte!«, erklärte der Apotheker lapidar.

»Sie sagten gerade, dass Sie die Schlüssel haben!«, hakte der Hauptkommissar nach. »Erklären Sie mir das!«

»Ganz einfach: Wer abschließt, bringt mir den Schlüssel am nächsten Tag in die Apotheke!«

»Wie war das in der vorigen Woche?«

»Roland hatte die Schlüssel die ganze Woche über, weil er im Schuppen den alten Bräter restauriert hat. Freitagmorgen hat er die Schlüssel in der Apotheke abgegeben. Ich gehe also davon aus, dass er abgesperrt hat. Fragen Sie ihn!«

Der Hauptkommissar ging auf der Suche nach einem Roland die Liste der etwa zwanzig Mitglieder durch, wurde fündig und blieb an einem anderen Namen hängen.

»Joachim Schaum?«, stutzte er. »Der ist auch bei euch im Klub?«

»Ja«, antwortete der Zahnarzt. »Aber noch nicht sehr lange. Ach ja, ich glaube, der war früher mal ein Kollege von Ihnen.«

»Stimmt, aber das war vor meiner Zeit. Als ich zum LKA kam, war er bereits im Ruhestand.«

»Damit haben Sie einen Zeugen mit Kompetenzen in alle Richtungen«, lachte der Optiker.

»War Herr Schaum beim letzten Kochabend auch dabei?«

»Ja klar! Ich erinnere mich, dass er von irgendjemand abgeholt oder mitgenommen wurde.«

»Soviel ich weiß, ist er mit dem Bürgermeister mitgefahren; der wohnt nämlich in seiner Nachbarschaft«, wusste der Optiker.

»Gut, meine Herren! Fürs Erste wäre es das, aber wir werden mit Sicherheit noch weitere Fragen haben. Wir werden auch die anderen Kochbrüder befragen. Wenn Ihnen im Nachgang noch etwas einfällt, melden Sie sich bitte bei mir, ich lasse Ihnen meine Karte da.«

»Können wir jetzt gehen?«, fragte der Optiker. »Ich muss ins Geschäft!«

»Augenblick noch, bitte. Ich frage meine Chefin, ob sie noch Fragen hat. Ich bin gleich zurück.«

Hauptkommissar Wolff ging zum Vorplatz des Vereinshauses, wo Katja Reinert die Befragung der vier Wandervögel ebenfalls abgeschlossen hatte; die Herrschaften machten allerdings keinerlei Anstalten, nach Hause zu gehen. Als einer der Männer ins Vereinsheim wollte, um dort den Obstler aus dem Kühlschrank zu holen, wurde die Hauptkommissarin sauer.

»Jetzt reichts aber! Das ist weder der Ort noch die Zeit, um einen Stammtisch abzuhalten! Ich fordere Sie auf, das Gelände jetzt zu verlassen. Falls nötig, werden wir in den nächsten Tagen weitere Gespräche mit Ihnen führen. Bis dahin: auf Wiedersehen, meine Herren, und danke erstmal!«

»Können die Köche auch nach Hause?«, fragte Sam Wolff.

»Ja! Das reicht fürs Erste! Wir müssen das auswerten; wenn es weitere Fragen gibt, haben wir die Kontaktdaten. Die Leiche wurde bereits abtransportiert, ich habe um Freigabe zur Obduktion gebeten. Daniela klärt das ab.«

»Moment, ich sage den Köchen Bescheid; bin gleich wieder da!«

Minuten später kam Sam zurück.

»Sitzt du fest?«, fragte er die Hauptkommissarin.

»Wieso? Was ist?«

»Rate mal, wer ebenfalls Mitglied in diesem Kochclub ist!«

»Keine Ahnung!«

»Ein gewisser Joachim Schaum, Hauptkommissar a. D.«

»Nein!«

»Doch!«

»Oh Gott!«

»Du wolltest Verstärkung, jetzt hast du sie!«

»Wenn das die Staatsanwältin erfährt, bekommt sie Schnappatmung!«

»Den Schaum knöpfen wir uns am besten als Erstes vor!«, schlug Sam vor. »Wahrscheinlich hat er eh schon Wind von der Sache bekommen. Ach ja, der Bürgermeister war am Kochabend ebenfalls mit von der Partie.«

»Wieso das denn?«

»Als Gastkoch! Ich fasse mal kurz zusammen …«

Sam Wolff gab einen kurzen Abriss über das Ergebnis seiner Befragung der Köche, worauf Katja Reinert ihrerseits das

Resultat aus den Aussagen der Wandervögel zusammenfasste.

Alfred Koch war auch im Wanderverein nicht sonderlich beliebt. Mit den Köchen kam man im Allgemeinen ganz gut zurecht, aber Alfred wurde als großmäulig und unsympathisch beschrieben.

»Sie sagen, dass er ein Mensch war, der sich mit jedem anlegte, der ihm widersprach, weil er wohl Angst hatte, dass ihm jemand den Rang ablaufen könnte«, erklärte die Hauptkommissarin. »Einer meinte, dass es einfacher sei, eine Liste seiner Freunde aufzustellen, als die seiner Feinde.«

»Oh je«, stöhnte Wolff. »Hoffentlich ergibt die Obduktion, dass Koch eines natürlichen Todes gestorben ist, sonst ersticken wir in Arbeit.«

»Hallo!«, entrüstete sich seine Chefin. »Und wenn nicht, dann machen wir unseren Job! Seit wann kneifst du?«

»Ja, ja! War nur so dahingesagt! Manchmal gehen mir die Leute einfach auf den Wecker! Anscheinend gibt es immer mehr von diesen Psychoheinis!«

»Ziegler und Koch konnten sich anscheinend nicht riechen, da sind wohl zwei Alphatiere zusammengerasselt.«

»Nix Neues unter Vereinsmeiern«, kommentierte Wolff. »Außerdem soll Koch sich vor kurzem auf dem Parkplatz vor dem Vereinsheim lautstark mit einer Frau gezofft haben. Um was es ging, ist nicht bekannt, aber da muss es ziemlich heftig abgegangen sein. Wer die Frau war, weiß niemand. Koch soll regelmäßig ins Bordell gegangen sein; vielleicht gibt es da einen Zusammenhang.«

»Kann sein, muss aber nicht!«, entgegnete die Hauptkommissarin.

»Weißt du, wie viele Bordelle es in der Umgebung gibt?«, maulte ihr Kollege.

»Nee!«, lachte Katja. »Du?«

»Woher soll ich das wissen? Wie machen wir jetzt weiter? Wir haben keinen offiziellen Ermittlungsauftrag.«

»Richtig, aber wir haben die Todesumstände zu klären, auch ohne Obduktion. Es gibt viele offene Fragen: Wo ist Kochs Wagen, wo sind die Schlüssel? Wie ist er zum Kochabend gekommen, wie wollte er wieder heim? Wann wurde er zum letzten Mal lebend gesehen? Und, und, und ... die übliche Routinearbeit.«

»Das Obduktionsergebnis wird frühestens morgen Mittag vorliegen, falls es überhaupt zu einer Obduktion kommt und denen ganz oben das Ganze nicht zu teuer ist. Wir sollten im Vorfeld nicht zu viel Energie aufwenden, um ...«

»Mach es dir nicht zu einfach, Sam«, intervenierte die Hauptkommissarin. »Die Tür war abgesperrt und Koch hatte keinen Schlüssel bei sich. Koch hatte Feinde. Sein Todeszeitpunkt ist unbekannt, die Todesursache auch. Das muss reichen, um einer Obduktion zuzustimmen und zumindest Vorermittlungen zu veranlassen. Wir sind im Boot, ob dir das nun passt oder nicht!«

»Ich fürchte, du hast Recht«, gab Sam Wolff klein bei.

»Wir werden als Nächstes die Liste der Kochbrüder abarbeiten; wir teilen uns das nach Wohnadressen auf.«

»Deinen ehemaligen Kollegen Schaum solltest du übernehmen«, schlug Sam vor. »Du bist näher an ihm dran!«

»Das spielt zwar keine Rolle, aber egal. Josch ist ein Zeuge wie jeder andere. Von mir aus; fange ich eben mit ihm an und werde danach die anderen in seiner Umgebung abklappern. Nimm du bitte die von außerhalb. Wir treffen uns später im Büro.«

5

Am Nachmittag des gleichen Tages

Um rauszufinden, ob der ehemalige Hauptkommissar und aktuelle Kochbruder zu Hause anzutreffen war, rief Katja Reinert dessen Mobilfunknummer an, die sie vor Jahren in ihr Handy gespeichert hatte und hoffte, dass die Nummer noch stimmte. Beim Blick auf die Uhr stellte sie fest, dass es bereits kurz nach 16 Uhr war; das würde mal wieder ein langer Arbeitstag werden.

»Schaum! Wer stört?«, meldete sich die bekannte Stimme, und sie klang nicht sonderlich erfreut.

»Hallo Josch! Katja hier!«

»Welche Katja? Ich kenne mindestens drei!«

»Hauptkommissarin Katja Reinert! Falls du dich erinnerst.«

»Das ist jetzt nicht wahr! Falls du mir nach so langer Zeit einen Antrag machen willst, möchte ich darauf hinweisen, dass ich glücklich verheiratet bin.«

»Schade! Bist du zu Hause?«

»Sag bloß, du willst mich besuchen?«

»So ist es!«

»Wann?«

»Gleich, bin gerade in der Nähe.«

»Das ist jetzt aber blöd! Ich sitze mit einem Freund im Biergarten.«

»Wo denn?«

»Am Hoferkopf, falls du weißt, wo das ist.«

»Nee, erklär's mir!«

»Von Elversberg am Stadion vorbei Richtung Bildstock. Ortseingang rechts ab, ist ausgeschildert. Wo bist du gerade?«

»Vereinshaus *Gut-zu-Fuß*.«

»Was machst du denn dort? Dienstlich oder privat?«

»Das erklär ich dir später. Ich mache mich sofort auf den Weg.«

»Gut dann, bis gleich. Bist du alleine?«

»Ja, warum?«

»Hätte ja sein können, dass du die Staatsanwältin im Schlepptau hast.«

»Nein, aber wäre das so schlimm?«

»Erklär ich dir auch später«, beendete Josch das Gespräch.

Zehn Minuten danach betrat die Hauptkommissarin die gut besuchte Gartenwirtschaft am Hoferkopf und entdeckte ihren ehemaligen Kollegen zusammen mit einem weiteren Mann an einem Tisch am Rande des Biergartens. Als sie näherkam, erkannte sie, wer der Begleiter von Joachim Schaum war: Toni Lukas, der Lebensgefährte von Staatsanwältin Daniela Sommer!

»Guten Tag, die Herren«, grüßte die Hauptkommissarin und zeigte auf die Bierkrüge. »Wie ich sehe, lasst ihr es euch gut gehen.«

»Das haben wir uns nach zehn Kilometern auch verdient«, antwortete Josch, während er Katja umarmte. »Meinen Wanderfreund Toni kennst du ja.«

»Hallo«, grüßte Toni. »Bitte, setzen Sie sich doch zu uns.«

»Waren wir nicht schon beim *DU*?«, fragte Katja.

»Stimmt, Entschuldigung! Wir haben uns lange nicht gesehen, deshalb wohl. Also bitte, setz dich!«

»Was treibt dich nach Spiesen-Elversberg?«, wunderte sich Josch. »Warst du auf der Geschäftsstelle der SV Elversberg und hast dir eine Saisonkarte besorgt?«

»Ach Gott, ich und Fußball«, lachte Katja Reinert.

»Was dann?«

»Lass Katja erst mal etwas bestellen!«, unterbrach Toni. »Willst du auch was essen? Du bist natürlich eingeladen.«

»Nee, danke. Eine Apfelschorle wäre gut.«

Toni winkte nach der Bedienung und gab die Bestellung auf.

»Und für uns noch zwei Bier, bitte!«, ergänzte er.

»Mach zart, Junge! Wir haben noch einen langen Heimweg vor uns«, warnte Josch.

»Notfalls fahre ich euch nach Hause«, bot Katja an.

»Jetzt sag schon, was dich in diese Gemeinde treibt!«, forderte Josch ungeduldig.

In den nächsten Minuten schilderte die Hauptkommissarin die Gründe ihres Besuches und unterbrach ihren Vortrag nur, als die Getränke serviert wurden. Josch und Toni hörten erstaunt zu, wobei der ehemalige Hauptkommissar immer wieder ungläubig den Kopf schüttelte.

»Meine Güte!«, stöhnte Josch am Ende. »Der Alfred! Das darf ja wohl nicht wahr sein!«

»Geht ihr von Fremdverschulden aus?«, fragte Toni.

»Wir gehen im Augenblick von gar nichts aus«, erklärte Katja Reinert. »Ich habe mit Daniela übrigens noch nicht sprechen können, wir haben noch keinen Ermittlungsauftrag. Wir befinden uns im Stadium der Vorermittlungen zur Abklärung des Sachverhaltes.«

»Du willst mich demnach sprechen, weil ich Mitglied im Kochclub bin«, spekulierte Josch.

»Korrekt! Du warst vorigen Donnerstag bei eurem Kochtreffen, das hat mir der Vorstand erzählt. Versuch dich zu erinnern, wer, wann und mit wem gekommen ist. Gleiches gilt für die Heimfahrt. Zweitens: Wie gut kanntest du Alfred Koch? Was für einen Eindruck hattest du von ihm? Und drittens: Ist an diesem Abend etwas Besonderes, etwas Auffälliges vorgefallen?«

»Also: Wer mit wem und wann gekommen und gefahren ist, kann ich dir im Detail nicht sagen. Marion hat mich kurz vor 18 Uhr zum Vereinsheim gebracht, da waren Roland und Alfred schon da.«

»Roland Scherf und Alfred Koch?«, hinterfragte Katja und machte sich Notizen.

»Genau!«

»Weißt du, ob Koch mit dem Auto gekommen war?«

»Wenn ich mich richtig erinnere, hat Roland den Alfred mitgebracht, weil Alfreds Auto in der Werkstatt war.«

»Sicher?«

»Ich meine, die hätten darüber geredet.«

»Auch wo das Auto steht?«

»Nein, aber Roland wird das wissen.«

»Gut, weiter!«

»Ich war als Beikoch in der Küche beschäftigt, deshalb weiß ich nicht, in welcher Reihenfolge die anderen gekommen sind.«

»Gab es Streit an diesem Abend, irgendwelche Vorfälle?«

»Nicht, dass ich wüsste! Die üblichen Frotzeleien zum Thema Fußball. FCS kontra SVE und umgekehrt, aber als Streitigkeiten kann man das nicht bezeichnen.«

»Was war Koch für ein Typ? Wie bist du mit ihm ausgekommen? Wie war sein Verhältnis zu den übrigen Kochbrüdern?«

»Buh!«, stöhnte Josch und überlegte. »Ich bin erst seit einem Jahr bei den Köchen, daher kannte ich Alfred nicht sonderlich gut. Vom Kochen verstand er anscheinend etwas, aber das können die Altgedienten besser beurteilen. Mir gegenüber war Koch erstaunlich zurückhaltend, aber im Allgemeinen empfand ich ihn als unangenehmen Zeitgenossen. Soziale Kompetenz schwach ausgebildet, aufschneiderisch, laut, provozierend ... kein Mensch, den man auf Anhieb mag. Für mich war er ein Kochbruder, mehr nicht. Im Gegensatz zu den anderen Mitgliedern habe ich seine Nähe nicht gerade gesucht; ich meine damit, dass ich mich mit anderen manchmal auch außerhalb des Kochens treffe, das habe ich mit Alfred nie getan.«

»Kennst du sein persönliches Umfeld?«

»Nein, keine Ahnung! Andeutungen von anderen Kochbrüdern ließen mich vermuten, dass er ein geiler Bock war, der sich für unwiderstehlich hielt und hinter jedem Rock her war, der nicht schnell genug auf die Bäume kam. Aber das musst du die anderen fragen, die ihn schon länger kennen.«

»Freunde wart ihr also nicht?«

»Nein, mit Sicherheit nicht!«

»Weißt du, was er beruflich gemacht hat?«

»Nein, keine Ahnung!«

»Wie alt ist Koch geworden?«, mischte sich Toni Lukas ein.

»Zwischen Mitte und Ende fünfzig, so die erste Analyse der Forensik; die genauen persönlichen Daten habe ich noch nicht. Warum?«

»Ich hatte vor Jahren mal mit einem Alfred Koch beruflich zu tun, der war damals bei der Landesverwaltung tätig und kam, soweit ich mich erinnere, hier aus der Gegend; kann aber auch ein Namensvetter sein. Das Alter könnte allerdings passen.«

»Einen Augenblick bitte«, bat Josch. »Ich habe im Handy ein Foto vom letzten Weihnachtsessen, da ist er drauf. Dauert einen Augenblick.«

Josch kramte aus seiner Jackentasche das Handy heraus und suchte in der Fotogalerie.

»Hier ist es«, sagte er schließlich. »Vorne links, das ist Alfred Koch.«

»Kann hinkommen«, urteilte Toni. »Ist zwar schon eine Weile her, seit ich ihn zum letzten Mal getroffen habe, aber das könnte er sein.«

»Josch, schick mir das Bild bitte auf mein Handy!«, forderte die Hauptkommissarin. »Erzähl bitte weiter, Toni!«

»Es ging damals um eine Immobilie des Landes, die zum Verkauf anstand. Details würden jetzt zu weit führen. Koch war der Ansprechpartner, aber ich habe bereits nach dem ersten Treffen mein Desinteresse bekundet. Geballte Inkompetenz, gepaart mit der hochnäsigen Bürokratie einer Landesverwaltung; in ein solches Umfeld investiere ich nicht.«

»Und Koch selbst, wie hast du den erlebt?«, hinterfragte Josch, in dem nun der ehemalige Hauptkommissar wach wurde.

»Ähm, da muss ich nun aufpassen, was ich sage!«

»Bleibt unter uns«, versicherte Katja Reinert.

»Das will ich hoffen! Viele Worte, wenig Inhalt! Vom Unternehmertum keine Ahnung! Und nicht sehr vertrauenswürdig.«

»Inwiefern?«, wollte Josch wissen.

»Er hat den Eindruck hinterlassen, für Dinge empfänglich zu sein, die ... zu seinem Vorteil gereichen könnten; um es diplomatisch auszudrücken.«

»Du meinst, er war korrupt?«, staunte Josch.

»Ein wirklich böses Wort, Josch«, lachte Toni verhalten. »Aber womöglich kommt es der Wahrheit recht nahe.«

»Gut möglich, dass wir darauf nochmal zurückkommen werden«, kündigte die Hauptkommissarin an.

»Stopp!«, forderte Toni. »Lass mich da raus! Ein Eindruck, mehr nicht. Ich habe keine Beweise und hatte mit Herrn Koch keine weiteren Kontakte mehr.«

»Okay, vielleicht wird dich Daniela darauf später ansprechen ... Zurück zum Kochabend! Josch, wie und wann seid ihr wieder auseinandergegangen?«

»Ich bin ziemlich früh gegangen und war vor elf schon zu Hause. Der Bürgermeister hat mich mitgenommen, das war mir ganz recht. Wir waren mit dem Aufräumen fast fertig, einige sind mit Sicherheit noch eine Weile geblieben.«

»Wie läuft das normalerweise ab, oder bist du immer der Erste?«

»Nein, das nicht!«, lachte Josch. »Einige Jungs haben Sitzleder, vor allem die Ruheständler. Bei denen, die anderntags arbeiten müssen, wird es nicht so spät. Manche werden von ihren Frauen abgeholt, die bleiben auch schon mal länger.«

Katja Reinert überflog die Liste der Mitglieder vom Kochclub.

»Was ist mit Ralf, Karl-Heinz, Artur, Frank, Kurt und so weiter? Über die hast du noch gar nichts gesagt.«

»Das ist jedes Mal anders; außerdem sind nicht immer alle da. Das kommt drauf an, wer die Beiköche sind und wie der Abend verläuft.«

»Wer schließt ab?«

»Der, der den Schlüssel hat!«

»Witzbold! Hat schon mal jemand so formuliert. Nein, im Ernst!«

»Wer bis zum Schluss bleibt, sperrt zu und bringt Christoph den Schlüssel am nächsten Tag in die Apotheke. Weiß ich nur vom Erzählen, ich selbst war noch nie der Letzte.«

»Hatte Alfred Koch einen Schlüssel?«

»Woher soll ich das wissen? Keine Ahnung!«

»Kannst du dir vorstellen, was Koch in dem Kühlraum wollte?«

»Was wird er dort wohl gemacht haben? Aufräumen wahrscheinlich; Gewürze sortieren, Kühlschrank bestücken, was weiß denn ich? Im Übrigen fährst du uns nach Hause! Du hast uns so lange aufgehalten, dass wir es ohne Stress nicht mehr schaffen, zu Fuß zeitig nach Hause zu kommen.«

»Einverstanden! Ich spendiere auch noch eine Runde als Wiedergutmachung!«

»Rechtlich ist das bedenklich!«, lachte Toni. »Aber mit dieser Form von Rechtsbeugung kann ich leben.«

»Wenn wir nach Hause kommen und einen in der Krone haben, werden wir unseren Frauen erzählen, dass du daran schuld bist«, stellte Josch fest.

»Ich denke, dass ich das Marion und Daniela plausibel erklären kann«, lachte die Hauptkommissarin und bestellte für die beiden Männer noch zwei Bier. »Ich bin aber noch nicht fertig mit euch beiden!«

»Dann sollten wir etwas zu essen bestellen! Zu Hause bekomme ich jetzt nix mehr und ich hatte noch kein Mittagessen«, schlug Josch vor. »Kannst du als Spesen absetzen.«

»Gute Idee«, bestätigte Toni, »aber das Essen geht auf mich!«

»Oh, Männer«, seufzte Katja. »Ihr macht mich wahnsinnig. Ich habe noch einiges auf dem Zettel heute.«

»Dein Problem«, entgegnete Josch. »Du wolltest uns doch unbedingt interviewen. Das hast du nun davon!«

»Okay, ich habe anscheinend keine Chance«, resignierte Katja Reinert.

»Ich empfehle das Hüttensteak«, ergriff Toni die Initiative. »Oder bist du vegetarisch oder vegan unterwegs?«

»Nee, ich gebe zu, dass ich auch mächtigen Kohldampf habe.«

Toni eilte ins Gasthaus, gab die Bestellung auf und kam wenige Minuten wieder zurück.

»Wir könnten unsere Frauen anrufen und fragen, ob sie Lust haben, dazuzukommen«, schlug er vor.

»Um Himmelswillen, nein!«, wehrte Josch ab. »Das wird ein endloser Sermon und ich kann alles nochmal erzählen. Lass mal gut sein!«

»Na gut, dann eben nicht! Du sagtest, dass du noch nicht fertig bist, Katja; was steht noch an?«

»Uns wurde mitgeteilt, dass Alfred Koch vor nicht allzu langer Zeit auf dem Parkplatz des Wandervereins eine heftige verbale Auseinandersetzung mit einer unbekannten Frau hatte. Hast du eine Idee, Josch, wer das gewesen sein könnte?«

»Wann soll das gewesen sein?«, fragte Josch.

»Das Datum ist nicht bekannt, aber es soll noch nicht lange her sein.«

»Hm«, überlegte Josch und blätterte erfolglos in seinem Terminkalender. »Genaues Datum habe ich auch nicht, aber vor ein paar Wochen bekochten wir ein Fest der Wanderfreunde. Spießbraten, Schales und so. Da gab es einen Disput zwischen Alfred und Sabrina; es ging ziemlich laut zu.«

»Aha! Welche Sabrina und um was ging es da?«

»Sabrina Viehoff! Sekretärin des Bürgermeisters und eingefleischte Fanfrau – sagt man doch jetzt so, oder – vom FC Saarbrücken. Da ging es richtig ab; also verbal! Sie hat Alfred vorgeworfen, dass er ein Wendehals sei, weil er das Lager vom FCS zur SVE gewechselt hat.«

»Kennst du die Hintergründe?«

»Nein, aber anscheinend hat der Alfred nach dem Aufstieg der Elv in die zweite Bundesliga die Seiten gewechselt.«

»Das auch noch!«, stöhnte Katja Reinert. »Die Sekretärin vom Bürgermeister, der zu allem Übel auch noch bei euch im Kochclub ist, zusammen mit einem Toten, ebenfalls im Kochclub und von dem man nicht weiß, wie er in einem Kühlraum ums Leben gekommen ist, und der womöglich als Beamter korrupt war. Ein bisschen viel auf den ersten Blick, findet ihr nicht auch?«

»Ob Alfred Koch beamtet war, weiß ich nicht«, erwiderte Josch. »Für den Rest gebe ich dir Recht, ist aber nicht unser Problem!«

»Besorg dir über den kurzen Dienstweg einen Ermittlungsauftrag«, schlug Toni vor. »Daniela spielt da bestimmt mit.«

»So kurz vor ihrer Pensionierung werde ich sie nicht in die Bredouille bringen«, antwortete Katja Reinert. »Das wird seinen normalen Weg gehen und fertig.«

»Abwarten!«, konterte Toni. »Über ihre Nachfolge gibt es immer noch keine Entscheidung. Sie ist vielleicht noch länger im Dienst, als wir alle denken.«

»Es wäre mir lieb, wenn ihr beiden mit niemandem über die Sache reden würdet«, bat Katja. »Ich habe Daniela noch nicht informieren können und möchte, dass sie von mir erfährt, was passiert ist. Und du, Josch, hältst dich aus allem raus!«

»Als ob ich jemals meine Nase in Dinge gesteckt hätte, die mich nichts mehr angehen«, brummte Josch.

»Das will ich jetzt nicht vertiefen«, lachte Katja.

»Du könntest Daniela heute Abend zu Hause anrufen«, riet Toni. »Wir haben nichts Besonderes vor.«

»Ja, ich fürchte, dass es anders nicht gehen wird«, nickte die Hauptkommissarin. »Ich klappere jetzt noch ein paar Kochbrüder ab und treffe mich danach mit Sam im Büro. Der ist auch noch unterwegs und ich bin gespannt, was der zu berichten hat. Vorher wäre es sowieso voreilig, die Staatsanwaltschaft zu informieren.«

»Dann fahr uns nach dem Essen bitte gleich nach Hause und mach deinen Job!«, bestimmte Josch.

Fünfundvierzig Minuten später setzte Katja Reinert die beiden Wanderer vor ihren Wohnungen ab.

Toni ging gleich unter die Dusche, Daniela war noch nicht zu Hause. Da Marion anscheinend immer noch unterwegs war, ging Josch in den Partyraum im Keller, um mit seinen Kochbrüdern zu telefonieren.

6

Am nächsten Morgen

Staatsanwältin Sommer saß an ihrem Schreibtisch und starrte an die Decke, während Katja Reinert für sich und Sam Wolff am Besuchertisch Wasser in die Gläser goss.

»Kann mir jemand sagen, was ich um Herrgottswillen auf dieser Welt verbrochen habe?«, stöhnte Daniela Sommer. »Seit Jahren geht in diesem verdammten Kaff die Luzzi ab, und jedes Mal ist der alte Josch irgendwie in die Sache involviert. Seitdem er im Ruhestand ist, wird es immer schlimmer. Der alte Bürgermeister war wenigstens nur Zuschauer, aber jetzt turnt auch der neue Rathauschef in unseren Fällen rum. Der und seine Vorzimmerdame waren schon bei dem bekloppten Fall mit den Urnen (*Bienenstich) mit von der Partie; und jetzt schon wieder! Unser ehemaliger Kollege hat anscheinend nichts Besseres zu tun, als sich mit diesen Meisterköchen zu umgeben! Ich weiß schon länger, dass er da mitmischt, aber dass die 'ne Leiche im Kühlraum haben, ist ja wohl die Höhe! Nicht zu fassen! Am liebsten würde ich für jeden einzelnen einen Haftbefehl ausstellen und sie aufs Abstellgleis schieben, dann wäre endlich Schicht im Schacht! Apropos Schacht: Bei der Geschichte mit dem Schacht in Heiligenwald (*VorGestern) war mein herzallerliebster Toni auch dabei, und nun kennt er angeblich das Opfer! Ist das alles Zufall oder will der liebe Gott, dass ich wahnsinnig werde. Da es Zufälle angeblich nicht gibt, muss ich von Letzterem ausgehen! Viel fehlt nicht mehr! Ich werfe den ganzen Bettel bald hin ...«

»Sagt Josch auch immer«, nickte die Hauptkommissarin. »Ich meine, dass es keine Zufälle gibt.«

»Nenn mir bloß diesen Namen nicht mehr! Als du mich gestern Abend angerufen hast, wäre ich beinahe vom Hocker gefallen, wenn ich nicht auf der Couch gelegen hätte. Gibt's denn keinen anderen Ort als dieses Spiesen-Elversberg? Warum findet man nicht mal eine Leiche in Peppenkum, Hofeld-Mauschbach oder Erfweiler-Ehlingen?«

»Gibt es diese Orte wirklich?«, fragte Sam Wolff ungläubig.

»Junger Mann, bring mich nicht noch zusätzlich auf die Palme! Ja, es gibt diese Orte tatsächlich. Ich habe sie mit meinem Lebensgefährten durchwandern müssen, und eins kann ich sagen, dort ...«

»Es wäre mir lieb, wenn wir zurück zum Thema kommen könnten!«, warf die Hauptkommissarin ein. »Wir haben wenig Zeit! Der Obduktion ist stattgegeben, aber wie geht es jetzt weiter? Bekommen wir einen Ermittlungsauftrag oder warten wir ab, bis das Ergebnis der Gerichtsmedizin vorliegt?«

»Das kann Tage dauern!«, erklärte Sam Wolff.

»Ich weiß, wie lange das dauern kann«, zischte die Staatsanwältin. »Alleine kann ich allerdings über einen Ermittlungsauftrag nicht entscheiden. Ich muss mit dem Oberstaatsanwalt sprechen, das geht nicht anders. Der wird schon sauer sein, dass ich ohne Rücksprache die Obduktion angeordnet habe.«

»Wir haben die bisherigen Ergebnisse in einer Zusammenfassung aufgelistet«, erklärte Katja Reinert. »Vielleicht hilft das.«

»Danke, das ist gut! Du hast wohl wieder die ganze Nacht durchgearbeitet.«

»So ungefähr! Sam übrigens auch! Mal ehrlich: Die Sache stinkt gen Himmel! Das sagt mir mein Instinkt auch ohne Obduktionsergebnis. Alles deutet darauf hin, dass Alfred Koch nicht beliebt war …«

»Bei Toni hat er auch keinen guten Eindruck hinterlassen, aber das weißt du ja bereits.«

»Er ist zwar nicht der Einzige, aber daraus alleine lässt sich noch nichts herleiten«, meinte Sam Wolff. »Die Sekretärin vom Bürgermeister konnten wir zu dem Zoff, den sie mit Koch hatte, noch nicht befragen. Kochs berufliche Rolle liegt ebenfalls noch im Dunkeln, dazu sind intensive Nachfragen erforderlich. Aber wir können weder im Rathaus noch in einem Landesamt auftauchen, solange wir keinen Ermittlungsauftrag haben.«

»Im Landesamt nicht, das würde Wellen schlagen«, bestätigte die Staatsanwältin. »Aber bei Bürgermeister Huf und seiner Vorzimmerdame sehe ich da keine Probleme. Fangt damit an! Ich werde im Laufe des Vormittags mit dem Oberstaatsanwalt reden.«

»Wir haben noch nicht alle Kochbrüder durch; zwei habe ich gestern nicht angetroffen«, ergänzte die Hauptkommissarin. »Zu klären ist, wo Kochs Auto steht; angeblich in einer Werkstatt.«

»Dann macht das! Ich sage euch Bescheid, sobald ich eine Entscheidung habe.«

»Wir fahren nach Spiesen-Elversberg!«, legte die Hauptkommissarin fest, nachdem sie und ihr Kollege das Büro der Staatsanwältin verlassen hatten. »Du übernimmst die beiden übrigen Kochbrüder, ich knöpfe mir den Bürgermeister und seine Vorzimmerdame vor. Bis zum Mittag sollten wir damit durch sein. Bis dahin liegt hoffentlich eine Entscheidung vor.«

7

Wenig später

Sam Wolff setzte seine Chefin vor dem Rathaus ab und machte sich seinerseits auf den Weg, um die ausstehenden Befragungen der Kochbrüder in Angriff zu nehmen.

Als Katja Reinert am Türrahmen der offenen Tür des Bürgermeisterbüros klopfte und in den Raum nach Frau Viehoff rief, fand sie das Vorzimmer verwaist. Der Bürgermeister lugte aus seinem Büro um die Ecke und winkte die Hauptkommissarin zu sich.

»Kommen Sie rein, ich habe Sie bereits erwartet.«

»Die Buschtrommel funktioniert also«, vermutete die Hauptkommissarin.

»So ist es, Frau Reinert. Vom Kochclub hat fast jeder schon bei mir angerufen.«

»Herr Schaum auch?«

»Josch? Ja, der natürlich auch!«

»Und was hat er Ihnen erzählt?«

»Dass Alfred Koch tot aufgefunden wurde und viele Fragen offen sind. Ich muss hoffentlich nicht alles nacherzählen.«

»Herr Huf, Sie waren vorigen Donnerstag …«

Die Hauptkommissarin stellte dem Bürgermeister nun die gleichen Fragen, die schon seine Kochbrüder hatten beantworten müssen, und erhielt daraufhin Aussagen, die sich mit denen der anderen weitestgehend deckten. Huf schien Alfred Koch kaum gekannt zu haben, weil er weitaus seltener zu den

Treffen kam als alle anderen und das auch erst seit etwa einem halben Jahr.

»Gut, Herr Bürgermeister«, schloss Katja Reinert die Befragung, »wo ist Ihre Mitarbeiterin Frau Viehoff? An sie habe ich auch noch einige Fragen.«

»Die ist irgendwo im Haus unterwegs und wird sicherlich gleich wieder hier sein. Weshalb wollen Sie Frau Viehoff sprechen? Was hat die mit der Sache zu tun?«

»Wissen Sie von einem Streit, den sie mit Alfred Koch gehabt haben soll?«

»Sie hat einmal erwähnt, dass sie Alfred nicht ausstehen kann, mehr nicht. Aber das ist ihre persönliche Meinung, die geht mich nichts an. Alles andere soll sie Ihnen selbst erzählen.«

»Eben! Deshalb will ich sie ja sprechen.«

»Darf ich Ihnen einen Kaffee oder ein Wasser anbieten, während Sie warten?«

»Nein danke, alles gut!«

»Gehen Sie bei Alfreds Tod von Fremdverschulden aus?«, hinterfragte der Bürgermeister.

»Wir sind im Stadium der Vorermittlungen und warten auf das Ergebnis der Obduktion. Mehr kann ich dazu im Augenblick nicht sagen. Weshalb fragen Sie?«

»Josch hat so etwas angedeutet; ich habe es jedenfalls so verstanden. Der Apotheker hat sich ebenfalls in diese Richtung geäußert. Das wäre eine Katastrophe! In dieser Gemeinde scheint die Kriminalitätsrate hinsichtlich Schwerstverbrechen immer höher zu werden.«

»Das stimmt allerdings!«, seufzte die Hauptkommissarin. »Das LKA war in den letzten Jahren häufiger hier als sonst wo. Der Mafiakiller, der Polizistenmörder, der Fall in Schüren (*Sumpf), die Morde am Turm und im Binsenthal (*Vor-Gestern)...«

»Schüren gehört zu St. Ingbert«, wehrte sich der Bürgermeister. »Das dürfen Sie uns nicht anhängen!«

»Auf einen mehr oder weniger kommts da auch nicht mehr an«, lachte die Hauptkommissarin verhalten. »Haben Sie eine Erklärung für dieses Phänomen?«

»Nein, habe ich nicht. Mein Vorgänger Reiner Pirrung hatte sich seinerzeit schon darüber aufgeregt und mir dieses Thema bei der Amtsübergabe mit in den Präsentkorb gelegt. Vielleicht zieht Ihr ehemaliger Kollege Josch das Verbrechen magisch an. Ich kann es mir jedenfalls nicht erklären.«

»Kann Josch überhaupt kochen?«, fragte die Hauptkommissarin. »Wir wundern uns alle, dass er in diesem Klub ist.«

»Der hat wohl einfach Langeweile. Er stellt sich jedenfalls nicht ungeschickt an; besser als ich!«

»Ich bin wieder da, Chef!«, tönte eine Stimme aus dem Vorzimmer.

»Hier ist Besuch für Sie!«, rief der Bürgermeister zurück.

»Für mich? Hat sich Timo mal wieder zu Hause ausgesperrt? Mein Mann macht mich noch wahnsinnig!«

»Nein, es ist nicht Ihr Mann! Das LKA will Sie sprechen!«

»Die Kripo?«

»Genau! Und jetzt kommen Sie endlich rein! In einer halben Stunde kommt der Landrat, da muss hier alles frei sein!«

Die Sekretärin des Bürgermeisters schneite voller Elan ins Büro ihres Chefs.

»Ach Sie sind das«, rief sie, als sie die Hauptkommissarin erblickte. »Ich kenne Sie! Vor einiger Zeit waren Sie schon einmal hier, da ging es um …«

»Ich war für meinen Geschmack schon viel zu oft hier«, unterbrach Katja Reinert. »Herr Bürgermeister, dürfen wir Ihr Büro benutzen, oder sollen wir wegen des Landrates in einen anderen Raum?«

»Wie gesagt: In einer …«

»Ich weiß! Bis dahin sollten wir es schaffen. Kann ich Frau Viehoff bitte unter vier Augen sprechen?«

»Okay, ich muss ohnehin kurz runter ins Bauamt. Rufen Sie mich, wenn sie fertig sind!«

Bürgermeister Huf verließ den Raum, und Katja Reinert legte sofort los.

»Es geht um Alfred Koch! Sie wissen, wen ich meine, Frau Viehoff?«

»Ja klar! Was ist mit dem?«

»Sie wissen nicht, was passiert ist? Der Bürgermeister hat nicht mit Ihnen darüber gesprochen?«

»Nein! Um Gottes Willen, was ist los?«

»Er wurde gestern Morgen tot aufgefunden.«

»Ach du Sch…! Kripo? Wurde der etwa umgebracht?«

»Wie kommen Sie zu dieser Vermutung?«

»Naja, wenn er vom Pferd gefallen wäre, würde wohl kaum die Kripo kommen. Oder?«

»Zur Todesursache möchte ich mich nicht äußern. Uns wurde gesagt, dass Sie, Frau Viehoff, vor kurzem eine heftige Auseinandersetzung mit Herrn Koch hatten.«

»Stimmt! Das kann man so nennen.«

»Um was ging es da? Erzählen Sie mal!«

»Muss ich das? Irgendwie ist mir das ein bisschen peinlich.«

»Sie müssen sich zum jetzigen Zeitpunkt nicht äußern, aber Sie würden sich und uns einen großen Gefallen tun. Selbstverständlich behandeln wir das vertraulich. Allerdings muss ich Sie darauf hinweisen, dass Sie nichts sagen müssen, was Sie selbst belasten könnte, also in den Zusammenhang mit einer Straftat bringt. Tun Sie es doch, kann das gegen Sie verwendet werden. Soviel zur Rechtslage.«

»Verstanden! Aber ich habe nichts verbrochen! Ich habe dem Kerl lediglich die Meinung gegeigt. Das hätten Sie auch gemacht.«

»Kann ich nicht beurteilen, ich weiß ja nicht, was passiert ist.«

»Also gut! Vor ein paar Wochen war ich unten im Wanderverein; wollte fragen, ob die das Vereinshaus auch für private Feiern vermieten. Eine goldene Hochzeit für … ist ja auch egal! Jedenfalls war der Koch, also der Alfred Koch auch da, obwohl der ja im Wanderverein gar nix zu sagen hat. Hat mal wieder dumm gemacht, das kannte ich von früher. Der war mal im FCS-Fanclub, so wie ich, hat dann aber die Seiten gewechselt, als die Elversberger Erfolg hatten und aufgestiegen sind. Also wissen Sie, so was geht ja gar nicht! Entweder man ist Fan oder nicht! Das bleibt man auch, wenn es mal nicht so gut im Verein läuft! Der Koch hat mich jedenfalls angemacht, der Idiot! Wir könnten ja mal … Sie wissen schon. Im Aufsteigen kenne er sich ja aus und so … und ich als Unterlegene und so … so ein Arschloch! Wahrscheinlich kriegt der alte Knacker nicht mal mehr einen hoch und …«

»Jetzt mit Sicherheit nicht mehr«, grinste die Hauptkommissarin. »Details wollen wir uns fürs Erste sparen!«

»Entschuldigung! So was bringt mich auf die Palme! Ich habe ihm jedenfalls die Meinung gegeigt, und zwar ziemlich deutlich! Ich habe ihm gesagt, dass ich ihn umbringe, falls er mir nur ein einziges Mal zu nahekommt!«

»Und? Ist er?«

»Nee, der hat blöd gelacht und sich aus dem Staub gemacht. War auch besser so für ihn. Danach habe ich ihn nicht mehr gesehen.«

»Gibt es dafür Zeugen?«

»Weiß ich nicht. Laut genug wars ja, aber ob das jemand mitbekommen hat?«

»Hat das mit dem Vereinshaus wenigstens geklappt?«

»Leider nicht! Ausgebucht, schade!«

»Wann war das denn genau?«, wollte die Hauptkommissarin wissen.

»Puh, da fragen Sie was. Ich denke vor zwei Wochen, oder drei. Abends nach Dienstschluss, halb sechs oder sechs. Muss ein Dienstag oder Mittwoch gewesen sein, denn montags ist dort zu, Donnerstag ist Sitzungstag, da geht's immer länger und freitags ist Gleitzeit, da mache ich um zwölf Schluss.«

»Gut, Frau Viehoff, das wäre es dann für den Anfang. Vielen Dank. Gut möglich, dass ich nochmal auf Sie zukomme. Falls Ihnen das genaue Datum des Streitgespräches einfällt, rufen Sie mich bitte an. Ich lasse Ihnen meine Kontaktdaten hier.«

Die Hauptkommissarin verabschiedete sich und verließ das Büro des Verwaltungschefs. Im Flur zum Treppenhaus kam ihr Landrat Sören Meng entgegen, den sie aus einer früheren Begegnung kannte.

»Ach, Frau Hauptkommissarin!«, lachte der Landrat. »Sie hier im Rathaus? Jetzt sagen Sie bloß nicht, dass in Spiesen-Elversberg wieder ein Verbrechen passiert ist!«

»Herr Huf wird es Ihnen sicherlich erzählen«, antwortete Katja Reinert.

»Ich glaube, ich gebe diese Gemeinde freiwillig an den Saar-Pfalz-Kreis ab; die macht mir die ganze Statistik meines Kreises kaputt!«

»Na, so schlimm wird's wohl nicht werden. Man sieht sich!«

»Hoffentlich nicht«, brummte Sören Meng mit ernster Miene, verabschiedete sich und stapfte davon, um den Bürgermeister zur Rede zu stellen.

Katja Reinert rief ihren Kollegen an, dass er sie abholen solle. Sie musste im Rathaus-Bistro jedoch eine halbe Stunde warten, bis Sam Wolff endlich auftauchte.

8

Am späten Nachmittag

Am späten Nachmittag saßen die beiden Ermittler erneut im Büro der Staatsanwältin und fassten die Ergebnisse des Tages zusammen.

Daniela Sommer hörte aufmerksam zu, machte sich Notizen und stellte Zwischenfragen.

»Tut mir leid«, sagte sie schließlich, »aber der Oberstaatsanwalt macht den offiziellen Ermittlungsauftrag weiterhin vom Ergebnis der Autopsie und dem Bericht der Gerichtsmedizin abhängig. Ich habe das zwar anders erwartet, aber nun ja! Immerhin wird geduldet, dass wir weiterhin intensiv vorermitteln, was auch immer er darunter versteht.«

»Wasch mich, aber mach mir den Pelz nicht nass!«, seufzte die Hauptkommissarin. »Damit lässt er sich alle Tore offen, ohne dass man ihm an die Karre fahren könnte; na toll! Damit liegt der schwarze Peter mal wieder bei uns!«

»Lass uns Feierabend machen!«, schlug Sam Wolff zynisch vor. »Vielleicht sind die Kollegen von der Rechtsmedizin morgen so freundlich, uns ihre medizinischen Ergüsse vorzutragen.«

»Die Kollegen?«, murrte Daniela Sommer. »Frau Doktor Wertmüller ist ziemlich alleine auf sich gestellt. Fachkräftemangel, krankheitsbedingte Ausfälle … selbst der Laborant hat nur eine Halbtagsstelle, klagt sie. Sie tut, was sie kann, aber schneller geht's eben nicht!«

»Upps«, entfuhr es Katja Reinert. »Ich wusste nicht, dass Ramona … äh, Frau Wertmüller so wenig Unterstützung hat.«

»Ich habe den Eindruck, dass sie sich das anders vorgestellt hat, als sie sich auf die Stelle beworben hat«, spekulierte die Staatsanwältin. »An ihrer alten Wirkungsstätte hatte sie wahrscheinlich mehr Unterstützung.«

»Wo war sie vorher tätig?«, fragte Sam Wolff.

»Berlin, Charité! Hat sie mir erzählt. Sie muss also etwas draufhaben.«

»Glaube ich auch«, bestätigte Katja Reinert. »Die Charité hat einen internationalen Ruf. Aber warum ging sie von dort weg, und ausgerechnet in die Provinz?«

»Familiäre Gründe, mehr weiß ich nicht.«

»Na, du weißt ja im Gegensatz zu dem Rest der Truppe ziemlich viel über sie«, staunte die Hauptkommissarin.

»Wir haben in der Cafeteria zusammen einen Kaffee getrunken.«

»Für so etwas hat unsereins leider keine Zeit. Ich habe am Fundort der Leiche zum ersten Mal überhaupt mit ihr sprechen können. Scheint aber eine nette Person zu sein.«

»Und gleich beim Du?«, fragte Sam.

»Bei Frauen geht das schnell, wenn die Chemie stimmt«, lachte Katja.

»Könnten wir bitte wieder zum Thema zurückkommen?«, schlug Daniela Sommer vor.

»Okay, wo waren wir stehengeblieben?«, fragte Katja Reinert.

»Dass wir jetzt Feierabend machen«!«, grollte Sam Wolff.

»Nee!«, schüttelte Staatsanwältin Sommer den Kopf. »Noch nicht; ich habe noch etwas!«

»Zum aktuellen Fall oder was anderes?«

»Noch ist es keiner, aber ich bin sicher, dass es bald einer werden wird. Frau Doktor Wertmüller hat mich vor einer Stunde angerufen und mir eine interessante Entdeckung mitgeteilt. Inoffiziell, weil die Untersuchungen noch laufen und die Zweitanalyse noch aussteht. Die Information ist daher als Gefälligkeit zu sehen und nur für uns bestimmt. Alfred Koch ist nicht an Unterkühlung gestorben, er …«

»Das hatte ich für mich bereits ausgeschlossen«, brummte die Hauptkommissarin.

»Lass mich bitte ausreden! Ohne ins Detail gehen zu wollen, hat Frau Doktor Wertmüller den Verdacht, dass todesursächlich eine Vergiftung war. Sie hat sich nicht darüber ausgelassen, welcher Art diese Vergiftung war, dazu will sie bis morgen Mittag Stellung beziehen, sobald verlässliche Analysen vorliegen.«

»Falls sich das bestätigen sollte, ist damit immer noch nicht gesagt, dass Fremdverschulden vorliegt«, urteilte Sam Wolff. »Der Mann war Koch und kann alles Mögliche zu sich genommen haben oder allergisch gegen irgendetwas gewesen sein.«

»Das ist korrekt, aber er ist das einzige Opfer und die Auffindesituation war zumindest merkwürdig«, entgegnete die Hauptkommissarin. »Woran hat Ramona ihren Verdacht festgemacht, dass er an einer Vergiftung gestorben sein könnte?«

»Koch hatte sich wohl eingekotet und erbrochen«, erklärte die Staatsanwältin. »Über weitere Anzeichen hat sie sich bedeckt gehalten, weil … ich erwähnte es bereits.«

»Dann bleibt uns nichts anderes übrig, als abzuwarten«, beschloss die Hauptkommissarin. »Wir werden bis dahin die Aussagen der Kochbrüder und Wandervögel auf Ungereimtheiten überprüfen und …«

»Ehe ich es vergesse«, unterbrach Sam Wolff. »Wir haben das Fahrzeug des Toten gefunden. Der Wagen steht seit Tagen in der Autowerkstatt *Busch* in Spiesen in der Elversberger Straße. Defekter Bremszylinder, Probleme bei der Ersatzteilbeschaffung. Koch hat den Wagen vor gut einer Woche dort abgegeben und sollte telefonisch informiert werden, sobald das Auto repariert ist. Seitdem hat man Koch dort nicht mehr gesehen.«

»Wie bist du an die Autowerkstatt gekommen?«, fragte die Hauptkommissarin verärgert. »Warum erzählst du das erst jetzt?«

»Ist mir irgendwie durchgerutscht, sorry. Kochbruder Martin hat sich erinnert, dass Koch Stammkunde bei dieser Firma Busch war.«

»Welcher Martin?«, hakte Katja Reinert nach. »Da gibt's zwei, einen mit Vornamen, einen mit Nachnamen! Sei bitte präzise!«

Sam Wolff suchte in seinen Unterlagen und wurde schließlich fündig.

»Ecker; Martin Ecker! Anscheinend ein Urgestein des Klubs. Du hast Recht, da gibt's noch einen Markus Martin, das ist der Zahnarzt, mit dem ich zuerst gesprochen hatte. Entschuldigung!«

»Gut, dann machen wir Schluss für heute«, beendete die Staatsanwältin das Gespräch, worauf Sam Wolff sofort aufsprang und das Büro verließ.

»Was ist denn mit dem in letzter Zeit los?«, wunderte sich Daniela Sommer. Sam ist doch sonst nicht so fahrig.«

»Im Vertrauen: Sam wird Vater.«

»Ach, das ist aber … Moment: Er hat sich doch vor kurzem erst von seiner Frau getrennt, oder?«

»Eben! Das ist ja das Problem.«

»Männer!«, entfuhr es der Staatsanwältin.

»Apropos!«, warf Katja Reinert ein. »Ich wollte das in Sams Anwesenheit nicht ansprechen, aber Tonis Vermutung, dass

Kochs Geschäfte im Landesamt … also, dass nicht alles ganz sauber gewesen sein könnte … das steht immer noch offen im Raum, muss aber unbedingt nachverfolgt werden. Ich meine …«

»Ich weiß, was du damit sagen willst«, unterbrach Daniela Sommer. »Selbstverständlich werden wir dem nachgehen müssen, sobald uns die Ermittlungen offiziell übertragen werden; wovon ich übrigens fest überzeugt bin. Wir dürfen aber nicht zu früh aktiv werden, sonst wecken wir schlafende Hunde, und dann machen die dort dicht. Toni hat mir etwas über die Strukturen und Inhalte in dieser Verwaltung erzählt, damit werde ich mich noch eingehend befassen müssen. Das ist vorerst mein Job, ihr haltet euch da bis auf weiteres raus! Wenn es soweit ist, werde ich dir die entsprechenden Informationen zukommen lassen. Bis dahin halten wir die Füße still, damit uns niemand dazwischenfunkt.«

»Dein Toni als verdeckter Ermittler«, lachte Kaja. »Das wäre doch was!«

»Soweit kommts noch! Toni und Josch als Watson und Holmes! Nein, die beiden halten wir da absolut raus!«

»Sofern wir das verhindern können«, fürchtete die Hauptkommissarin.

»Mal den Teufel nicht an die Wand!«

9

Zur gleichen Zeit

Acht Kochbrüder waren Joschs telefonischer Einladung gefolgt, die restlichen Klubmitglieder hatten andere Termine oder waren im Schichtdienst.

Josch hatte in Absprache mit dem Vorsitzenden des Clubs um das Treffen gebeten, um über Alfred Koch und dessen Ableben zu reden. Zudem musste geklärt werden, ob und inwieweit man sich um die Beisetzung und die Trauerfeier kümmern müsse, denn immerhin war Alfred ein langjähriges Mitglied und hatte vermutlich niemanden, der sich dieser Aufgabe widmen würde.

Da das Treffen im Klubheim nicht stattfinden konnte, weil dort immer noch alles von der Polizei abgesperrt war, hatte Josch schließlich eingewilligt, dass man sich bei ihm im Partyraum treffen könne.

»Hoffentlich ist es deiner Frau recht, dass wir bei euch einfallen«, hatte sich Konrad quasi im Vorhinein schon entschuldigt.

»Kein Problem!«, beruhigte ihn Josch. »Sie kann gar nichts dagegen haben, weil sie davon nix weiß. Sie ist seit heute Mittag mit ehemaligen Kolleginnen unterwegs, da wird es bestimmt spät.«

»Wir haben sicherheitshalber eine Kiste Bier und für deine Frau eine Flasche Crémant mitgebracht«, erklärte Roland.

»Oh, das wird sie sicherlich versöhnlich stimmen«, lachte Josch.

»Die zwei Flaschen sind allerdings für mich«, erklärte Artur und zeigte auf den Elsässer Pinot.

»Den Fusel trinkt außer dir sowieso keiner«, stichelte Onofrio, genannt Ono. »Alles was außerhalb Italiens angebaut wird, kannst du höchstens an die Soße kippen.«

»Gut, dann wäre das schon mal geklärt«, witzelte Josch. »Kommt runter in den Keller, damit wir loslegen können. Rechts die Treppe runter!«

»Wer kocht?«, fragte Markus, der Zahnarzt.

»Niemand! Heute geht es um was Ernstes!«

»Was ist denn das für eine Aussage?«, echauffierte sich Gerald. »Als ob Kochen nichts Ernstes ist!«

»Männer!«, ging der Apotheker dazwischen. »Jetzt macht vorwärts und bewegt euch in den Keller! Ich war den ganzen Tag unterwegs und habe jetzt Durst!«

»Das hast du auch, wenn du nicht unterwegs bist«, antwortete Roland.

»Der Einzige, der nie Durst hat, bin ich«, behauptete Gerald.

»Dafür lügst du am meisten!«, bemerkte Etsch, der auf den Namen Martin Ecker getauft war.

Es dauerte noch einige Minuten, bis sich die Truppe im Keller eingefunden hatte. Beim ersten Getränk diskutierte man wild über den Tod des Kochbruders und spekulierte über die Umstände seines Ablebens, wobei es nicht an Phantasien fehlte, wie Alfred das Zeitliche gesegnet haben könnte.

Josch hörte zunächst aufmerksam zu und schnappte die eine oder andere Bemerkung auf. Schnell wurde ihm klar, dass er Alfred Koch tatsächlich nur sehr oberflächlich gekannt hatte.

»Männer!«, rief Josch schließlich dazwischen. »Hört bitte mal zu, ich habe eine Frage an euch.«

»Die kann ich dir beantworten«, entgegnete Etsch spontan. »Ja, ich nehme noch ein Bier!«

»Dann hol dir eins, du weißt ja, wo der Kühlschrank steht«, meinte Josch. »Nein, im Ernst! Ihr kanntet den Alfred seit vielen Jahren, ich erst seit Kurzem, und richtigen Kontakt hatte ich eigentlich auch nicht zu ihm. Wenn ich euch so zuhöre, hatte Alfred anscheinend seine guten und schlechten Seiten, aber wer hat die nicht.«

»Ich!«, meinte Gerald. »Ich habe nur schlechte.«

»Und kochen kannst du auch nicht«, kommentierte Ralf.

»Jetzt bleibt doch mal bei der Sache!«, forderte Josch. »Was hat Alfred eigentlich beruflich gemacht?«

»Nix!«, antwortete Roland. »Der war Beamter!«

»Wo?«, wollte Josch wissen.

»Irgendwo beim Landesamt für Schießmichtot! Keine Ahnung wo genau!«

»Soviel ich weiß, war er bei der Behörde, die für Zuschüsse im Baubereich zuständig ist. Oder für den Sportplatzbau und so«, meinte der Apotheker.

»Aber nur für die Zuschüsse an den FC Saarbrücken«, maulte Roland.

»Wieso sagst du das?«, fragte Josch. »Alfred hat doch immer für die Elversberger geschwärmt.«

»Aber erst seitdem klar war, dass die aufsteigen und der FC nicht.«

»Verräter!«, bestätigte Stefan, der bekanntermaßen nach wie vor ein eingefleischter Fan der Landeshauptstädter war.

»Warum willst du das wissen, Josch?«, fragte der Zahnarzt. »Wegen dem Begräbnis?«

»Ja, das auch«, nickte Josch. »Schließlich müssen wir uns um die Organisation des Leichenschmauses kümmern. Aber nicht nur deshalb; ein Freund von mir …«

»Seit wann hast du außer uns noch andere Freunde?«, ulkte Gerald.

»Hahaha! Es geht das Gerücht, wonach Alfred … sagen wir mal so: Kann es sein, dass er manchmal die Hand aufgehalten hat?«

»Man soll über Tote nicht schlecht reden«, antwortete Arthur. »Aber wundern würde es mich nicht.«

»Das machen die doch alle!«, nickte Roland.

»Irgendwie musste er seine Besuche im Puff ja finanzieren«, meinte Konny trocken. »Soll ja nicht billig sein.«

»Also ob du das nicht wüsstest!«, grinste Gerald.

»Männer!«, donnerte der Apotheker. »Das geht uns nix an, und Gerüchte sollten uns nicht kümmern. Uns war Alfred ein eifriger Kochbruder und der Rest muss uns egal sein!«

»Der erste Vorsitzende hat gesprochen!«, rief Ono in die Runde. »Kochen konnte er jedenfalls nicht so gut, wie er das selbst von sich behauptete.«

»Das kann man so nicht sagen«, warf Konny ein. »Seine Aperitifs waren immer vorzüglich.«

»Was heißt hier vorzüglich?«, widersprach Etsch. »Außer jede Menge Alkohol war da selten was drin.«

In der Folge entstand eine lebhafte Diskussion über Alfreds Kochkünste, mögliche Verfehlungen im Amt, die Gestaltung der Beerdigung und die Verteilung der Aufgaben zur Ausrichtung der Leichenfeier.

Josch übernahm freiwillig die Rolle, zu Alfred Kochs Kollegen im Amt Kontakt aufzunehmen und zu fragen, ob und wie seitens der Landesbehörde eine Beteiligung an der Trauerfeier geplant war.

Damit hatte Josch erreicht, was er von Anfang an vorhatte. Er war nun quasi in offizieller Mission unterwegs und konnte nebenbei vielleicht herausfinden, ob an Toni Lukas' Vermutung, dass Alfred Koch zur Vorteilsnahme neigte, etwas dran war.

10

Mittwoch, 7. Juni 2023

»Der Todeszeitpunkt von Alfred Koch kann auf einen Zeitraum zwischen Samstagnachmittag 16 Uhr und Mitternacht eingegrenzt werden«, las die Staatsanwältin aus dem Bericht der Gerichtsmedizin vor. »Todesursächlich war laut Frau Doktor Wertmüller ein akutes Herzversagen, dessen Ursache auf den ersten Blick nicht zu ergründen war … und so weiter … jetzt kommts!«

Daniela Sommer machte eine kleine Pause, um einen Schluck Kaffee zu nehmen.

»Das Zauberwort heißt: *Ciguatera*! Will sagen: Eine durch hochtoxisches Algengift ausgelöste Fischvergiftung. Wahrscheinlich durch Maitotoxin, eines der gefährlichsten maritimen Gifte. Das Gift … Fachchinesisch … erhöht den Fluss von Kalzium im Herzmuskel und … Dosierung trallala und so weiter … führt zum Herztod … Fachchinesisch … muss man sich genauer erklären lassen.«

»Fischvergiftung!«, resümierte Sam Wolff. »Nicht ungewöhnlich für einen Koch.«

»Könnte man meinen, nur dass in Kochs Magen keine Verdauungsreste gefunden wurden, die auf eine Fischmahlzeit oder Ähnliches hindeuten!«

»Hat Ramona eine Erklärung, wie das Zeug sonst in Alfred Kochs Körper gelangt sein könnte?«, fragte die Hauptkommissarin. »Wie kommt sie überhaupt darauf, wenn es keine Verdauungsreste gibt?«

»Das habe ich mich auch gefragt und daraufhin mit ihr telefoniert. Sie hat es mir sinngemäß erklärt, obwohl ich gestehen muss, dass ich vor allem das mit dem Kalzium nicht vollständig kapiert habe, aber egal! Frau Wertmüller ist aufgefallen, dass Koch lediglich mit einem T-Shirt bekleidet war. Nicht das, was man in diesem Raum erwartet hätte, zumal sein Pullover in Reichweite am Regal hing. Außerdem wiesen Kochs unbedeckte Arme und der Hals Kratzspuren auf, die er sich gemäß Analyse selbst beigebracht haben muss …«

»Und daraus kann man schließen, dass er vergiftet wurde?«, wunderte sich Sam Wolff.

»Frau Doktor Wertmüller hat mir erzählt, dass sie in ihrer Zeit an der Charité einen Fall hatte, der ähnlich gelagert war. Aus dieser Erfahrung hat sie die forensische Toxikologie eingeschaltet, die ihre Annahmen bestätigte. Man muss allerdings dazu sagen, dass noch nicht alle Analysen abgeschlossen sind, das scheint relativ aufwendig zu sein.«

Daniela Sommer suchte im vorläufigen Bericht nach der entsprechenden Stelle und fasste zusammen, was dort geschrieben stand.

»Eine Vergiftung durch Maitotoxin löst einen erhöhten Juckreiz aus und kehrt das Wärme-Kälteempfinden um, so Doktor Wertmüller. Darum wissend hat sie die entsprechenden Analysen durchführen lassen und …«

»Entschuldigung, Daniela!«, unterbrach die Hauptkommissarin. »Mich interessiert, wie das Gift in Kochs Körper gelangt sein könnte!«

»Sie vermutet durch die Aufnahme eines Getränkes. In seinem Mageninhalt wurden Spuren von Rum und einem zuckerhaltigen Getränk gefunden.«

»Cuba libre!«, urteilte Sam Wolff. »Immer noch kein Indiz für Fremdverschulden.«

»Korrekt, aber ich gehe nach diesem vorläufigen Bericht davon aus, dass wir mit einem Ermittlungsauftrag rechnen können. Um 14 Uhr bin ich beim Oberstaatsanwalt einbestellt; er hat die Unterlagen bereits zur Einsicht vorliegen, ist zurzeit allerdings noch in einen Gerichtstermin eingebunden. Meines Erachtens ist die Eröffnung eines Ermittlungsverfahrens reine Formsache, das Einzige was wir brauchen, ist Geduld.«

»Maitotoxin«, murmelte Sam Wolff. »Wie kommt man an das Zeug ran?«

»Genau das wirst du rausfinden!«, legte Katja Reinert fest. »Verabreichungsformen, handelsübliche Formate, Dosierungen und so weiter. Forste alles durch, was du finden kannst; am besten, du setzt dich mit der forensischen Toxikologie direkt in Verbindung, die werden dir weiterhelfen können.«

»Der Oberstaatsanwalt wird wissen wollen, ob wir Ermittlungsansätze haben«, sagte Staatsanwältin Sommer.

»Einen Anfangsverdacht würde ich das nicht … noch nicht nennen«, erwiderte die Hauptkommissarin. »Koch hatte mehr Feinde als Freunde. In seiner Wohnung waren wir noch nicht, die Nachbarschaft wurde auch noch nicht befragt. Gleiches gilt für sein berufliches Umfeld. Das Streitgespräch mit dieser Frau Viehoff … naja, daraus einen Anfangsverdacht herzuleiten, dürfte beim Oberstaatsanwalt kaum Gehör finden.«

»Immerhin gehörten sie unterschiedlichen Fangruppen an«, gab Sam Wolff zu bedenken. »Außerdem steht die sexuelle Belästigung noch im Raum.«

»Bisher haben wir nur die Aussage von Frau Viehoff. Dass Koch angeblich Stammgast in Freudenhäusern war, reicht nicht aus.«

»Ich werde das trotzdem erwähnen«, erklärte die Staatsanwältin. »Noch was?«

»Ein Motiv habe ich zwar nicht anzubieten«, ergriff Sam Wolff das Wort, »aber bei *Gift* kommt mir sofort der Apotheker vom Kochclub in den Sinn.«

»Dann musst du den Zahnarzt gleich mit einbeziehen«, warf die Hauptkommissarin ein. »Finde raus, wie und wo man das Zeug beschaffen kann, dann sehen wir weiter.«

»Fangt mit der Nachbarschaft an«, schlug die Staatsanwältin vor. »Und hinterfragt die Alibis der Kochbrüder. Sobald ich den Durchsuchungsbeschluss für Kochs Wohnung ausstellen kann, sage ich euch Bescheid. Und forscht nach, ob es nicht doch noch lebende Verwandte von Koch gibt, und wer als Erbnehmer in Frage kommt.«

»Was ist mit seinem beruflichen Umfeld?«, wollte die Hauptkommissarin wissen. »Nach drei Tagen muss es seinem Arbeitgeber doch aufgefallen sein, dass Koch nicht an seinem Arbeitsplatz erschienen ist.«

»Da bin ich mir zwar nicht sicher, aber fragt einfach nach! Dezent bitte, sehr dezent! Sobald im Landesamt bekannt wird, dass Koch tot ist, hängt die Sache an der großen Glocke. Wir halten das zurück, solange es geht. Lass dir etwas einfallen, wenn du anrufst!«

»Wir haben einen Berg Arbeit vor der Brust«, erklärte Sam Wolff. »Wie sieht es mit personeller Verstärkung aus?«

»Sag mir, woher ich die nehmen soll«, erwiderte die Hauptkommissarin. »Sobald der Ermittlungsauftrag erteilt ist, werde ich offiziell Verstärkung anfordern, aber ich kann dir jetzt schon sagen, wie die Antwort lauten wird: *Fangen Sie sich jemanden, falls Sie jemanden finden, der frei ist!* Ich fürchte, wir werden uns zumindest vorerst alleine zurechtfinden müssen.«

Die Situation war alles andere als zufriedenstellend, aber es half alles nichts und die Ermittler machten sich an die Arbeit.

11

Nachmittags

Es sollte bis zum fortgeschrittenen Nachmittag des gleichen Tages dauern, bis der offizielle Ermittlungsauftrag endlich erteilt wurde.

Zwischenzeitlich hatte Katja Reinert im Internet recherchiert und sich telefonisch nach Kochs Dienststelle durchgefragt. Zu ihrer Verblüffung hatte sie die Auskunft erhalten, dass Koch am Montagmorgen um 8 Uhr per Telefon aus familiären Gründen Urlaub für eine Woche genommen habe.

Dass der angebliche Anrufer zu diesem Zeitpunkt bereits längst tot war, hatte die Hauptkommissarin der unfreundlichen Dame vom Personalamt nicht erzählt und lediglich gefragt, ob sie den näheren Grund des spontanen Urlaubsantritts kenne. Die ungehobelte Frau war daraufhin verbal explodiert und hatte die Frage als ungeheuerlich bezeichnet.

»Noch nie was vom Datenschutz gehört?«, hatte sie sich empört und auf zahlreiche Paragrafen hingewiesen, die sie herunterbetete, als habe sie darüber eine Examensarbeit geschrieben.

Katja hatte sich danach mit Kochs unmittelbarem Chef verbinden lassen, doch auch der hinterfragte weder den Anlass des Anrufes, noch war er auch nur im Geringsten daran interessiert, wie er der Hauptkommissarin weiterhelfen könnte. Desinteresse auf höchstem Niveau, mehr war da nicht zu holen.

Die Informationen hatte Katja sofort an die Staatsanwältin weitergeleitet, denn nun war offensichtlich, dass einiges nicht zusammenpasste und jemand versuchte, Kochs Ableben zu vertuschen.

Sam Wolff hatte erste Informationen zusammentragen können, auf welchem Weg Maitotoxin zu beziehen und in welchen Produkten das Gift enthalten war.

Das Ergebnis war niederschmetternd, denn obwohl es sich um eines der stärksten natürlichen Gifte der Welt handelte, war es auch in Deutschland über das Internet anscheinend mühelos zu beschaffen. Es gab zahlreiche Anbieter aus Deutschland, Frankreich und dem Nahen Osten, die das Zeug sogar ohne Rezept oder weitere Nachfragen liefern konnten. Die Preise waren mit 300 bis 600 Euro je nach Liefermenge allerdings saftig.

Da Sam auf Nachfrage bei der forensischen Toxikologie erfahren hatte, dass bereits ein Milliardstel Gramm pro Kilo Körpergewicht des Konsumenten tödlich wirken konnte, würde eine Lieferung ausreichen, um einen Massenmord zu begehen, zumal das Gift farblos und laut Auskunft als solches für Laien nicht ohne Weiteres zu erkennen war.

»Da werden gesetzlich die Größen und Formen von Bananen und Gurken geregelt«, hatte Sam fassungslos ins Telefon gerufen, »und bei diesem Zeug kann sich anscheinend jeder bedienen. Das kann ja wohl nicht wahr sein!«

Wie Sam herausgefunden hatte, wurde die Grundsubstanz vor allem von Algen produziert, die in Ostasien heimisch waren. Über die Nahrungskette gelangte sie dann in Fische und anderes Getier, die wiederum zum menschlichen Verzehr geeignet waren. In Europa war diese Gefahr nur Insidern bekannt, weil hier Kugelfisch und diverse Schneckenarten selten auf dem Speiseplan standen. Kaum jemand wusste, dass das Gift sich als Massenvernichtungsmittel eignete.

Maitotoxin war in Wasser und Alkohol löslich, über den Geschmack konnte Sam keine Angaben finden. In geringen Mengen konnte man das Zeug demnach überall beimischen, ohne dass es dem Endverbraucher gleich auffallen würde.

»Na Mahlzeit!«, sagte Sam frustriert vor sich hin, als er schließlich die Information bekam, dass die Ermittlungen offiziell aufgenommen werden sollten. »Das wird nicht einfach; keine Ahnung, wo wir anfangen sollen!«

»Wir müssen rausfinden, wer der geheimnisvolle Anrufer im Amt war«, bestimmte Katja Reinert.

»Du kannst dir hoffentlich vorstellen, wie schwierig es sein wird, von einer Behörde über den Telefonanbieter die Liste der eingegangenen Telefonate zu bekommen. Da vergehen Tage und Wochen, wenn überhaupt!«

»Lass uns zunächst zu Kochs Wohnung fahren«, schlug Katja Reinert vor. »Vielleicht kommen wir dort einen Schritt weiter.«

Der Plan verlief im Sand. Am Tag vor Fronleichnam konnte die Hauptkommissarin so spät am Nachmittag keine Truppe mehr zusammentrommeln, um ihr Vorhaben in die Tat umsetzen zu können. Ohne Spurenermittler und andere Spezialisten konnte ein Durchsuchungsbeschluss nicht gerichtsfest umgesetzt werden, zumal keine unmittelbare Gefahr im Verzug war. Die Alternative, wenigstens die Nachbarn zu befragen, stieß bei Sam Wolff auf heftigen Widerstand.

»Die laufen uns nicht weg«, maulte er. »Bei dem tollen Wetter ist dort sowieso niemand zu Hause. Morgen ist Feiertag, da gehen die Leute aus, weil sie ausschlafen können. Das bringt nix, dorthin zu fahren.«

»Okay, Sam«, seufzte Katja Reinert. »Ich weiß, dass du gerade eine schwere Zeit durchmachst und andere Sorgen hast, aber so geht das nicht! Die Arbeit muss vorgehen, wir haben einen verantwortungsvollen Job. Wie ist der Stand der Dinge? Wann soll das Baby eigentlich kommen?«

»Das dauert noch«, meinte Sam. »Katja, im Vertrauen: Ich kann nicht der Vater sein! Die will mir das Kind unterjubeln!«

»Bist du sicher?«

»Absolut!«

»Lass einen Vaterschaftstest machen! Dann ist es offiziell.«

»Das kann ich ohne Einverständnis der Mutter erst, wenn das Kind auf der Welt ist; bis dahin muss ich abwarten!«

»Was sagt die werdende Mutter dazu?«

»Ha! Nachdem ich sie damit konfrontiert habe, korrespondiert sie nur noch über einen Anwalt mit mir. Der hat schon eine Unterhaltsklage angekündigt. Das sagt alles! Sie ist nur auf die Kohle scharf!«

»Was macht dich so sicher, dass du nicht der Vater bist?«

»Das hat medizinische Gründe, über die ich nicht sprechen möchte.«

»Verstehe! Aber dann kannst du dem Ganzen doch entspannt entgegensehen, oder?«

»Ja schon, aber es zerrt ungeheuer an den Nerven. Versetz dich mal in meine Situation. Ich komme einfach nicht mehr zur Ruhe!«

»Liebst du sie noch?«, fragte Katja zartfühlend und legte ihrem Kollegen eine Hand auf dessen Arm.

»Das ist vorbei, nachdem sie ihr wahres Gesicht gezeigt hat. Mein Gott, nach der Scheidung hatte ich an einen Neuanfang gedacht, und jetzt das! Es ist einfach zum Kotzen!«

»Ja, das kann ich verstehen. Aber das ist nur eine Momentaufnahme, es werden auch wieder bessere Zeiten kommen. Lass den Kopf nicht hängen und verkriech dich nicht!«

»Danke! Ich treffe mich heute Abend mit ein paar Kumpels; muss mal wieder den Kopf freibekommen. Deshalb habe ich wenig Lust, heute schon wieder bis in die Puppen zu arbeiten.«

»Mach das, gute Idee! Meinst du, dass du morgen fit genug bist, um mit mir zusammen die Nachbarn zu befragen, oder soll ich das alleine übernehmen?«

»Mittags stehe ich zur Verfügung«, erklärte Sam.

»Gut, dann telefonieren wir morgen am späten Vormittag und legen die Einzelheiten fest.«

»Können wir so machen; ich ruf dich an!«

12

Fronleichnam

Am späten Vormittag des Feiertags hatten Katja Reinert und Sam Wolff sich telefonisch für 14 Uhr vor dem Anwesen von Alfred Koch verabredet.

Das Haus in der Wilhelm-Busch-Straße war riesig. Kaum zu glauben, dass in dieser Villa nur eine einzige Person wohnen sollte, von der bisher keine Verwandtschaft ermittelt werden konnte.

Bereits am Nachmittag nach dem Auffinden der Leiche war eine Polizeistreife zu Kochs Adresse geschickt worden, hatte aber niemanden angetroffen. Es gab auch keine Einliegerwohnung und im Melderegister war für dieses Anwesen nur eine Person aufgeführt: Alfred Koch!

Die Türöffnung war für den nächsten Tag geplant, ein Schlüsseldienst sollte anrücken und der Spurenermittlung den Weg ebnen. Da keine unmittelbare Gefahr im Verzug war, kam ein gewaltsames Eindringen vorab nicht in Frage, so war nun mal die Rechtslage, auch wenn das den Ermittlern nicht gefiel.

»Wir schauen uns das Anwesen später genauer an, erst befragen wir die Nachbarn«, beschloss Katja Reinert. »Solange niemand fragt, werden wir denen nicht sagen, dass Koch tot ist.

Schnell stellte sich heraus, dass die Nachbarschaft zur Person von Alfred Koch wenig zu sagen hatte. Es fragte auch niemand, weswegen die beiden Ermittler Fragen zu Kochs Person stellten; sein Schicksal schien den Leuten aus der Nachbarschaft völlig gleichgültig zu sein.

Er habe keinerlei Kontakte gepflegt, sei nicht kommunikativ gewesen, kaum einer, der je ein Wort mit dem Mann geredet hatte. Koch sei schon hier ansässig gewesen, als die Nachbarn ihre Grundstücke erworben und bebaut hatten, daher wusste niemand, wann und wie er hierhergekommen war. Koch war eigentlich immer schon da gewesen, hatte nie gegrüßt, mit niemandem Kontakt gehabt und irgendwie unnahbar und unsympathisch gewirkt.

Besuche, Feste, Partys: Fehlanzeige! Bekannt war nur, dass Koch einen alten Volvo fuhr und anscheinend keine Familie hatte. Ab und an sei ein Wagen der Apotheke vorgefahren, anscheinend um Medikamente zu liefern. Nein, von einem Haustier sei nichts bekannt. Auch dass ihr Nachbar Mitglied im Kochclub war, war den Leuten nicht bekannt, ebenso wenig wusste man, wo und wie Koch seine Brötchen verdiente.

»Das ist wirklich sehr seltsam«, urteilte die Hauptkommissarin am Ende der Befragungen. »Da wohnen Menschen jahrzehntelang nebeneinander und haben keinerlei Kontakt.«

»So außergewöhnlich ist das meiner Meinung nach nicht«, meinte Sam Wolff. »Insgesamt vereinsamt unsere Gesellschaft, wenngleich das hier auf dem Land vielleicht weniger ausgeprägt ist.«

»Ich glaube nicht, dass Koch einsam war«, entgegnete die Hauptkommissarin. »Er hat sich diesen Abstand zu den Nachbarn selbst ausgesucht. Im Kochclub und bei den Bordellbesuchen war er offensichtlich weniger zurückhaltend.«

»Er wird seine Gründe gehabt haben.«

»Genau die will ich rausfinden! Ich bin gespannt, wie es in Kochs Wohnung aussieht!«

»Morgen wirst du es wissen!«

»Lass uns zum Abschluss kurz einen Blick auf Kochs Anwesen werfen«, schlug Katja Reinert vor. »Danach machen wir Schluss für heute.«

Sam Wolff war einverstanden und ging als erster die Treppe zur Haustür hinauf. Im Zeitungsrohr steckte die aktuelle Ausgabe des Wochenspiegels, eine Tageszeitung hatte Koch demnach nicht abonniert. Im Briefkasten konnte Sam nichts ertasten, gewohnheitsmäßig drückte er die Türklingel und drückte gegen das Türblatt. Wie erwartet, tat sich nichts.

Rechts vom Eingang befand sich die Garage, das Tor war verschlossen. Daran schloss sich eine schmiedeeiserne Tür mit einem Rundbogen an, auch sie ließ sich nicht öffnen. Die Tür grenzte an die Garage des Nachbargrundstücks, das durch einen Zaun abgegrenzt war.

Auf der anderen Seite der Gebäudefront knickte eine etwa zweieinhalb Meter hohe Mauer im rechten Winkel ab, umschloss das gesamte Areal nach hinten und führte anscheinend bis an ein angrenzendes Wäldchen.

»Der hat sich regelrecht eingemauert«, bemerkte Sam. »Wir kommen nicht auf das Grundstück. Vermutlich führt in der Garage eine Tür in den Garten. Wenn ich da reinkäme, hätten wir vielleicht eine Chance.«

»Das lassen wir schön bleiben«, entschied die Hauptkommissarin. »Das machen morgen die Spezialisten. Versuchen wir es über das Nachbargrundstück. Da die Nachbarn wissen, weshalb wir hier sind, werden sie sich nicht wundern. Anscheinend interessiert die überhaupt nichts, was mit Koch zu tun hat.«

Katja Reinert sollte Recht behalten. Ein Nachbar stellte auf Nachfrage kommentarlos eine Leiter zur Verfügung, damit Sam Wolff über die Mauer ins angrenzende Grundstück schauen konnte.

Sam stieg einige Sprossen hinauf und verschaffte sich einen Überblick.

»Merkwürdig«, rief er nach unten. »Die Verandatür steht offen!«

»Kannst du rübersteigen und nachschauen?«, fragte die Hauptkommissarin.

»Hier nicht, aber ein Stück weiter gibt es einen Holzstapel, dort könnte es funktionieren.«

Einige Minuten später schritt Sam über die von der Sommerhitze verdorrte Rasenfläche bis zur Veranda, verharrte dort für einige Sekunden und kam schließlich im Laufschritt zurück. Nachdem er die Mauer überwunden und die Leiter heruntergestiegen war, schnaufte er kurz durch.

»Sieht so aus, als ob eingebrochen wurde«, berichtete er. »So viel ich erkennen konnte, ist die Wohnung durchwühlt; ein ziemliches Chaos!«

»Scheiße!«, entfuhr es der Hauptkommissarin, die ihr Handy zückte und den Kriminaldauerdienst anrief.

13

Zwei Stunden später

»Ich bin zwar nicht auf Bereitschaft«, erklärte Staatsanwältin Sommer dem Beamten, der den Zugang zu Alfred Kochs Wohnung sicherte, »aber ich bin die ermittelnde Staatsanwältin in einem mutmaßlichen Delikt zum Nachteil des Besitzers dieses Anwesens.«

Der Beamte kontrollierte den Dienstausweis von Daniela Sommer, bedankte sich höflich und ließ sie passieren.

»Bitte melden Sie sich vor dem Betreten der Wohnung an, Frau Staatsanwältin«, bat er. »Man wird Ihnen dort weitere Instruktionen erteilen, wo Sie sich bewegen dürfen.«

»Danke, das Prozedere ist mir bekannt«, erklärte Daniela Sommer, ging zur Eingangstür und rief in die Wohnung hinein, worauf nach wenigen Augenblicken Hauptkommissar Sam Wolff erschien.

»Gut, dass ihr mir gleich Bescheid gegeben habt«, erklärte die Staatsanwältin. »Ich war unterwegs, deshalb hat es eine Weile gedauert. Wie weit seid ihr inzwischen?«

»Der Dauerdienst ist zwar noch lange nicht fertig, aber es scheint klar zu sein, dass sich der oder die Täter beziehungsweise Täterinnen …«

»Diesen Genderquatsch können wir uns sparen«, unterbrach Daniela Sommer. »Zur Gleichstellung der Geschlechter trägt das ohnehin nicht bei!«

»Von mir aus; jedenfalls gibt es keine Anzeichen, die auf ein gewaltsames Eindringen hindeuten. Keine Beschädigungen an Türen und Fenster, allerdings stand die Verandatür offen. Es …«

»Andere Spuren?«, unterbrach die Staatsanwältin ungeduldig.

»Offensichtlich hat jemand zielgerichtet nach etwas Bestimmtem gesucht. Etliche Gegenstände von Wert sind unangetastet, zum Beispiel Gemälde, zwei Armbanduhren von Wert, Keramiken und so weiter. Man hatte es offensichtlich auf etwas anderes abgesehen.«

»Was fehlt?«

»Erkennbar ein Computer! Und womöglich Akten, denn die Wohnung wurde komplett durchwühlt; die Ordner liegen überall verteilt, so dass logischerweise nicht nachvollziehbar ist, ob welche fehlen.«

»Könnte Koch das Chaos vor seinem Tod selbst angerichtet haben, weshalb auch immer?«

»Nach Spurenlage eher unwahrscheinlich. Alles deutet darauf hin, dass Koch seit einiger Zeit nicht mehr in der Wohnung war …«

»Logisch!«, unterbrach die Staatsanwältin erneut. »Wir wissen, dass er seit dem Wochenende tot ist, und heute ist Donnerstag!«

»Gut, ich konkretisiere«, entgegnete der Hauptkommissar durch die ständigen Unterbrechungen genervt. »Laub und Schmutz im Wohnzimmer deuten darauf hin, dass die Verandatür schon länger offenstand. Die am Boden verstreuten Akten und Gegenstände sind nicht davon bedeckt, was heißt, dass sie später …«

»Okay, ich habe es jetzt verstanden! Der Zutritt ist also über die Veranda erfolgt, oder …«

Jetzt unterbrach Sam Wolff seinerseits die Ausführungen der Staatsanwältin.

»Nach aktueller Spurenlage eher nicht! Außer meinen eigenen gibt es keine weiteren Fußspuren auf der Veranda. Auch dort liegt sehr viel Dreck rum, so dass Abdrücke leicht erkennbar sein müssten. Aber wie gesagt, die Spurenermittlung ist noch nicht abgeschlossen.«

Bevor Daniela weitere Fragen stellen konnte, kam Katja Reinert zur Eingangstür.

»Komm ruhig rein ins Wohnzimmer, aber halte dich rechts! Dort sind die Kollegen bereits fertig.«

Staatsanwältin Sommer folgte der Hauptkommissarin, betrat vorsichtig das Wohnzimmer und verschaffte sich einen Überblick.

Rechte Wand: ein offener Kamin, Bilder mit Jagdmotiven.

Angrenzende Wand: große Glasfront mit Verandatür. Blumenbank mit Pflanzen, denen es eindeutig an Wasser mangelte.

Linke Wand: Sideboard mit überdimensionalem Flachbildschirm. Rechts und links davon zimmerhohe Regale.

Parkettboden, auf dem Bücher und Aktenordner zerstreut lagen.

Holzgetäfelte Decke; auch an den Wänden überwiegend Holzpaneele. Schwere Sessel, wuchtige Couch um einen riesigen niedrigen Tisch. Konservativ bis altmodisch, gediegen und wahrscheinlich teuer in der Anschaffung, die wahrscheinlich zwanzig Jahre zurücklag. Dunkles Holz, wenigstens die Sitzbezüge waren aus hellem Stoff.

»Manche Leute haben es anscheinend gerne düster bis morbid«, kommentierte Daniela Sommer. »Die anderen Räume?«

»Dort sieht es ähnlich aus, vor allem im Arbeitszimmer. Dort fehlt ein Computer; Drucker, Tastatur, Lautsprecher und

Anschlüsse sind noch da. Eine Schatulle mit Ringen, anderem Schmuck und Münzen, anscheinend Erbstücke, sind unangetastet, soweit feststellbar. Das war kein gewöhnliches Diebstahlsdelikt, da hat jemand gezielt gesucht.«

»Fragt sich nur: wonach?«, seufzte die Staatsanwältin.

»Der Kühlschrank ist gut gefüllt, kaum verderbliche Ware. Auch das …«

»Denkt bitte dran, dass alles ins Labor muss!«, bat Daniela Sommer. »Es muss überprüft werden, ob irgendwas mit dem Giftzeug kontaminiert ist! Achtet vor allem auf Fisch und Meeresfrüchte!«

»Ist bereits erfolgt«, erklärte Katja Reinert. »Es sind allerdings weder Meeresfrüchte noch Fischprodukte eingelagert. Die Fenster, Türen und Schlösser der Wohnung sind intakt und unbeschädigt …«

»Hat mir dein Kollege bereits erzählt! Und von der Spurenlage auf der Veranda auch!«

»Ich weiß, dass es reine Spekulation ist, aber wenn du mich fragst, ist der Täter mit Kochs fehlendem Hausschlüssel über die Vordertür in die Wohnung gelangt. Das würde bedeuten, dass der Einbrecher auch Kochs Mörder ist. Und das wiederum heißt, dass jemand etwas von Koch haben wollte, was der ihm nicht freiwillig überlassen hat.«

»Finden wir den Einbrecher, dann haben wir auch den Mörder«, fügte Sam Wolff hinzu. »Oder umgekehrt!«

»Ein kriminalistisches Highlight war das jetzt nicht gerade«, murrte die Staatsanwältin. »Haben die Nachbarn etwas mitbekommen oder gibt es andere Zeugen?«

»Negativ!«, antwortete der Hauptkommissar, der sich fragte, weshalb die Staatsanwältin so ruppig mit ihm umging. »Koch war für seine Nachbarschaft anscheinend so etwas wie ein Phantom. Der war einfach nur da, aber niemand hatte Kontakt zu ihm. Nicht den geringsten! Sein Anwesen ist rundum gesichert wie eine Festung. Die Leute behaupten, dass er weder Besucher empfing, noch Feste feierte. Nur der Kundendienst der Apotheke sei manchmal vorbeigekommen. Obwohl er seit Jahrzehnten hier wohnte, weiß niemand etwas über Koch. Ziemlich seltsam das Ganze.«

»Alle unsere Fälle sind seltsam, Sam«, meinte Katja Reinert. »Aber du hast Recht: Dass jemand derart anonym inmitten der Gesellschaft lebt, ist zumindest ungewöhnlich. Außer zu den Kochfreunden hatte Alfred Koch anscheinend keine sozialen Kontakte. Eventuell noch zum Fanclub der SV Elversberg, das müssen wir klären!«

»Du vergisst die Bordelle und sein Arbeitsumfeld«, ergänzte Sam Wolff.

»Ja richtig, die auch!«

»Wir sollten dort anfangen«, schlug die Staatsanwältin vor. »Ich werde mich morgen sofort mit seiner Dienststelle in Verbindung setzen und unsere Ermittlungen ankündigen; ohne Einschaltung der ministeriellen Ebene wird das allerdings nicht gehen. Wenn man es genau nimmt, ermitteln wir nämlich im eigenen Haus. Das überlasst ihr vorerst ausschließlich mir! Ihr kümmert euch um die Köche, den Fanclub und das Rotlichtmilieu!«

»Geht klar!«, nickte die Hauptkommissarin. »Sam übernimmt die Fußballszene und die Kochbrüder; ich die Bordelle! Nicht traurig sein, Sam, aber ich glaube, das ist so besser für dich als umgekehrt.«

14

In etwa zur gleichen Zeit

Joschs Neugier wuchs beständig, gerade an diesem Feiertag, an dem es derart brüllend heiß war, dass er, außer im Schatten zu liegen, ohnehin nichts anderes anstellen konnte. Zu gerne hätte Josch gewusst, was genau Alfred Koch beruflich getan hatte, wofür er zuständig gewesen und wie sein kollegiales Umfeld mit ihm zurechtgekommen war.

Die Vermutung von Toni Lukas, dass Koch krumme Dinger gedreht haben könnte, beschäftigten Josch derart, dass selbst seine Frau Marion das mitbekommen hatte.

»Sag mal! Was grübelst du eigentlich andauernd vor dich hin?«, hatte sie gefragt, als sie von der Hollywoodschaukel aus beobachtete, wie ihr Gatte geistesabwesend vor sich hinstarrte. »Komm auf die Schaukel und leg dich neben mich, sonst holst du dir bei der Hitze noch einen Dachschaden!«

»Seit Jahren behauptest du, den hätte ich schon lange! Woher der plötzliche Sinneswandel?«

»Dann gib dir jetzt eben den Rest! Wie kann man bloß so ungemütlich sein.«

»Willst du kuscheln?«

»Bei der Hitze? Da klebt man ja zusammen!«

»Dir kann man es wirklich nicht recht machen«, stöhnte Josch.

Später hatte Marion ihr Buch zur Seite gelegt, um ein Nickerchen zu machen, was Josch sofort ausnutzte, um heimlich im Internet zu surfen und die Strukturen und Organigramme der Landesverwaltung zu studieren.

Tonis vagen Angaben und den spärlichen Informationen der Kochbrüder zufolge war anzunehmen, dass Alfred Koch in einer Abteilung der Landesverwaltung gearbeitet hatte, die etwas mit Bauen und Sport zu tun hatte.

Josch wurde zwar fündig, aber in der Landesverwaltung gab es laut Organigramm zahlreiche Unterabteilungen, die sich sowohl mit dem einen wie mit dem anderen beschäftigten. Die Abteilungsleitungen waren benannt, aber Kochs Name war nicht dabei. Da die Ebenen darunter ohne Nennung der Mitarbeiter dargestellt waren, tappte Josch weiterhin im Dunkeln und war mit seinem Latein am Ende.

Daher beschloss er, seinen Kumpel Toni Lukas zu kontaktieren, um ihm vielleicht weitere Einzelheiten entlocken zu können. Womöglich konnte er sich doch noch erinnern, zu welcher Abteilung Koch damals gehört hatte, und mit etwas Glück war Alfred dort bis zum Schluss tätig gewesen.

Es dauerte eine halbe Ewigkeit, bis Toni Lukas endlich ans Telefon kam.

»Lukas, wer stört?«

»Hier ist Joachim Schaum; hör zu, ich muss kurz mit dir reden, aber so, dass es Daniela nicht mitbekommt. Ich hoffe, das geht, und ich störe nicht all zu sehr.«

»Tust du aber, sagte ich bereits. Egal. Daniela ist nicht da, die wurde zu einem Einsatz gerufen.«

»Am Feiertag?«, wunderte sich Josch. »Ich dachte, sie macht keine Bereitschaft mehr.«

»Keine Ahnung! Es geht wohl wieder um diesen Typ vom Kochclub. Näheres hat sie nicht erzählt. Wir waren unterwegs, als der Anruf kam, daraufhin ist sie Hals über Kopf abgedüst und ich musste schauen, wie ich wieder nach Hause komme. Aber so ist sie eben! Wie das in ihrem Ruhestand werden soll … egal; drehen bei der Hitze alle durch? Ich liege auf der Couch und … um was geht's denn so dringend?«

»Es ist mir ehrlich peinlich, dich zu stören, aber mein Anruf hat auch etwas mit diesem Koch zu tun, du weißt, wen ich meine. Kannst du dich wirklich nicht erinnern, in welcher Abteilung er gearbeitet hat?«

»Josch, das ist ewig her! Beim besten Willen …«

»Vielleicht hast du noch irgendwelche Aufzeichnungen, aus denen das hervorgeht«, bohrte Josch nach.

»Oh Gott, das müsste ich in meinem Archiv im Keller nachschauen. Ob ich da etwas finde, ist mehr als fraglich.«

»Würdest du mir den Gefallen tun?«, bat Josch flehend.

»Jetzt gleich?«, stöhnte Toni. »Was ist daran so dringend? Moment! Du ermittelst doch etwa nicht schon wieder auf eigene Faust?«

»Nein, so würde ich das nicht nennen!«

»Wie denn?«

»Kriminalistische Neugier!«

»Ach? Nur weil ich damals den Eindruck hatte, dass der Kerl nicht ganz sauber ist? Na hör mal!«

»Ich habe mittlerweile von anderer Seite ähnliche Einschätzungen gehört.«

»Wenn da was dran ist, wird Daniela dem nachgehen!«, blockte Toni ab. »Wenn sie allerdings herausbekommt, dass du einen Alleingang machst, und ich dir dabei auch noch helfe, reißt sie mir die Ohren ab, und in deiner Haut möchte ich dann auch nicht stecken! Ich riskiere unsere Beziehung, wenn ich dich unterstütze!«

»Ach was, das musst du anders sehen: Ich erspare Daniela Arbeit und Ärger! Staatliche Institutionen sind auf Ermittlungen nie gut zu sprechen und blockieren in der Regel, wenn in den eigenen Reihen von offizieller Seite nachgeforscht wird. Ich als Privatmann kann hingegen auftreten, ohne dass mir das Misstrauen wie ein Tsunami entgegenkommt. Mit mir redet man offener, weiß du; von Mensch zu Mensch …«

»Du hast das Zeug zu einem Starverkäufer«, lachte Toni ins Telefon. »Verkaufst einem Bauern eine Melkmaschine und nimmst seine einzige Kuh in Zahlung.«

»Das ist ein ehrbarer Beruf!«, wehrte sich Josch. »Ich kenne Berufsgruppen, da musst du nach dem Handschlag deine Finger nachzählen.«

»Zum Beispiel?«

»Politiker!«

»Nicht alle, nur wenn sie korrupt sind.«

»Von mir aus! Was ist jetzt? Hilfst du mir?«

»Also, in meinem Archiv schaue ich jetzt nicht nach, Josch! Vielleicht morgen oder am Wochenende. Dieser Koch war seinerzeit Ansprechpartner beim Verkauf einer landeseigenen Sportstätte; demnach muss er in einer Abteilung gearbeitet haben, die für die Liegenschaften des Landes zuständig ist.«

»Es gibt ein Referat, das unter anderem für solche Liegenschaften zuständig ist, aber darunter gibt es diverse Fachabteilungen, die ich nicht eindeutig zuordnen kann«, erklärte Josch.

»Da kann ich dir auch nicht weiterhelfen«, resignierte Toni. »Man weiß ja auch nicht, ob er bis zum Schluss dort tätig war. Koch könnte mehrfach versetzt worden sein, seit ich damals Kontakt mit ihm hatte; das ist, wie gesagt, Jahre her.«

»Na gut, dann kann man eben nichts machen. Bitte kein Wort zu Daniela! Und danke für die Zeit, Toni!«

»Alles gut, helfen konnte ich dir ja nicht wirklich. Denk dran: Wenn du dich zu weit aus dem Fenster lehnst, riskierst du einen riesigen Zoff mit Daniela.«

»Ich weiß! Keine Sorge, ich halte mich zurück«, meinte Josch und legte auf.

Toni Lukas wusste ganz genau, dass das in keinster Weise der Wahrheit entsprach.

15

Freitag, 9. Juni

Als Josch gegen 9 Uhr das Gebäude der Landesverwaltung betrat, war er trotz der frühen Stunde bereits nass geschwitzt.

Seit Tagen hielt die Hitze an und auch für diesen Tag waren Rekordtemperaturen vorhergesagt. Es hatte lange gedauert, bis Josch einen Parkplatz gefunden hatte, und wieder einmal hatte sich gezeigt, dass eine Klimaanlage eine super Sache wäre, wenn sie denn funktionieren würde. Wie oft hatte Josch sich geschworen, das Ding reparieren zu lassen, aber immer, wenn er sich an den Kostenvorschlag erinnerte, beschloss er, dass ein offenes Seitenfenster die günstigere Alternative war. An diesem Freitagmorgen hatte er einsehen müssen, dass er diesbezüglich die falsche Entscheidung getroffen hatte.

Josch war klar, dass er ohne einen festen Termin am Pförtner nicht vorbeikommen würde, aber darauf hatte er sich vorbereitet. In seiner Aktenmappe befanden sich mehrere Ausdrucke von Organigrammen der Landesverwaltung und ihrer Abteilungen.

»Guten Morgen, der Herr«, grüßte er daher überfreundlich, und lächelte den Pförtner an, der, dem Alter nach zu urteilen, seinen Job angetreten hatte, als Oskar Lafontaine Landesvater des Saarlandes war.

»Moin«, kam es von dem Mann in Uniform knapp zurück, wobei der Anflug eines Lächelns nicht zu übersehen war.

»Ich habe einen Termin mit Herrn Koch«, erklärte Josch. »Alfred Koch! Ich komme von der Schiedskommission des Ligaauschusses.«

»Da muss ich Sie leider enttäuschen«, erwiderte der Pförtner. »Herr Koch ist nicht im Hause, und er wird heute auch nicht ins Büro kommen.«

»Ach?«, tat Josch überrascht. »Wo ist er denn?«

»Tut mir leid, aber woher soll ich wissen, was Herr Koch in seinem Urlaub macht?«

»Hat er etwa Urlaub?«, stellte sich Josch erbost.

»Steht nicht auf meiner Liste.«

»Das ist mehr als ärgerlich! Wieso macht er mit mir einen Termin und ist dann nicht da? Unerhört! Ich komme extra angereist und jetzt das! Das wirft kein gutes Bild auf Ihr Haus!«

»Ich verstehe Ihren Ärger, aber ich weiß ja auch nicht … Wissen Sie was: Ich rufe mal bei dem Kollegen in seiner Abteilung an, vielleicht kann der … Moment, bitte.«

Jetzt machte sich die Diensterfahrung des Pförtners bemerkbar. Da er nicht gewillt war, den Zorn des enttäuschten Besuchers alleine abzubekommen, versuchte er, die Verantwortung an eine andere Stelle weiterzuleiten. Er schaute in eine Liste und wählte eine Telefonnummer.

»Hallo, Herr Sauer, hier ist Ernst vom Empfang …«

Josch speicherte beide Namen in seinem Gedächtnis.

»… bei mir steht ein Herr von …«

»Schiedskommission des Ligaauschusses«, beantwortete Josch den fragenden Blick des Pförtners.

»Ja, genau! Der Herr ist weit angereist und hat einen Termin mit Herrn Koch. Laut meiner Liste ist Herr Koch allerdings nicht im Hause …«

Der Pörtner verstummte, hörte, nickte und verdeckte schließlich die Sprechmuschel mit einer Hand.

»Dem Herrn Sauer ist nichts von einem Termin bekannt.«

»Das ist nicht mein Problem!«, entgegnete Josch forsch.

»Tut mir leid«, entschuldigte der Pförtner unsicher und sprach erneut ins Telefon.

»Was soll ich dem Herrn denn nun sagen?«

Pause.

»Sie sollen nächste Woche wiederkommen, schlägt der Kollege vor.«

»Das wird ja immer schöner! Soweit kommts noch! Ich möchte mit Herrn Kowalski sprechen, sofort!«

Den Namen hatte Josch aus dem Organigramm in Erinnerung, wo Kowalski als Leiter des Amtes ausgewiesen war.

»Herr Kowalski hat einen wichtigen Termin, da kann ich Sie nicht durchlassen. Ich habe Anweisung, keine Telefonate durchzustellen. Außerdem ist Herr Kowalski als Amtsleiter nicht der direkte Vorgesetzte von Herrn Koch.«

»Nicht? Na, man wird mir wohl nicht zumuten wollen, dass ich die Hierarchie Ihres Hauses in kompletter Erinnerung habe. Wer ist sein direkter Chef?«

»Herr Oberhauser, aber der hat das Haus vor einer halben Stunde verlassen, und ich kann mir nicht vorstellen, dass er heute nochmal reinkommt.«

»Sauladen!«, murmelte Josch im Gehen, machte allerdings auf dem Absatz kehrt und rief dem Pförtner zu, dass er sich telefonisch beschweren und nächste Woche wiederkommen werde; dann stapfte er davon.

Vor dem Gebäude öffnete Josch seine Aktenmappe, zückte die Organigramme und trug die vom Pförtner erwähnten Namen an die entsprechenden Stellen ein. Der Name von Oberhauser war aufgeführt. Abteilungsleiter für den Bereich *Zuschüsse im kommunalen Sportstättenbau (KoStBa).* Die Abkürzung zauberte ein Lächeln auf Joschs Gesicht. Laut Erläuterung des Aufgabengebietes war Oberhausers Abteilung zudem für das Vertragswesen mit Ingenieuren, Fachplanern und Gutachtern zuständig.

Bingo! Jetzt wusste Josch wenigstens ungefähr, womit Alfred Koch seine Brötchen verdient hatte.

Auf dem Weg zu seinem Fahrzeug blieb Josch plötzlich wie angewurzelt stehen. Nach einer Schrecksekunde bog er in eine andere Richtung ab und duckte sich zwischen die Fahrzeugreihen.

Weiter vorne war gerade eine ihm bekannte Person aus ihrem Fahrzeug gestiegen, die Josch hier und jetzt auf keinen Fall treffen wollte.

16

In etwa zur gleichen Zeit

»Mein Name ist Sommer«, stellte sich die Staatsanwältin dem Portier vor. »Staatsanwaltschaft! Ich bin mit Herrn Kowalski verabredet.«

»Darf ich Sie bitten, sich auszuweisen«, bat der Mann an der Anmeldung höflich.

»Selbstverständlich!«, antwortete Daniela Sommer ebenso freundlich und zeigte ihren Dienstausweis.

»Moment bitte, Frau Staatsanwältin, ich kündige Sie an«, erklärte der Pförtner, nachdem er den Ausweis inspiziert hatte.

»Müssen Sie nicht, Herr Kowalski erwartet mich.«

»Dienstanweisung; daran muss ich mich halten. Kleinen Augenblick bitte.«

Wenige Minuten später öffnete sich die Tür des Fahrstuhls, und Daniela Sommer trat in den Flur, in dem das Büro des Amtsleiters untergebracht war. Der Portier hatte Daniela eine exakte Beschreibung der Lage mit auf den Weg gegeben, so dass sie keinerlei Mühe hatte, Alexander Kowalskis Büro auf Anhieb zu finden. Die Tür zum Vorzimmer stand offen; als die Staatsanwältin sich bemerkbar machte, wurde sie sofort von einer Frau mittleren Alters im modischen Sommeranzug in Empfang genommen.

»Frau Staatsanwältin Sommer?«, fragte sie mit einem gewinnenden Lächeln.

»Ja, genau!«

»Herzlich willkommen, die Amtsleitung erwartet Sie bereits. Möchten Sie einen Kaffee, oder lieber ein Wasser oder einen Saft?«

»Nein, danke; sehr freundlich, aber machen Sie sich keine Umstände.«

»Wenn Sie mir bitte folgen wollen.«

»Gerne!«

Die Frau, deren Namensschild sie als E. Jablonski auswies, ging zu einer Tür, klopfte zart an, und öffnete ohne auf eine Antwort zu warten, die Tür.

»Frau Staatsanwältin Sommer ist da«, kündigte sie den Besuch an.

»Soll bitte reinkommen«, vernahm Daniela die Stimme des Amtsleiters.

Als sie das erstaunlich kleine und schmucklose Büro betrat, stand ihr Gastgeber bereits vor dem Schreibtisch, knöpfte sein Jackett zu und kam mit ausgestreckter Hand auf Daniela zu.

»Frau Staatsanwältin!«, grüßte er mit einem Lächeln, das weitaus aufgesetzter war als das seiner Vorzimmerdame. »Schön, Sie zu sehen!«

Heuchler, dachte Daniela. *Du untalentierter Schauspieler wärest froh, ich wäre schon wieder draußen. Was du kannst, kann ich auch! Spielen wir das Spiel!*

»Ganz meinerseits«, erwiderte sie und reichte Kowalski die Hand.

Mit dem Händedruck blamierst du dich aber, mein Lieber. Feucht und labbrig! Igitt!

»Wir setzen uns in die Besprechungsecke. Frau Jablonski ist angewiesen, keine Gespräche durchzustellen, wir sind also ganz ungestört. Kaffee kommt sofort, oder möchten Sie lieber ein kaltes Getränk?«

»Weder noch, Herr Direktor, ich habe draußen schon Bescheid gesagt. Vielen Dank.«

»Den Direktor lassen wir weg; das klingt fürchterlich bürokratisch!«

Genau deshalb hast du ja diese Stelle: Weil du ein Bürokrat bist!

In der Tat hätte sich Daniela Sommer den Prototyp eines Bürokraten nicht anders vorstellen können.

Mitte bis Ende Fünfzig; korrekter Seitenscheitel im sorgsam frisierten angegrauten Haar; pfirsischglatt rasiert; altbacken breiter Ehering, Armbanduhr Marke edel-traditionell, goldene Manschettenknöpfe am perlweißen Hemd mit gestärktem Kragen; schwarzer Einreiher im traditionellen Schnitt; rote Seidenkrawatte, die wohl seiner politischen Heimat geschuldet war, das Schwarz des Anzugs ließ Spielraum für Veränderungen nach der nächsten Wahl, Krawatten waren leicht auszutauschen; die goldene Krawattennadel würde auch auf einen dunklen Schlips passen, auf gelb, grün oder braun allerdings nicht. Alles an dem Mann wirkte gestelzt, jede Geste einstudiert.

Dem Kerl traue ich nur so weit, wie ich ein Klavier mit der linken Hand werfen kann, urteilte Daniela, versuchte sich jedoch innerlich zu zügeln. *Daniela, du bist dienstlich hier, also wirf alle Eindrücke einfach über Bord.*

»Herr Kowalski, ich wollte Ihnen am Telefon bewusst keine Einzelheiten mitteilen; die Sache hat Brisanz. Es geht um einen Ihrer Mitarbeiter.«

»Soll ich die Personalabteilung hinzubitten?«, bot der Amtsleiter an.

»Nein, nein; jedenfalls nicht jetzt! Es geht um Herrn Alfred Koch.«

»Aha!«, staunte Kowalski und schien in Gedanken seine Mitarbeiterliste durchzugehen.

»Ihrer Reaktion entnehme ich, dass Sie nicht informiert sind.«

»Worüber? Was ist mit Herrn Koch?«

»Herr Koch wurde am Montag tot aufgefunden.«

»Großer Gott!«, entfuhr des Amtsleiter, der nun tatsächlich betroffen zu sein schien. »Das ist ja schrecklich! Ich bin völlig überrascht! Wieso weiß ich nichts davon?«

»Wir haben das bisher bewusst unter der Decke gehalten. Wir haben dafür unsere Gründe, die ich nicht näher erläutern möchte. Unseren Informationen zufolge hat Herr Koch am Montag telefonisch bei Ihrer Personalabteilung um einen kurzfristigen einwöchigen Urlaub gebeten, der ihm auch zugestanden wurde. Das ist wahrscheinlich der Grund, weshalb sein Fehlen am Arbeitsplatz nicht weiter auffällig war.«

»Das ist ungeheuerlich!«, entrüstete sich Kowalski. »Eine telefonische Urlaubsankündigung! Das geht gar nicht! Es gibt eindeutige Dienstanweisungen, dass das nicht statthaft ist! Wieso hält man sich nicht an diese Regelungen? Das ist nur in absoluten Notfällen möglich, zum Beispiel, wenn ein naher Verwandter oder eine Verwandte unerwartet …«

»Das mag alles so sein, Herr Kowalski, aber Herrn Koch werden Sie nicht mehr zur Rechenschaft ziehen können.«

»Ich werde das in der Personalabteilung überprüfen; das muss Konsequenzen haben!«

»Das bleibt natürlich Ihnen überlassen. Sie scheinen an den Todesumständen von Herrn Koch nicht sonderlich interessiert zu sein, Herr Kowalski«, stellte die Staatsanwältin mit provokativem Unterton fest. »Oder irre ich mich?«

»Ich bitte um Entschuldigung! Selbstverständlich bin ich interessiert, was mit Herrn Koch passiert ist! Ich bin nur gerade völlig überrascht. Was ist ihm denn widerfahren, dass sich die Staatsanwaltschaft einschaltet?«

»Vorab: Das ist völlig normal, wenn die Todesumstände unklar sind und die Auffindesituation auffällig erscheint.«

Mit wenigen Worten schilderte Daniela Sommer, wann, wo und unter welchen Umständen Alfred Koch gefunden worden war; Einzelheiten gab sie jedoch nicht preis.

»In einem Kühlraum, wie schrecklich! Ich wusste gar nicht, dass Herr Koch das Kochen zum Hobby hatte.«

Ich vermute, dass du über deine Mitarbeiter noch viel mehr nicht weißt, spekulierte Daniela.

»Ich bin tief bestürzt, Frau Staatsanwältin, aber was kann ich in dieser Situation für Sie tun?«

»Ich muss vorausschicken, dass ich Sie vorerst zum Stillschweigen auffordern muss. Alles, was ich Ihnen erzähle, muss vertraulich behandelt werden!«

»Verstehe«, stammelte Kowalski unsicher.

»Zur Ermittlung der Todesumstände von Herrn Koch arbeiten wir mit Hochdruck. Es gibt einige Unklarheiten, aber das ist mehr oder weniger Routine. Dennoch werden wir zur Aufklärung in den nächsten Tagen einige Mitarbeiter Ihres Hauses befragen müssen. Sie werden sich später gerne vergewissern können, dass das von höherer Stelle abgesegnet ist. Wir wissen um die Sensibilität bei Ermittlungen innerhalb einer Landesbehörde, aber wir können Ihrem Haus das leider nicht ersparen.«

»Das klingt, als ob Sie davon ausgehen, dass Herr Koch eines gewaltsamen Todes gestorben ist«, entgegnete Kowalski fast panisch. »Wer um Gottes Willen sollte denn ein Interesse an seinem Tod haben?«

»Langsam, Herr Kowalski! Keine Spekulationen, bitte! Wie erwähnt, gehen wir den Umständen noch auf den Grund. Solange es keine gesicherten Erkenntnisse gibt, bleibt die Sache unter der Decke. Behandeln Sie deshalb das Ganze streng vertraulich, alles weitere wird sich zeigen. Ich bin gekommen, um Sie vorab zu informieren; Ihr Dienstherr wird sich mit Ihnen in Verbindung setzen, das ist klar.«

»Ja, ja, das ist soweit verstanden, aber ich frage mich immer noch, was mein Amt damit zu tun haben soll.«

»Herr Koch hat sich, wie erwähnt, am Montag telefonisch in Ihrem Haus gemeldet und um Urlaub gebeten.«

»Und ich habe Ihnen gesagt, dass das eine unmögliche Vorgehensweise ist. Und weiter?«

»Nach unseren bisherigen Erkenntnissen war Herr Koch zum Zeitpunkt seines angeblichen Anrufs bereits seit mindestens 24 Stunden tot. Mindestens, eher länger!«

»Und wer hat dann angerufen?«

»Genau darum geht es, Herr Kowalski! Das ist das Problem!«

Der Amtsleiter wechselte die Farbe von beamtengrau in aschfahl.

»Das ist unglaublich!«, stotterte er. »Einfach unglaublich! Und das in meinem Haus! Wenn das publik wird ... ich will mir das gar nicht ausmalen!«

»Deshalb sollten Sie Ruhe bewahren; Panik hilft keinem weiter. Wir werden versuchen, über Ihren Netzbetreiber herauszufinden, woher dieser ominöse Anruf kam. Dazu benötige ich einen richterlichen Beschluss, was erfahrungsgemäß etwas dauert, aber nach Aktenlage kein Problem sein dürfte. Wir hoffen natürlich, dass es keine Widerstände woher auch immer geben wird.«

»Wo ist dieser Anruf denn genau eingegangen?«, fragte Kowalski zaghaft.

»In Ihrer Personalabteilung, wo genau ist vorerst mal egal. Man ging wohl davon aus, dass Herr Koch selbst am Apparat war.«

»Trotzdem hätte man diesen Antrag unbedingt ablehnen müssen; so geht das nicht!«

»Das sagten Sie bereits, aber am Tod von Herrn Koch hätte das nichts geändert, verstehen Sie das bitte! Irgendjemand wollte, dass Herrn Kochs Abwesenheit zumindest für den Zeitraum von etwa einer Woche nicht nachgefragt wird, das heißt, dass jemand seinen Tod vertuschen wollte. Es war reiner Zufall, dass Kochs Leiche relativ schnell gefunden worden ist.«

»Verstehe«, seufzte Kowalski. »Das heißt: Eigentlich verstehe ich jetzt gar nichts mehr!«

»Zurück zu Herrn Koch! Wie war er als Mitarbeiter, wie haben Sie ihn erlebt? Was waren seine Aufgabengebiete? Hatte er Probleme mit Kollegen oder Kolleginnen? Ist Ihnen bekannt, ob er Feinde hatte, bedroht wurde, Streitigkeiten hatte und so weiter? Gab es Unregelmäßigkeiten? Wie war Ihr persönliches Verhältnis zu Herrn Koch?«

»Dazu kann ich Ihnen nicht viel sagen«, gab Kowalski zu. »In meiner Position ist mehr der Überblick und die reibungslose Funktionalität des Ganzen gefragt, als der persönliche Kontakt; falls Sie verstehen, was ich damit meine.«

Will sagen, du hast überhaupt keine Ahnung, wer da eigentlich bei dir arbeitet und was die Leute tun.

»Von Problemen ist mir nichts bekannt«, fuhr Kowalski fort. »Die Abteilung, der Herr Koch zugeordnet war, ist für das Zuschusswesen im Bereich Neubau kommunaler Sportstätten verantwortlich, und koordiniert das Vertragswesen für die Planer, Projektsteuerer und Gutachter.«

»Wie war sein Umgang mit den Kollegen und Kolleginnen?«

»Da müssen Sie bei denen nachfragen.«

Dachte ich mir!

»Was ist mit Ihnen? Wie kamen Sie mit ihm zurecht?«

»Ich kann mich nicht erinnern, dass wir ein Problem miteinander hatten, aber wie gesagt: Ich bin da auch nicht nahe dran. Die Vorlagen, die mir unterschriftsreif auf den Tisch kommen, sind von der jeweiligen Abteilungsleitung vorgeprüft und abgesegnet. Das muss alles Hand und Fuß haben; Rechtskonformität, fachinhaltliche Belastbarkeit, verwaltungstechnisch korrekt! Da lege ich großen Wert drauf, ansonsten wäre ich vor lauter Rücksprachen mit nichts anderem mehr beschäftigt.«

»Letztendlich heißt das, dass Sie selbst Herrn Koch wie auch andere gar nicht im Detail beurteilen können«, provozierte Daniela Sommer.

»Sicherlich nicht in der Tiefenschärfe wie die Abteilungsleitungen und direkte Vorgesetzte; deshalb verfassen diese Mitarbeiter auch die jährlichen Beurteilungen und leiten sie an die Personalabteilungen weiter.«

Wenigstens gibt er es zu!

»Nun gut, Herr Kowalski! Wir werden entsprechende Einzelgespräche mit den jeweiligen Mitarbeitern und Mitarbeiterinnen führen müssen. Ich habe Sie nunmehr davon in Kenntnis gesetzt und vorinformiert. Wir benötigen eine Mitarbeiterliste mit organisatorischer Zuordnung und Erreichbarkeit. Bereiten Sie bitte eine Aufstellung vor, aus der hervorgeht, mit welchen Projekten Herr Koch in jüngster Vergangenheit betraut war. Hatte er ein eigens Büro?«

»Äh, ich glaube ja.«

Nicht mal das weiß der Kerl!

»Ich ersuche Sie, dieses Büro abzuschließen; außer uns darf dort keiner mehr rein! Auch auf seinen Computer darf niemand mehr Zugang haben! Machen Sie das bitte unverzüglich! Sobald ich den Beschluss in Händen habe, werden unsere Leute hier anrücken und mit den Befragungen beginnen. Wir werden so diskret wie möglich vorgehen. Die Erfahrung zeigt, dass die Presse trotzdem irgendwann Wind von der Sache bekommen wird, undichte Stellen gibt es immer. Halten Sie sich bedeckt! Ich gehe davon aus, dass sich Ihre übergeordnete Dienststelle den Kontakt mit den Medien vorbehalten wird. So, Herr Kowalski, das wäre es fürs Erste!«

»Wie soll ich Herrn Kochs Büro versiegeln lassen, ohne dass das halbe Haus das mitbekommt?«, fragte der Amtsleiter hilflos und verzweifelt.

»Indem Sie das selbst machen?«, schlug die Staatsanwältin verärgert vor. »Schlüssel anfordern! Lassen Sie sich etwas einfallen! Den Schlüssel nehmen Sie in Verwahrung bis wir anrücken! Ich halte das für eine durchaus lösbare Aufgabe!«

»Selbstverständlich! Darf ich Sie erneut eindringlich um Diskretion bitten!«

»Ganz in unserem Sinne, Herr Kowalski. Danke für Ihre Zeit! Ich denke, wir sehen uns in Kürze.«

Wenige Minuten später verließ die Staatsanwältin die Amtsstube des Amtsleiters. Bevor sie den Flur zum Aufzug entlangging, verharrte sie einen Augenblick vor der Tür des Vorzimmers und hörte noch, was der Amtsleiter seiner Sekretärin zurief: »Frau Jablonski! Verbinden Sie mich umgehend mit dem Büro des Ministers!«

17

Am gleichen Tag

Im Nachhinein bereute Katja Reinert, dass sie sich vorgedrängt und die Ermittlungen im Rotlichtmilieu nicht Sam Wolff überlassen hatte.

Zwar war es ihr gelungen, einen jungen Kommissaranwärter aus einem anderen Dezernat für ein paar Stunden loszueisen, aber eine Unterstützung war der arme Tropf nicht; ganz im Gegenteil!

Riccardo Gomez-Lang, so der Name des Kollegen, war völlig überfordert und anscheinend das Produkt einer behütenden Erziehung, die ihm auf seinem bisherigen Lebensweg den Kontakt mit dem anderen Geschlecht anscheinend madig gemacht hatte. Der Junge war völlig verklemmt, und jedes Mal, wenn Katja Reinert ihn mit Ausdrücken wie *Sex, Bordell, Prostitution* oder anderen Ausdrücken aus dem Gewerbe konfrontierte, fing er an zu zittern, errötete und verschluckte sich fast vor Scham.

»Mein Gott, Riccardo!«, regte sich die Hauptkommissarin auf. »Du musst als Polizeibeamter Respekt einfordern und dich entsprechend verhalten. Stattdessen stehst du schweigend rum und siehst aus wie ein Löschhydrant! Nun mach mal hinne! Wäre gut, wenn etwas Leben in dich käme! Mir ist das auch nicht recht und manchmal sind solche Befragungen peinlich. Das bringt unser Beruf eben mit sich! Wenn ich als Frau das aushalte, dann musst du das auch!«

Katjas Unmut war nicht nur wegen Riccardo groß; es war zudem am helllichten Tag kaum möglich, Kontakt mit den einschlägigen Etablissements aufzunehmen. Die wenigen Gesprächsversuche scheiterten entweder daran, dass das angetroffene Personal die Fragen der Hauptkommissarin nicht verstand oder nicht verstehen wollte. Andere machten deutlich, dass man an einer Zusammenarbeit mit der Polizei nicht interessiert war.

»Wir geben grundsätzlich keine Auskünfte über unsere Kunden«, hieß es. »Datenschutz!«

»So weit kommt es noch!«, erklärten andere. »Ihr legt uns alle möglichen Steine in den Weg und nun sollen wir euch helfen! Das könnt ihr vergessen! Macht euren Job und lasst uns in Ruhe!«

»Ich weiß nicht, wie meine Kunden heißen«, sagte eine Frau, die anscheinend als Aktivposten in einem Stundenhotel tätig war. »Ich nenne die alle FRED! Aber der Azubi, den Sie dabeihaben, ist wirklich süß. Für Klein-FRED würde ich mir was Besonderes einfallen lassen – zum Sonderpreis!«

Bei Riccardo, alias Klein-FRED, klappte die Kinnlade herunter, und er bekam Schnappatmung. Katja musste für ihn einspringen und antworten.

»Am besten halten Sie jetzt die Klappe. Ansonsten verpasse ich Ihnen eine Beleidigungsklage.«

Mittags um drei hatten die Ermittler die Etablissements im Umkreis von Neunkirchen und Spiesen-Elversberg soweit durch, ohne dass sich jemand an Alfred Koch erinnert hatte oder einen Kontakt zugab. Für weitere Ermittlungen in den Bereichen von Saarbrücken, Saarlouis oder der Vorderpfalz fehlte das Personal, erst recht in den sprichwörtlichen Stoß- und Hauptverkehrszeiten. Daneben gab es noch die Grauzonen der privaten Klubs, von deren Existenz meist nur die Insider wussten.

»Wir suchen die Nadel im Heuhaufen«, klagte die Hauptkommissarin. »Vielleicht gibt es in Kochs privaten Aufzeichnungen konkrete Hinweise; darum werden wir uns als Nächstes kümmern. Jetzt fahren wir zurück ins Präsidium.«

Dort war mittlerweile auch Sam Wolff eingetroffen. Klein-FRED verlor fast die Absätze, als Katja ihn in sein Dezernat entließ.

»Mein Gott«, stöhnte die Hauptkommissarin. »Wenn das die Lösung unserer Personalprobleme sein soll, wechsele ich lieber den Job! Naja, was gab es bei dir Neues?«

»Also, ich weiß nicht«, erklärte Sam seiner Chefin. »Diesem Apotheker vom Kochclub traue ich irgendwie nicht über den Weg.«

»Aha! Wieso?«

»Nur so ein Gefühl! Der Typ ist mir einfach einen Tick zu kooperativ ...«

»Sorry, aber das kann ich nicht nachvollziehen, Sam! Wieso ist jemand nur deshalb verdächtig, weil er mit uns zusammenarbeiten will? Umgekehrt wird da eher ein Schuh draus.«

»Ja schon, aber er hat mir gebetsmühlenhaft klarmachen wollen, dass praktisch jeder an dieses Giftzeug namens Maitotoxin rankommen kann ...«

»Und? Kann man?«

»Im Prinzip schon, wenn man mit der Materie bewandert ist.«

»Dann verstehe ich deine Verdächtigung erst recht nicht!«

»Ganz einfach! Wer kenn sich mit diesem Zeug denn aus?«, wehrte sich Sam. »Otto Normalverbraucher mit Sicherheit nicht! Ein Apotheker schon! Klar, die Beschaffung ist anscheinend einfacher, als man das bei so einer gefährlichen Substanz erwarten würde, aber man muss wissen, welche Handelsformen es gibt, wer die vertreibt, wie die Dosierung ist und so weiter.«

»Sam! Im Internet gibt es mittlerweile Anleitungen zum Bau einer Atombombe«, entgegnete die Hauptkommissarin. »Jetzt mal etwas übertrieben dargestellt!«

»Ich weiß, aber dieser Apotheker Rheinheimer hat als einziger aus dem Umfeld des Opfers derartige Kenntnisse. Davon versucht er abzulenken, und genau das macht mich stutzig.«

»Gut, ich werde mich bei Ramona erkundigen, wie sie das sieht. Kannst du aber auch selbst machen, ich habe damit kein Problem.«

»Ach, übrigens! Der Bericht von Frau Doktor Wertmüller ist gerade eben reingeflattert. Er liegt auf deinem Schreibtisch.«

»Und? Was steht drin? Gibt es neue Erkenntnisse?«

»Keine Ahnung, ich habe nicht reingeschaut.«

»Weshalb nicht?«, beschwerte sich die Hauptkommissarin.

»Weil ich erst fünf Minuten vor dir ins Büro gekommen bin«, ereiferte sich Sam. »Denk an! Was soll das denn nun wieder?«

»Sorry, Sam. War nicht als Kritik gemeint. Entschuldige, ich bin wohl etwas gestresst. Lass uns gemeinsam nachschauen, was in Ramonas Bericht steht. Nur kurz. Vielleicht kommen wir heute mal pünktlich ins Wochenende. Ich hätte jedenfalls nichts dagegen.«

Katja und Sam gingen gemeinsam den Bericht durch, den Ramona Wertmüller zur Auffindesituation der Leiche von Alfred Koch verfasst hatte.

Die Ergebnisse entsprachen bis auf wenige Details denen der Erstanalyse und brachten keine neuen Erkenntnisse. Das änderte sich, als sie den beigefügten Erstbericht der Spurenermittlung aus Kochs Wohnung lasen. Dass der ebenfalls eingetroffen war, hatte Sam zwar nicht erwähnt, aber Katja Reinert kommentierte das nicht weiter, weil sie ihren Kollegen nicht erneut unter Druck setzen wollte.

»Schau mal«, sagt sie stattdessen und wies Sam auf die entsprechenden Passagen hin. »Das ist interessant! Koch hatte anscheinend eine Waffe in seiner Wohnung.«

Sam stutzte und griff nach der Mappe, um den Text zu studieren.

Tatsächlich hatten die Kollegen in einer der Schubladen eine einzige 9-Millimeter-Patrone Kaliber 38 zwischen zwei Handtüchern entdeckt.

»Eine Patrone macht noch keinen Sommer«, witzelte Sam und las weiter.

Im Altpapiercontainer in der Garage war eine leere Schachtel für Munition Luger 9 mal 19 Millimeter, fünfzig Schuss, gefunden worden.

»Fehlen nur noch neunundvierzig Schuss und die Waffe«, seufzte Sam.

»Und die Person, die die Waffe jetzt mit sich trägt«, ergänzte Katja Reinert.

»Die werden wir heute nicht mehr finden«, stellte Sam nüchtern fest.

»Nee, wahrscheinlich nicht«, nickte die Hauptkommissarin. »Ich werde überprüfen, ob Koch eine Waffenbesitzkarte oder einen Waffenschein hatte. Du kannst jetzt Feierabend machen, ich wünsche dir ein schönes Wochenende. Wir sehen uns am Montag in alter Frische.«

Eine halbe Stunde nachdem Sam Wolff sich verabschiedet hatte, stand fest, dass Alfred Koch nicht berechtigt gewesen war, eine Waffe zu besitzen oder mit sich zu führen; jedenfalls nicht legal innerhalb der Mitgliedsstaaten der europäischen Union.

»Mein lieber Alfred Koch«, murmelte die Hauptkommissarin, während sie den Computer ausschaltete und ihre Tasche packte. »Was stimmt nicht mit dir? Wer warst du wirklich?«

18

Am gleichen Abend

»Viel ist hier nicht gerade los«, meckerte Dagmar, als sie wie an fast jedem Freitagabend auf der blauen Bank Platz nahm und die Appetithäppchen auspackte. »Und dass bei dem super Wetter! Verstehe ich nicht!«

»Naja, bei der Hitze trauen sich die älteren Herrschaften nicht aus dem Haus«, meinte Marion. »Die werden sicherlich erst später auftauchen. Die von Gegenüber sind in Mainz. Anke und Kalle kommen auch später, weil Anke bis um sechs arbeitet. Erik und Claudia sind auf einem Konzert von Petra Williams.«

»Robbie Williams?«, staunte Dagmar. »Geil! Sag nur, der tritt im Saarland auf!«

»Nicht Robbie! Petra Williams!«, stellte Marion klar.

»Kenne ich die?«

»Die stammt vom Elversberg! Gibt's doch nicht, dass du die nicht kennst.«

»Echt? Und was macht die so für Musik?«

»Zum Beispiel die Hymne für die SV Elversberg! Wohnst du auf dem Mond?«

»Nee, in Spiesen und das ist nun mal nicht Elversberg. Egal! Wo ist eigentlich Deiner?«

»Josch? Keine Ahnung! Der ist heute Morgen früh aus dem Haus und seither nicht mehr aufgetaucht. Weiß der Teufel, wo er sich rumtreibt.«

»So kenne ich den gar nicht. Der wird doch nicht etwa eine …«

»Dann bringe ich ihn um! Und wo steckt dein Göttergatte Markus?«

»Der trainiert mit dem Bürgermeister für den nächsten Marathon. Ich weiß auch nicht, was in die zwei gefahren ist; plötzlich dreht sich alles ums Laufen, als ob es keine Autos mehr gäbe.«

»Bei der Hitze? Es ist immer noch über 25 Grad im Schatten.«

»Männer! Lass sie! Könnte aber auch sein, dass sie in einer Gartenwirtschaft sitzen und Bier trinken; mir soll es egal sein. Apropos umbringen! Im Dorf heißt es, dass ein Kochbruder von Josch umgebracht worden ist. Hat Josch darüber was erzählt? Der ist doch sonst immer bestens informiert.«

»Dieser Koch namens Koch? Ich weiß nur, dass der tot aufgefunden wurde; unten im Wanderverein. Mehr hat Josch nicht erzählt. Ich kannte den Mann nicht.«

»Also hör mal! Du musst doch wissen, was im Kochclub deines Mannes abgeht!«

»Nö, warum auch?«

»Weil man die Männer immer im Auge behalten muss, sonst machen sie Unsinn!«

»Du weißt doch auch nicht, ob deiner gerade trainiert oder Bier trinkt«, lachte Marion.

»Das ist was anderes! Es geht ums Prinzip! Außerdem geht's da ja auch nicht um Mord! Jetzt mach mal endlich den Crémant auf! Fangen wir eben ohne die anderen an! Ich habe keine Lust, noch ewig zu warten, bis es den Herrschaften gefällt!«

So kam es, dass die beiden Frauen bereits eine halbe Flasche geleert hatten, als Marions Cousine Anke und ihr Mann Kalle auf ihren E-Bikes um die Ecke bogen und sich dazugesellten. Kalle zauberte aus der Kühlbox auf dem Gepäckträger eine Flasche Bier und eine Wasserflasche hervor.

»Anke trinkt Wasser, sonst kann sie nachher nicht mehr geradeaus fahren«, stellte er klar. »Wo sind eigentlich die Männer?«

»Verschollen oder beim Sport«, erklärte Marion.

»Dicker Hund«, grummelte Kalle. »Ich als einziger Mann auf der blauen Bank. Da fallen mir gleich die Ohren ab.«

»Ich hätte den Josch auch gebraucht«, bemerkte Anke. »Den muss ich nämlich was fragen.«

»Was denn?«, fragte Dagmar, die wie immer vor Neugier fast platzte.

»Wegen diesem Koch! Der war …«

»Hast du auch gehört, dass der umgebracht worden sein soll?«

»Wie umgebracht?«, staunte Kalle.

»Wird im Dorf erzählt«, behauptete Dagmar. »Es heißt, er sei keines natürlichen Todes gestorben.«

»Nee, davon habe ich nichts mitbekommen«, sagte Anke. »Es geht um das Auto von dem Koch. Jetzt ist das Ersatzteil endlich da, aber die Polizei hat den Wagen versiegelt. Die Karre blockiert einen Stellplatz und reparieren können wir ihn auch nicht. Wie soll das denn jetzt weitergehen? Außerdem hat der Koch seine Tankabrechnung vom letzten Monat noch nicht bezahlt.«

»Der Koch wird seine Rechnung weder bezahlen, noch sein Auto abholen«, witzelte Kalle. »Kann ich mir jedenfalls nicht vorstellen.«

»Irgendwer muss aber …«

»Moment mal!«, unterbrach Dagmar. »Von was redest du eigentlich? Ich stehe total auf dem Schlauch.«

»Anke arbeitet beim Auto-Busch«, erklärte Marion. »Im Büro.«

»Genau!«, bestätigte Anke. »Carsten ist unser Meister und Claudia meine Chefin. »Ich soll die Rechnung für das Ersatzteil schreiben, das können wir nämlich nicht zurückgeben. Kostet einen Haufen Geld und wir bleiben auf dem Teil sitzen.«

Auf Dagmars Nachfrage musste Anke weitere Details zu dem Thema erklären, was dermaßen viel Zeit in Anspruch nahm, dass Kalle bereits beim zweiten Bier angekommen war, als er darauf hinwies, dass er nun Hunger habe und von den Appetithäppchen nicht satt werde.

Die Frauen kümmerte dieser Einwand wenig, denn mittlerweile war Dagmar in Fahrt gekommen und spekulierte wild über das vermeintliche Verbrechen.

»Der wurde bestimmt von einem seiner Kochbrüder um die Ecke gebracht, weil er ein bestimmtes Rezept nicht rausrücken wollte.«

»Quatsch«, urteilte Anke. »Deshalb bringt man doch keinen um.«

»Dann war es halt ein Racheakt, weil er was mit der Frau eines Kochbruders hatte.«

»Noch größerer Blödsinn!«, lachte Anke. »Den Koch hätte ich nicht mal haben wollen, wenn er der einzige Mann auf dem Planeten gewesen wäre.«

»Du hast ja mich, das reicht!«, brummte Kalle und teilte mit, dass er nach Hause fahren und was Anständiges essen wolle.

»Ei dann fahr halt!«, entschied seine Frau. »Ich komme später nach!«

»Noch mal von vorne!«, bohrte Dagmar nach. »Du hast diesen Koch also gekannt; was war denn der Kerl für ein Typ? Ich habe gehört, er soll im *Hinnereck* gewohnt haben. Was war der denn von Beruf? Ich habe überhaupt kein Gesicht für den Mann; sagt mir gar nix der Name, das gibt's doch nicht! Eine Frau hatte er angeblich nicht, aber irgendjemand muss doch erben!«

Das war in der Tat außergewöhnlich, denn im Normalfall kannte Dagmar jeden aus dem Ort, inklusive des zugehörigen Stammbaums der letzten drei Generationen, eventueller Liebesbeziehungen, Verwandtschaftsverhältnisse und Berufsausbildungen; auch Krankheitsbilder und Blutgruppenzugehörigkeit waren in ihrem Gedächtnis gespeichert und konnten sofort abgerufen werden.

»Nee, der wohnte in der Wilhelm-Busch-Straße. Ich kenne den nur vom Tanken, ansonsten keine Ahnung!«

»Josch hat den auch nicht näher gekannt«, erklärte Marion.

»Sein Auftreten war jedenfalls ziemlich großkotzig«, ergänzte Anke. »So ein arroganter Schmierlappen. Wieso sagen die Leute, dass der umgebracht wurde?«

»Beim Edeka-Hoffmann an der Kasse hat man erzählt, dass die Polizei komische Fragen gestellt hat. Kliebensteins Heidi behauptet, das Wort *Kinderschänder* sei gefallen«, wusste Dagmar.

»Wer ist Kliebensteins Heidi?«, wollte Marion wissen.

»Die war früher mit dem Kurt aus dem *Ewwerdorf* verheiratet. Der hat sie allerdings sitzen lassen und wohnt jetzt im Europadorf am Sportplatz, gegenüber von Sabine. Der Kurt ist jetzt mit der Ulla zusammen; das Ulla hat früher in der Apotheke gearbeitet, ist jetzt aber in Frührente.«

»Und wer hat das von dem Kinderschänder gesagt?«

»Daran konnte sich die Heidi nicht mehr erinnern, aber die Sabine hat das auch gehört.«

Es folgte eine intensive Diskussion über diverse Aussagen angeblicher Zeugen, die etwas gehört, gesehen, vermutet, geahnt oder vorausgesehen haben wollten, woraus man hätte den Rückschluss ziehen können, dass Alfred Koch umgebracht worden war.

Nach der zweiten Flasche Crémant, von der sich nun auch Anke ein Gläschen genehmigte, stand zweifelsfrei fest, dass Alfred von einem Ring osteuropäischer Kinderschänder erwürgt worden war, weil ja niemand einen Schuss gehört hatte, und diese Tötungsart obendrein in diesen Kreisen üblich war.

Das war der Stand, als Joachim Schaum gegen 18 Uhr 30 aus seinem Wagen stieg und zu dem Kreis der inoffiziellen Ermittlerinnen stieß.

»Wo kommst du denn jetzt her?«, wollte Marion wissen.

»Und wie heißt die Dame?«, ergänzte Dagmar, worauf Anke erklärte, dass ihr Kalle bereits nach Hause gefahren sei.

»Hallo!«, grüßte Josch und gab seiner Frau einen Kuss. »Kleiner Kreis heute! Wo sind die anderen?«

»Lenk nicht ab! Wo hast du den ganzen Tag gesteckt?«

»Ich war in Sachen Alfred Koch unterwegs; irgendjemand muss sich ja schließlich um seine Beerdigung kümmern.«

»Ist schon klar, wann er beigesetzt wird?«, fragte Marion.

»Nein, da gibt es noch einiges zu klären«, hielt Josch sich bedeckt.

»Wie geht das denn jetzt mit seinem Auto weiter?«, wollte Anke wissen.

»Das musst du die Polizei fragen.«

»Du bist doch die Polizei!«

»War ich mal! Damit habe ich nix mehr am Hut!«

»Es geht das Gerücht, dass dein Kochbruder ermordet worden ist«, warf Dagmar ein.

»Gerüchte gibt's immer! Ich weiß von nichts.«

»Tu nicht so scheinheilig!«, entgegnete Marion. »Du weißt immer mehr, als du zugibst.«

»Wer behauptet denn, dass Alfred ermordet wurde?«, hinterfragte Josch.

»Wird überall erzählt«, motzte Dagmar. »Weil die Polizei seltsame Fragen stellt.«

»Glaubst du, dass da was dran ist?«, bohrte Marion nach. »Du reagierst so komisch.«

»Ich weiß nicht mehr als ihr! Ja, es scheint ein paar Ungereimtheiten zu geben, aber mir hat niemand etwas erzählt. Dass die Polizei Fragen stellt, ist ihr Job und völlig normal.«

»Aber es ist doch merkwürdig, dass dem Koch sein Auto versiegelt ist«, warf Anke ein. »Das Teil blockiert den halben Hof und niemand kümmert sich drum.«

»Oh Gott!«, seufzte Josch. »Da stirbt einer und dich interessiert diese blöde Karre, gibt's sonst kein Problem?«

»Jetzt mach aber mal halblang«, intervenierte Marion. »Kein Grund, an die Decke zu gehen! Du musst auch mal die Werkstatt verstehen. Claudia und Carsten haben schließlich ein Recht darauf zu erfahren, wie es jetzt weitergehen soll mit dem Auto vom Koch. Die haben eben auch ihre Probleme …«

»Okay«, unterbrach Josch händeringend. »Ich rufe beim LKA an und erkläre, dass ich die Kiste kaufen möchte und die Schlüssel haben will. War's das dann für euch?«

»Was willst du denn damit?«, wunderte sich Marion. »Du hast doch ein Auto.«

»Oh Herr, gib mir Kraft!«, stöhnte Josch. »So einen alten Volvo wollte ich eben immer schon haben. Und jetzt geht mir bitte nicht weiter mit diesem Auto auf den Wecker!«

»Ach!«, meldete sich Anke aufgeregt. »Da fällt mir gerade was ein!«

»Was?«, rief Dagmar in die Runde. »Sprich!«

»Einer von unseren Gesellen hat in dem Auto vom Koch eine Packung Kondome gefunden!«

»Ja und?«, wunderte sich Marion.

»Überleg doch mal!«, empörte sich Anke. »So ein alter Knacker und Kondome!«

»Das empfinde ich als Beleidigung«, motzte Josch. »Der Alfred war ein gutes Stück jünger als ich.«

»Gebraucht oder ungebraucht?«, wollte Dagmar es genauer wissen.

»Was?«, fragte Anke.

»Na, die Kondome!«

»Das weiß ich doch nicht!«

»Wenn es eine Packung war, werden es wohl neue gewesen sein«, vermutete Josch. »Der Koch wird die gebrauchten wahrscheinlich nicht gesammelt haben.«

»Igitt!«, ekelte sich Dagmar.

»Meine Güte!«, stöhnte Josch. »Ich kann mir euer Gespräch nicht weiter anhören! Wenn noch jemand kommt, könnt ihr mir Bescheid sagen. Ich schaue mir jetzt die Nachrichten im Fernsehen an.«

»Warum bist du denn so schlecht drauf?«, fragte Marion. »Das ist doch sonst nicht deine Art.«

»Männer!«, murmelte Dagmar und zuckte mit den Schultern. »Lass ihn!«

»Das ist ziemlich einfach erklärt!«, behauptete Josch. »Das mit Alfred geht uns allen ziemlich nahe, egal wie man über ihn denkt; schließlich war er einer von uns! Und ja: Es ist anscheinend nicht völlig auszuschließen, dass jemand nachgeholfen hat, um ihn ins Jenseits zu befördern.«

»Woher weißt du das?«, staunte Marion.

»Ich weiß gar nichts! Aber die Kochbrüder haben mir erzählt, welche Fragen gestellt wurden, und als ehemaliger Ermittler weiß ich, was das zu bedeuten hat. Beim Apotheker hat man sich nach einem bestimmten Gift erkundigt, da läuten bei mir natürlich die Glocken.«

»Welches Gift?«, hinterfragte Dagmar.

»Den Namen habe ich noch nie gehört und vergessen; ist aber auch egal.«

»Sonnenklar!«, entfuhr es Dagmar. »Gift! Der Täter ist eine Frau, das ist doch logisch. Der Koch ist einer Frau an die Wäsche gegangen, und die hat ihn daraufhin abgemurkst. Es muss jemand sein, der sich mit Gift auskennt! Da fällt mir doch glatt die Apotheke ein; beim Christoph arbeiten etliche Frauen, die kommen …«

»Hör auf, solche Gerüchte in die Welt zu setzen!«, forderte Josch energisch. »Daraus können üble Spekulationen erwachsen, die zum Schluss jemand ausbaden muss, der mit der ganzen Sache überhaupt nichts zu tun hat!«

»Ich meine ja nur!«, maulte Dagmar.

»Eben!«

»Wie geht es jetzt eigentlich in eurem Kochclub weiter?«, fragte Marion. »Nächste Woche wäre Kochabend, aber ihr könnt jetzt wohl kaum so einfach zur Tagesordnung übergehen, oder?«

»Da hast du Recht«, seufzte Josch. »Bevor die Ermittlungen nicht abgeschlossen sind und Alfred beerdigt ist, wird in der Hinsicht nichts laufen. Ich kann mir ehrlich gesagt auch nicht vorstellen, dass wir die Küche im Wanderverein weiter nutzen werden. Jedes Mal, wenn einer was aus dem Kühlraum holen würde, kämen die alten Gedanken wieder hoch. Vielleicht werden wir uns nach etwas anderem umschauen, aber das ist noch zu frisch und steht in den Sternen. So, damit ist alles gesagt, und ich möchte das Thema gerne abschließen.«

Damit verabschiedete sich Josch aus dem Kreis der Frauen, was diese jedoch nicht davon abhielt, weiterhin ihren Fantasien nachzugehen.

19

Montag, 12. Juni 2023

Die politische Ebene tat sich schwer, die von der Staatsanwaltschaft geplante Durchsuchung von Alfred Kochs Büro vorbehaltlos zu akzeptieren.

Vor allem die Angst, dass die Presse und der politische Gegner davon Wind bekommen könnten und die Aktion ausschlachten würden, saß tief in den Köpfen der Verantwortungsträger in den oberen Etagen.

Es dauerte daher Stunden, bis nach zahlreichen Abstimmungsgesprächen, Rückversicherungen und endlosen Wartezeiten ein Kompromiss gefunden wurde, mit dem alle Seiten einigermaßen zufrieden waren.

Die Durchsuchung sollte von nur wenigen Mitarbeitern des LKA in Zivil, als Handwerker und Servicepersonal getarnt, durchgeführt werden. Die Beamten sollten in zwei Kleintransportern nacheinander über den Lieferanteneingang anrücken. Das Ganze sollte zwischen 12 und 14 Uhr über die Bühne gehen, damit während der Mittagspause des Landesamtes nur wenige Mitarbeiter und schon gar nicht die Presse etwas mitbekommen sollten. Die Führungsebene des Amtes und der entsprechenden Abteilungen würden einige enge Kollegen von Alfred Koch zu einer fiktiven Besprechung dabehalten, damit sie für die Gespräche verfügbar waren. Der Portier wurde ausdrücklich zum Schweigen verdonnert; gleiches galt für den Verantwortlichen der IT-Abteilung und den Hausmeister.

Von Seiten des LKA und der Staatsanwaltschaft durfte kein in der Öffentlichkeit bekanntes Gesicht auf der Bildfläche erscheinen, damit zufälligen Beobachtern kein Anlass zu Spekulationen geboten wurde. Die Leitung der Durchsuchung wurde Hauptkommissar Sam Wolff übertragen, denn Staatsanwältin Sommer und Katja Reinert waren den Vertretern der Presse bekannt, und kamen somit nicht in Frage.

Die Diskussionen über Zeitpunkt, Umfang und personelle Ausstattung der Durchsuchung waren mitunter derart abstrus, dass Katja Reinert und Daniela Sommer zeitweise der Verzweiflung nahe waren.

»Ganz unter uns«, hatte die Staatsanwältin geäußert, »da kann man schon ins Grübeln geraten, ob unser Rechtsstaat noch funktioniert.«

»Da stimme ich dir zu«, entgegnete Katja. »Wenn Otto Normalverbraucher diesen Zirkus mitbekommen würde … kein Wunder, dass die Leute kein Vertrauen mehr in die Politik haben. Dabei ist das hier nur eine Lappalie; ich möchte nicht wissen, was abgeht, wenn es um die großen Dinge geht.«

»Naja, ob es sich tatsächlich um eine Lappalie handelt, wird sich erst noch rausstellen. Ich hoffe nur, dass Sam Wolff das alleine hinbekommt.«

»Ich habe eingehend mit ihm gesprochen. Glaub mir, er ist hochmotiviert. Er hat jetzt eine Chance, sich zu beweisen, und die wird er nutzen. Ich habe vollstes Vertrauen in ihn.«

* * *

Gegen 12 Uhr 15 rückten die Beamten unter der Führung von Hauptkommissar Wolff über die Lieferantenzufahrt im Landesamt an und wurden von Amtsleiter Alexander Kowalski persönlich in Empfang genommen.

Nach einem kurzen Abstimmungsgespräch wurde die Amtsstube von Alfred Koch geöffnet. Wolfgang Sauer, Kochs Kollege im benachbarten Büro wurde in die Räumlichkeiten des Amtsleiters gebeten, um von Sam Wolff befragt werden zu können.

Der Hauptkommissar instruierte seine Kollegen, alle Schränke und Ablagen in Kochs Büro gründlich zu inspizieren, konnte allerdings keine Angaben machen, wonach sie genau suchen sollten.

»Das Problem ist, dass wir keine konkreten Anhaltspunkte haben. Macht eine Liste von allen Akten und konkreten Projekten, die Koch bearbeitet hat. Durchforstet seinen Computer, die Passwörter bekommt ihr von der IT-Abteilung, die wird sich gleich hier melden. Mails, Kontakte, Notizen, Termine … ihr wisst schon! Die Akten werden wir später aus Zeitgründen im Präsidium näher beleuchten, das Büro wird hinterher wieder versiegelt. Wir können nicht alles abtransportieren, weil das zu viel Aufsehen erregen würde; das ist nun mal so vereinbart. Eventuell müssen wir das nach und nach machen; kommt drauf an, wie viele Akten es sind. Was ich vorläufig will, ist eine erste Sichtung; mal sehen, was dabei rauskommt. Ich selbst kümmere mich um Kochs Kollegenkreis.«

Wolfgang Sauer war sichtlich nervös, als Sam Wolff im Büro des Amtsleiters erschien, sich vorstellte und Alexander Kowalski bat, das Gespräch mit Sauer unter vier Augen führen zu dürfen.

Kowalski war zunächst etwas pikiert und fühlte sich seiner Amtswürde beraubt, räumte aber schließlich das Feld. Wolfgang Sauer hingegen saß da wie ein Häufchen Elend und schien gar nicht zu verstehen, was der Hauptkommissar von ihm wollte. Nachdem die formellen Dinge abgehandelt waren, legte sich Sauers Aufregung ein bisschen.

»Herr Sauer, Sie haben gehört, was passiert ist?«, versuchte Sam Wolff einen Einstieg.

»Eigentlich nicht! Es geht nur das Gerücht, dass Alfred Koch tot ist. Stimmt das?«

»Wer behauptet das? Von wem haben Sie das erfahren?«

»Es wird gemunkelt, nichts Konkretes!«

»Von wem?«, hakte der Hauptkommissar nach.

»Wie gesagt: allgemeines Getuschel. Stimmt es denn nun, dass Alfred tot ist?«

»Ja; es tut mir leid, Ihnen das mitteilen zu müssen. Herr Koch ist verstorben.«

»Lieber Gott! Was ist denn passiert?«

»Das versuchen wir herauszufinden, Herr Sauer. Er wurde tot aufgefunden und ...«

»Wenn die Polizei eingeschaltet wird, heißt das doch, dass er keines natürlichen Todes gestorben ist, oder?«, unterbrach Sauer.

»Nicht unbedingt, aber ja, es gibt ein paar Dinge, die geklärt werden müssen; deshalb sind wir hier.«

»Und was habe ich damit zu tun?«

»Wir hören uns im Freundes- und Kollegenkreis um und versuchen, uns ein Bild zu machen; das ist vorläufig alles, was ich von Ihnen will. Sie können ganz entspannt sein.«

»Ist das in seinem Urlaub passiert?«, wollte Wolfgang Sauer wissen.

»Sie wissen also, dass er Urlaub hatte? Woher?«

»Die Personalabteilung hat angerufen, dass Alfred ein paar Tage freimacht.«

»Wann war das?«, fragte Sam Wolff.

»Vor einer Woche ... ja, am Montag. Heute sollte er eigentlich wieder zum Dienst erscheinen.«

»Wurden Ihnen Gründe für diesen spontanen Urlaub mitgeteilt?«

»Nein, aber ich nahm an, dass er wegen dem Feiertag den Brückentag nutzen wollte.«

»Sie haben demnach seine Vertretung übernommen; kam das öfter vor?«

»Nein, so kann man das nicht sagen ...«

»Sondern?«

»Das Telefon wird nicht umgestellt, das machen wir grundsätzlich nicht. Besucher werden abgewimmelt ... ich meine, der Pförtner weiß Bescheid und ... ohne Termin kommt man hier sowieso nicht rein.«

»Herr Koch hatte also eine ganze Woche lang keine Termine, oder wie soll ich das verstehen?«, wunderte sich der Hauptkommissar.

»Termine im Haus haben wir ohnehin selten«, erklärte Sauer. »Vertretungsaufgaben werden nur im äußersten Notfall übernommen, das ist hier nicht anders zu regeln. Nur einmal hat der Pförtner angerufen, weil unten jemand stand, der angeblich einen Termin mit Alfred hatte. Das ließ sich aber abwenden, obwohl der Mann anscheinend eine ziemlich weite Anreise hatte.«

»Wer war das?«

»Keine Ahnung, da müssen Sie den Pförtner fragen. Wenn Alfred einen Termin macht, und dann in Urlaub geht, ist das nicht mein Problem.«

»Sie konnten dem Herrn also nicht weiterhelfen?«

»Nein; ich habe ihn nicht einmal gesehen!«

»Okay, Herr Sauer, verstehe! Herr Oberhauser ist Ihr direkter Vorgesetzter. Wieso haben Sie von dem nicht erfahren, dass Herr Koch Urlaub genommen hat?«

»Üblicherweise wäre das der korrekte Weg. Ich kann mich nicht erinnern, aber möglicherweise war er an diesem Tag selbst nicht im Haus; dann geht das eben über die Personalabteilung.«

»Gut, lassen wir das so mal im Raum stehen. Wie war Ihr Verhältnis zu Alfred Koch? Wie kamen Sie als Kollegen miteinander aus? Was war er für ein Typ? Und was waren seine Aufgaben? Womit war er dienstlich beschäftigt?«

»Ganz schön viel auf einmal«, stöhnte Wolfgang Sauer missmutig.

»Das kann ich Ihnen nicht ersparen«, gab Sam Wolff zurück. »Erzählen Sie einfach!«

»Da gibt es nicht viel zu sagen. Wir waren in der gleichen Abteilung. Persönlich gab es da wenig Berührungspunkte, wenn ich das mal so formulieren darf. Der Alfred und ich lagen irgendwie nicht auf der gleichen Wellenlänge.«

»Wieso? Was stand zwischen ihnen?«

»Ach, das war nichts Konkretes! Der Alfred war laut, großspurig und egozentrisch; ich bin eher der ruhige Typ.«

»Verstehe! Wie lange kannten Sie sich?«

»Sieben oder acht Jahre«, schätzte Sauer. »Alfred war schon da, als ich hier anfing.«

»Welche beruflichen Berührungspunkte oder Schnittstellen gab es zwischen Ihnen?«

»Sehr wenige, bis keine. Wir waren in unterschiedlichen Aufgabengebieten tätig. Ich bearbeite das EU-Zuschusswesen, Alfred war für das Vertragswesen mit Fachingenieuren …«

»Aber Sie haben sich immerhin gegenseitig vertreten«, unterbrach Sam Wolff. »Da muss es doch Berührungspunkte gegeben haben!«

»Ach das steht doch nur auf dem Papier! Hat Oberhauser irgendwann mal festgelegt, damit was im Organigramm steht. In der Praxis hat eine Vertretungsregelung quasi nie stattgefunden. Geht ja auch gar nicht bei den unterschiedlichen Aufgaben.«

»Ist denn der Amtsleitung nie aufgefallen, dass das Organigramm nur ein Papiertiger ist?«, staunte der Hauptkommissar.

»Kowalski?«, lachte Sauer. »Dem fällt doch nie etwas auf!«

»Sie scheinen nicht viel von Ihrem Amtsleiter zu halten.«

»Es ist ein offenes Geheimnis, dass er durch die politische Gesinnung in dieses Amt gespült wurde. Von der Materie und Amtsführung hat er keine Ahnung. Mehr sage ich zu diesem Thema nicht. Ich bitte um Verständnis!«

»Klar, verstehe«, nickte Sam Wolff. »Zurück zu Alfred Koch: Hatte er hier im Hause Feinde?«

»Das kann ich mir nicht vorstellen! Klar, Alfred war ein Einzelkämpfer und hatte nicht viele Kontakte, aber Feinde? Freunde hatte er allerdings meines Wissens auch keine. Jedenfalls nicht hier im Hause.«

»Sondern?«

»Naja, es heißt, dass er sich mit dem einen oder anderen Bauleiter oder Ingenieurbüro besser verstanden haben soll, als mit anderen …«

»Wollen Sie damit andeuten, dass Herr Koch anfällig für Vorteilsannahmen war?«

»Das habe ich nicht gesagt; ich weiß nur, was gemunkelt wurde. Im Übrigen geht mich das auch nichts an.«

»Immerhin haben Sie es gerade erwähnt, Herr Sauer.«

»Wenn ich es nicht erwähnt hätte und Sie hätten es aus anderem Mund gehört, wäre ich der Dumme, für wie blöd halten Sie mich? Ich habe Ihnen gesagt, was hin und wieder hinter vorgehaltener Hand getuschelt wurde, aber ich werde mich hüten, darüber zu spekulieren, Herr Hauptkommissar.«

»Wurden konkrete Fälle oder Namen genannt.«

»Nein!«

»Das nehme ich Ihnen nicht ab!«

»Denken Sie was Sie wollen! Dieses Haus ist ein Haifischbecken; mehr sage ich dazu nicht!«

»Wenn Sie mir etwas verschweigen, machen Sie sich der Mitwisserschaft verdächtig.«

»Und wenn ich irgendeinen Unsinn erzähle, der auf Gerüchten basiert, was dann? Sie wären der Erste, der mir in den Rücken fällt, oder?«

»Themenwechsel: Wann haben Sie Ihren Kollegen Alfred Koch zum letzten Mal gesehen?«

»In der Woche vor seinem Urlaub, aber fragen Sie mich nicht wann.«

»Wo?«

»Ich weiß es nicht mehr! Im Flur, in der Kantine; keine Ahnung.«

»Wussten Sie, dass Ihr Kollege in seiner Freizeit als Hobbykoch tätig war?«

»Nee, woher soll ich wissen, was Alfred in seiner Freizeit getrieben hat?«

»Sind Sie Fußballfan, Herr Sauer?«

»Ich? Fußball? Um Gottes Willen, nein! Ich spiele aktiv Billard. Warum fragen Sie?«

»Weil Ihr Kollege anscheinend ein großer Fan war.«

»Vielleicht hat er Freikarten für die VIP-Lounge bekommen«, schmunzelte Sauer. »Mit Beköstigung und all inclusive.«

»Wie kommen Sie darauf?«

»Naja, Alfred war seinerzeit in das Projekt *Ludwigspark* involviert und wurde später angeblich einige Male im Stadion gesehen; mit Fan Schal.«

»Daher die Gerüchte?«

»Vielleicht. Ich weiß nur, dass Alfred damals in der Kantine oft von den Spielen erzählt hat und welche Promis ihm dort über den Weg gelaufen sind; die trifft man sicherlich nicht auf den billigen Plätzen.«

»Das könnte er mit seinen Kontakten auch selbst finanziert haben, oder?«

»Könnte er, logisch. In letzter Zeit scheint er wohl eher den Elversbergern zugejubelt haben; jedenfalls war Saarbrücken plötzlich kein Thema mehr, und er hat nur noch vom Aufstieg der Elversberger erzählt.«

»War er in den dortigen Stadionumbau auch involviert?«

»Nein, kann ich mir nicht vorstellen, weil es ja nicht von der öffentlichen Hand finanziert wurde. Da hat unser Haus in der Regel keine Karten im Spiel.«

»Wie war Alfred Kochs Verhältnis zu seinen Vorgesetzten?«, wollte der Hauptkommissar wissen.

»Zu Oberhauser?«

»Ja, und zu Herrn Kowalski?«

»Zu Kowalski hat niemand im Hause ein Verhältnis; also ich meine ... Sie verstehen schon! Den bekommt man nicht zu Gesicht, höchstens mal im Fernsehen oder kurz bei der Weihnachtsfeier. Bei Oberhauser ist es nicht ganz so schlimm, aber persönliche Gespräche gibt es da auch nur selten. Aktenumlauf, elektronische Post, Vorlagen ... dieses Haus ist nicht gerade eine Kontaktbörse.«

»Wo waren Sie am vorletzten Wochenende, Herr Sauer? Was haben Sie da gemacht?«

»Upps! Sie fragen nach meinem Alibi? Da kann ich Sie beruhigen: Ich war in Mülheim an der Ruhr, mit dem Billardclub; das ganze Wochenende über. Das können Sie gerne überprüfen. Wenn Sie wollen, gebe ich die Namen von mindestens zehn Vereinskameraden, die das bezeugen können.«

»Welcher Verein?«

»Billard Club 1908 Spiesen-Elversberg. Ich kam übrigens bis ins Viertelfinale!«

»Glückwunsch, Herr Sauer. Gut, das wäre es fürs Erste. Gut möglich, dass wir noch ein paar Informationen von Ihnen benötigen, das wird sich zeigen. Dann melden wir uns. Danke für Ihre Zeit.«

Nachdem Sauer gegangen war, befragte Sam Wolff weitere Kollegen von Alfred Koch, sowie die Vorgesetzten Oberhauser und Kowalski, ohne dass sich daraus weitere Informationen oder Erkenntnisse ergaben. Offensichtlich wurden zwischenmenschliche Beziehungen oder gar Freundschaften unter den Kollegen des Landratsamtes nicht gepflegt, und die Führungsebene war an einem guten Betriebsklima nicht interessiert; ein nüchterner Verwaltungsapparat ohne konkrete Zielsetzung, mit theoretischen Strukturen, in dem jeder leidenschaftslos vor sich hin wurschtelte und bestrebt war, nicht unangenehm aufzufallen, damit die nächste Beförderung nicht in Gefahr geriet.

Der Pförtner Ernst Reiter konnte sich an den Mann erinnern, der wegen eines Termines bei Alfred Koch vorstellig geworden war; das sei am letzten Freitag gewesen.

»Der Herr stellte sich als Mitglied eines Liga-Ausschusses vom Fußballverband vor; an Einzelheiten kann ich mich nicht erinnern«, erklärte Reiter.

»Hat er seinen Namen genannt?«, wollte der Hauptkommissar wissen.

»Nicht, dass ich wüsste, jedenfalls erinnere ich mich nicht. Er hat auch sehr undeutlich gesprochen. Ich habe mit Herrn Sauer telefoniert, aber der konnte auch nicht weiterhelfen. Da war der Herr ziemlich sauer … also nicht der Herr Sauer, sondern der Herr vom Fußballverband …«

»Schon klar!«

»Ja und da hat er angekündigt, dass er sich an höchster Stelle beschweren werde.«

»Anscheinend hat er das nicht getan oder wissen Sie etwas, Herr Reiter?«

»Nein! Er war ziemlich aufgebracht, aber ehrlich gesagt, sah der nicht unbedingt wie ein Sportfunktionär aus, soweit ich das beurteilen kann.«

»Wie kommen Sie darauf?«

»Ach wissen Sie, diese Herren sind normalerweise gut gekleidet ... mit Anzug, Krawatte, Aktenkoffer und so. Dieser Mann dagegen war eher angezogen wie ein ... wie soll ich das sagen ... ein durchschnittlicher Bürger im Rentenalter mit abgewetzter Aktentasche ... das ist jetzt aber nicht abwertend gemeint.«

»Verstehe! Über sechzig also und ...«

»Wenn Sie unbedingt wissen wollen, wie der Mann ausgesehen hat, können Sie ja die Aufnahmen aus der Video-Überwachung anschauen«, unterbrach der Portier.

»Sie haben hier eine Überwachungskamera?«, staunte der Hauptkommissar.

»Allerdings! Das hat Amtsleiter Kowalski eingeführt, als er das Amt übernahm. Wegen der zunehmenden Gefährdungslage! Die Aufnahmen dürfen allerdings aus Gründen des Datenschutzes lediglich eine Woche lang gespeichert werden, das ist Vorschrift, weil ...«

»Ich weiß«, nickte Sam Wolff. »Zunehmende Gefährdungslage; interessant! Naja! Suchen Sie bitte die entsprechenden Passagen heraus, Herr Reiter; oder bitten Sie jemanden, diese Datensätze für uns verfügbar zu machen. Nachher kommt jemand vorbei und schaut sich das an; oder noch besser: Wir nehmen die Aufnahmen mit. Lässt sich das problemlos und schnell machen?«

»Da müsste ich die Haustechnik informieren.«

»Tun Sie das und sagen Sie, dass ich das angeordnet habe! Ich muss jetzt weiter, danke für die Info!«

Seit Beginn der Durchsuchung waren mittlerweile fast zwei Stunden vergangen, und es war Zeit, die Aktion im vereinbarten Zeitrahmen abzuschließen.

Sam Wolff eilte ins Büro von Alfred Koch und erkundigte sich bei den Beamten nach dem Stand der Dinge. Er war nicht wenig erstaunt, als ihm einer der Kollegen erste Ergebnisse präsentierte.

»Wir haben in Kochs Schreibtischschublade eine Waffe sichergestellt.«

»Wow!«, entfuhr es dem Hauptkommissar.

»Heckler und Koch, neun Millimeter Luger, fünfzehn Schuss im Magazin; scharf!«

»Bingo! Das passt zu der Munition, die wir in Kochs Wohnung entdeckt haben. Die Waffe muss umgehend ins Labor!«

»Logisch! Ist bereits veranlasst; die wissen Bescheid.«

»Super! Was habt Ihr noch?«

»Den Computer werten wir im Präsidium aus, das braucht Zeit. Der IT-Mitarbeiter hier war im Übrigen sehr kooperativ, da gab es keine Probleme. Normalerweise zieren die sich immer. Bei den Akten musst du entscheiden, was wir mitnehmen sollen. Hast du Schwerpunkte?«

»Wie viele sind es?«

»Weit über hundert, aber viele beinhalten nur Normen, Vorschriften, Amtsvorschriften und so weiter.«

»Mir geht es in erster Linie um die Projektordner; Verträge, Prüfberichte, Schriftverkehr mit Gutachtern und Ingenieuren. Der Rest bleibt bis auf Weiteres hier. Wenn wir abrücken, wird das Büro versiegelt. Wie lange braucht Ihr noch? Die vorgegebene Zeit ist bald um.«

»Ich weiß! In spätestens einer Viertelstunde sind wir hier durch.«

»Super! Ach ja: Schick bitte jemanden zum Pförtner! Dort liegen Aufnahmen einer Überwachungskamera vom letzten Freitag, die nehmen wir mit. Der Mann heißt Reiter und weiß Bescheid.«

»Wird erledigt. Wir kommen zum Abschluss, packen ein und rücken ab.«

»In Ordnung! Ich gehe nochmal zum Amtsleiter und teil ihm mit, dass wir fertig sind. Wir sehen uns später im Präsidium.«

Amtsleiter Kowalski war sichtlich erleichtert, als ihm der Hauptkommissar das Ende der Aktion ankündigte.

»Ich kann allerdings nicht versprechen, dass die Sache damit endgültig abgeschlossen ist«, erklärte Sam Wolff. »Gegebenenfalls wird sich die Staatsanwaltschaft bei Ihnen melden und das weitere Vorgehen mit Ihnen abstimmen. Vorerst vielen Dank für die Zusammenarbeit.«

»Haben Sie neue Erkenntnisse?«, wollte Kowalski wissen, aber seinem Gesichtsausdruck war anzusehen, dass er eine bejahende Antwort mehr scheute, als der Teufel das Weihwasser.

»Die Auswertungen werden einen gewissen Zeitraum beanspruchen, daher kann ich Ihnen dazu jetzt noch nichts sagen. Nur eins: Herr Koch hatte in seinem Büro eine scharfe Waffe aufbewahrt und wir wissen, dass er weder eine Waffenbesitzkarte noch einen Waffenschein hatte. Wussten Sie davon oder ist Ihnen in dieser Richtung schon mal was zu Ohren gekommen?«

»Um Gottes Willen! Nein! Das ist dienstrechtlich gar nicht erlaubt! Außerdem ist in unserer Hausordnung ausdrücklich aufgeführt, dass …«

»Die hat Herr Koch anscheinend nicht aufmerksam gelesen«, unterbrach der Hauptkommissar. »Sie wissen also nichts davon, Herr Kowalski. Nun ist es allerdings im Allgemeinen so, dass Menschen sich eine Waffe verschaffen, wenn sie sich bedroht fühlen. Hören Sie sich in Ihrem Hause bitte um, ob Alfred Koch Feinde hatte oder bedroht wurde. Sie müssen ja nicht gleich mit der Tür ins Haus fallen. Falls sich etwas ergeben sollte, melden Sie sich bei mir; meine Kontaktdaten stehen auf der Karte. Ich verabschiede mich, auf Wiedersehen, Herr Kowalski, und danke für die Zusammenarbeit.«

»Wir sind stets bemüht, aber ehrlich gesagt, hoffe ich, dass Sie und Ihre Leute nicht noch einmal anrücken müssen.«

Eine Stunde später saß Sam Wolff im Büro seiner Chefin und erstattete ihr und Staatsanwältin Sommer Bericht.

20

Montag, 12. Juni 2023 – mittags

Dass in Kochs Büro eine Waffe gefunden worden war, überraschte die Staatsanwältin und Katja Reinert gleichermaßen, weil dadurch die bisherigen Ermittlungen in einem neuen Licht erschienen.

»Erstens«, meinte die Hauptkommissarin, »ist es nun fraglich, ob der Eindringling in Kochs Wohnung tatsächlich hinter der Waffe her war. Zweitens ist es ziemlich riskant, eine Waffe am Arbeitsplatz aufzubewahren. Eine neugierige Putzfrau oder ein blöder Zufall und die Sache fliegt auf.«

»Naja, so kann man das nicht sehen«, entgegnete Sam Wolff. »Der Schreibtisch war abgesperrt, und wir wissen nicht, wie lange die Waffe dort deponiert war. Und was Kochs Wohnung betrifft, konnte der Einbrecher, falls er wusste, dass Koch eine Schusswaffe hatte, nicht ahnen, dass Koch die Waffe im Büro gelagert hatte. Im Übrigen wurden aus der Wohnung wahrscheinlich auch Akten entwendet.«

»Ich frage mich hauptsächlich, warum Koch überhaupt eine Waffe hatte«, wunderte sich die Staatsanwältin. »Ich bin gespannt, ob die Kollegen etwas über deren Herkunft herausfinden.«

»Sie ist bereits im Labor«, antwortete der Hauptkommissar. »Ich hoffe, dass wir bis morgen erste Ergebnisse haben.«

»Wir müssen uns jetzt durch Kochs Akten wühlen«, entschied Katja Reinert. »Das Problem ist, dass wir nicht wissen, wonach wir suchen sollen.«

»Nach allem, was Anlass geben könnte, an Kochs Integrität zu zweifeln«, schlug Staatsanwältin Sommer vor.

»Koch wäre blöd, wenn er Belastendes in seinen Akten aufbewahren würde«, meinte Sam. »Aber okay, sonst haben wir im Augenblick nichts. Außer dem Apotheker!«

»Wieso das?«, fragte Katja Reinert.

»Mich interessiert, ob er oder eine seiner zahlreichen Mitarbeiterinnen und Mitarbeiter irgendwann einmal dieses Maitotoxin bestellt oder gelagert haben; und natürlich verkauft. Man könnte das rausfinden, indem wir die Buchhaltung durchforsten.«

»Der Mann hat drei Apotheken!«, seufzte die Hauptkommissarin. »Das wird eine unendliche Arbeit, Außerdem wissen wir nicht, wie lange wir das rückverfolgen müssten; mindestens ein Jahr, wenn nicht länger.«

»Oder bei den Lieferanten nachfragen«, schlug die Staatsanwältin vor.

»Die sitzen fast alle im Ausland«, winkte die Hauptkommissarin ab. »Das ist kompliziert und dauert ewig.«

»Für eine Durchsuchung der Apotheke von diesem Rheinheimer fehlt uns die Rechtsgrundlage«, entschied die Staatsanwältin. »Ohne konkrete Verdachtsmomente geht das nicht; da müsstet ihr mir schon einen Anlass liefern!«

»Immerhin kannten sich der Apotheker und das Opfer«, widersprach der Hauptkommissar. »Dieses Gift ist ziemlich exotisch, also etwas für Spezialisten, die entsprechende Beschaffungswege ...«

»Junger Mann, wenn Koch mit einem Hammer erschlagen worden wäre, könnte ich auch nicht jeden Kochbruder filzen lassen, der zu Hause eine Werkstatt im Keller hat«, entgegnete die Staatsanwältin. »Nein, das geht nicht, basta!«

»Dann eben nicht!«, motzte Sam Wolff. »Ich schau mir gleich das Bildmaterial vom Eingangsbereich des Landesamtes an. Vielleicht finden wir raus, wer der Mann war, der sich so maßlos über Alfred Kochs Abwesenheit aufgeregt hat.«

»Ich weiß zwar nicht, was das bringen soll, aber bitte, mach!«, erklärte Katja Reinert. »Ich meine nur, dass der Mann höchstwahrscheinlich nicht wissen konnte, dass Koch bereits seit fast einer Woche tot war.«

»Das ist keineswegs sicher!«, widersprach Sam Wolff erneut.

»In Ordnung, Sam!«, nickte die Staatsanwältin. »Aber wenn dieser Unbekannte tatsächlich einen Termin mit Herrn Koch hatte, müsste das doch im Terminkalender des Verstorbenen stehen. Überprüft das!«, meinte Daniela Sommer.

»Genau das ist das Problem!«, wehrte sich Sam. »Bisher haben wir keinen Eintrag gefunden.«

»Ich darf außerdem daran erinnern, dass wir Kochs Handy und seine Schlüssel auch noch nicht gefunden haben«, ergänzte die Hauptkommissarin.

»Hätte man sich mit einem dieser Schlüssel Zutritt zu Kochs Büro im Amt verschaffen können?«, fragte die Staatsanwältin.

»Mit dem Schlüssel nicht, denn das ist alles mit Chipkarte und Passwort gesichert, aber eine solche Karte ist ebenfalls nicht aufgetaucht. Tagsüber wacht der Portier über den Eingang, was einen unbefugten Zugang zumindest erschwert. Und dann ist da noch die Überwachungskamera, deren Aufzeichnungen ich mir gleich anschauen werde.«

»Dann mach das, Sam!«, erwiderte Katja Reinert. »Ich vertiefe mich inzwischen in die Akten.«

»Ich frage nach, ob die IT mit Kochs Computer schon durch ist«, erklärte Sam Wolff.

»Die werden wahrscheinlich noch einige Zeit brauchen«, schätzte die Staatsanwältin. »Die sind mit Personal auch nicht üppig ausgestattet. Egal, auf an die Arbeit!«

* * *

Eine gute Stunde später saß Hauptkommissarin Reinert in ihrem Büro und versuchte, aus den Aktenstapeln, die Alfred Koch hinterlassen hatte, brauchbare Informationen für die Ermittlungen herauszufiltern. Die Ordner beinhalteten Schriftstücke, in denen Honorarklassen zu Ingenieurleistungen berechnet waren, Schwierigkeitsgrade der Planungsinhalte, Vergütungsberechnungen mit Zuschlägen und Abzügen, anrechenbare Kosten, Herstellungskosten, Nebenkosten und Auflistungen, die Katja nicht verstand.

»Um da einen Durchblick zu bekommen, brauchen wir Gutachter«, schnaufte sie. »Für uns ist das undurchschaubar. Wenn das Transparenz zur Honorarermittlung sein soll, will ich gar nicht wissen, wo die Hintertüren sind. Da blickt doch kein Mensch durch! Das geht an die Kollegen für Wirtschaftsdelikte, sollen die sich damit rumschlagen!«

»Sitzt du fest auf deinem Stuhl?«, fragte Sam Wolff, als er ohne Vorwarnung in das Büro der Hauptkommissarin stürmte.

»Wer in diesem Haus sitzt schon fest auf seinem Stuhl?«, fauchte Katja Reinert zurück. »Kannst du nicht anklopfen? Ich habe mich fast zu Tode erschreckt!«

»Entschuldigung, war blöd von mir, aber ich muss dir etwas zeigen, das haut dich vom Hocker!«

»Da bin ich aber mal gespannt!«

»Ich habe die Videoaufnahmen vom Landesamt angesehen; der geheimnisvolle Besucher, der angeblich einen Termin mit Alfred Koch hatte ...«

»Der sich so fürchterlich aufgeregt hat; ja und?«

»Genau! Rate mal, wer das ist!«

»Keine Ahnung! Der Papst, Oskar Lafontaine, Rainer Calmund? Mann, nun mach schon!«

»Spannung muss sein! Schau selbst! Ich habe es dir auf deine interne Mail-Adresse geschickt!«

Missmutig wandte sich die Hauptkommissarin ihrem Computerbildschirm zu, drückte einige Tasten und schaute auf den Monitor.

»Ja und?«

»Schau doch mal genau hin! Katja, es kann doch nicht sein, dass du den nicht erkennst!«

»Nee, keine Ahnung!«

»Ich bitte dich! Bist du blind?«

»Sam, ich kenne den nicht!«

»Doch! Das ist Josch!«

»Wie bitte?«

»Der ehemalige Kollege Joachim Schaum, Hauptkommissar im Ruhestand!«

»Nee!«

»Doch!«

»Spinnst du?«

»Du kennst ihn besser als ich! Aber ich bin der Überzeugung, dass er das ist.«

Katja Reinert zoomte das Standbild und sah genauer hin.

»Naja, schon ... zumindest eine verblüffende Ähnlichkeit, aber ... warum sollte er das tun? Und du bist sicher, dass das der Typ ist, der angeblich einen Termin mit Koch hatte?«

»Das behauptet jedenfalls der Portier.«

»Angenommen … nur mal angenommen … er ist es wirklich: Was soll das?«

»Keine Ahnung!«

»Wie hat er sich vorgestellt?«

»Der Portier kann sich nicht erinnern, weiß nicht einmal, ob er überhaupt einen Namen genannt hat. Nur dass er angab, von weit angereist zu sein und irgendeinem Liga- oder Spielausschuss anzugehören.«

»Das kann nicht Josch sein!«, behauptete die Hauptkommissarin.

»Lass mal bitte weiterlaufen, Katja. Schau, hier verlässt er das Gebäude. Warte einen Moment … da! Wenig später betritt Staatsanwältin Sommer das Foyer.«

Die Hauptkommissarin starrte auf den Monitor.

»Ja, das ist zweifelsfrei Daniela«, nickte Katja Reinert schließlich. »Eigentlich hätten sich die beiden draußen über den Weg laufen müssen.«

»Das sehe ich genauso!«

»Sam, das hätte sie uns gegenüber erwähnt, weshalb …«

»Oder sie steckt mit ihm unter einer Decke, und will nicht, dass wir davon wissen!«

»Quatsch! Das bedeutet eher, dass dieser Mann nicht Josch sein kann!«

»Katja, das ist Josch! Du willst es nur nicht wahrhaben«, behauptete der Hauptkommissar.

»Es macht überhaupt keinen Sinn!«, stöhnte Katja Reinert. »Josch wusste zu diesem Zeitpunkt bereits, dass Alfred Koch tot war. Was soll dieser Blödsinn? Das kann nicht Josch sein, weil es keinen Sinn ergibt!«

»Im letzten Punkt gebe ich dir Recht, aber schau mal, wie der Mann gekleidet war …«

Die Hauptkommissarin spulte die Aufnahme zurück, bis die besagte Person wieder ins Bild kam.

»Und wie er sich bewegt. Kleine Schritte, etwas gebückte Haltung. Das ist Josch!«

»Hm!«

»Dem Pförtner war aufgefallen, dass der Mann nicht wie ein typischer Sportfunktionär gekleidet war; das hat mich stutzig gemacht. Ich habe allerdings nicht damit gerechnet, dass sich Joachim Schaum hinter dieser Person verbirgt; das ist der Hammer!«

»Erklär mir, was das soll! Ich kann mir nicht vorstellen, was er damit bezweckt haben könnte; nein ...«

»Es sei denn, dass der Lebensgefährte der Staatsanwältin in die Sache verwickelt ist, Daniela das ahnt und nun auf eigene Faust ermittelt. Und Josch hat sie zu ihrem Werkzeug gemacht. Die beiden stecken unter einer Decke!«

»Jetzt geht aber gerade die Fantasie im Schweinsgalopp mit dir durch! Obwohl: Toni Lukas kannte Alfred Koch von Berufs wegen; das ist zwar schon lange her, aber ...«

»Na also! Da haben wir es! Überleg doch mal! Dieser Toni kannte Alfred Koch. Koch wiederum war ein Kochbruder von Josch. Toni und Josch sind befreundet. Man muss nur zwei und zwei zusammenzählen.«

»Oh Gott, ich glaube ich werde verrückt«, jammerte die Hauptkommissarin.

»Und überhaupt«, ergänzte Sam Wolff. »In diesem Fall kennt jeder jeden: der Apotheker Rheinheimer, das Opfer Koch, Toni Lukas, Joachim Schaum ...«

»Das hat im Saarland nix zu bedeuten, da kennt sowieso jeder jeden«, entgegnete Katja Reinert.

»Aber nicht unbedingt in einem Mordfall!«

»Und was machen wir jetzt?«, seufzte Katja Reinert ratlos.

»Frag mich was Leichteres! Auf jeden Fall können wir nicht so tun, als sei nichts gewesen.«

»Mit Sicherheit nicht!«

Eine Weile herrschte ratloses Schweigen zwischen den Ermittlern, bis Katja Reinert schließlich einen Entschluss fasste.

»Wir werden Daniela Sommer damit konfrontieren. Sie wird Stellung beziehen müssen, egal in welche Richtung. Ich rufe sie an und bitte um ein Gespräch.«

Katjas Versuch, die Staatsanwältin zu erreichen, blieb ohne Erfolg; sie war nicht im Haus und würde an diesem Tag auch nicht mehr zurückkommen, erklärte eine Bürokraft.

»Plan zwei, wir machen Folgendes: Ich rufe Josch an!«, entschied Katja Reinert. »Ich fühle ihm auf den Zahn. Falls er ohne Danielas Wissen auf eigene Rechnung gehandelt hat, ist er wenigstens vorbereitet, wenn ihm die Staatsanwältin den Kopf wäscht. Sollte sie es gewusst haben, wird er ihr von meinem Gespräch erzählen und sie wird reagieren müssen. In dem Fall könnte ich mir vorstellen, dass ihre Dienstzeit ziemlich schnell zu Ende geht, auch ohne, dass ihre Nachfolge geregelt ist. Im günstigsten Fall hat Josch ein Alibi für den Tag; ich glaube nicht, dass er mich belügen würde. Auf jeden Fall müssen wir in die Offensive gehen, sonst sind wir beide am Ende auch noch dran. Bin gespannt, wie er reagiert.«

»Wir beide sind dran?«, staunte Sam Wolff.

»Okay, ich! Dann kannst du hier bald die Leitung übernehmen. Wäre doch eine echte Chance für dich, oder?«

»Du hast wohl eine Meise!«, entgegnete Sam entrüstet. »Danke, ich bin an deinem Job nicht interessiert! Der Bürokram liegt mir nicht, keinen Bock drauf! Wir ziehen das zusammen durch, unter einer Bedingung!«

»Die da wäre?«

»Ich schaue diesem Apotheker nochmal auf die Finger!«

»Du weißt, was die Staatsanwältin zu diesem Thema gesagt hat!«

»Weiß ich, aber lass das mal mein Problem sein; ich muss ja nicht gleich mit der Tür ins Haus fallen.«

»Mach dich nicht angreifbar! Das kann zu deinem Nachteil ausgehen! Und vergiss nicht Kochs Computer, das ist wichtiger. Im Übrigen sind Kochs Akten für uns in großen Teilen eine Nummer zu groß. Die Verträge mit Gutachtern und Ingenieuren müssen von Leuten geprüft werden, die diese komplizierte Materie kennen. Ich kläre das morgen mit der Staatsanwältin ab. Wenn's was Neues gibt, melde ich mich bei dir; gilt natürlich auch umgekehrt.«

* * *

Katja Reinert hatte Glück und erreichte den Hauptkommissar a. D. gleich beim ersten Kontaktversuch.

»Schaum«, erklang seine Stimme, wie immer mürrisch, wenn er ans Telefon ging.

»Ich bin es, Katja! Hast du einen Moment für mich?«

»Wie spät ist es?«

»Viertel vor fünf.«

»Dann habe ich fünfzehn Minuten, bis ich abgeholt werde.«

»Kochclub?«

»Nein, Treffen ehemaliger Schulkameraden. Die alten Männer plaudern über alte Zeiten.«

»Alter schützt bekanntlich vor Torheit nicht«, reagierte die Hauptkommissarin schlagfertig.

»Blödes Sprichwort, mehr nicht! Weshalb willst du mich sprechen? Sag nicht, du hast Sehnsucht nach mir!«

»Ich will dich fragen, was du dir von einem Gespräch mit einem Toten erhofft hast.«

Schweigen am anderen Ende der Leitung.

»Soll ich die Frage wiederholen oder wartest du auf die göttliche Eingebung einer Ausrede?«

»Alfred Koch?«

»Genau der!«

»Woher hast du das?«

»Die Erfindung heißt: *Überwachungskamera*! Sollte dir bekannt sein!«

»Mist, habe ich übersehen!«

»Dumm gelaufen! Also?«

»Ich wollte wissen, ob denen bekannt ist, dass Alfred tot ist, und ob man da so einfach reingehen kann, um mit seinen Kollegen zu reden.«

»Warum?«

»Erstens wollte ich nachfragen, ob das Amt Vorschläge zur Gestaltung von Alfreds Beerdigung hat und mich mit seinen Kollegen unterhalten, was der Alfred so gemacht hat. Ganz einfach aus Interesse, weil ich ihn nicht wirklich gekannt habe.«

»Warum dann diese Schauspielerei von wegen Termin und Sportfunktionär?«

»Ich kann ja wohl schlecht hingehen und sagen … *hallo, mein Name ist Schaum und wollte nur sagen, dass Euer Kollege tot ist*.«

»Oskarreife Vorstellung! Du wolltest rausfinden, ob Koch Dreck am Stecken hat!«

»Nein, das ist dein Job!«, erwiderte Josch trocken.

»Eben! Weiß Daniela von deinem bescheuerten Auftritt?«

»Quatsch! Natürlich nicht! Wie kommst du denn auf die Idee?«

»Zufälligerweise war sie kurz nach dir auch im Landesamt.«

»Das weiß ich! Ich wäre ihr beinahe in die Arme gelaufen und konnte mich im letzten Moment noch wegducken.«

»So ein Zufall aber auch!«

»Du sagst es! Sie muss das auch nicht unbedingt erfahren, oder?«

»Josch, ich kann ihr das nicht vorenthalten! Die Aufnahmen sind Beweismittel! Das ist nicht witzig! Du wolltest dir unter Vorspiegelung falscher Tatsachen Zutritt zum Büro des Opfers verschaffen; damit gehörst du streng genommen zum Kreis der Tatverdächtigen!«

»Was soll denn der Unsinn? Du saugst dir da was aus den Fingern! Nur weil ich eben von Natur aus neugierig bin. Nun lass aber mal die Kirche im Dorf! Ja, in der Tat, Alfred Koch war möglicherweise nicht ganz sauber, und das könnte der Grund sein, weshalb …«

»Josch, du kannst spekulieren, wie du willst, aber lass die Finger weg von unserer Arbeit!«, forderte die Hauptkommissarin. »Ich sag dir das jetzt zum letzten Mal!«

»Ich bitte um Nachsicht!«

»Ich kann mir nicht vorstellen, dass Daniela dir Absolution erteilt.«

»Du musst es ihr ja nicht sagen!«

»Eine Bedingung: DU sagst es ihr! Und zwar möglichst bald! Erklär ihr, wieso du auf den Aufnahmen zu sehen bist, und was du dort wolltest. Sie wird es sowieso erfahren, also gebe ich dir die Chance, es ihr selbst zu sagen. Andernfalls muss ich es ihr sagen, sonst komme ich in des Teufels Küche. Du hast zwei Tage!«

»Gib mir drei!«

»Zwei! Das ist nicht verhandelbar! Übermorgen werde ich es wahrscheinlich nicht mehr unter der Decke halten können.«

»Dann bleibt mir wohl keine Wahl!«

»Nein! Bis dann Josch, man sieht sich. Du weißt, was du zu tun und vor allem, was du zu lassen hast!«

Nach dem Telefonat informierte Katja Reinert ihren Kollegen Sam Wolff und bat ihn, zwei Tage lang die Füße still zu halten und das Video gegenüber der Staatsanwältin nicht zu erwähnen.

* * *

Sam Wolff nahm mit dem Apotheker Rheinheimer Kontakt auf und bat ihn, eine Liste zu erstellen, die alle Vorgänge beinhaltete, die etwas mit der Beschaffung des Giftes Maitotoxin zu tun hatten.

»Über den Zeitraum der letzten zwei Jahre«, präzisierte der Hauptkommissar seine Forderung, worauf der Apotheker verbal explodierte.

»Nein, eine solche Liste wird es nicht geben, weil ich das Präparat weder beziehe noch verkaufe! Sie schnallen es nicht! Das ist kein Medikament, sondern ein Gift! Und ich bin Apotheker, kein Giftmischer!«

»Das weiß ich, aber Sie könnten es bestellt haben!«, ließ Sam Wolff nicht locker.

»Ich könnte auch im Lotto gewinnen, wenn ich tippen würde!«, regte sich der Apotheker auf.

»Herr Rheinheimer, wie wollen Sie nachweisen, dass Sie es nicht bestellt haben?«

»Gar nicht! Das muss ich auch nicht! Weisen Sie mir nach, dass, wann und wo ich Maitotoxin bestellt habe! Das wird Ihnen allerdings nicht gelingen, weil es nichts nachzuweisen gibt! Ich weiß nicht, was in Ihnen vorgeht; bei mir sind Sie jedenfalls an der falschen Adresse!«

»Könnte eine Angestellte oder ein Mitarbeiter das Zeug ohne Ihr Wissen bestellt haben?«

»Nein, unmöglich!«

»Sicher?«

»Ganz sicher! Wenn Sie zwei Stunden Zeit haben, dann kommen Sie hierher und ich erkläre Ihnen unser Sicherheitsmanagement. Wir gehen sogar über die gesetzlichen Vorgaben hinaus; allein zum Eigenschutz! Anscheinend haben Sie keine Ahnung, welche Standards in deutschen Apotheken vorgeschrieben sind.«

»Da liegen Sie zugegebenermaßen richtig!«, gab Sam Wolff kleinlaut zu.

»Dann machen Sie sich bitte kundig, bevor Sie mir auf den Leib rücken, Herr Hauptkommissar. Wenn jemand unbedingt dieses Maitotoxin oder ein ähnliches Präparat haben will, kann sich diese Person das im Internet, im Ausland oder was weiß ich wo mühelos besorgen; es ist nur eine Frage des Geldes. In Südostasien kann man das Zeug wahrscheinlich auf dem Wochenmarkt kaufen. Ermitteln Sie dort, aber hören Sie auf, mich oder mein Personal zu verdächtigen. Das ist absurd!«

»Gut, ich nehme das vorläufig so zur Kenntnis«, erklärte der Hauptkommissar und beendete das Telefonat.

Im Nachhinein ärgerte sich Sam Wolff, am meisten über sich selbst, weil er einsehen musste, dass er ziemlich dilettantisch und unvorbereitet an die Sache herangegangen war. Er hatte sich übereifrig von seinem Bauchgefühl leiten lassen, und das war alles andere als professionell.

Falls der Apotheker tatsächlich etwas mit der Sache zu tun haben sollte, hätte er das Gift wohl kaum offiziell über seine Bücher besorgt; so blöde konnte eigentlich niemand sein. Andere Beschaffungswege nachzuweisen, war nahezu unmöglich, die Erfolgsaussichten gering, das musste Sam schließlich einsehen; er hatte am Ziel vorbeigeschossen, aber gut, dann war das eben blöd gelaufen.

Missmutig nahm Sam Kontakt zur IT-Abteilung auf, erhielt aber auch dort eine Abfuhr, weil die Kollegen mit der Auswertung von Kochs Computer noch nicht soweit waren. Am Ende des Tages war die Laune des Hauptkommissars auf einem Tiefpunkt angekommen.

21

Dienstag, 13. Juni 2023 – vormittags

Joschs Anruf erreichte Daniela Sommer völlig unerwartet, daher war sie verblüfft, als nach dem Klingelton Joschs Name auf dem Display ihres Handys erschien.

»Ach du Schreck«, entfuhr es ihr. »Du? Es wird hoffentlich nichts passiert sein!«

»Hallo Daniela, keine Panik! Keine weltbewegenden Nachrichten.«

»Gott sei Dank! Bei deiner Frau auch alles okay?«

»Muss ja, bei dem Mann!«

»Sagen wir mal so: Bei dem Mann hat Marion eigentlich das Bundesverdienstkreuz verdient.«

»Ich bei der Frau aber auch!«, ergänzte Josch.

»Träum weiter! Was hast du auf dem Herzen?«

»Das ist nicht einfach zu erklären …«

»Dann erklär's halt kompliziert!«, unterbrach Daniela Sommer.

»Es geht um ein Geständnis; hast du etwas Zeit?«

»Nicht ewig, aber nun mach schon! Um was geht es denn? Wer will denn ein Geständnis ablegen?«

»Ich!«

»Oh Gott!«

»Du warst vorigen Freitag im Landesamt in Sachen Alfred Koch.«

»Ja und? Hey, woher weißt du das eigentlich?«

»Ich habe dich dort gesehen!«

»Aha! Du wirst nicht der Einzige gewesen sein … wieso habe ich dich nicht gesehen?«

»Weil ich nicht wollte, dass du mich siehst!«

»Josch, falls du irgendwelche Pillen nimmst, setz die bitte sofort ab! Sofort! Du bist verwirrt! Rede Klartext mit mir.«

»Also, ich war ebenfalls im Landesamt!«

»Das sagtest du bereits! Sonst hättest du mich ja nicht gesehen!«

»Auch wegen Alfred Koch!«

»Weiter!«

»Nun bin ich auf der Videoüberwachung zu sehen!«

»Josch, bitte, komm auf den Punkt! Was soll der Quatsch?«

»Also, die Sache ist die: …«

Umständlich und langatmig versuchte Josch, der Staatsanwältin zu erklären, was der Grund seines Besuches gewesen und wie Katja Reinert ihm auf die Schliche gekommen war.

»Jetzt regt Katja sich auf und spielt verrückt, weil ich ein wenig geschauspielert habe«, schloss Josch seine Ausführungen.

»Völlig zu Recht!«, polterte die Staatsanwältin. »Sei froh, dass sie dich nicht in Untersuchungshaft genommen hat.«

»Jetzt fängst du auch noch mit dem Unsinn an!«

»Wer da Unsinn gemacht hat, steht ja wohl eindeutig fest, mein Lieber! Komm mir nicht so! Aber, warum rege ich mich auf meine alten Tage eigentlich noch auf? Bei dir ist Hopfen und Malz verloren; du wirst dich in diesem Leben nicht mehr ändern. Ist halt so und fertig!«

Josch schwieg und hoffte, dass Daniela mittlerweile genug Dampf abgelassen hatte.

»Katja hat dir die Chance gegeben, dass du mir das alles selbst erklären kannst, dafür solltest du ihr dankbar sein. Sie wollte dich nicht verpfeifen, das ist nicht selbstverständlich …«

»Das erkenne ich ja auch an, aber …«

»Papperlapapp! Schweig, du Unglücksrabe! Dieser Auftritt im Landesamt ist ein Witz! Weiß mein Toni eigentlich von deiner privaten Schnüffelei?«

»Nein, er hat keine Ahnung, dass …«

»Sein Glück!«, unterbrach die Staatsanwältin. »Das wäre sein Ende gewesen!«

»Es wundert mich, dass du die Loyalität deines Herzallerliebsten in Frage stellst!«, staunte Josch.

»Ach nee? Wenn ihr zwei die Köpfe zusammensteckt, kommt selten was Gutes bei raus!«, wetterte Daniela Sommer weiter.

»Ich weiß gar nicht, warum ihr euch so aufregt! Meine Ermittlungen haben euere Ermittlungen weder beeinflusst noch gestört«, gab Josch vehement zurück. »Wenn die im Amt von Alfreds Tod gewusst hätten, hätte ich meinerseits versucht, die Beerdigung mit denen abzustimmen und fertig. Wo soll da das Problem stecken?«

»Wenn du nicht mit dieser Maskerade aufgetaucht wärest, hättest du auch kein Problem. Bist du aber nicht!«

»Es gibt ein Video, auf dem ich zu sehen bin, mehr nicht!«

»Doch! Nämlich die Aussage des Portiers! Du hast versucht, dir durch falsche Angaben, Zutritt zu verschaffen und das ist, vorsichtig formuliert, einfach Bockmist!«

»Aber dadurch bin ich nicht tatverdächtig! Was soll der Kappes? Ich habe kein Motiv und ich habe ein Alibi, sofern die Tatzeit einigermaßen, wie von euch angegeben, stimmt. Gut, ich habe eine Dummheit begangen, mehr aber auch nicht!«

»Ja, ja, du Unschuldsengel«, seufzte die Staatsanwältin. Auch wenn ich dir ungern zustimme, hast du im Prinzip Recht. Aber dulden kann ich dein Verhalten auf keinen Fall! Ja, wir treten auf der Stelle; alles dauert ewig lange, weil hinten und vorne das Personal fehlt. Wir kommen einfach nicht weiter. Toni hat mir erzählt, was er von Alfred Koch hält und welchen Eindruck er damals von ihm gewonnen hatte, aber mir ist auch klar, dass in den Ämtern keine Krähe der anderen ein Auge aushackt. Wir stecken in einem Dilemma …«

»Ich könnte versuchen …«

»Du versuchst gar nix! Außer die Füße stillzuhalten! Und komm bloß nicht auf die Idee, Toni zu deinem Komplizen zu machen! Ich schicke euch in den tiefsten Kerker, den ich finden kann! Lebenslang mit anschließender Sicherungsverwahrung!«

»Ist ja gut!«

»Ich muss Schluss machen, Josch, mir läuft die Zeit davon! Trotz allem, auch wenn es mir schwerfällt, danke für deinen Anruf. Wenn ich das über Katja erfahren hätte, hätte ich dir das nie verziehen. Sag mal, du Schurke: Nenn mir mal einen Grund, weshalb ich dir dauerhaft nicht böse sein kann!«

»Ganz einfach: Weil du eine intelligente Frau bist!«, sülzte Josch.

»Du bist ein übles Schlitzohr! Na gut, ich werde mit Katja reden und du sagst Marion bitte einen schönen Gruß von mir. Sag ihr, dass wir mal wieder einen Kaffee zusammen trinken müssen, aber selbstverständlich ohne Männer. Bis dann!«

»Danke, mach's gut!«, verabschiedete sich Josch und schnaufte tief durch.

Das Donnerwetter war wesentlich sanfter verlaufen, als er befürchtet hatte.

22

Mittwoch, 14. Juni 2023 – vormittags

Den gesamten Dienstag über hatten Katja Reinert und Sam Wolff mehrfach bei den Kollegen in den Labors nachgefragt, ob die Untersuchungsergebnisse zu Alfred Kochs Waffe und zum Inhalt seines Computers endlich vorlagen, aber jedes Mal hatten sie die gleichlautende Antwort erhalten, wonach man noch nicht fertig sei und die Arbeiten wegen akuter Personalengpässe nicht beschleunigt werden konnten.

»Findet euch damit ab«, hatte eine Kollegin vorgeschlagen, »ich kann es nicht ändern, es ist eben, wie es ist. Ruft nicht mehr an, wir melden uns, wenn wir so weit sind.«

Katja und Sam blieb nichts anderes übrig, als sich widerwillig in Geduld zu üben und derweil die Akten von Alfred Koch zu durchforsten. Der überwiegende Anteil wurde nach Rücksprache mit Staatsanwältin Sommer an die Abteilung Wirtschaftskriminalität überstellt, aber auch von dort war sofort der Hinweis gekommen, dass die Kollegen und Kolleginnen hoffnungslos überlastet seien, so dass man beabsichtige, externe Experten hinzuzuziehen.

»Lieber Gott!«, stöhnte Sam Wolff. »Jetzt sollen externe Gutachter andere Gutachter begutachten. Wo soll das hinführen? Von Gutachten zu Gutachten wird es wahrscheinlich immer undurchschaubarer.«

»Und teurer!«, fügte Katja Reinert hinzu. »Und schneller geht's dadurch auch nicht!«

»Da fällt mir etwas ein!«, erklärte Sam Wolff. »Der Freund unserer hochgeschätzten Staatsanwältin, dieser Toni Lukas …«

»Was ist mit dem?«, unterbrach Katja Reinert.

»Möglicherweise kennt er sich mit Gutachten und Ingenieurverträgen aus.«

»Ja und?«

»Daniela könnte ihn vielleicht fragen, ob er uns unter die Arme greifen und einen Blick in die Akten werfen kann. Ich meine …«

»Du machst Witze! Daniela ist froh, wenn sich Josch nicht mehr einmischt, da wird sie nicht zustimmen, dass ihr Toni in unserem Fall rumstöbert.«

»War ja nur eine Idee!«

»Übrigens hat sich Josch gestern bei Daniela gemeldet, alles gebeichtet und sich entschuldigt.«

»Und wie hat sie reagiert?«

»Ich war bei dem Telefonat nicht dabei, aber sie sagt, dass sie ihm ordentlich den Kopf gewaschen hat.«

»Wie gehen wir jetzt mit dem Beweisvideo um? Hat sie dazu etwas gesagt?«

»Zunächst ist die Sache damit vom Tisch! Wir erwähnen es nicht und verschleiern auch nichts. Falls es zur Sprache kommen sollte, erklären wir, dass die Person identifiziert ist, und sich das Ganze aufgeklärt hat.«

»Okay, damit haben wir also einen Verdächtigen weniger«, höhnte der Hauptkommissar.

»Null minus eins wäre korrekt!«, korrigierte die Hauptkommissarin. »Wir haben nämlich gar nichts!«

* * *

Kurz vor Mittag klingelte Katja Reinerts Telefon; der Name der Staatsanwältin erschien auf dem Display.

»Daniela?«

»Hallo Katja, kannst du bitte zu mir rüberkommen? Ich habe Neuigkeiten.«

»Was gibt's?«

»Kochs Waffe!«

»Soll Sam mitkommen?«

»Wenn er es einrichten kann, gerne. Aber beeilt euch, ich muss gleich weg.«

Wenige Minuten später erschienen die beiden Ermittler im Büro der Staatsanwältin.

»Wieso hat sich die Spurenauswertung bei dir gemeldet und nicht bei uns?«, fragte die Hauptkommissarin zu Beginn des Gesprächs. »Seit wann beliefern die die Staatsanwaltschaft auf direktem Weg?«

»Kein Grund für Animositäten!«, gab die Staatsanwältin zurück. »Das war mehr oder weniger ein Zufall. Ich war dort, weil ich mit Frau Dr. Wertmüller in einer anderen Sache etwas zu besprechen hatte. Da hat sie mir die Waffe und den Bericht mitgegeben, damit es schneller geht. Die Empfangsbestätigung habe ich selbstverständlich unterschrieben, liegt alles drüben auf dem Besprechungstisch.«

»Hast du dir den Bericht schon angeschaut?«, fragte die Hauptkommissarin.

»Nein, aber Dr. Wertmüller hat mir eine Zusammenfassung gegeben.«

»Und?«, hinterfragte Sam Wolff ungeduldig.

»Die Waffe, die in Alfred Kochs Büro sichergestellt wurde … also mit ihr wurde mit hoher Wahrscheinlichkeit vor eineinhalb Jahren in Zweibrücken ein Mann erschossen; das jedenfalls ergab ein Vergleich der damals sichergestellten Patronenhülsen mit dem Schusstest, den die Kollegen mit der aufgefundenen Waffe von Kochs Büro gemacht haben.«

»Upps! Das ist ja ein Ding!«, entfuhr es dem Hauptkommissar.

»Das Opfer von Zweibrücken war ein Mann namens Roman Czerny; der Täter konnte bislang nicht ermittelt werden«, ergänzte die Staatsanwältin.

»Alfred Koch kommt also als potentieller Mörder dieses Herrn Czerny in Frage«, kombinierte Sam Wolff.

»Theoretisch ja, aber das ist nur eine von vielen Möglichkeiten«, intervenierte die Hauptkommissarin. »Dazu bräuchten wir mehr an Information.«

»Ich habe die Ermittlungsakten bereits bei der zuständigen Staatsanwaltschaft in Rheinland-Pfalz angefordert. Wie ihr euch vorstellen könnt, wird das ein paar Tage dauern bis …«

»Wir fahren hin und bitten um Einsicht«, schlug Sam Wolff vor.

»Das könnt ihr gerne tun, sofern euch die Kollegen dort auf dem kleinen Dienstweg entgegenkommen«, gab die Staatsanwältin grünes Licht. »Ihr müsst erst nachfragen, wo die Akten sind, darüber konnte mir in der Mainzer Zentrale niemand Auskunft erteilen. Ich vermute, dass sie in Kaiserslautern sind, beim Polizeipräsidium Westpfalz; fragt euch einfach durch. Ein Aktenzeichen habe ich leider nicht.«

»Der Name des Opfers war Roman Czerny?«, bohrte die Hauptkommissarin nach.

»Genau! Laut Auskunft des Kollegen in Mainz wurde er Anfang Februar 2022 in Zweibrücken/Ixheim am Rande eines Fußballplatzes tot aufgefunden. Er wurde dort abgelegt; der Auffindeort war nicht der Tatort. Der Kollege erinnerte sich, dass das Datum der Entdeckung der Aschermittwoch war, weswegen eine Ermittlungsgruppe *Aschermittwoch* ins

Leben gerufen wurde; vielleicht hilft euch das weiter. Es hieß damals, dass das Opfer im Verdacht gestanden habe, Kontakte zum organisierten Verbrechen zu haben; möglicherweise gehörte er einer osteuropäischen Bande an. Weitere Einzelheiten konnte man mir nicht mitteilen.«

»Damit nimmt unser Fall neue Dimensionen an«, urteilte die Hauptkommissarin. »Haben die Kollegen um Ramona Wertmüller etwas über die Herkunft der Waffe herausgefunden?«

»Wie gesagt: Ich habe den Bericht noch nicht lesen können. Müsst ihr selbst nachschauen.«

»Falls auch Alfred Koch Kontakte zum organisierten Verbrechen hatte, werden wir das rausfinden …«, setzte Sam Wolff an, wurde aber von der Hauptkommissarin unterbrochen.

»Das werden wir, aber so weit sind wir noch lange nicht! Erstmal beschaffen wir uns die Ermittlungsakte zum Fall Czerny, darum kümmere ich mich sofort. Schau du bitte nach, was in Ramonas Bericht zur Herkunft der Waffe steht.«

Katja Reinert eilte aus dem Büro der Staatsanwältin, Sam Wolff griff sich den Untersuchungsbericht vom Besuchertisch und wollte ihr folgen, blieb aber im Türrahmen stehen.

»Hm!«, brummte er. »Mir fällt da was ein; nichts für ungut, aber ich habe noch eine Frage.«

»Raus damit!«, forderte die Staatsanwältin. »Wo brennt es denn unter den Nägeln?«

»Ihr Partner, Herr Lukas … der kannte Alfred Koch beruflich aus früheren Zeiten.«

»Ja und?«

»Kennt er sich aus im Vertragswesen mit Gutachtern und Ingenieuren?«

»Keine Ahnung! Warum?«

»Na, weil wir da fachspezifisch nicht durchblicken, das ist höllisch kompliziert.«

»Deshalb haben wir ja die Fachabteilung eingeschaltet.«

»Ich weiß, aber die sind hoffnungslos überlastet und wollen externe Gutachter beauftragen. Erstens dauert das ewig, zweitens kostet das eine Menge Geld und schmeißt unser Budget über den Haufen, was zu langwierigen Diskussionen führen wird, und drittens werden Gutachten nicht besser, wenn Gutachter über Gutachten urteilen. Das ist jedenfalls meine Meinung!«

»Das ist zwar korrekt, Sam, aber soll ich etwa Herrn Lukas als Gutachter beauftragen? Sofern er sich in der Materie überhaupt auskennen sollte. Nein, das kann ich nicht machen!«

»War ja nur eine Idee! Es ist einfach eine Katastrophe, dass in diesem Laden so gut wie nichts mehr funktioniert! Es geht einfach nichts vorwärts und wir müssen am Ende der Nahrungskette tatenlos zuschauen, wie uns die Zeit davonläuft.«

»Sam, ich kann deinen Unmut sehr gut verstehen. Das geht uns allen so. Aber wenn kein Personal da ist, kann ich das im Augenblick nicht ändern. Machen wir das Beste draus! Trotzdem danke für den Vorschlag!«

Nun verließ auch Sam Wolff das Büro der Staatsanwältin und machte sich auf den Weg zu seiner Chefin.

Daniela Sommer stellte sich ans Fenster, schaute über die Dächer der Nachbargebäude und fand nach einigem Überlegen, dass die Idee des jungen Hauptkommissars im Grunde gar nicht so abwegig war. Wie man das rechtskonform in die Tat umsetzen könnte, war ihr allerdings noch nicht klar.

23

Mittwoch, 14. Juni 2023 – vormittags

Zurück an seinem Schreibtisch stürzte sich Sam Wolff sofort auf den Bericht über die Analyse von Alfred Kochs Waffe.

Der Bericht begann mit einer Auflistung technischer Daten der Waffe, die für Sam Wolff vorerst von untergeordnetem Interesse waren. Dass die Heckler & Koch, Kaliber 9mm x 19, laut Hülsenvergleich und Schusstest über das Register des BKA als Tatwaffe in einem früheren Mordfall mit einer Wahrscheinlichkeit von 93,7 Prozent in Frage kam, hatte die Staatsanwältin bereits gesagt, aber nicht erwähnt, dass es eine wenn auch geringe Restunsicherheit gab.

»Manchmal frage ich mich, wie die das mit einer Genauigkeit hinter dem Komma festlegen wollen«, knurrte der Hauptkommissar vor sich hin. »Kein Wunder, dass die überlastet sind.«

Laut Bericht war klar, dass die Waffe älter als drei Jahre war, weil sie keine danach vorgeschriebene Kennung des reformierten Nummernsystems zur Registrierung trug. Die veraltete Waffennummer deute in ihrem Aufbau darauf hin, dass sie im Jahr 2016 in Deutschland registriert worden war, und vom Hersteller legal für militärische Zwecke nach Rumänien exportiert wurde. Dort verliert sich ihre Spur, weil eine weitergehende Verfolgungsvorschrift nicht über die Grenzen der EU hinausgeht.

»Wäre ja auch zu schön gewesen«, ärgerte sich Sam Wolff. »Damit hat sich das schon mal erledigt!«

Interessanterweise wurden auf der Waffe Fingerabdrücke sichergestellt, die womöglich zwei verschiedenen Personen zuzuordnen waren. Diese Abdrücke waren in keinem System aufgeführt, gehörten jedoch mit Sicherheit nicht zur Person von Alfred Koch.

»Was ist denn das jetzt für ein Mist?«, wunderte sich der Hauptkommissar. »Wieso nicht die von Koch? Was soll'n der Scheiß?«

Sam nahm einen Schluck Wasser aus der Flasche und überlegte, wie er weitermachen sollte. Das Ganze ergab einfach keinen Sinn. Entmutigt legte er den Bericht zur Seite. Da die Auswertung von Kochs Computerdateien immer noch nicht auf dem Tisch lag, stöberte Sam in den Akten aus Kochs Büro.

Die wenigen verbliebenen Akten, die keine Verträge, Gutachten oder Ähnliches enthielten, waren vollgestopft mit Rechnungen, die Kochs Feststellungsvermerk mit Freigabe zur Zahlungsanweisung trugen. Diese Rechnungen waren für Sam ebenso unverständlich wie die Vertragsunterlagen, die den Fachleuten übergeben worden waren. Anscheinend griff hier eines ins andere, und wer die Verträge nicht verstand, konnte auch mit den Rechnungen nichts anfangen.

Vereinzelt waren zwischen den Rechnungen Notizzettel mit handschriftlichen Eintragungen abgeheftet.

Von Diez an König
Einbehalt 50.000 bis Klärung R
Teil 2 über König abgerechnet
Honorar ohne Sondergutachten / gesonderte Rechnung

Was diese Vermerke zu bedeuten hatten, war Sam ein Rätsel; womöglich hatte Alfred Koch dieses Geheimnis mit ins Grab genommen.

Kurz vor Dienstschluss rief Katja Reinert an und teilte mit, dass sie für kommenden Dienstag einen Termin im Polizeipräsidium Kaiserslautern vereinbart hatte.

»Die Kollegen dort sind wirklich sehr hilfsbereit, aber sie müssen sich erst bei ihrer vorgesetzten Dienststelle die Herausgabe absichern lassen. Es wird wohl keine Probleme geben, aber es dauert, weil sie alles kopieren müssen. Die Originale geben sie verständlicherweise nicht raus. Daher erst am Dienstag.«

»Wieso funktioniert das nicht über das Netzwerk der Kriminalämter?«, fragte Sam.

»Weil deren Netzt nicht in allen Teilen mit unserem kompatibel ist«, erklärte Katja Reinert. »Deutschland eben!«

»Warum müssen wir nach Kaiserslautern? Die könnten uns das auch mit der Eilpost zusenden.«

»Stimmt zwar, geht aber auch nicht schneller! Ich habe daher um eine persönliche Übergabe gebeten, damit wir Gelegenheit haben, uns mit den zuständigen Ermittlern zu unterhalten. In einem Gespräch kommt oft mehr rüber, als die Akten alleine hergeben.«

»Von mir aus, dann fahren wir eben in die Pfalz. Brauchen wir einen Dienstreiseantrag?«

»Eigentlich schon, aber dazu habe ich keine Lust. Wir machen das ohne!«

»Gott sei Dank!«

»Was geben Kochs Akten her?«, wollte Katja Reinert wissen. »Schon fündig geworden?«

»Nein, leider nicht! Ein paar Anmerkungen, die mir nichts sagen und jede Menge Zahlen und Namen, mit denen Koch Kontakt hatte. Ich werde eine Liste erstellen über alle Projekte. Vielleicht ergibt sich aus den Projekten, Personen und so weiter ein Muster.«

»Gut, mach das! Ich ...

»Auf der Waffe wurden Fingerabdrücke sichergestellt, aber keine von Koch!«

»Oh, das ist erstaunlich! Kannst du dir das erklären?«

»Noch nicht! Es ergibt keinen Sinn. Die Nachverfolgung der Waffe verlief im Sand, außer Ort und Datum der Herstellung, und dass sie vor einigen Jahren nach Rumänien exportiert wurde. Legal, wie es aussieht. Namentliche Zuordnung: Fehlanzeige!«

»Bleib da dran, egal wie! Ich gehe noch einmal alle Aussagen durch; vielleicht haben wir etwas übersehen. Bei der KTU muss ich nachfragen, was mit Kochs Wagen passieren soll. Diese Frau Stein von der Tankstelle ruft jeden Tag an, weil die Karre die halbe Einfahrt versperrt, man das Teil aber nicht abtransportieren kann, weil das Fahrzeug noch nicht freigegeben und versiegelt ist. Ach ja: Sie sagt, dass es angeblich einen Kaufinteressenten für Kochs Wagen gibt, und rate mal, wer das ist!«

»Der Mann von der Staatsanwältin?«

»Falsch! Josch!«

»Was will der denn mit der Karre?«

»Frag mich nicht! Vielleicht will er das Ding für den Kochclub, um all die Töpfe zu transportieren.«

»Angeblich suchen die nach einer neuen Küche, wo sie in Zukunft kochen können«, bemerkte Sam.

»Wer hat dir das denn zugeflüstert?«

»Der Zahnarzt hat so was fallen lassen; dieser Dr. Martin, der ist zweiter Vorsitzender von dem Klub. Er meint, dass nach dem Tod von Alfred Koch kein Kochbruder mehr den Kühlraum betreten möchte.«

»Mein Gott, sind die pingelig!«

24

Am Abend des gleichen Tages

Nach Dienstschluss eilte Daniela Sommer zu ihrem Lebensgefährten und überraschte Toni, der in der Küche das Abendessen vorbereitete.

»Hey, Daniela, schön, dass du da bist«, freute er sich und küsste Daniela zur Begrüßung. »Du bist heute so früh dran, dass ich mit meinen Vorbereitungen erst ganz am Anfang bin. Du wirst dich etwas gedulden müssen.«

»Was gibt's denn Feines?«

»Rehmedaillons in Rotweinsauce; das Rezept habe ich von Josch.«

»Von Josch?«, staunte Daniela.

»Der hat es von seinem Kochclub!«, stellte Toni klar.

»Ach so! Hätte mich auch gewundert. Der und sein Kochclub! Die Bande geht mir auf den Wecker, weil … egal … soll ich dir bei deinen Vorbereitungen unter die Arme greifen? Wir könnten dabei etwas plaudern.«

»Nein, lass mal! Reden oder Kochen, beides zusammen geht nicht; jedenfalls nicht bei Männern. Außerdem …«

»Ja, ja, ja! Ich kenne das! Mann und Frau können geile Sachen miteinander tun, außer Kochen! Tausendmal gehört, du Macho!«

»Nun sei friedlich, trink ein Glas Wein, der ist sowieso offen für die Sauce«, intervenierte Toni. »Wenn du Redebedarf hast, setze ich mich für eine Viertelstunde zu dir, bevor ich weitermache.«

»Welcher Rotwein?«, fragte Daniela.

»Ein Montepulciano d'Abruzzo, Jahrgang 2010«, verkündete Toni.

»Was? Der ist doch viel zu teuer, um ihn an eine Sauce zu kippen«, entrüstete sich Daniela. »Außerdem ist der viel zu stark; der hat mindestens dreizehn Umdrehungen.«

»Nein, dreizehnkommafünf«, korrigierte Toni. »Alternativ habe ich einen Salice Salentino, aber der hat noch mehr Wumms und ist auch nicht billiger!«

»Okay, dann trinken wir den Salice und du nimmst den Montepulciano für die Sauce«, entschied Daniela. »Warte, ich ziehe mich kurz um und bin gleich wieder bei dir.«

Toni stimmte zu, widmete sich seinen Zutaten, holte den Salice aus dem Keller, dekantierte ihn, stellte zwei Gläser auf den Küchentisch, deckte den Tisch im Esszimmer und wartete auf das Erscheinen seiner Lebensgefährtin. Es dauerte allerdings mehr als eine halbe Stunde, bis Daniela wieder in der Küche auftauchte.

»Hallo, meine Liebe!«, empfing Tonie sie . »Der Terminus *gleich* erweckt in der wartenden Person die Hoffnung auf ein baldiges Wiedersehen. Man erwartet ein Ereignis in absehbarer Zeit, also eine Erwartungshaltung, dass es im erlebbaren Zeitraum stattfindet.«

»Erstens heißt *gleich* auf keinen Fall *sofort* und zweitens wollte ich dir lediglich die Gelegenheit geben, deine Rehmedaillons ohne Hektik vorzubereiten, was dir allerdings offensichtlich nicht gelungen ist«, hielt Daniela dagegen.

»Doch, fast fertig; ich muss nur noch … hey, was hast du da für einen Ordner unter dem Arm?«

»Deshalb muss ich mit dir reden! Serviere den Wein und setzt dich bitte zu mir.«

Aus Danielas Tonfall war nicht zu überhören, dass Widerspruch zwecklos wäre. Toni holte den Wein und setzte sich zu ihr an den Küchentisch.

»Kennst du dich in Sachen von Verträgen für Gutachter und Ingenieure aus?«, begann Daniela und öffnete den Ordner.

»Das kommt drauf an! Ein breit gefächertes Thema, da kann man nicht pauschal …«

»Aufbau, Inhalte, Honorarermittlung und der Kram!«, stoppte Daniela Tonis Redefluss.

»Nicht in allen Fachbereichen«, gab Toni zurück. »Von Bodengutachten und Klimatechnik habe ich zum Beispiel keine Ahnung. Um was geht es hier eigentlich?«

Nach dem ersten Glas Wein wusste Toni, was Daniela von ihm wollte. Er blätterte in den Unterlagen, schaute sich einige Passagen genauer an und kam zu dem Schluss, dass er im Großen und Ganzen wusste, um was es ging.

»Für die Ermittlung der Honorare gibt es mittlerweile Rechenprogramme, weil die Thematik im Laufe der Zeit immer komplizierter wurde. Zu meiner aktiven Zeit konnte man das noch von Hand zu Fuß ausrechnen; meine Firma hat seinerzeit an der Entwicklung solcher Programme mitgewirkt.«

»Dann weißt du also, wie du an solch ein Programm rankommst. Am Geld wird es ja wohl nicht liegen«, stellte Daniela lapidar fest.

»Bin ich jetzt auch noch euer Sponsor? Die Kosten muss mir die Staatskasse ersetzen!«

»Stell dich nicht an, als ob du am Hungertuch nagst! Du machst das schließlich mir zuliebe.«

»Das ist das einzige Argument, das ich gelten lassen kann«, resignierte Toni.

»Gut, dann wäre das also geklärt. Du …«

»Nein, das ist noch etwas! Ich benötige die zugehörigen Projektunterlagen, damit ich prüfen kann, ob die Honorarklassen und Schwierigkeitsgrade passen; vor allem brauche ich die Kostenschätzungen.«

»Besorge ich dir! Wann kannst du anfangen?«

»Genau genommen bin ich bereits mitten drin!«

»Das ist erst der Anfang! Im Kofferraum habe ich noch mindestens zehn Ordner!«

»Alle zum gleichen Projekt?«

»Die meisten beinhalten den Umbau des Ludwigspark-Stadions, es gibt aber noch andere.«

»Und die soll ich alle prüfen? Da sitze ich Wochen dran! Nein, kommt nicht in Frage!«

»Toni, du sollst die nicht alle bis ins Detail prüfen! Schau drüber, ob es Auffälligkeiten oder Ungereimtheiten gibt. Du als professioneller Logiker wirst es doch schaffen, eine Plausibilitätsprüfung hinzubekommen!«

»Das ist eine Scheißarbeit!«, motzte Toni.

»Ich weiß! Das ist ja auch der Grund, weshalb die Fachabteilung nicht in die Gänge kommt und externe Gutachter einschalten will; das dauert mir zu lange! Ich muss wissen, in welche Richtung ich die weiteren Ermittlungen treiben muss. Wir tappen völlig im Dunkeln.«

»Okay, was man für die Liebe nicht alles tut«, seufzte Toni. »Wie lange habe ich Zeit?«

»Montagmorgen müssen die Akten wieder im Präsidium sein. Ich habe sie mir vom Wirtschaftsdezernat unter fadenscheinigen Begründungen nur kurz ausleihen können«, gab die Staatsanwältin kleinlaut zu.

»Wissen deine Leute, dass ich mich mit den Akten beschäftigen soll?«, hinterfragte Toni, der ahnte, dass Danielas Aktion ein Alleingang war.

»Um Himmelswillen, nein! Keiner weiß was davon! Und wir beide werden denen das auch nicht auf die Nase binden!«

»Selbstverständlich nicht, Frau Staatsanwältin!«, raunte Toni. »Warum um alles in der Welt lasse ich mich auf einen solchen Blödsinn ein? Und warum machst du das, so kurz vor deinem Ruhestand?«

»Weil ich immer noch im Amt bin, uns wegen dieser Scheiß-Personalknappheit die Zeit davonläuft, und ich einen Mord aufzuklären habe und der oder die Täter frei rumlaufen! Du brauchst mir kein schlechtes Gewissen einzureden, ich weiß selbst, dass die Sache nicht ganz astrein ist!«

»Wenn du heute noch etwas in den Magen bekommen willst, muss ich jetzt an den Herd«, versuchte Toni, das Thema vorerst zu beenden.«

»Lass dich von mir nicht aufhalten, mein Bester!«

»Du tust seit fast zwei Stunden nichts anderes!«

»Ah, und noch was: Kein Wort zu deinem Kumpel Josch! Nicht einen einzigen Ton! Mit dem Kerl habe ich schon genug Ärger am Hals!«

»Wieso?«

»Erzähle ich dir nachher.«

Später beim Essen erzählte Daniela vom aktuellen Stand der Ermittlungen, vergaß nicht, zu erwähnen, was Josch angestellt hatte und verdonnerte Toni erneut zur absoluten Verschwiegenheit.

»Wenn ich die Ordner alle bis Montag durchackern soll, wirst du am Wochenende nicht allzu viel von mir haben«, erklärte Toni, als er den Tisch abräumte.

»Ja, ich weiß. Ich muss mir auch jede Menge Arbeit mit nach Hause nehmen, sonst wächst mir das alles über den Kopf. Es wird wirklich Zeit, dass ich mich in den Ruhestand verabschiede.«

»Dann mach es doch endlich!«, forderte Toni.

»Sobald meine Nachfolge geregelt ist! Versprochen!«

25

In den folgenden Tagen

Toni Lukas begann mit seinen Recherchen am Donnerstagmorgen und benötigte zunächst einige Stunden, um sich einen Überblick zu verschaffen und die Unterlagen zu ordnen.

Er strukturierte die Projekte in die einzelnen Gewerke, ordnete den Bereichen die jeweiligen Teilkosten aus der Kostenschätzung zu, listete die Planungsbüros auf und sortierte die zugehörigen Ingenieurverträge. Gleiches tat er mit den zahlreichen Gutachtern, wobei er die Themenbereiche aussortierte, die zu beurteilen Toni sich nicht in der Lage sah, weil ihm die notwendigen Fachkenntnisse fehlten.

Im Internet fand Toni eine Software zur Honorarberechnung, die er für kleines Geld als zweiwöchige Testversion auf seinen Computer runterlud. Die Zeit verflog im Nu, und als die Grundlagenarbeit endlich abgeschlossen war, ging der Donnerstag bereits seinem Ende zu.

Daniela kam spät nach Hause, übergab Toni die zugesagten restlichen Unterlagen und fragte ihn, ob er gut vorangekommen sei.

»Es ist noch zu früh, um etwas zu sagen«, behauptete Toni, und damit war das Thema fürs Erste vom Tisch.

Der Freitag verlief kaum anders. Toni vertiefte sich in die Akten, verfasste Modellrechnungen, informierte sich im Internet über die neusten Richtlinien für die Honorarabrechnungen, verglich seine Rechenmodelle mit den aufgeführten Beispielrechnungen aus der Rechtsprechung, stellte weitere Varianten auf und verglich sie mit den Unterlagen aus Kochs Unterlagen. Am Abend fragte Daniela erst gar nicht mehr nach dem Stand der Dinge und ließ Toni bis spät in die Nacht weiterarbeiten.

Im Laufe des Samstags wuchs in Toni nach und nach der Verdacht, dass nicht alles stimmig war, was er in Kochs Akten vorfand. Noch hielt er sich allerdings zurück und äußerte sich nicht zu seinen Zweifeln. Daniela ihrerseits saß den ganzen Tag im Arbeitszimmer und war in das Studium zahlreicher Akten vertieft. Toni hatte keine Ahnung, womit sie sich beschäftigte, aber das war ihm auch egal, Hauptsache er hatte seine Ruhe, denn er war noch lange nicht durch und die Zeit lief ihm davon. So ging es bei beiden erneut bis in den späten Abend, nur unterbrochen durch ein leichtes Abendessen, das Daniela zubereitet hatte. Beim Essen hatte Daniela zaghaft gefragt, ob Toni am nächsten Tag so weit sei, mit ihr über seine Recherchen zu sprechen.

»Gib mir bitte noch den Vormittag, Daniela«, hatte Toni gebeten. Was ich bis Mittag nicht durchhabe, schaffe ich sowieso nicht mehr.«

»Hast du schon etwas entdeckt?«, fragte Daniela ungeduldig.

»Warte es ab, morgen wirst du meine Einschätzung erfahren«, hatte Toni sie zappeln lassen, worauf Daniela irgendetwas Unverständliches vor sich hinmurmelte.

Tonis Zurückhaltung änderte sich am Sonntagnachmittag beim Kaffee. Mit Listen, Computerausdrucken und handschriftlichen Notizen erschien er am Esszimmertisch, wobei seine stoische Miene die Staatsanwältin vor Neugier fast zum Platzen brachte.

»Frau Staatsanwältin«, begann er salbungsvoll, »ich kann mich des Eindrucks nicht erwehren, dass ihr hier einer ziemlichen Sauerei auf der Spur seid. Wie ich dir das jetzt nahebringen kann, weiß ich nicht genau, denn die Sache ist komplex und kompliziert, weil …«

»Versuch's einfach, ich bin ja nicht blöd!«, unterbrach Daniela Sommer.

»Habe ich auch nicht gesagt, aber es ist trotzdem schwer zu erklären.«

»Nun mach schon! Wenn ich es nicht kapieren sollte, melde ich mich.«

»Davon bin ich überzeugt! Im Großen und Ganzen geht es um ein Büro, das in meinen Fokus geraten ist. Ein Ingenieurbüro namens König & Partner aus Saarbrücken. K & P hat etliche Verträge für nahezu alle Teilgewerke, die in der Planung des Projektes anfielen; es gibt allerdings einige Fachbüros als Subunternehmer, die …«

»Welches Projekt?«, fiel ihm Daniela ins Wort.

»Umbau und Sanierung des Ludwigspark-Stadions.«

»Das ist meines Wissens längst fertiggestellt«, intervenierte Daniela.

»Stimmt, aber augenscheinlich ist noch nicht alles abgerechnet, denn ich habe weder Schlussrechnungen noch Abnahmeniederschriften gefunden, aber es kann auch sein, dass die woanders abgeheftet sind. Aus den mir zur Verfügung gestellten Unterlagen geht das nicht hervor …«

»Okay, weiter!«

»Sei nicht so ungeduldig! Jedenfalls hat K & P im Vergleich zu anderen Büros und anderen Projekten erheblich bessere Konditionen und Zugeständnisse bekommen.«

»Inwiefern?«

»Jetzt wird es kompliziert, und ich kann nicht behaupten, dass es in allen Punkten illegal ist, aber auffällig ist es allemal. Ich versuche, es in einfachen Worten zu erklären.«

Als der erwartete Zwischenruf der Staatsanwältin ausblieb, fuhr Toni fort.

»Der Auftraggeber hat gewisse Spielräume bei der Festlegung der Vergütungskonditionen. Durch die Definition von Schwierigkeitsgraden, zugehörigen Zuschlägen in Form von Prozentpunkten und so weiter, kann das Honorar erhöht, aber auch gemindert werden. Das ist …«

»Moment mal!«, stutzte Daniela. »Soll das heißen, dass das Honorar letztendlich willkürlich festgelegt wird? Wo ist das objektive Regularium? Wozu gibt es eine Honorarordnung, wenn jeder machen kann, was er will?«

»So einfach ist es nun auch wieder nicht, aber lass es mich erklären …«

»Bitteschön! Ich höre!«

»Die Festlegung der Honorareinordnung erfolgt über einen Punktekatalog, ist für die Leute vom Fach also nachvollziehbar. Wie gesagt: für Fachleute! Die Frage ist allerdings, wer das kontrolliert.«

»Welche Kontrollmechanismen kommen in Frage?«, wollte Daniela wissen.

»Bei privaten Auftraggebern ist es ganz einfach das Geld. Kein Unternehmer zahlt mehr, als er unbedingt muss. Ich selbst habe das zu meinen aktiven Zeiten nicht anders gemacht!«

»Ausbeuter!«

»So funktioniert Marktwirtschaft! Bei öffentlichen Auftraggebern fehlt oftmals ein fachkompetentes Kontrollorgan, das solche komplizierten Details beurteilen kann. Ausschüsse oder andere Gremien erhalten Beschlussvorlagen, und dann heben diese Leute die Hand nach dem Motto: Wird schon stimmen! Eigentlich haben sie gar keine Möglichkeiten, im Detail zu überblicken, über was sie da entscheiden. Bei Alltäglichkeiten ist das einfacher; ob eine Parkbank hier oder dort aufgestellt werden soll, kann jeder für sich selbst entscheiden und trefflich darüber diskutieren, bei komplizierten Vertragswerken funktioniert das nicht.«

»Und wer blockiert, gilt als blöd und destruktiv, und deshalb hebt man die Hand und tut so, als habe man alles verstanden.«

»So ungefähr! Was glaubst du, wie viele Stadt- oder Gemeinderäte einen Haushaltsentwurf überhaupt lesen, geschweige denn verstehen können? Trotzdem entscheiden sie darüber.«

»Okay, das ist ein Systemfehler oder ein Schwachpunkt, aber …«

»Man müsste das System ändern, aber das ist schwierig. Aber es geht noch weiter«, fuhr Toni unbeirrt fort. »In komplexen Projekten gibt es eine Vielzahl von Einzelgewerken, und manchmal ist es schwierig, die voneinander abzugrenzen.«

»Gib mir bitte ein Beispiel, damit ich das verstehe!«, forderte die Staatsanwältin.

»Steuerung, Klimatechnik, Elektrotechnik, Beleuchtung und so weiter sind Beispiele. Eine Heizung wird gesteuert, ein Aufzug auch, Beleuchtung und alles andere funktioniert nur mit Strom … Wo sind die Schnittstellen zur Elektronik und so weiter? Was gehört wohin? Es gibt dafür zwar Richtlinien für die Zuordnung, aber das ist derart komplex, dass nur Spezialisten durchblicken.«

»So welche wie du!«, meinte Daniela. »Aber dafür sind diese Spezialisten schließlich da! Wo ist also das Problem?«

»Wenn ein fachkundiges Kontrollorgan fehlt, fällt zum Beispiel nicht auf, wenn Kostenanteile mehrfach zugeordnet werden.«

»Und du bist der Überzeugung, dass genau das hier passiert ist?«

»Ja, zu der Einschätzung bin ich gekommen. Meiner Meinung nach, sind die Kosten durch Mehrfachzuordnung zu hoch angesetzt.«

»Verstehe ich trotzdem nicht! Was gebaut wird, kann doch nur einmal in Rechnung gestellt werden, so dass es insgesamt nicht teurer werden kann. Oder?«

»Ich weiß, es ist kompliziert. Pass auf, Folgendes zum Verständnis: Zur Finanzierung des Vorhabens wird die Gesamtsumme aller geschätzten Kosten der einzelnen Gewerke herangezogen. Hinzu kommt ein Sicherheitszuschlag für Unvorhergesehenes, Inflation und allgemeine Kostensteigerungen; sagen wir mal zehn oder fünfzehn Prozent ...«

»So viel?«, wunderte sich Daniela.

»Klingt nach viel, ist es aber nicht!«, entgegnete Toni. »Wenn die Bauzeit zum Beispiel drei Jahre beträgt, hast du durch die Inflation alleine schon mindestens zehn Prozent.«

»Ja gut, verstehe!«

»Angenommen, dass in der Mehrfachzuordnung der Kosten in den Einzelgewerken ein Ansatz von zehn bis fünfzehn Prozent zusätzlich drinsteckt, dann sind die Kosten insgesamt zwanzig bis dreißig Prozent zu hoch ausgewiesen, als realistisch anzunehmen wäre. Die Honorare der Planer und Gutachter richten sich unter anderem nach den Schätzkosten; somit sind auch die Honorarberechnung zu hoch angesetzt. Will heißen: Auch die Planer profitieren von diesen zu hohen Kostenansätzen.«

»Wer ermittelt die Projektkosten?«, hinterfragte die Staatsanwältin.

»Die Planer!«

»Die machen demnach den Reibach durch zu hohe Kostenprognosen!«

»Sofern der Auftraggeber es nicht kontrolliert oder kontrollieren will. Und wenn dann, wie eingangs erwähnt, die Vergütungsstufen auch noch üppig angesetzt sind, kommt einiges zusammen.«

»Wieviel im vorliegenden Fall?«

»Unmöglich zu sagen! Dazu müsste man das gesamte Projekt von A bis Z analysieren und das …«

»Größenordnung?«, unterbrach Daniela ungeduldig.

»Mindestens sechsstellig, eher mehr! Ein 50-Millionen-Projekt hat einen Planungskostenanteil von 20 bis 25 Prozent, falls das reicht. Wenn ich davon ausgehe, dass die Honorare um zehn Prozent überzogen sind, bin ich schon bei mindestens einer Million als untere Grenze!«

»Glaubst du, dass Koch und dieses Büro sich das geteilt haben, oder wie?«

»Es ist wohl anzunehmen, dass jeder seinen Spaß daran gehabt hat; wer auch immer.«

»Toni, ich frage mich immer noch, wieso so etwas nicht auffällt«, wunderte sich Daniela Sommer. »Bei solchen Summen muss es doch eine Prüfinstanz geben, die denen auf die Finger schaut!«

»Nochmal: Die erste Prüfinstanz ist der Bauherr selbst. Wenn die versagt, kommen die politischen Gremien, die fachinhaltlich überfordert sind und sich auf die Entscheidungsvorlagen …«

»Ja, das habe ich kapiert, aber das ist doch viel zu einfach gedacht! Es gibt Rechnungsprüfungsämter und Rechnungshöfe, denen muss so etwas doch auffallen!«

»Sollte man meinen, ist aber ein Trugschluss. Die Rechnungsprüfungsämter befassen sich meist mit der Prüfung, ob gesetzliche und bürokratische Vorgaben eingehalten wurden. Wie der Name schon sagt, prüfen sie Rechnungen! Auf Einhaltung der Fristen, Skonti, Zuordnung in die richtige Haushaltsstelle und den ganzen Unfug, der Deutschland auszeichnet …«

»Jetzt kommt mal wieder dein Brass gegen das Beamtentum an die Oberfläche«, seufzte Daniela.

»Ist aber Tatsache!«, wehrte sich Toni. »Der Landesrechnungshof prüft stichpunktartig, selten im Ganzen, und das erst Jahre nach der Abrechnung. Da sind die Spatzen lange gefangen. Wer Dreck am Stecken hat, kann bei geschicktem Vorgehen diese Zeit nutzen und dafür sorgen, dass die Akten inzwischen unvollständig oder verschwunden sind. Im unwahrscheinlichen Fall einer Anklage steht dann vor Gericht Aussage gegen Aussage, und irgendwann werden solche Verfahren mit einem Vergleich eingestellt, das weißt du besser als ich. Dann hat einer eine Million abgesahnt und wird gegen Zahlung von fünfzigtausend Euro aus der Anklage entlassen. Du musst zugeben, dass da nicht viel Risiko drinsteckt, wenn man genügend kriminelle Energie hat.«

»Ja, ich kenne das Problem!«, gab Daniela Sommer zu. »Ich muss die Ermittlungen jetzt unbedingt in die richtige Richtung lenken. Toni, bist du sicher, dass das so gelaufen sein könnte … ich meine, sind deine Einschätzungen wirklich belastbar?«

»Wer Ahnung von der Materie hat, wird zu den gleichen Vermutungen kommen wie ich!«, behauptete Toni. »Über Höhe und Ausmaß des Schadens lässt sich im Detail sicherlich streiten, aber ich bleibe dabei: Die Sache ist nicht koscher!«

»Und du glaubst, dass die Auffälligkeiten nur bei diesem Büro König & Partner vorkommen?«

»In diesem Umfang, schon. Übrigens und ganz am Rande: Dieses Büro hatte auch die Bauleitung bei der Bauausführung der meisten Gewerke.«

»Das heißt was?«, hinterfragte Daniela.

»Wer bei den Honoraren schummelt, dürfte meiner Einschätzung nach erst recht bei den Abrechnungen der Bauleistungen für Manipulationen anfällig sein, um es vorsichtig auszudrücken. Dort geht es um wesentlich höhere Summen, da wird aus einer fünf schnell mal eine gerade Zahl.«

»Wäre vorstellbar, aber das nachzuweisen, bedeutet wahrscheinlich einen noch größeren Aufwand bei den Ermittlungen. Darum sollen sich später andere kümmern, dafür haben wir im Augenblick weder die Zeit noch Kapazitäten. Ich brauche vordringlich ein mögliches Motiv für die Tötung zum Nachteil von Alfred Koch. Wir werden das von dir genannte Büro unter die Lupe nehmen, mal sehen, was dabei herauskommt. Ich fürchte, das wird ein langer und steiniger Weg werden.«

»Logisch wäre es, nach einem Zusammenhang zwischen Koch, diesem Czerny und Personen zu suchen, die an Kochs Projekten beteiligt waren«, schlug Toni vor.

»Ach nein! Darauf wäre ich alleine nicht gekommen!«

»Ich meine ja nur!«

»Toni, mein logischer Hobbydetektiv! Jedenfalls danke ich dir für die Mühe, die du dir gemacht hast.«

»Gerne! Und was ist mit meiner Belohnung?«

»Du darfst mir nachher helfen, die ganzen Akten wieder in den Kofferraum zu verfrachten; die muss ich nämlich morgen früh um 9 Uhr zurückgeben. Deine Notizen und Modellrechnungen nehme ich auch mit, aber die werden mein Büro vorerst nicht verlassen!«

26

Montag, 19. Juni 2023

Am frühen Montag wunderten sich Katja Reinert und Sam Wolff, dass Staatsanwältin Sommer noch nicht in ihrem Büro aufgetaucht war. Normalerweise saß man montags gleich nach Dienstbeginn bei einem Kaffee und Streusel zusammen und besprach die anliegenden Aufgaben und Strategien der bevorstehenden Woche. Ausnahmen bestätigten die Regel, aber dass Daniela kommentarlos fernblieb, war ungewöhnlich.

»Vielleicht steckt sie im Stau oder hat eine Autopanne«, spekulierte Hauptkommissar Wolff.

»Das glaube ich nicht, dann hätte sie sich gemeldet«, widersprach Katja Reinert.

»Vielleicht ist der Akku ihres Telefons leer. Na egal! Sie wird sich schon noch melden. Es ist ja nicht so, dass wir ohne sie keine Arbeit haben und nicht wissen, was wir tun sollen.«

»Wie weit bist du mit den Akten?«, wollte Katja wissen. »Irgendwelche Auffälligkeiten?«

»Ich habe mir eine Übersicht verschafft über alle Vertragspartner, mit denen Koch zu tun hatte. Es kristallisieren sich zwei Schwerpunkte heraus: einmal ein Ingenieurbüro König und Partner, zum anderen eine Bauunternehmung Paul Klein GmbH.«

»Moment mal! Was hatte Koch mit Baufirmen zu tun?« hakte die Hauptkommissarin nach. »So weit bekannt, war sein

Aufgabengebiet das Vertragswesen mit Ingenieuren und Gutachtern.«

»Das kann ich im Augenblick noch nicht sagen. Ich hoffe, dass uns der Inhalt von Kochs Computer entsprechende Informationen liefert.«

»Oh Mann! Die Kollegen müssten mit der Auswertung endlich mal in die Gänge kommen!«, wetterte Katja Reinert. »Das kann ja wohl nicht wahr sein! So umfangreich können Kochs Dateien gar nicht sein, dass sie eine ganze Woche für die Auswertung benötigen.«

»Stimmt zwar, aber wenn wir denen Druck machen, schalten die erst recht auf stur«, entgegnete Sam Wolff. »Wir sollten vielleicht …«

Mit einem nicht zu überhörenden geflöteten »Guten Morgen!« stürmte Staatsanwältin Sommer ins Büro und unterbrach das Gespräch der Ermittler.

»Ich habe heute mal Zimtschnecken mitgebracht; ich hoffe, dass für mich noch eine Tasse Kaffee übrig ist.«

»Keine Einwände«, gab die Hauptkommissarin zurück. »Mit dir haben wir gar nicht mehr gerechnet.«

»Kann ich mir vorstellen, aber ich hatte noch einiges zu erledigen; das erzähle ich euch ein anderes Mal. Was gibt es?«

»Sonst alles okay bei dir?«, fragte Katja Reinert besorgt nach.

»Ja klar! Was sollte bei mir nicht in Ordnung sein?«

»Ich kümmere mich um den Kaffee«, erklärte Sam Wolff und widmete sich der Kaffeemaschine in der Wandnische.

»Mach das! Was gibt es an Neuigkeiten?«, wollte die Staatsanwältin wissen.

»Sam hat die Akten durchstöbert und Kontaktlisten erstellt, aber etwas Konkretes hat sich bisher noch nicht ergeben. Irgendwie stecken wir fest. Und bei dir?«

»Ich war bei den Kollegen von der Wirtschaftskriminalität und habe mit denen geredet. Die werden sich jetzt vordringlich um Kochs Akten kümmern und die Verträge unter die Lupe nehmen …«

»Ach!«, rief Sam aus der Ecke. »Auf einmal geht das?«

»Nun mal langsam, junger Kollege«, entgegnete die Staatsanwältin. »Das hat einen Grund! Ich habe mir nämlich am Wochenende einige Akten noch einmal angeschaut, und dabei ist mir einiges durch den Kopf gegangen. Mir ist aufgefallen, dass es ein Büro gibt, das auffällig viele Planungsaufträge für die Umgestaltung des Ludwigspark-Stadions erhalten hat; dementsprechend hoch sind die Honorare. Irgendwie habe ich den Eindruck gewonnen, dass da etwas nicht stimmen könnte.«

»Ach!«, wunderte sich die Hauptkommissarin. »Sag nur, du hast verstanden, was in diesen Verträgen drinsteht? Ich habe es jedenfalls nicht kapiert!«

»Ich habe mich intensiv damit befasst und mich reingearbeitet …«

»Das muss ein arbeitsreiches Wochenende gewesen sein«, grinste Katja Reinert, die einen Verdacht hegte, wie das abgelaufen sein könnte, darüber aber kein Wort verlor.

»Um welches Büro handelt es sich denn?«, hinterfragte Sam Wolff, dem ebenfalls einiges dämmerte, es aber vorzog, nicht näher darauf einzugehen.

»König und Partner, ein Ingenieurbüro aus Wadgassen. Ich möchte, dass ihr diesem Büro eure Aufmerksamkeit widmet. Inhaber, Mitarbeiter, Kundenkreis, Umsatz und so weiter; alles, was ihr kriegen könnt, aber vorerst nur über das Internet oder so. Ich möchte noch nicht mit dem großen Besteck auffahren, das gibt der Ermittlungsstand noch nicht her; kommt vielleicht noch, warten wir es ab. Gleiches gilt für eine Baufirma namens Paul Klein GmbH; ich habe vergessen, wo die ihren Sitz hat, jedenfalls hier im Saarland. Sammelt auch hier vorsichtig alle Informationen. Schafft ihr das in den nächsten zwei bis drei Tagen?«

»Kriegen wir hin!«, bestätigte die Hauptkommissarin.

»Ich möchte mir aber zuerst Kochs Computerauswertungen anschauen«, intervenierte Sam Wolff.

»Kannst du ja«, nickte Katja Reinert. »Das eine schließt das andere nicht aus.«

»Das Ingenieurbüro steht auf meiner Liste«, erklärte Sam. »In Kochs persönlichen Aufzeichnungen gibt es dazu ein paar Vermerke, die ich allerdings noch nicht zuordnen kann. Noch nicht, aber wie gesagt, ich warte immer noch auf die Auswertungen von Kochs Computer.«

»Ist da immer noch nichts von der KTU gekommen?«, wunderte sich die Staatsanwältin.

»Ach woher! Es ist einfach nur noch zum Kotzen!«, ereiferte sich Sam.

»Ich verstehe deinen Ärger! Dann muss ich denen jetzt einfach mal Dampf machen!«, beschloss die Staatsanwältin. »Personalnot hin oder her, so geht das nicht! Ich bin gleich wieder da; nicht, dass mir jemand meine Zimtschnecke wegfuttert!«

Daniela Sommer eilte davon, war aber wenige Minuten später wieder zurück, griff sich eines der Gebäckteile, eine Tasse Kaffee und setzte sich an den Besprechungstisch.

»So, das wäre geklärt. Angeblich wollten sie die Ergebnisse heute Nachmittag ohnehin mitteilen, aber nach meinem Veto wird sich jemand innerhalb der nächsten halben Stunde bei euch melden. Geht doch!«

Bei Kaffee und Gebäck diskutierte die Runde weitere Ermittlungsschritte, spekulierte über Zusammenhänge und

Verdachtsmomente und erarbeitete einen Zeit- und Aufgabenplan für die nächsten Tage.

»Wir müssen damit rechnen, dass das Landesamt erneut in den Fokus der Ermittlungen rücken wird«, stellte die Staatsanwältin fest. »Das wird alles andere als einfach!«

»Bei so viel Sachverstand auf Seiten der Staatsanwaltschaft wird sich die Politik nicht verschließen können«, unkte Sam Wolff.

»Ich möchte das hier nicht vertiefen!«, forderte Daniela Sommer.

»Natürlich nicht!«, grinste die Hauptkommissarin. »Wir wissen auch so Bescheid.«

»Dann ist es ja gut!«, brummte die Staatsanwältin mit sauertöpfischer Miene. »Ich werde unser Vorgehen mit den übergeordneten Stellen abstimmen, damit müsst ihr euch nicht belasten.«

Es klopfte an der Tür und ein Mitarbeiter der KTU betrat das Büro, stellte sich vor und erklärte, dass er die Auswertungen von Alfred Kochs Computer präsentieren wolle. Ulkiger Weise trug der junge Kollege den Namen Sylvester Koch, was Sam Wolff zu der Bemerkung veranlasste, dass viele Köche den Brei verderben, worauf er sich von der Staatsanwältin einen tadelnden Blick einfing.

Zunächst erging sich der Techniker in Details der Datensicherung, die nur Freaks interessieren und verstehen konnten. Die Ermittler ließen das geduldig über sich ergehen, weil sie den Kollegen nicht vergraulen wollten.

»Die Ausbeute ist nicht sehr groß«, sagte Sylvester schließlich. »Der Mann gehörte anscheinend nicht zu dem Kreis von Nutzern moderner Technologien; das sieht alles ziemlich altbacken aus. Relativ ungeordnet ist auch die Ordnerstruktur. Es gibt nur einen Ordner, den er mit einem Passwort geschützt hat; das konnten wir natürlich knacken. Ich habe euch alles auf diesen Stick gespeichert, der angesprochene Ordner trägt den Namen *AK* und enthält Excel-Listen und Textdokumente. Inhaltlich müsst ihr das selbst auswerten, die Anzahl ist überschaubar. Auch die Anzahl der externen Mail-Adressen ist auffällig gering; weniger als dreißig. Innerhalb des Landesamtes hat er aktiv ebenfalls sehr wenig kommuniziert. In seinem Postfach gibt es zwar viele interne Eingänge, aber reagiert hat er selten. Kurzum: Der Mann hat seinen Computer in den letzten zwölf Monaten anscheinend nur für das Nötigste genutzt, ältere Daten haben wir nicht gefunden.«

Sylvester Koch übergab den Stick, eine Mappe mit Erläuterungen, ließ sich von Staatsanwältin Sommer die Übergabe quittieren und verabschiedete sich.

»Ich frage mich jetzt, warum die KTU für dieses karge Ergebnis so lange gebraucht hat«, maulte Sam Wolff.

»Immerhin haben wir nun etwas, um das wir uns kümmern können«, entgegnete die Hauptkommissarin. »Besser gesagt: du!«

* * *

Den Rest des Tages verbrachte Sam Wolff damit, Kochs Dateien zu durchforsten, seine Mails zu lesen, Verbindungsmuster herauszufiltern und das Ganze mit den Aufzeichnungen aus den Akten und handschriftlichen Notizen zu vergleichen.

Am Ende bestätigte sich, dass Koch nach draußen hauptsächlich mit dem Büro König und Partner, der Bauunternehmung Paul Klein und dem Ministerium für Inneres, Bauen und Sport, sowie dem Wirtschaftsministerium kommuniziert hatte. Sam fand heraus, dass die Ansprechpartner in den Ministerien laut Organigramm der Führungsebene zuzuordnen waren. Mit ihnen hatte Koch stets im formellen Amtsdeutsch korrespondiert, wohingegen er den Ansprechpartner des Planungsbüros, einen Mann namens Ralf Sauer, stets mit *Lieber Ralf* angeschrieben hatte. Ähnlich verlief die Korrespondenz mit einem gewissen Oliver Koslowsky, wobei nicht ersichtlich war, zu welcher Organisationseinheit der Mann gehörte. Inhaltlich ging es in dem Schriftverkehr um Rechnungen und Zahlungsvereinbarungen, wahrscheinlich die einer Baufirma. Der Schriftverkehr mit der Bauunternehmung Paul Klein war distanziert und formell, ohne vertrauliche Anrede. Dort trugen die Antwortschreiben der Firma das Firmenlogo und die komplette Kontaktdresse, was unter Koslowskys Schreiben nicht der Fall war.

Da keines der Schreiben älter war als ein Jahr, hatte Koch entweder dafür gesorgt, dass älterer Schriftverkehr gelöscht wurde, oder eine Neuorganisation der EDV im Landesamt hatte einen neuen Startpunkt der Datensicherung definiert, das musste hinterfragt werden.

Roman Czernys Name konnte demzufolge im Mailverkehr nicht auftauchen, denn der war schon seit mehr als einem Jahr tot; fragte sich nur, ob Koch das wusste. Immerhin wurde Czerny mit der Waffe erschossen, die bei Koch gefunden wurde. Im Adressenverzeichnis war Czerny jedenfalls nicht gelistet.

Am Ende sah der Hauptkommissar ein, dass Staatsanwältin Sommer Recht hatte: Die Baufirma und das Planungsbüro mussten näher unter die Lupe genommen und in die weiteren Ermittlungen einbezogen werden!

Sam telefonierte mit Katja Reinert und gab ihr die Ergebnisse seiner Nachforschungen durch. Auf die Frage, ob sie denn bereits Informationen über das Planungsbüro oder die Baufirma eingeholt habe, erhielt Sam jedoch eine negative Antwort.

»Tut mir leid, Sam. Die Personalabteilung hat mir einen umfangreichen Fragenkatalog aufs Auge gedrückt, den ich bis Dienstschluss beantworten muss. Wenn ich das liegenlasse, heißt es hinterher, ich hätte mich um die beantragte Personalaufstockung nicht gekümmert. Du weißt selbst, wie die vom dritten Stock immer bemüht sind, anderen den schwarzen Peter zuzuschieben.«

»Genau das ist der Grund, weshalb ich deinen Job nicht haben will«, lachte Sam. »Auch nicht für mehr Geld. Okay, dann bleibt das wieder bei mir hängen.«

»Ich schlage vor, dass du heute mal ausnahmsweise keine Überstunden schiebst, Sam. Wir müssen morgen früh raus, der Termin in Kaiserslautern, du erinnerst dich! Abfahrt 8 Uhr. Es wäre mir sehr gelegen, wenn du den Chauffeur spielen würdest.«

»Logisch! Dich fahre ich bis ans Ende der Welt!«

»Chauffeur, habe ich gesagt, nicht Charmeur«, lachte Katja Reinert und verabschiedete sich.

27

Dienstag, 20. Juni 2023

Die Anfahrt durch das Chaos des Berufsverkehrs war nervtötend, aber endlich kamen die Hinweisschilder zum Hauptbahnhof, der nicht weit entfernt von der Polizeiinspektion Kaiserslautern lag. Das Betzenbergstadion thronte in Sichtweite über der Stadt.

»Der FC Kaiserslautern hat auch schon mal bessere Zeiten gesehen«, bemerkte Sam Wolff. »Und das Stadion auch.«

»Ich möchte nicht wissen, was dieses Monster gekostet hat. Der Bau ist noch zwei Nummern größer als der Ludwigspark in Saarbrücken.«

»Das kann man nicht vergleichen, Katja. Hier wurden Weltmeisterschaftsspiele ausgetragen und immerhin waren die roten Teufel deutscher Meister; zum letzten Mal mit Otto Rehagel als Trainer.«

»Der Name sagt mir nichts«, behauptete Katja Reinert.

»Das ist eine Bildungslücke! König Otto war legendär … ah da vorne ist es, wir sind am Ziel.«

Minuten später saßen Katja und Sam in einem Besprechungszimmer der Polizeiinspektion, ihnen gegenüber lediglich Oberkommissarin Laura Schenkenberger, die die saarländischen Kollegen bereits an der Einlasskontrolle abgeholt hatte.

»Vielen Dank für den Empfang«, begann die Hauptkommissarin.

»Und natürlich für den Kaffee und die Zuckerbrezeln«, ergänzte Sam Wolf. »Ohne Frühstück wäre ich wahrscheinlich gleich kollabiert.«

»Gerne«, erwiderte Laura Schenkenberger und schenkte ihm ein bezauberndes Lächeln, das Katja Reinert sofort registrierte.

»Man hat mir am Telefon versprochen, dass wir Gelegenheit zu einem Gespräch mit den Ermittlern im Mordfall zum Nachteil von Roman Czerny haben werden«, erklärte Katja Reinert. »Kommen die noch, oder wie ist das vorgesehen?«

»Der Kollege wird gleich per Videokonferenz zugeschaltete«, erklärte die junge Oberkommissarin. »Ein Relikt der Pandemie, das sich bewährt hat, weswegen wir es beibehalten haben.«

»Sehr gut!«, entgegnete Katja. »So fortschrittlich waren wir selbst in Krisenzeiten nicht oder nur selten.«

Weitere Formalitäten wurden abgeklärt und die Videoschaltung vorbereitet. Nach einiger Zeit erschien das Konterfei des aus Mainz zugeschalteten Ermittlungsleiters auf dem Bildschirm.

»Erster Hauptkommissar Kai Holzapfel«, stellte er sich vor und begrüßte die Kollegen aus dem Saarland herzlich. »Ich schlage vor, dass ich euch zunächst einen Überblick über den Ermittlungsverlauf und den Stand der Dinge gebe; danach könnt ihr Fragen stellen, die euch in eurem Fall unter den Nägeln brennen.«

Holzapfel schilderte routiniert und sachlich, wann, wo und vom wem die Leiche von Roman Czerny aufgefunden worden war, dass der Auffindeort mit Sicherheit nicht der Tatort gewesen sein konnte, welches Spurenbild sich den Ermittlern gezeigt und welche Erkenntnisse die Obduktion der Leiche ergeben hatten.

»Der todesursächliche Schuss wurde aus nächster Nähe abgegeben; ein Genickschuss, was einer Hinrichtung gleichkommt. Zwischen Todeszeitpunkt und Auffindezeitpunkt liegen 12 bis 15 Stunden, es ist also möglich, dass der Tatort weit entfernt von Zweibrücken-Ixheim entfernt liegt, zumal die Leiche laut KTU nicht länger als zwei bis drei Stunden dort gelegen hat, bevor sie entdeckt wurde. Als Tatwaffe kommt eine SFP 9 mal 9 Millimeter in Frage, die nicht aufgefunden wurde, jetzt aber anscheinend bei euch aufgetaucht ist.«

»Unsere KTU geht jedenfalls davon aus, dass die in unserem Fall sichergestellte Waffe die ist, mit der Roman Czerny ermordet wurde. Ich habe die Kollegen gebeten, ihren Bericht an euch weiterzuleiten«, erklärte die Hauptkommissarin.

»Habe ich erhalten, vielen Dank. In eurem Mordfall spielt die Waffe allerdings keine Rolle, wenn ich das richtig in Erinnerung habe.«

»Korrekt! Unser Opfer wurde vergiftet; mit Maitotoxin oder einer artverwandten Substanz«, bestätigte Sam Wolff.

»Nie gehört, aber man kann nicht alles wissen«, lachte der Erste Hauptkommissar.

»Für uns ist das auch Neuland«, gab Katja Reinert zu. »Die beschriebene Waffe wurde im Büro unseres Opfers gefunden; in einer Schreibtischschublade. Sie trägt Fingerabdrücke von Personen, die nicht identifiziert werden können. Interessanterweise stammt keiner der Abdrücke von Alfred Koch … also dem Opfer.«

»Das ist in der Tat interessant! Das bedeutet wahrscheinlich, dass dieser Koch die Waffe nicht selbst oder mit Handschuhen in die Schublade gelegt hat, oder sie nach dessen Tod von anderen Personen entnommen, gereinigt und wieder abgelegt worden ist, oder … jedenfalls ergibt das auf den ersten Blick keinen Sinn. Aber das ist euer Fall, ich will mich da nicht einmischen. Ihr werdet euere eigenen Schlüsse gezogen haben.«

»Kein Problem, wir sind für jede Hilfe dankbar«, beschwichtigte die Hauptkommissarin. »Ja, es ist alles sehr merkwürdig und ergibt keinen Sinn. Wir haben bisher auch keine Verbindung zwischen Alfred Koch und Roman Czerny ermitteln können. Was habt ihr über die Person von Czerny rausfinden können?«

»Leider nicht viel«, antwortete Kai Holzapfel. »Das ist nach wie vor unser Problem. Czerny bewegte sich wahrscheinlich in Kreisen, in denen man nicht viel redet, ihr kennt das. Er selbst trat nicht direkt in Erscheinung, aber unsere Ermittlungen brachten ihn mit der organisierten Kriminalität in Verbindung … Osteuropa, Clans, das ganze Spektrum an Straftatbeständen. Aber es ist fast unmöglich, die Strukturen zu durchschauen oder konkrete Beweise zu erhalten. Roman Czerny war irgendwie Bestandteil dieses Systems, aber wir konnten seine Rolle nicht zuordnen oder ihn mit einer konkreten Straftat in Verbindung bringen. Sein Reisepass weist ihn als rumänischen Staatsbürger aus, der am 17. Januar 1974 in Tirana geboren wurde; demzufolge war er 48 Jahre alt, als er starb. Ein gebürtiger Albaner mit einem rumänischen Pass. Über die Echtheit rumänischer Papiere muss ich euch nicht viel erzählen; kann sein oder auch nicht.«

»Laut KTU wurde die Waffe 2016 legal nach Rumänien exportiert«, erklärte Hauptkommissar Wolff. »Das würde passen, allerdings verliert sich dort ihre Spur.«

»Wen wundert das?«, lachte Holzapfel aus dem Bildschirm. »Dort verliert sich so ziemlich alles.«

»Habt ihr Informationen, wo sich Czerny in den letzten Jahren aufgehalten hat? Mit wem hatte er Kontakt? Was hat er beruflich gemacht oder womit hat er seinen Lebensunterhalt verdient?«, fragte Sam Wolff.

»Was wisst ihr über sein soziales Umfeld? Frau, Kinder, Verwandte und so weiter?«, ergänzte die Hauptkommissarin.

»Da wäre ich gleich draufgekommen, Kollegin. Entschuldigung, Moment.«

Holzapfel machte eine kleine Pause, um einen Schluck Wasser zu trinken.

»Czerny war, nach unseren Ermittlungen, weder verheiratet, noch sind leibliche Kinder bekannt. Wir konnten auch keine Verwandten ermitteln, jedenfalls nicht in West-Europa. Es klingt verrückt, aber er ist wie ein einzelnstehender Baum mitten in der Wüste, um ihn herum gab es nichts. Bis auf eine Ausnahme, dazu komme ich später. Wir werden demnächst mit dem Fall in Aktenzeichen XY auftreten und hoffen, dass sich dann jemand meldet. Ich fürchte allerdings, dass er mit falschem Pass unterwegs war, und sein Umfeld wird schweigen. Wir konnten keine Bankverbindung ermitteln, keine Mitgliedschaft in einer Krankenversicherung, einfach nichts! Er hatte einen rumänischen Führerschein bei sich – gleicher Name, gleiche Echtheitsgarantie.«

»Das spricht dafür, dass er nur für kurze Zeit hier war, und zur Begehung von Straftaten eingeschleust wurde; das Ding wird gedreht und dann verschwindet er wieder spurlos in den Osten, bekanntes Muster.«

»Auf den ersten Blick wäre das eine Erklärung, allerdings haben wir festgestellt, dass er mindestens drei Jahre lang oder vor dieser Zeit schon einmal in Deutschland gewesen sein muss. Wie erwähnt, gibt es einen Kontaktzeugen. Nach einem von uns geschalteten Aufruf mit Foto in der Presse, hatte sich eine männliche Person gemeldet und behauptet, Czerny auf dem Foto als einen ehemaligen Nachbarn wiedererkannt zu haben.

Bei der angegebenen Adresse hatte Czerny tatsächlich Ende 2018 eine Einzimmerwohnung bezogen. Sie gehörte damals einer alten Dame, die Anfang 2023 verstorben ist. Wir konnten ihre Bankdaten von damals rekonstruieren und danach sieht es aus, als ob Czerny die Miete bar bezahlt hat. Die Vermieterin hat die Wohnung schwarz vermietet und Czerny hat sich nicht beim Amt angemeldet. Der Zeuge war hundertprozentig sicher, dass der Mann auf dem Foto Czerny ist, aber seinen Namen hat er nicht gekannt. Von anderen Nachbarn wurde das nicht bestätigt, nun ja. Die Wohnung war im Übrigen eine Bruchbude, die alte Frau schwer dement, als wir drei Monate nach der Tat, also Mitte 2022 dort waren. Ihre Erinnerungen waren bruchstückhaft und widersprüchlich. Sie meinte allerdings, dass Czerny, an dessen Namen sie sich nicht erinnern konnte, nie Besuch empfangen habe und nur selten da war. Kein Wunder, denn in seiner Wohnung gab es weder fließend Wasser noch eine Kochstelle; die Toilette war auf dem Flur, kein Bad, keine Dusche.«

»Sprach er deutsch? Hatte er ein Fahrzeug?«

»Nachbarn wollen dort mehrfach ein Fahrzeug mit polnischem Kennzeichen gesehen haben; einen weißen Transporter …«

»Das Übliche!«, stöhnte Sam Wolff.

»Czerny soll freundlich gegrüßt haben, auf Deutsch, mit osteuropäischem Akzent.«

»Hatte er ein Mobiltelefon bei sich?«

»Nein! Entweder hatte er keines, oder der Täter hat es an sich genommen, wovon man ausgehen muss. Wie sonst hätte er kommunizieren sollen. In Czernys Jackentasche wurde ein Kugelschreiber gefunden, der das Logo und den Namen einer Zweibrücker Baufirma trägt: Gebrüder Woll.«

»Ich nehme an, ihr habt das hinterfragt«, bemerkte Katja Reinert.

»Selbstverständlich, aber da war nichts zu holen. Die Firma war eine Klitsche, die von zwei Männern geführt wurde, die den Laden nach dem Tod der Gebrüder Woll übernommen hatten; ehemalige Mitarbeiter des mittelständischen Unternehmens, das völlig runtergewirtschaftet war, weitere Mitarbeiter gab es nicht. Den Namen Czerny wollen die beiden nie gehört haben, auf dem Foto haben sie ihn nicht identifiziert. Der Kugelschreiber stammt angeblich aus einer Zeit, als die alten Besitzer noch lebten. Büro, Buchführung und Maschinenpark waren ein einziges Chaos. Die Firma hatte einige Klagen wegen Pfusch am Bau am Hals, was ihr mittlerweile das Genick gebrochen haben dürfte. Wir haben das nicht weiterverfolgt.«

»Naja, wenn Czerny legal gearbeitet hätte, wäre er zumindest krankenversichert gewesen und hätte eine Bankverbindung haben müssen«, kommentierte die Hauptkommissarin.

»So ist es, aber zum Thema Schwarzarbeit und illegal Beschäftigte am Bau muss ich euch nichts erzählen«, entgegnete Holzapfel.

»Ein Bezug zur Baubranche wäre möglicherweise eine Verbindung zu Alfred Koch«, spekulierte Sam Wolff.

»Ein Ansatz, den ihr weiterverfolgen solltet!«

»Fragt sich nur: wie?«, brummte Sam.

»Wurde Czerny hier beerdigt?«, wollte Katja Reinert nun wissen.

»Anonym auf Kosten der Allgemeinheit«, antwortete Holzapfel. »Es gab niemanden, der sich um seine Beerdigung gekümmert oder seinen Tod hinterfragt hat; gar nichts!«

»In Clankreisen eher ungewöhnlich«, stellte Katja Reinert fest. »Normalerweise sorgt man für die Beerdigung oder Rückführung ins Heimatland.«

»Man kann nicht zwingend davon ausgehen, dass er ein echtes Mitglied eines Clans war, Kollegin. Vielleicht war er nur ein Mitläufer, ein Handlager, Kanonenfutter; einer der letztendlich völlig unwichtig war, aber anscheinend ein Risiko darstellte.«

»Ausschussware im sprichwörtlichen Sinn«, nickte Sam. »Möglicherweise wurde er von den eigenen Leuten hingerichtet.«

»Das Schweigen der Masse spräche dafür, aber es könnte auch völlig anders gewesen sein. Denkbar ist vieles, aber ... okay, im Großen und Ganzen seid ihr jetzt auf dem Stand der Ermittlungen. Details stehen in den Akten, da müsst ihr euch durcharbeiten; Kollegin Schenkenberger wird sie euch übergeben. Wenn ihr Fragen habt oder Neuigkeiten, ruft mich an oder hinterlasst eine Nachricht, ich melde mich dann. Viel Erfolg und Tschüss!«

Der Bildschirm wurde dunkel und die Videokonferenz war beendet. Laura Schenkenberger übergab die Kopien der Ermittlungsakte aus Mainz, ließ sich den Erhalt quittieren und fügte ihre Visitenkarte hinzu, die sie Sam mit einem vielsagenden Lächeln übergab, die den Hauptkommissar sichtlich verlegen machte.

»Wenn die Elversberger mal auf dem Betze spielen, musst du dich melden; ich bin Fan vom FCK und besorge uns Karten.«

»Äh ... ja«, stotterte Sam. »Das ist eine prima Idee. Wenn ihr bei uns ... also ich meine ... umgekehrt ..., wenn wir Heimrecht haben, gilt das Gleiche.«

»Oh, gerne! Ich war noch nie in Elversberg.«

»Das muss sich dringend ändern!«, flötete Sam.

»Vergiss nicht, der Kollegin deine Visitenkarte zu geben; das macht Vieles einfacher«, schlug Katja Reinert vor.

»Ach so, ja«, nickte Sam und holte das Versäumte nach, aber da war seine Chefin bereits auf dem Weg zum Ausgang.

»Wirst du jetzt einen Versetzungsantrag nach Kaiserslautern stellen?«, fragte Katja im Auto zynisch.

»Ich? Wieso?«, staunte Sam.

»Na, du bist ja nur so dahingeflossen!«

»Quatsch!«

»Meine Augen sahen etwas anderes.«

»Sie ist nett, das ist alles! Bist du etwa eifersüchtig?«

»Du überschätzt dich, mein Lieber!«

»Dann ist ja gut! Vielleicht rufe ich sie an. Laura; ein schöner Name.«

»Laura und Sam! Das länderübergreifende Traumpaar der Kriminalpolizei! Das hat was von Hollywood.«

»Hör auf mit dem Unsinn! Viel weitergebracht hat uns dieser Besuch jedenfalls nicht; oder siehst du das anders?«

»Nein, nicht wirklich, obwohl dieser Bezug zur Baubranche vielleicht tatsächlich ein Ansatzpunkt ist. Unter dem Gesichtspunkt gehen wir alles nochmal durch. Und wenn du alleine nicht weiterkommst, kannst du Laura ja um Amtshilfe bitten.«

»Du bist völlig durchgeknallt!«

»Spricht man so mit seiner Chefin?«

»In dem Fall schon!«

»Morgen nehmen wir uns das Ingenieurbüro und die Baufirmen vor«, entschied Katja Reinert. »Hoffentlich gibt es dort keine gutaussehenden Mitarbeiterinnen, sonst musst du beim nächsten Heimspiel der Elversberger die komplette Haupttribüne mieten.«

»Witz gemacht, totgelacht«, murmelte Sam und sprach für den Rest der Fahrt kein Wort mehr.

28

Mittwoch, 21. Juni 2023

Den Plan für den nächsten Tag hatten die Ermittler nach ihrer Rückkehr aus Kaiserslautern festgelegt. Zuvor hatten sie Staatsanwältin Sommer über den Verlauf ihres Gespräches mit dem Ermittler aus Mainz informiert.

Gemeinsam war man zu dem Entschluss gekommen, zunächst das Ingenieurbüro König & Partner ohne vorherige Ankündigung aufzusuchen und erst danach der Baufirma Paul Klein einen Besuch abzustatten, selbst auf die Gefahr hin, dass vom Planungsbüro aus eine Warnmeldung in Richtung Baufirma abgesendet werden könnte. Es gab keine andere Möglichkeit, denn die Personaldecke war zu dünn, weil andere Kollegen mit eigenen Fällen zu tun hatten oder krank waren, und das Vier-Augen-Prinzip bei wichtigen Befragungen aufzugeben, kam nicht in Frage.

Das Auftauchen der beiden Ermittler sorgte beim Ingenieurbüro König & Partner für Verwirrung. Die junge Frau am Empfang war eingeschüchtert von den Dienstausweisen der Beamten, telefonierte hektisch und versuchte herauszufinden, wo sich die Geschäftsleitung gerade aufhielt, schien aber keine konkreten Antworten zu bekommen, was sie zunehmend nervöser werden ließ.

»Entschuldigung, aber ich muss die Geschäftsleitung im zweiten Stock suchen gehen, anscheinend ist der Chef in einer Besprechung. Nehmen Sie bitte solange Platz im Foyer«, erklärte sie, ihr Namensschild wies sie als *Sarah Hilbig, Auszubildende* aus. »Möchten Sie derweil vielleicht einen Kaffee oder einen Saft oder etwas Anderes?«

»Danke, das ist nett, aber versuchen Sie schnellstmöglich Ihre Chefs ausfindig zu machen«, entgegnete Katja Reinert.

Während die Auszubildende davoneilte, nahmen die Ermittler im Foyer Platz und schauten sich um.

»Schau dir das an!«, forderte Sam Wolff und zeigte auf die riesige Glasfront, die das Foyer in einem Halbkreis umschloss. »Ich möchte nicht wissen, wie lange es dauert, die zu putzen.«

»Die Stahlkonstruktion, die extravaganten Leuchten, die Treppe, die Gemälde … anscheinend kann man mit Planungsaufträgen eine Menge Kohle machen«, entgegnete die Hauptkommissarin.

»Allerdings! Die Unterhaltungskosten dürften immens sein!«

»Siehst du hier irgendwo eine Kameraüberwachung?«, fragte Katja Reinert.

»Auf den ersten Blick nicht. Wenn ich Dreck am Stecken hätte, würde ich auch darauf verzichten«, lachte Sam. »Übrigens: Wann kommt Kollege Arndt eigentlich vom Austauschprogramm zurück?«

»Die Spanier haben das Programm auf sechs Monate ausgelegt; davon ist gerade mal die Hälfte rum!«

»Ich gönne es Ken wirklich, aber ich verstehe unsere Chefetage nicht«, erklärte Sam. »Warum wird dafür Personal abgestellt, wo wir ohnehin total unterbesetzt sind?«

»Das versteht kein Mensch, Sam! Da geht der europäische Gedanke mal wieder in die falsche Richtung. Wenn wir im Austausch wenigstens einen spanischen Kollegen bekommen hätten … aber nein, die zugesagte Person war plötzlich unabkömmlich, und nun schauen wir dumm aus der Wäsche. Wir … ah, schau, da kommt jemand!«

Aus einem Seitengang eilte ein Mann im blauen Sommeranzug, offenem Hemdkragen und weißen Turnschuhen auf sie zu. Irgendwie passte die Kleidung nicht zu dem Alter des hageren Mannes, den Katja Reinert auf Ende fünfzig oder Anfang sechzig schätzte. Der gehetzte Schritt und die Körpersprache verrieten Angespanntheit und Nervosität; auf der Stirn des Kahlkopfes hatte sich ein glänzender Schweißfilm gebildet.

»Guten Morgen!«, rief er bereits aus einiger Entfernung mit einer unangenehm klingenden Fistelstimme. »Was verschafft uns die Ehre eines Besuches der Polizei?«

»Würden Sie uns sagen, wer Sie sind!«, forderte Katja Reinert, nachdem sie ihren Ausweis gezeigt und sich und den Kollegen vorgestellt hatte, ohne auf die Fragestellung ihres Gastgebers einzugehen.

»Oh ja, natürlich! Entschuldigung! Mein Name ist Wolter; Klaus Wolter. Ich bin einer der beiden Geschäftsführer dieses Hauses!«

»Und wer und wo ist der andere?«; fragte Sam Wolff.

»Frau Weber; sie ist allerdings derzeit nicht im Hause. Sie müssen also mit mir vorliebnehmen. Was kann ich für Sie tun?«

»Langsam!«, entgegnete die Hauptkommissarin. »Wieso heißt das Büro König und Partner?«

»Ja, das fragen viele, ist aber ganz einfach! Frau Weber, meine Co-Partnerin, ist eine geborene König, die Tochter des Firmengründers, der leider vor knapp einem Jahr verstorben ist. Den Gründernamen haben wir aus nachvollziehbaren Gründen beibehalten; unser Haus ist alteingesessen.«

»Verstehe! Seit wann sind Sie selbst Partner?«

»Nächstes Jahr werden es zwanzig Jahre; eine lange Zeit!«

»Woran ist Herr König verstorben, wenn ich fragen darf?«

»Sie werden hoffentlich verstehen, dass mich diese Frage verwundert. Sie fallen hier ein, ohne Voranmeldung, erklären nicht, um was es geht und fragen nach den Todesumständen des Firmengründers. Aber gut, ich beantworte Ihre Frage gerne. Herr König starb plötzlich und unerwartet. Stand in der Zeitung, hat Sie allerdings wahrscheinlich nicht erreicht; kann ich verstehen, wenn man in unserer Branche nicht heimisch ist ...«

»Wie viele Mitarbeiter hat Ihr Büro«, unterbrach Sam Wolff, um Wolter den Wind aus den Segeln zu nehmen.

»Vierundzwanzig festangestellte Ingenieure, Techniker, kaufmännisches Personal, Büroorganisation ... Entschuldigung für die Unkorrektheit, aber wir gendern hier nicht ... dazu kommen fünf freie Architekten und einige Minijobber in der Vermessung und für Kurierdienste, die Anzahl wechselt je nach Notwendigkeit. Im Übrigen alles angemeldete Kräfte, falls das der Anlass Ihres Besuches ist.«

»Nein, das ist nicht der Grund! Können wir irgendwo reden, wo es nicht so offen ist, wie in dieser Halle?«, warf die Hauptkommissarin ein.

»Selbstverständlich! Bitte folgen Sie mir in mein Büro! Darf ich Ihnen etwas anbieten? Kaffee, Tee, ein Kaltgetränk?«

»Nein danke«, wehrte Katja Reinert zum Leidwesen ihres Kollegen ab.

Die exklusive Bauweise und Ausstattung des Bürogebäudes setzten sich auf dem Weg zu Wolters Büro fort. Feinste Wandverkleidungen und Bodenbeläge, edle Hölzer, Edelstahl, Kunstgegenstände; daneben großformatige Fotografien zum Thema Architektur und Bauwesen.

Bevor sie zu Wolters Büro gelangten, gingen sie an einer Bürotür vorbei, auf deren Zimmerschild *Tatjana Weber, Geschäftsleitung* zu lesen war.

Wolters Arbeitszimmer selbst war überraschenderweise nüchtern im Vergleich zum Gesamtbild des Gebäudes. Die Ausstattung entsprach gehobenem Durchschnitt, der Schreibtisch war klein und zweckmäßig ohne Schnörkel, ein runder Besprechungstisch mit zwei Plastikstühlen entsprach eher dem Niveau eines bekannten skandinavischen Möbelhauses als teurem Designerlook.

Wolter bat die Beamten an den Besuchertisch und nahm selbst auf seinem Schreibtischstuhl Platz.

»So, nun möchte ich aber bitte umgehend erfahren, um was es eigentlich geht!«, begann er selbstbewusst.

»Tja, Herr Wolter! Wie soll ich da anfangen?«, stellte sich die Hauptkommissarin unbeholfen. »Sie kennen Alfred Koch?«

»Koch, Koch, Alfred Koch?«, murmelte Wolter nachdenklich, als ginge er im Geiste ein Namensregister durch.

Sam Wolff nahm ihm das nicht ab und war sofort überzeugt, dass der Geschäftsführer gerade dabei war, den ersten Akt einer Schmierenkomödie zu inszenieren. Wolter war auf diese Frage gefasst, ansonsten hätte er anders reagiert und die Person von Koch oder den Zusammenhang hinterfragt.

»Helfen Sie mir!«, bat der Geschäftsführer stattdessen. »Man kennt von Berufs wegen so viele Leute, dass man schon mal die Übersicht verliert.«

»Meine Kollegin hat nicht behauptet, dass Sie ihn wegen beruflicher Kontakte kennen«, erklärte der Hauptkommissar bissig.

»Aus meinem Freundeskreis stammt er sicherlich nicht; der ist nicht so groß, als dass ich ihn nicht auf dem Schirm hätte.«

Wolter machte eine kurze Pause und schien plötzlich eine göttliche Eingabe zu haben.

»Ah, Koch! Ja, da gibt es einen im Ministerium, aber ich weiß nicht, wie der mit Vornamen heißt; zumindest kann ich mich nicht daran erinnern.«

»Genau der!«, entgegnete die Hauptkommissarin. »Nicht Ministerium, sondern Landesamt, aber egal! Der Mann hat Ihre Ingenieurverträge für einige Projekte bearbeitet und genehmigt. Eigentlich sollten Sie ihn sehr gut kennen, auch mit Vornamen.«

»Was denken Sie, wie viele Kunden, Projekte und Verträge wir bearbeiten und in all den Jahren betreut haben … aber okay, den meinen Sie also! Was ist mit ihm?«

Wieder die falsche Frage, dachte Sam Wolff. Der weiß genau, dass Koch tot ist und stellt sich jetzt doof.

»Er ist tot«, sagte die Hauptkommissarin ohne Umschweife.

»Ach du liebe Güte!«, rief Wolter und sprang von seinem Stuhl auf. »Was ist denn passiert?«

Dafür, dass du dich eben noch nicht mal an seinen Namen erinnern konntest, bist du jetzt ziemlich betroffen, ging es Sam durch den Kopf. Zweiter Akt der Posse!

»Das ist im Augenblick nicht Gegenstand unseres Gespräches, Herr Wolter. Aber uns interessiert sein Umfeld. Wir haben in seinem Nachlass Unterlagen gefunden, die sich auf Ihr Büro beziehen, und nun wollen wir wissen, wie Ihr Verhältnis zu Alfred Koch war; oder das Ihrer Mitarbeiter. Wer hatte mit ihm zu tun? Gab es Probleme? Deshalb sind wir hier!«

»Liege ich richtig mit der Annahme, dass Herr Koch keines natürlichen Todes gestorben ist?«, wollte Wolter wissen. »Ich meine, das LKA kommt nicht einfach vorbei und …«

»Wir sind hier nicht in einer Frageshow«, erwiderte Sam Wolff. »Und was ist schon ein natürlicher Tod? Wir wollen einfach wissen, wie Sie mit ihm klargekommen sind, und welchen Eindruck Sie von ihm hatten.«

»Ich habe den Mann nur ein paar Mal bei unserer Jahresfeier oder einer Einweihung gesehen«, behauptete Wolter. »Das Vertragliche regelt man telefonisch oder per E-Mail; persönlich hat man da wenige Berührungspunkte.«

»Gut, Herr Wolter, das lassen wir jetzt so im Raume stehen«, schwenkte die Hauptkommissarin um. »Zu den Ingenieurverträgen: Wie kamen die zustande? Wurden die Planungsleistungen öffentlich ausgeschrieben, haben Sie sich mit Ihrem Büro bewerben müssen oder wie lief das ab?«

»Ich verstehe, dass Sie von dem Prozedere keine Ahnung haben, denn die Materie ist komplex und kompliziert …«

»Das haben wir bei der Durchsicht der Akten erkannt«, unterbrach die Hauptkommissarin. »Erklären Sie es uns! Wenn's geht mit möglichst wenigen und verständlichen Worten.«

Wolter begann zunächst mit der Erklärung des Aufbaus der Honorarordnung, aber bald wurde den Ermittlern klar, dass er nur darauf aus war, sein Ingenieurbüro als Opfer darzustellen, das eine Vielzahl von Formalismen zu durchlaufen hatte und trotz des enormen Aufwandes den potentiellen Auftraggebern auf Gedeih und Verderb ausgeliefert war, zumal die zunehmend weniger Geld ausgeben wollten und gleichzeitig immer größere Ansprüche an die Planung stellten. Irgendwann wurde es Sam Wolff zu viel.

»Ich bin fast geneigt, Ihnen mein Taschentuch zum Abputzen der Tränen zur Verfügung zu stellen«, unterbrach er sarkastisch. »Wenn ich mir die Zahlen aus Kochs Unterlagen ins Gedächtnis rufe, haben Sie alleine aus dessen Verträgen sechs- oder siebenstellige Honorare eingenommen, und dieses Haus hier entspricht nicht gerade dem Mindeststandard, Herr Wolter!«

»Ich streite die Höhe der Honorare keineswegs ab, aber Sie haben anscheinend keine Ahnung, was Kunden erwarten und wie hoch die Personalkosten sind. Wenn man bemerkenswerte Aufträge haben will, muss man repräsentativ sein, Räumlichkeiten für Gespräche und Multimedia vorhalten, über sehr teure technische Geräte und noch teurere Software verfügen, und vor allem benötigt man überdurchschnittliches Fachpersonal, und das bekommt man nicht zum Nulltarif!«

»Ihr Internetauftritt weist eine zweite Geschäftsführung nicht aus. Von Frau Weber ist dort keine Rede.«

»Ich weiß, ein Versäumnis unsererseits. Wir sind dabei, eine völlig neue Homepage zu gestalten, aber das zieht sich, weil die beauftragte Firma nicht in die Pötte kommt; angeblich technische Probleme.«

»Zurück zum Firmengründer, dem Herrn König«, wechselte Katja Reinert plötzlich das Thema. »Woran ist er verstorben?«

»Sie werden hoffentlich verstehen, dass ich den Zusammenhang dieser Frage mit dem Tod von Herrn Koch nicht nachvollziehen kann«, meinte Wolter.

»Ja, das verstehe ich, aber das müssen Sie auch nicht. Beantworten Sie einfach meine Frage!«

»Herr König ist plötzlich und unerwartet einem Herzversagen erlegen.«

»Es gab also keine Vorerkrankungen?«

»Hinterher hat sein Hausarzt erklärt, dass bei dem Patienten einige Zeit zuvor im Rahmen einer Routineuntersuchung ein leicht erhöhter Blutdruck festgestellt worden war; stressbedingt und in seinem Alter nicht weiter tragisch.«

»Wie alt war er, als er starb?«

»Dreiundsiebzig!«

»Warum hat er seiner Tochter das Feld nicht schon früher überlassen? Mit Ihnen hatte er immerhin einen langjährigen Partner zu ihrer Einarbeitung.«

»So war er eben! Ruhestand war für ihn ein Fremdwort. Geschäftsführer wurde ich erst nach seinem Tod, vorher war ich zwar Partner, aber die Geschäftsleitung oblag ausschließlich ihm.«

»Und seine Tochter?«

»Die ist erst nach seinem Tod in die Firma eingestiegen. Sie wollte, dass jemand aus der Familie in der Geschäftsleitung ist.«

»War das der Wille ihres Vaters?«

»Das weiß ich nicht; er hat mit mir nie darüber gesprochen, aber sie war die Erbin.«

»Und der Rest der Familie?«

»Den gibt es quasi nicht, jedenfalls ist mir sonst niemand bekannt; geht mich auch nichts an. Frau König ist in frühem Alter vor Jahren bei einem Autounfall ums Leben gekommen. Tatjana ist das einzige Kind der Königs.«

»Ihr Ehemann, der Herr Weber?«

»Über ihr Eheleben spricht Frau Weber nicht; mir ist der Herr nicht bekannt.«

»Wie würden Sie Ihr Verhältnis zu Frau Weber bezeichnen, Herr Wolter?«

»Sachlich und auf das Unternehmen beschränkt! Ihre Fragen gehen mir etwas zu weit, Frau Reinert! Ich denke, ich sollte einen Anwalt hinzuziehen.«

»Das steht Ihnen natürlich frei, aber wir sind ohnehin gleich fertig. Dürfte ich noch kurz die Toilette aufsuchen?«

»Selbstverständlich! Links den Flur runter, letzte Tür … nein vorletzte; die letzte ist für Herren, sorry.«

»Vielen Dank, ich bin gleich zurück. Mein Kollege wird zwischenzeitlich die Personalien aufnehmen; eine Formalität für die Akten. Mit Formalitäten kennen Sie sich ja bestens aus, das ist bei uns nicht anders.«

Damit verließ Katja Reinert das Büro, hatte jedoch nicht vor, die Damentoilette aufzusuchen. Ihr Weg endete vor dem Büro von Tatjana Weber. Die Hauptkommissarin hoffte, einen Blick hinter die Tür werfen zu können. Katja Reinert wusste, dass dies eine gewagte Aktion war, die mit unangenehmen Folgen verbunden sein konnte, aber irgendwie verspürte sie den Drang, sich einen Eindruck verschaffen zu müssen. Wenn Frau Weber tatsächlich bei einem Außentermin war, wäre ihr Büro hoffentlich nicht abgesperrt, und falls sie sich verleugnen ließ und an ihrem Schreibtisch saß, könnte Katja ihr immer noch vorgaukeln, dass sie sich in der Tür geirrt habe.

Die Hauptkommissarin atmete tief durch und drückte die Klinke. Die Tür ließ sich geräuschlos öffnen und Katja schlüpfte ins Zimmer. Das Büro war wesentlich größer und pompöser als das von Klaus Wolter, aber die gesamte Ausstattung wesentlich älter und gediegener. Die Vermutung lag nahe, dass hier einmal der Firmengründer residiert hatte.

Der Schreibtisch war leer, der Papierkorb auch, von einem Computer keine Spur, nicht mal ein Telefon. Allem Anschein nach hatte hier schon lange niemand mehr gearbeitet. Auf dem Boden standen Kisten mit Ordnern und Planrollen. Von wegen, das Büro der Geschäftsführerin; das hier ist eine Abstellkammer, dachte die Hauptkommissarin. Was soll der Bluff? Sie hatte genug gesehen und schlich unbemerkt aus dem Zimmer. Wenige Sekunden später betrat sie das Büro von Klaus Wolter.

»So, da bin ich wieder! Sam, hast du alles, was wir brauchen?«

»Äh … ja«, stotterte Sam Wolff, der nicht wusste, welches Spielchen seine Chefin gerade spielte.

»Wir lassen Ihnen unsere Visitenkarten in doppelter Ausfertigung da! Bitte geben Sie die weiter und informieren Sie

Frau Weber, dass sie umgehend Kontakt mit uns aufnehmen möchte«, forderte die Hauptkommissarin. »Und danke für Ihre Zeit! Gut möglich, dass wir noch einmal mit Ihnen sprechen werden, das wird sich ergeben.«

Vom plötzlichen Aufbruchsverhalten seiner Chefin war Sam Wolff erneut überrascht. Irgendwie reagierte Katja Reinert seiner Meinung nach merkwürdig.

»Ach übrigens!«, setzte er noch einen drauf, während er sich von seinem Stuhl erhob. »Sagt Ihnen der Name Czerny etwas? Roman Czerny? Oder Oliver Koslowsky?«

»Nein!«, antwortete Klaus Wolter, wie aus der Pistole geschossen, aber Sam Wolff entnahm dem Flackern in seinen Augen, dass Wolter auch jetzt nicht die Wahrheit gesagt hatte. Der vorläufig letzte Akt dieser Schmierenkomödie!

29

Mittwoch, 21. Juni 2023

Bereits auf der Rückfahrt ins Polizeipräsidium zogen die beiden Ermittler eine vorläufige Bilanz über das Gespräch mit Klaus Wolter.

»Diesem Typ traue ich nur so weit, wie ich ein Klavier mit der linken Hand werfen kann«, kommentierte Sam Wolff, kaum dass sie den Parkplatz des Bürokomplexes verlassen hatten.

»Was zählt, sind Fakten«, antwortete Katja Reinert. »Fakt ist lediglich, dass das Büro der angeblichen Co-Geschäftsführerin Tatjana Weber verwaist ist.«

»Soll das heißen, dass du in ihrem Büro warst?«, staute der Hauptkommissar.

»Ganz genau!«, erwiderte Katja Reinert und schilderte, was sie im angeblichen Büro von Frau Weber vorgefunden hatte.

»Clever gemacht«, lobte Sam. »Ich habe mich gewundert, als du plötzlich abgedüst bist; dachte schon, du hast was mit dem Magen. Aber warum erfindet Wolter derartige Lügengeschichten?«

»Das werden wir rausfinden!«

»Hast du bemerkt, wie komisch er reagiert hat, als ich ihn nach Czerny und Koslowsky gefragt habe?«

»Ja! Die Antwort kam viel zu spontan. Ich wette, dass er die Namen nicht zum ersten Mal gehört hat.«

»Und Alfred Koch hat er besser gekannt, als er zugeben will«, ergänzte Sam.

»Davon gehe ich aus«, bestätigte Katja. »Er har sich erst an ihn erinnert, als er nicht mehr anders konnte.«

»Der Besuch hat sich jedenfalls gelohnt. Ich glaube, wir sind auf dem richtigen Weg.«

»Gut möglich, aber wir haben nach wie vor ein unlösbares Personalproblem und Tatjana Weber, Czerny, Koslowsky, Wolter und einiges mehr vor der Brust; Kochs Nachlass ist auch noch nicht vollständig durchforstet. Keine Ahnung, wie wir das schaffen sollen, und die Zeit arbeitet wie immer gegen uns!«

»Die müssen Personal aus anderen Inspektionen zusammentrommeln«, forderte Sam. »Wir brauchen eine übergreifende Ermittlungsgruppe, die ...«

»Denkst du dabei zufälligerweise an die junge Kollegin aus Kaiserslautern?«, frotzelte Katja Reinert.

»Auf die Idee bin ich noch gar nicht gekommen«, behauptete Sam. »Kein schlechter Vorschlag! Als Schnittstelle zum Fall Czerny!«

»Und kostengünstig!«, ergänzte Katja.

»Wieso das?«

»Du würdest Sie bestimmt kostenfrei bei dir unterbringen und beköstigen; oder sehe ich das falsch?«

»Stutenbissige Frauen sind eine Katastrophe«, seufzte Sam.

»Beruhige dich, war ein Scherz! Was hältst du davon, wenn wir gleich zu dieser Bauunternehmung Paul Klein fahren? Wenn wir schon mal unterwegs sind, spart uns das eine Menge Zeit.«

»Aber nur, wenn wir unterwegs was essen!«

»Von mir aus! Google bitte mal die Adresse!«

* * *

Die Strecke von Wadgassen nach Homburg war voller Baustellen und Umleitungen, weshalb es geschlagene sechzig Minuten dauerte, bis die Ermittler endlich ihr Ziel erreichten; auf einen Imbiss hatte Sam verzichten müssen.

»Die Telefone sind vermutlich schon heiß gelaufen«, vermutete die Hauptkommissarin und stieg aus dem Wagen. »Ich denke, wir sollten uns nicht lange mit Formalitäten aufhalten und direkt zur Sache kommen.«

»Wenn es dir recht ist, übernehme ich den Part des Provokateurs, und du spielst die Diplomatin, die ihren Kollegen bremst«, schlug Sam vor.

»Muss ich nicht spielen, weil es im Groben der Realität entspricht«, lachte die Hauptkommissarin. »Auf geht's!«

An der Pforte wurden sie von einem Wachmann empfangen, der das Logo eines privaten Sicherheitsdienstes auf der Uniform trug. Höflich aber bestimmt fragte er nach dem Anliegen der Besucher, worauf die Beamten ihre Dienstausweise vorzeigten und erklärten, mit der Geschäftsleitung sprechen zu wollen. Der Wachmann zog sich zurück, führte ein Telefonat und öffnete dann die Schranke.

»Sie werden am Empfang erwartet«, erklärte er und zeigte die Richtung. »Es ist das Gebäude dort rechts. Parken Sie bitte links vom Eingang auf dem Stellplatz für Besucher. Normalerweise bekämen Sie von mir einen Besucherausweis mit Laufkarte, aber ich denke, in Ihrem Fall können wir darauf verzichten.«

Katja und Sam bedankten sich, stellten den Wagen ab und standen wenig später vor dem Empfangstresen aus edlen Hölzern, der etwas von der Rezeption eines 5-Sterne-Hotels hatte. Dahinter thronten zwei Frauen mittleren Alters in modischem Outfit. Sie lächelten den Besuchern entgegen, aber es war nicht zu übersehen, dass sie in Alarmbereitschaft waren.

»Willkommen!«, grüßte die Dame mit Brille. »Was kann ich für Sie tun?«

»Wir wurden angekündigt«, erklärte Sam Wolff und zückte seinen Dienstausweis. »Zuletzt vom Wachmann!«

»In welcher Angelegenheit?«, fragte die Frau nun merklich kühler.

»Eine allgemeine Auskunft!«

»Ich frage, weil ich Sie je nach Thematik an die zuständige Person weiterleiten möchte. Geht es um technische, kaufmännische oder andere Fragen?«

»Eigentlich von allem ein bisschen«, entgegnete der Hauptkommissar. »Es wird in diesem Unternehmen hoffentlich jemanden geben, der den gesamten Überblick hat.«

»Moment bitte, ich werde nachfragen, ob Herr Diez zur Verfügung stehen kann; ohne Terminvereinbarung ist das nicht immer möglich.«

»Tun Sie das, bitte! Gehört Herr Diez zur Geschäftsleitung, oder was ist seine Funktion?«

»Herr Diez ist einer von zwei Geschäftsführern.«

Sam Wolff wusste das bereits aus den Recherchen im Internet. Er wusste auch, dass Paul Klein der Name des Firmengründers und dieser bereits seit einem halben Jahrhundert tot war. Nach den Erfahrungen mit dem Ingenieurbüro König und Partner wollte der Hauptkommissar jedoch testen, welche Antwort er hier bekommen würde.

»Aha, na dann führen Sie uns bitte zu Herrn Diez! Wer ist der zweite Geschäftsführer?«

»Moment bitte!«, wich die Frau Sams Frage aus. »Wenn Sie bitte solange Platz nehmen wollen.«

»Wir warten im Stehen«, entschied Katja Reinert. »Es wird hoffentlich nicht lange dauern.«

Die Hauptkommissarin wandte sich an die zweite Empfangsdame.

»Ich nehme an, dass hier die Telefonzentrale des Hauses ist, und gehe davon aus, dass vor einigen Minuten jemand angerufen hat, ob wir bereits eingetroffen sind.«

»Ich bin nicht befugt, Auskünfte über interne Geschäftsabläufe zu geben«, erwiderte die rothaarige Frau schnippisch.

»Vielen Dank! Ich kann das einordnen!«, schmunzelte Katja Reinert. »Ich meine nur, dass Herr Diez uns eigentlich erwarten müsste, weswegen es nicht lange dauern dürfte, bis er uns empfängt.«

»Dazu kann ich nichts sagen; Durchwahlgespräche laufen nicht über die Zentrale!«

Die Beamten entfernten sich einige Meter vom Empfang, um sich unterhalten zu können, ohne dass die Damen etwas mitbekamen.

»Der Name Diez taucht in Kochs handschriftlichen Notizen auf«, bemerkte Sam. »Falls Diez leugnet, Koch zu kennen, nagele ich ihn fest. Dann nehmen wir ihn zur intensiven Befragung mit.«

»Das kannst du androhen, mehr nicht! Dazu haben wir keine Rechtsgrundlage. Er wird mit seinem Anwalt drohen; wir müssen taktisch vorgehen!«

Wenige Minuten später bat die schwarzhaarige Frau vom Empfang die Ermittler, ihr zu folgen.

»Herr Diez hat sich Zeit genommen, um Sie zu empfangen. Ich begleite Sie zu seinem Büro; wir nehmen den Aufzug in den dritten Stock.«

»Klar«, antwortete Sam. »Die Chefs sitzen immer ganz oben.«

Die Gebäudeausstattung war weniger prunkvoll als die des Ingenieurbüros, entsprach jedoch gehobenem Standard und wirkte zweckmäßig nüchtern. Vor dem Büro des Geschäftsführers fragte die Begleitperson, ob sie den Besuchern ein Getränk servieren dürfe, aber das lehnten die Hauptkommissare ab. Die Frau klopfte an und wartete einige Sekunden, bevor sie die Tür öffnete und die Gäste nach drinnen bat.

Das Büro war riesig aber nicht protzig; Tische mit Bergen von Akten und Plänen. An den Wänden eine Ahnengalerie, wahrscheinlich der früheren Firmenchefs; sichtbare Tradition und geballte Wucht einer Dynastie, an deren Ende der aktuelle Boss. Dessen Erscheinungsbild entsprach voll und ganz dem Klischee eines Magnaten; eine Mischung von Curd Jürgens und Otto von Bismarck, mit der zugehörigen Statur, allerdings im Outfit eines Landbauern, der zur Kartoffelernte gleich seinen Traktor besteigen und ausrücken würde. Kariertes Hemd, Hosenträger, vermutlich Cordhose und Gummistiefel, aber die waren nicht zu sehen.

Diez thronte hinter einem Schreibtisch aus dunkler Eiche, der genauso wuchtig war, wie der Mann dahinter und der Rest des Mobiliars. Auch der Schreibtisch war vollgepackt mit Aktenordnern und Stapeln von Papieren, kaum ein Quadratzentimeter, der nicht belegt war, am Rande ein älteres Modell einer Telefonanlage. Moderne Kommunikationsanlagen oder Computerbildschirme waren nicht vorhanden. Hier wütete offensichtlich ein Arbeitstier, das seinen Job fernab moderner Hilfsmittel auf traditionelle Art und Weise erledigte, und sich allem anderen strikt verweigerte.

»Was wollen Sie?«, begann Diez, ohne Begrüßung und Vorstellung mit einer Bassstimme, die die Mauern von Jericho zum Einsturz gebracht hätte. Gleich war klar, dass Nettigkeiten von ihm nicht zu erwarten waren und er den Besuch als lästiges Übel betrachtete.

»Auch Ihnen einen schönen Tag!«, antwortete die Hauptkommissarin und stellte sich und den Kollegen vor, wobei beide erneut ihre Dienstausweise vorzeigten. »Vielen Dank, dass Sie sich die Zeit nehmen.«

»Wer sagt, dass ich das tue?«, motzte der Alte. »Ich hoffe, es ist wichtig! Ich habe zu tun und die Polizei im Haus ist mir zuwider! Geht's mal wieder um Umweltschutz oder Arbeitssicherheit oder den ganzen Quatsch? Da sind Sie bei mir falsch, das machen unsere Anwälte!«

»Nein, es geht um Alfred Koch!«, erwiderte Sam Wolff ebenso aggressiv. »Im Übrigen gibt es keinen Grund für irgendwelche Animositäten, Herr Diez! Wir haben Fragen, und je eher und ausführlicher Sie die beantworten, umso schneller sind wir wieder weg, und Sie können sich Ihren Aufgaben widmen; so einfach ist das!«

»Na dann machen Sie mal! Alfred Koch? Ist uns bekannt. Oder besser: war! Weiter!«

»Seit wann ist Ihnen bekannt, dass Alfred Koch tot ist, und woher haben Sie diese Information?«, wollte Katja Reinert wissen.

»Spricht sich rum, das Saarland ist ein Dorf.«

»Dann wissen Sie wahrscheinlich auch, dass wir uns heute Morgen bereits im Ingenieurbüro König und Partner umgehört haben.«

Keine Antwort; der Buddha verharrte regungslos hinter seinem Schreibtisch, als ob er die Frage nicht gehört hätte.

»Gut, dann eben nicht! Kochs Tod wirft Fragen auf, deshalb sind wir hier«, ergriff die Hauptkommissarin das Wort. »Wie war Ihr Verhältnis zu ihm? Oder das Ihrer Firma generell?«

»Verhältnis?«, fragte Diez spöttisch. »Was soll die dämliche Frage? Wir hatten mit dem so gut wie nichts zu tun! Ein kleiner Beamter, der zu Weihnachten sein Präsent bekam; selbstverständlich im Rahmen des Erlaubten, wie das so üblich ist, weil diese Sesselfurzer das eben erwarten. Mir persönlich geht das zwar gegen den Strich, aber das war immer schon so.«

»Oskar Lafontaine!«, grinste Sam Wolff.

»Was?«

»Der Ausdruck *Sesselfurzer*! Der stammt von ihm!«

»Die rote Socke kann ich zwar nicht leiden, aber damit hat er recht.«

»Hatten Sie persönliche Kontakte zu ihm?«, wollte Katja Reinert wissen.

»Zu Lafontaine? Um Himmels Willen!«

»Ich meine: zu Koch?«

»Was sollte ich mit dem? Der war keiner vom Bau …«

»Andere Mitarbeiter Ihrer Firma?«, unterbrach die Hauptkommissarin.

»Kann sein, weiß ich nicht.«

»Wer käme diesbezüglich in Frage? Wer ist der zweite Geschäftsführer? Gibt es ein Organigramm? Lassen Sie sich nicht alles aus der Nase ziehen!«

»Wir erwarten etwas mehr Kooperation!«, ergänzte Sam Wolff.

»Junger Mann!«, ereiferte sich der Bauunternehmer. »Ich bin fast fünfundsiebzig Jahre alt und lasse mich von einem Anfänger wie Ihnen nicht unter Druck setzen. Mein Großvater, Paul Klein, hat diese Firma gegründet, mein Vater und ich haben das Unternehmen durch schlechte Zeiten geführt und ausgebaut. Sie haben keine Ahnung, welche Beziehungen wir in all diesen Jahren zu höchsten politischen Kreisen …«

»Stopp!«, ging die Hauptkommissarin dazwischen. »Bis hierher und nicht weiter! Sie sind gerade dabei, sich ein Strafverfahren an den Hals zu hängen! Was das bedeuten würde, kann Ihnen sicherlich Ihr Rechtsanwalt im Detail erklären. Behinderung einer polizeilichen Ermittlung wäre da nur Ihr kleinstes Problem; wenn sich die Staatsanwaltschaft einschaltet, zieht das große Probleme für Sie mit sich. Aber gut, Ihre Entscheidung. Wir jedenfalls lassen uns so nicht abspeisen, dessen können Sie sicher sein! Also noch mal von vorne: Nennen Sie uns Ansprechpartner in Ihrer Firma, die uns detaillierte Auskünfte geben können hinsichtlich der Kontakte zu Alfred Koch und zu diversen Bauprojekten. Tun Sie das nicht freiwillig, kann ich notfalls auch ohne richterlichen Beschluss die gesamte Führungsspitze und weitere Mitarbeiter Ihres Hauses im Präsidium antanzen lassen. Haben Sie das verstanden, Herr Diez? Sie haben die Wahl und zwar jetzt!«

»Mein Neffe Axel soll das übernehmen; er ist der zweite Geschäftsführer und hat den zweifelhaften Ehrgeiz … ach, das soll er Ihnen gefälligst selbst erzählen! Falls er mal wieder nicht im Haus ist, soll das unser Prokurist übernehmen; der heißt Sauer. Reicht das jetzt?«

»Sollen wir durch Ihre Firma tigern und nach den Herrschaften suchen, oder wie stellen Sie sich das vor?«, tobte der Hauptkommissar. »Oder sollen wir mit der Kavallerie hier antanzen und Ihnen den Laden lahmlegen?«

»Mein Kollege meint, dass unsere Geduld langsam zu Ende geht«, ergänzte Katja Reinert. »Ihre Verdienste für dieses Unternehmen in allen Ehren, aber Sie sollten die Situation ernst nehmen. Rufen Sie die Herren an und erklären Sie ihnen, dass wir warten! Letzte Chance!«

»Hm«, brummte der alte Diez, griff zum Hörer und drückte eine Taste. »Komm rüber, hier ist Besuch für dich!«

Mehr sagte er danach nicht mehr und zeigte sein Desinteresse, indem er sich demonstrativ mit seinen Papierstapeln beschäftigte.

Es dauerte keine zwei Minuten, bis ein Mann mittleren Alters das Büro betrat. Er stellte sich als Axel Diez vor, worauf sich die Beamten auswiesen, vorstellten und kurz erklärten, weswegen sie gekommen seien.

»Ihr Onkel ist nicht sonderlich kooperativ und wenig auskunftsfreudig, Herr Diez«, ergänzte Sam Wolff. »Wir hoffen, dass das bei Ihnen anders ist.«

»Sofern ich Ihnen weiterhelfen kann, gerne«, antwortete Diez.

»Ich schlage vor, dass wir unser Gespräch in einem anderen Büro weiterführen, damit wir den Seniorchef nicht weiter in seinen geschäftlichen Aktivitäten stören.«

»Das Beste, was ich heute von Ihnen gehört habe«, kam es hinter dem Schreibtisch hervor, worauf der junge Diez nickte und die Beamten zu einem benachbarten Besprechungsraum führte, wo auf einem Tisch kalte Getränke bereitstanden.

»Bedienen Sie sich«, bot Axel Diez an und bat die Ermittler, Platz zu nehmen.

»Wissen Sie«, fuhr er fort, »Sie dürfen das meinem Onkel Oswald nicht übelnehmen; ich bitte um Entschuldigung. Lassen Sie mich das erklären, ich vertraue auf Ihre Verschwiegenheit.«

»Nur zu!«, nickte Katja Reinert. »Ich weise Sie allerdings darauf hin, dass Sie nichts sagen müssen, was Sie selbst oder Ihren Onkel belastet.«

»Schon klar! Mein Onkel spielt in diesem Unternehmen nicht mehr die Rolle, in der er sich selbst sieht.«

»Ach!«, staunte Katja Reinert. »Immerhin ist er einer der Geschäftsführer.«

»Mir ist klar, dass das für Sie schwer zu verstehen ist, aber glauben Sie mir, es ist besser so für das Unternehmen. Mein Onkel ist auf dem Papier nach außen hin noch Geschäftsführer, taucht aber im Handelsregister nicht mehr auf; dort steht nur mein Name und der unseres Prokuristen, Herr Sauer. Das hat seine Gründe. Mein Onkel hat sich um dieses Unternehmen verdient gemacht, aber bei allem Respekt, er durchblickt die Probleme nicht mehr, verweigert sich modernen Geschäftsprozessen und lebt in einer Welt, die vor zwanzig Jahren bereits veraltet war.«

»Mit Mitte siebzig ist das nicht ungewöhnlich«, erwiderte die Hauptkommissarin.

»Mitte siebzig? Er wurde vor einem Monat dreiundachtzig!«

»Dann hat er sich uns gegenüber ein paar Jahre jünger gemacht«, lachte die Hauptkommissarin.

»Typisch; so sieht er sich eben! Er arbeitet seit Jahren nicht mehr im operativen Bereich, aber ich will ihn nicht aufs Altenteil schicken, das würde er nicht überleben. Er ist schwierig, das war er immer schon, das liegt irgendwie in seinen Genen. Wir geben ihm diverse Aufgaben und beschäftigen ihn; dass alles mit unseren modernen Systemen überarbeitet und optimiert wird, bekommt er nicht mit. Wir lassen ihn in dem Glauben, dass er aktiv zum Erfolg des Unternehmens beiträgt; ich denke, das ist legitim.«

»Sein Schreibtisch ist voller Akten«, bemerkte Sam Wolff. »Ist das alles Fake?«

»Nicht unbedingt. Wir lassen ihn verschiedene Projekte grob vorkalkulieren; dafür hat er ein Gespür und viel Erfahrung. Bei der Neuanschaffung von Geräten trifft er eine Vorauswahl und nutzt seine langjährigen Beziehungen zu den Händlern, wenngleich auch diese Kontakte immer dünner werden, aber egal.«

»Erstaunliches Modell!«, warf Katja Reinert ein.

»Naja; mein Onkel ist ein Arbeitstier, das war er zeitlebens. Ich respektiere seine Verdienste. Das Problem ist, dass er selbst langsam erkennt, wo seine Grenzen sind, und das macht in noch kauziger, als er von Natur aus eh schon ist. Aber wer weiß schon, wie wir selbst im Alter werden.«

»Heißt das, dass Sie im Grunde genommen diese Firma alleine führen?«, hakte Sam Wolff nach.

»Faktisch ja! Aber unser Prokurist, Herr Sauer, steht ebenfalls in der Verantwortung. Er ist für die Kalkulation und den technischen Bereich zuständig; meine Aufgabenbereiche sind die kaufmännische Seite, die Personalführung, der Maschinenpark und die Akquise.«

»Ihnen ist bekannt, dass Herr Alfred Koch verstorben ist?«, wechselte Sam Wolff abrupt das Thema.

»Ralf … ich meine, Herr Sauer, hat das erwähnt.«

»Hatten Sie persönliche Kontakte zu Herrn Koch?«

»Kaum! Ich weiß, wer er ist oder war, weil wir uns gelegentlich bei diversen Veranstaltungen über den Weg gelaufen sind, aber mehr als ein paar allgemein gehaltene Sätze habe ich mit ihm nie gewechselt. Als persönlichen Kontakt würde ich das nicht bezeichnen.«

»Immerhin stand sein Name auf Ihrer Weihnachtsliste und Ihr Name taucht in seinen handschriftlichen Notizen auf«, warf der Hauptkommissar ein.

»Ersteres ist normale Akquise, das andere verwundert mich allerdings; in welchem Zusammenhang, wenn ich fragen darf?«

»Da ging es um Rechnungsfreigaben im Zuge des Umbaus des Ludwigspark-Stadions. Vielleicht klingelt es jetzt bei Ihnen.«

»Nein, keine Ahnung! Stand da explizit mein Name?«

»Nur Diez; es könnte demnach auch Ihr Onkel gemeint sein. Ihr Onkel hat Herrn Koch allerdings als, ich zitiere, *Sesselfurzer bezeichnet*.«

»Typisch«, lachte Diez. »Zum Beamtentum hat er ein gestörtes Verhältnis.«

»Na dann haben wir ja Glück gehabt«, lächelte Katja Reinert. »Sie hatten also mit Herrn Koch nichts zu tun; keine beruflichen Berührungspunkte?«

»Nein! Mit dieser Abteilung der Landesverwaltung haben wir eigentlich nichts zu tun und bis auf die eben genannten Gegebenheiten so gut wie keine Kontakte.«

»Das Büro König und Partner sagt Ihnen aber etwas?«, fragte die Hauptkommissarin.

»Selbstverständlich! Da gibt es Berührungspunkte, weil das Büro hinsichtlich Planung und Bauleitung einige Projekte betreut, bei denen wir mit der Bauausführung betraut sind.«

»Mit Herrn Wolter und Frau Weber, vermute ich?«

»Ich eher mit Herrn Wolter.«

»Weshalb nicht mit Frau Weber?«, hinterfragte die Hauptkommissarin.

»Nach Darstellung von Herrn Wolter arbeitet Frau Weber eher im Hintergrund«, antwortete Axel Diez, wobei ihm anzumerken war, dass ihm das Thema peinlich war.

»Sagt Ihnen der Name Czerny etwas«, fragte Sam Wolff ohne Übergang.

»Nie gehört!«

»Kennen Sie jemanden namens Oliver Koslowsky?«

»Nein, wer soll das sein?«

Die Frage ließen die Ermittler unbeantwortet im Raum stehen.

»Sie sagten, dass die Baustellenabwicklung und Kalkulation bei Herrn Sauer, dem Prokuristen, zugeordnet ist«, erwiderte die Hauptkommissarin stattdessen. »Hatte er Kontakte zu Herrn Koch? Vielleicht sagt ihm der Name Czerny etwas. Wir würden gerne mit Herrn Sauer sprechen, wenn es geht sofort.«

»Tut mir leid, aber Herr Sauer ist derzeit nicht im Hause«, erklärte Diez.

»Wo können wir ihn finden?«

»Vermutlich zu Hause. Er hat sich krankgemeldet. Corona!«

»Wann?«

»Gestern oder vorgestern.«

»Würden Sie uns bitte seine Privatadresse geben; wir müssen mit ihm sprechen.«

»Darf ich das überhaupt? Ich meine wegen Datenschutz?«

»Sie dürfen nicht nur, Sie müssen sogar!«, behauptete die Hauptkommissarin.

Wenig später verabschiedeten sich die Ermittler, mit der Adresse von Ralf Sauer in der Tasche.

30

Am gleichen Nachmittag

Ralf Sauers Privatadresse lag lediglich wenige Autominuten von seiner Arbeitsstelle entfernt, so dass Katja und Sam auf dem Weg zurück zum Präsidium dort vorbeischauten, aber der Weg war umsonst. Niemand öffnete, das Anwesen schien verwaist und ans Telefon ging Sauer auch nicht. Die Nachbarn erklärten zwar, Sauer noch am Montag gesehen zu haben, wussten allerdings weder etwas von seiner Erkrankung noch kannten sie seinen aktuellen Aufenthaltsort.

Den Ermittlern blieb letztendlich nichts anderes übrig, als unverrichteter Dinge zu ihrer Dienststelle zu fahren.

»Das ist zwar merkwürdig«, murrte die Hauptkommissarin verärgert, »aber vielleicht musste er ins Krankenhaus in Quarantäne. Wir versuchen es morgen noch einmal, machen notfalls Bekannte oder Verwandte ausfindig oder telefonieren die Krankenhäuser ab. Kleinottweiler ist ein Kaff, irgendjemand wird sicher etwas wissen.«

»Wenn er wirklich Corona hat, kann er jedenfalls nicht weit weg sein«, nickte Sam.

»Du hast Zweifel?«

»Nicht direkt, aber nach dem heutigen Tag bin ich geneigt, alles in Zweifel zu ziehen. Was denkst du?«

»Im Augenblick nichts! Ich bin platt und habe Hunger und Kopfschmerzen ohne Ende. Komme mir vor, als sei ich gegen einen Bus gelaufen.«

»Oh Scheiße! Du wirst dir doch nicht auch den Virus eingefangen haben?«

»Nein, das hat andere Gründe, die ihr Männer nicht nachvollziehen könnt.«

»Verstehe!«, erwiderte Sam kleinlaut.

»Ich mache gleich Feierabend«, erklärte Katja. »Sonst bin ich morgen nicht fit. Kurzprotokoll und fertig, morgen ist auch noch ein Tag!«

»Geh nach Hause, den Schriftkram übernehme ich!«

»Du bist lieb, Sam; danke.«

»Hat mir schon lange niemand mehr gesagt«, lächelte Sam.

»Die Kollegin aus Kaiserslautern wird's dir vielleicht öfter sagen!«

»Du bist blöd, Katja!«, entgegnete Sam humorlos. »Hör auf, mich ständig zu veräppeln!«

»Mach ich gar nicht! Denk mal drüber nach!«

* * *

Der folgende Morgen brachte keine neuen Erkenntnisse über den Aufenthaltsort von Ralf Sauer. Nachforschungen in alle Richtungen führten zu keinem Ergebnis.

»Wieso sagt mir mein Bauchgefühl, dass da irgendwas nicht stimmt?«, fragte Sam Wolff im Gespräch mit seiner Chefin.

»Weil es möglicherweise so ist«, entgegnete Katja Reinert. »Der Name Sauer ist nicht gerade weit verbreitet, schätze ich mal. Ich frage mich, ob Alfred Kochs Arbeitskollege womöglich ...«

»Der gleiche Gedanke ist mir heute Nacht auch in den Sinn gekommen«, unterbrach Sam.

»In deinem Alter sollte man nachts andere Träume haben!«, meinte Katja Reinert.

»Danke für die Motivation!«

»Gerne!«

»Ich habe versucht, Wolfgang Sauer im Landesamt zu erreichen, aber da ging niemand ans Telefon. Mein Freund, der Pförtner wusste auch nicht, wo er steckt.«

»Erkundige dich in der Personalabteilung, ob er sich krankgemeldet hat«, schlug Katja Reinert vor.

»Vermutlich sind die inzwischen so sensibilisiert, dass ich keine Auskunft erhalten werde«, meinte Sam.

»Hast du seine Privatadresse?«

»Oh Sch… ; das habe ich versäumt!«

»Nicht gut, Sam! Irgendwie werden wir die rausfinden; das gleiche gilt für die Adresse von Frau Weber, die haben wir auch nicht hinterfragt. Wir machen Fehler und das ist Mist! Das darf uns auch im Stress nicht passieren! Okay, es ist, wie es ist! Ich werde umgehend Daniela auf den neuesten Stand bringen, aber die hat zurzeit noch einen Gerichtstermin. Bis dahin müssen wir versuchen, an die Adressen zu kommen. Du Wolfgang Sauer, ich Tatjana Weber!«

»Was machen wir mit Ralf Sauer?«

»Schick eine Streife hin, die sollen sich sein Anwesen genauer anschauen. Ich werde mit Daniela abstimmen, ob wir notfalls in die Wohnung gehen. Könnte ja sein, dass er kollabiert ist oder so.«

»Gefahr im Verzug, da können wir auch ohne Beschluss rein.«

»Meiner Einschätzung nach gibt das die Situation noch nicht her, Sam. Du weißt, wie sensibel das Thema ist. Könnte genauso gut sein, dass er bei Bekannten ist, die ihn pflegen. Nein, ich spreche das lieber erst mit der Staatsanwältin ab, auf die paar Stunden kommt es jetzt auch nicht mehr an. Schick die Streife hin, die sollen sich umhören!«

Kurz vor Mittag meldete sich Staatsanwältin Sommer und bat um ein Informationsgespräch mit der Hauptkommissarin.

Katja Reinert berichtete ausführlich über die Ergebnisse ihrer Ermittlungen vom Vortag, worauf die Staatsanwältin immer wieder erstaunt den Kopf schüttelte und Zwischenfragen stellte.

»Mein lieber Schwan!«, entfuhr es ihr schließlich, als die Hauptkommissarin geendet hatte. »In der Branche scheint einiges nicht mit normalen Dingen zuzugehen. Geschäftsführer ohne Funktion, undurchsichtige Zuständigkeiten, verschwundene Mitarbeiter, das stinkt gen Himmel! Darüber könnte man glatt einen Kriminalroman schreiben.«

»Das kannst du machen, wenn du demnächst im Ruhestand bist«, lachte Katja Reinert.

»Auf die Idee ist Toni auch schon gekommen, aber lass mal! Mein Juristendeutsch will kein Mensch lesen. Ach übrigens und zwischendurch: Hast du auch eine Einladung von Josch für morgen Abend?«

»Nee, wieso? Hat er Geburtstag oder was?«

»Nein, nein! Er hat Besuch von einem alten Bekannten aus Wien; Chefinspektor a. D. Vaverka.«

»Der Name sagt mir nichts.«

»Ja natürlich, wie blöd von mir; das war ja lange vor deiner Zeit bei uns. Vaverka war Leiter der Kripo in Wien und hatte dort einen legendären Ruf. In seiner Amtszeit blieb kein einziger Fall ungelöst. Irgendwann hat er im Zuge einer Vortragsreise auch hier im Saarland Station gemacht, und es hat ihm bei uns gut gefallen. Er blieb einige Zeit, weil er von hier aus seine Vorträge in Luxemburg, Frankreich und was weiß ich wo organisierte. Man hat sich angefreundet und, wie das so ist, irgendwann doch aus den Augen verloren. Jetzt ist Manfred im Ruhestand und betreibt anscheinend eine Privatdetektei; jedenfalls habe ich Josch so verstanden. Josch hat mich gestern angerufen und erzählt, dass Manfred für ein paar

Tage im Saarland weilt, frag mich nicht warum. Josch hat ihn spontan zu einem Grillabend eingeladen und …«

»Typisch Josch!«, lachte Katja. »Unser Meisterkoch! Und nun fällt ihm nichts Besseres ein, als zu grillen!«

»Ich find's gut so, damit kann er wenigstens nicht viel falsch machen.«

»Naja, da sind ja die zwei Richtigen zusammen; zwei ehemalige Ermittler, die es immer noch nicht lassen können.«

»Drei! Meinen Toni darfst du ruhig dazuzählen.«

»Oh Gott, was für ein unterhaltsamer Abend für Marion und dich!«

»Vaverka hat eine neue Partnerin, die ist auch dabei; wird vielleicht ganz lustig.«

»Na dann viel Spaß und richte liebe Grüße aus!«

»Mache ich! Zurück zu unserem Fall: Bleibt vor allem an dem Sauer und an dieser Baufirma dran! Den Sauer vom Landesamt übernehme ich. Wenn die Staatsanwaltschaft dort anruft, werden die reagieren, andernfalls drohe ich mit dem Ministerium. Besorgt euch die Familienstandsregister der beiden Sauers, fragt auf den Meldeämtern und bei Versicherungen nach, was weiß ich. Wir müssen jedenfalls rausfinden, ob die beiden verwandt sind! Und fühlt dieser Scheingeschäftsführerin auf den Zahn; dieser Frau Weber! Ich rufe beim Wirtschaftsdezernat an, die sollen das Ingenieurbüro und die Baufirma genauer unter die Lupe nehmen; hoffentlich brauchen die nicht wieder ewig lange. Kümmert ihr euch um die Personen und ihr Umfeld!«

»Nichts anderes hatten wir vor. Danke für deine Unterstützung, aber das wird nicht reichen. Wir haben außerdem noch Czerny und Kochs Umfeld vor der Brust. Sichtung seiner Bankkonten, hatte er ein Mobiltelefon, wenn ja, bei welchem Provider war sein Handy gemeldet, seine Handydaten … Seit zwei Wochen hampeln wir rum und kommen nicht weiter. Wer dieser Koslowsky ist, mit dem Koch dienstlich korrespondiert hat, wissen wir auch noch nicht, da müssen wir unbedingt ran! Alles hat Priorität, aber der Tag nur 24 Stunden! Zu zweit schaffen wir das nicht! Eine übergreifende Ermittlungsgruppe muss her! Je mehr Zeit vergeht, umso schwieriger wird es!«

»Wem sagst du das, Katja? Aber was soll ich machen?«

»Ich gebe die Frage zurück, Daniela! Was sollen wir machen? Wir machen unseren Job so gut es geht, ansonsten sind wir machtlos. Streiken dürfen wir nicht und die Gewerkschaft fordert lediglich mehr Geld, aber dadurch wird der Tag nicht länger und die Arbeit nicht weniger. Dank leerer Haushaltskassen streicht man uns bei Lohnerhöhungen anschließend die Planstellen und die Katze beißt sich in den Schwanz.«

»Du weißt, dass selbst der Polizeipräsident nichts bewirken kann, wenn die Politik keine praktikablen Lösungen anbietet, die kurzfristig umsetzbar sind.«

»Dann packen wir eben den Hammer aus! Wir geben eine Pressekonferenz und erklären unsere Situation.«

»Du glaubst doch nicht ernsthaft, dass die Verantwortlichen das zulassen?«

»Freiwillig nicht, aber man könnte der Presse einen Tipp geben.«

»Das kannst du vergessen! Darauf springt die Presse nicht an, aus Angst, es sich mit der Politik zu verscherzen. In diesem Land läuft das nicht!«

»Mir würde schon was einfallen!«

»Was?«

»Weiß ich noch nicht, aber so kann es jedenfalls nicht weitergehen!«

»Das kann dich deinen Job kosten«, warnte Daniela Sommer.

»Gut möglich, aber was wäre die Alternative? Ungelöste Fälle machen uns in den Augen der Öffentlichkeit zu unfähigen Arschlöchern; dafür will ich meinen Kopf nicht länger hinhalten.«

»Wumms! In dir brodelt es ja ganz gewaltig! Aber natürlich hast du Recht. Ich kann euch verstehen. Im Gegensatz zu mir müssen du und Sam noch zwei Jahrzehnte oder mehr ranklotzen. Logisch, dass ihr euch Gedanken macht.«

»Verständnis nützt uns nichts, wir brauchen Lösungen, und zwar schnell!«

In der weiteren Unterhaltung ereiferte sich Katja Reinert so sehr, dass Staatsanwältin Sommer es irgendwann für besser hielt, das Gespräch zu beenden, bevor die Situation weiter eskalierte.

Als die Hauptkommissarin schließlich das Büro der Staatsanwältin verlassen hatte, sah Daniela Sommer lange Zeit nachdenklich aus dem Fenster und fasste schließlich den Entschluss, den jungen Beamten um fast jeden Preis zu helfen, auch wenn das für sie selbst zu Unannehmlichkeiten führen könnte. Das war sie ihnen schließlich nach all der gemeinsamen Zeit schuldig!

31

Freitag, 23. Juni 2023

Als Daniela Sommer und Toni Lukas am späten Freitagnachmittag bei Josch und seiner Frau Marion in Spiesen in der Siedlung *Am Köppchen* eintrafen, waren Manfred Vaverka und seine Begleiterin Sigrid bereits da und hatten es sich im Garten gemütlich gemacht.

Die Begrüßung war herzlich, vor allem der ehemalige Chefinspektor freute sich überschwänglich, Daniela Sommer wiederzusehen, wunderte sich allerdings, als die Staatsanwältin erzählte, dass sie immer noch nicht im Ruhestand war.

Toni und Vaverka verstanden sich auf Anhieb, allerdings hatte er erhebliche Probleme damit, Manfreds ausgeprägtem österreichischen Dialekt komplett zu folgen. Josch hatte damit anscheinend mehr Erfahrung und versuchte sich im Ernstfall als Übersetzer.

Bereits nach wenigen Minuten standen die Geschlechter voneinander getrennt; die Männer beim Bier am Grill, die Frauen am Stehtisch auf der Terrasse beim Crémant, ebenfalls ins Gespräch vertieft.

Mit Sigrids Dialekt hatten Marion und Daniela ebenfalls ihre liebe Mühe, umgingen das Problem allerdings, indem sie Vaverkas Lebensgefährtin kaum zu Wort kommen ließen.

Nach gut einer Stunde rief Josch zum Essen und die beiden Gruppen versammelten sich am Tisch.

»Sag mal, Manfred«, begann Daniela Sommer, »wieso gehst du im Ruhestand immer noch auf Verbrecherjagd? Langweilst du dich mit deiner Sigrid oder ist die Rente bei euch in Österreich so niedrig, dass du weiterhin arbeiten musst, um über die Runden zu kommen?«

»Na«, antwortete Vaverka und gab sich Mühe, aber ein einigermaßen verständliches Deutsch kam ihm nicht über die Lippen. »Dös mit dem Göld possd scho, aber i ko do ned den gonzen Dog mit die Sigrid turteln, da wirsd jo deppert!«

Der ehemalige Chefinspektor der Wiener Kripo erzählte, dass er die Detektei zusammen mit vierzig ehemaligen Kriminalbeamten aus halb Europa betreibe und in vielen Ländern aktiv sei; allerdings gehe es weniger um Kapitalverbrechen, sondern in der Regel um Wirtschaftsdelikte, Betrug und untreue Ehepartner.

»Mi sölbst interessiert's nöd, ob der Bock a fremde Geiß nogelt, dös mochen ondere Kollegen. I bin underwegs wonn si der Betrug aufs Göld beziad.«

Vaverka ließ ein paar unterhaltsame Anekdoten vom Stapel, worauf Josch immer unruhiger wurde.

»Hört ihr«, entfuhr es ihm schließlich, »der Manfred bekommt auch noch Geld dafür, aber wenn ich den ehemaligen Kollegen mal helfen will, werde ich mit Schimpf und Schande vom Hof gejagt. Ist das gerecht?«

»Kommst hold zu uns!«, schlug Vaverka vor. »Und den Toni bringst am besten glei mit; der kennt si in Sachen Göld anscheinend aus.«

»Das fehlte gerade noch«, stöhnte Daniela.

»Warum nicht?«, widersprach Marion. »Dann sind die zwei wenigstens beschäftigt und wir wissen, wo sie sich rumtreiben.«

»Macht dös nur, wann die Männer ihre Wäsch sölber woschen«, warf Vaverkas Lebensgefährtin ein. »Der Monfred kimmt alle paar Tag heim, stöllt den Koffer mit dera dröckigen Wösch ab und verschwind glei wieder. I komm ma vor, wie dia Buutzfraa vom Dienst.«

Die Gespräche gingen hin und her, bis Sigrid plötzlich das Thema wechselte.

»Dös der Josch kocht, find i super. Bisd du da Chöf von dem Kochklub? Monfred, dös musst du oa mochen!«

»Josch, der Chef vom Kochklub?«, lachte Marion. »Das ist stark übertrieben; er ist eher Lehrling im ersten Jahr.«

»Machen denn seine Kochkünste wenigstens Fortschritte?«, wollte Daniela wissen.

»Naja, mittlerweile weiß er, dass nicht alles was rot ist, eine Tomate ist, und Bouillon nicht nur der Name des ehemaligen Innenministers. Nee, Spaß beiseite. Josch bemüht sich, und das ist der eigentliche Fortschritt.«

»Vielen Dank, ich bin entzückt«, brummte Josch. »Als Koch lebt man gefährlich, erst neulich wurde einer von uns umgebracht.«

Auf diese Äußerung sprang Manfred Vaverka sofort an. In der Folge drehte sich das Gespräch ausschließlich um dieses Thema; selbst der Staatsanwältin gelang es nicht, Vaverkas Neugier zu bremsen, und so sprudelte Josch alles heraus, was er über den Fall wusste. Auch Daniela Sommer gab mehr preis, als man das von ihr gewohnt war, was nicht zuletzt der Tatsache geschuldet war, dass Marion dafür sorgte, dass die Gläser nie leer waren.

»Dös is scho a depperter Foll«, meinte Vaverka. »I dät die Baufuzzis erstamal einlochen, dann röden die von sölbst.«

»So einfach funktioniert das bei uns nicht«, lachte die Staatsanwältin. »Auf welcher Rechtsgrundlage sollte ich die denn festnehmen?«

»Ihr Deitsche stöht euch mol wieder sölbst im Wög. Ka Wunder dös die Verbrächer sich bei eich so wohl fühle. Wollts ihr die Spiatzbuam nun fongen oder liaber die Porogrophen zerwurschdeln? Wonns Ongst habts vor die Röchtsverdröher hörts am bösten glei auf!«

»So hemdsärmelig wie du sind wir hier eben nicht«, stärkte Josch Daniela den Rücken.

»Dös is ja euer Poblem! Deshalb mag bei eich jo a koaner mehr a Polizist werrn, weil er jo mehr Ongst vor die eigenen Leit als wie vor den Verbröchern ham muss.«

»Ich gebe dir im Prinzip zwar Recht«, nickte Josch, »aber kurzfristig lässt sich das nicht ändern. Daniela sind die Hände genauso gebunden, wie der Polizei. Die Personalnot kommt erschwerend noch dazu.«

»Wie viele Leit host an dem Fall dro?«, fragte Vaverka.

»Zwei!«, erklärte Daniela.

»Wos, zwoa? Da kannst den Foll glei zu die Okten legn. Weißt wos? I hölf euch mit meiner Truppen!«

»Erstens ist das nicht rechtskonform, und selbst wenn, könnte ich dich nicht beauftragen, weil wir dafür kein Geld haben.«

»A Göld hobts also aach ned! Was mocht ihr eigentlich mit der gonzen Kohle?«

»Fußballstadien bauen«, lachte Josch.

»Was verlangt ihr eigentlich für eure privaten Ermittlungen?«, meldete sich Toni Lukas zu Wort, der die ganze Zeit nur interessiert zugehört hatte.

»Kommt drauf an. Des läuft meist über Provisionen im Erfolgsfall, aber für di mach i's für die Hölft!«

»Gut zu wissen! Vielleicht komme ich auf dein Angebot zurück.«

»Untersteh dich!«, intervenierte Daniela.

»Mit meinem Geld kann ich machen, was ich will«, konterte Toni ungewohnt heftig. »Es wäre schade, wenn du mit einem ungelösten Fall im Gepäck in den Ruhestand gehen müsstest.«

»Dann bleibe ich eben, bis er gelöst ist.«

»Mit zwei Mann wirst du warten müssen, bis du hundert bist«, lachte Marion. »Oder noch länger.«

Die Diskussion ging endlos lange weiter, und als es dunkel und kühl wurde, zogen sich die Frauen in die Kellerbar zurück und widmeten sich anderen Themen.

Die Männer diskutierten weiter und schmiedeten Pläne, die für die Ohren ihrer Frauen nicht bestimmt waren. Josch erstellte eine Liste der ungeklärten Fragen und Toni wurde konkreter.

»Angenommen, du hilfst mit deinen Kollegen unauffällig im Hintergrund bei den Ermittlungen, wie kommt ihr an Informationen, an die das LKA nicht rankommt? Ich meine, wenn die Informationsbeschaffung nicht legal ist, haben sie vor Gericht keinen Wert und somit nützt das Ganze nichts.«

»Dös LKA kommt da auch ran, aber holt ned so schnöll, wegen dem Dotenschutz und dem gonzen Scheiß. Mi kümmert das oanen Dreck.«

»Und wie umgehst du das?«

»Is doch wurschd! Was du ned woast, macht die ned hoaß. Dös Ergebnis zählt…«

Vaverka gab wenig preis, ließ aber durchblicken, dass in zahlreichen privaten Datenbanken Informationen gespeichert und gegen Geldzahlungen verfügbar seien; um den Datenschutz kümmere sich da niemand und das europäische Recht sei lückenhaft.

»Du konnst dir ned vorstellen, wos über di olles gespeichert is«, erklärte Vaverka und lachte.

»Brauchst du dafür ein spezielles Equipment?«, wollte Toni wissen.

»I hob immer alles dobei! I brauch nur a Internet!«

»Und wie legalisierst du das Ganze?«, fragte Josch.

»Überhaupts ned! I geb dir die Infos, der Röst ist dei Sach! Du wirst scho was draus mochen! Wenns Beweise host, konnst immer was draus mochen!«

Gegen Mitternacht waren die Aufgaben verteilt. Josch war die Schnittstelle zwischen Manfred und dem LKA. Manfred und seine Mitstreiter sollten die Fragen- und Aufgabenliste abarbeiten, die Josch nach eigener Einschätzung und den Äußerungen von Daniela Sommer aufgestellt hatte. Manfred verzichtete auf ein Honorar und erklärte, das sei sein Dankeschön für die herzliche Gastfreundschaft der Saarländer.

»Wann fängst du an?«, fragte Toni abschließend.

»Hob i scho!«, grinste Vaverka und tippte mit dem Zeigefinger an seine Stirn.

Darauf stießen die drei Männer an und gesellten sich zu ihren Frauen in der Bar. Vor allem Daniela Sommer fiel auf, dass die drei Burschen prächtig gelaunt waren.

32

In der folgenden Woche

Katja Reinert und Sam Wolff arbeiteten rund um die Uhr, kamen jedoch mit ihren Ermittlungen kaum weiter. Die Kollegen vom Wirtschaftsdezernat hatten zwar Unterstützung zugesagt, lieferten allerdings keine Ergebnisse, die der Aufklärung des Falls dienlich waren.

Ralf Sauer war weder über das Wochenende noch am Anfang der Woche aufgetaucht, weswegen die Staatsanwaltschaft der Öffnung seiner Wohnung zugestimmt hatte, allerdings mit der Einschränkung, dass nur überprüft werden sollte, ob Sauer nichts zugestoßen war. Eine Durchsuchung war explizit ausgeschlossen, weil die Rechtslage das nicht hergab. Als Sam Wolff und zwei Streifenbeamte die Wohnung betraten, fanden sie Sauer nicht vor. Dem Inhalt des Briefkastens nach zu urteilen, war er seit Dienstag der vergangenen Woche nicht mehr zu Hause gewesen. Die Wohnung erweckte nicht den Eindruck, als ob Sauer eine längere Abwesenheit geplant und vorbereitet hatte, aber auch für eine hektische Flucht gab es keine Anzeichen. Hinweise darauf, dass Sauer positiv auf Covid getestet worden war, gab es ebenfalls nicht. In den umliegenden Kliniken war kein Patient seines Namens stationär aufgenommen worden und sein Hausarzt konnte nicht ermittelt werden. Sauer blieb wie vom Erdboden verschluckt.

Auch Wolfgang Sauer konnte nicht erreicht werden. Im Landesamt war er zum Dienst nicht erschienen, eine Krankmeldung oder ein Urlaubsantrag lag nicht vor, und niemand wusste, wo er sich aufhielt, denn an seiner Privatadresse wurde er erneut nicht angetroffen und auch die Nachbarschaft hatte keine Idee, wo Wolfgang Sauer stecken könnte. Anrufe und Ortungsversuche blieben erfolglos, da sein Telefon anscheinend ausgeschaltet war. Für eine Wohnungsöffnung reichte das alles jedoch nicht aus, da es nach Auffassung des Oberstaatsanwaltes keine konkrete Gefahrenlage gab. Katja Reinert vermutete jedoch, dass er sich mit dem Innenministerium nicht anlegen wollte, weil dort die Öffnung der Wohnung eines Landesbediensteten auf Widerstand stoßen könnte.

Tatjana Webers Wohnadresse in Zweibrücken konnten die Beamten ermitteln, aber auch sie wurde nicht angetroffen. Nachbarn berichteten, dass Frau Weber ohnehin selten zu Hause sei; angeblich reise sie ständig rund um den Globus; aus welchem Grund, wusste niemand zu sagen. Vermutlich sei sie ledig, denn man hatte sie noch nie in Begleitung einer anderen Person gesehen. Sie müsse ziemlich vermögend sein, denn wenn sie da sei, stehe immer ein teures Cabriolet in der Einfahrt. Sie sei ziemlich hübsch, meinte einer der Nachbarn, was seine Ehefrau allerdings bestritt. Tatjana Weber blieb ein Mysterium.

Am frühen Mittwochmorgen überschlugen sich die Ereignisse.

Als Katja Reinert ihre Wohnung in Saarlouis verlassen wollte, fand sie unter der Haustür einen braunen Briefumschlag. Katja ging zunächst davon aus, dass es eine der lästigen Werbesendungen war, wurde allerdings stutzig, als sie weder einen Absender noch einen Adressaufkleber entdeckte. Der Umschlag war nicht zugeklebt und enthielt nur ein einziges bedrucktes Blatt Papier.

Ralf und Wolfgang Sauer sind Geschwister
Oliver Koslowsky wohnt in Forbach; er war Prokurist bei der Fa. Gebr. Woll
Tatjana Weber ist in der Szene an der Costa del Sol unterwegs; Tejida

Die Hauptkommissarin musste die wenigen Zeilen mehrmals lesen, bevor sie kapierte, was sie mit dem Text anfangen sollte.

Das waren Informationen zu ihrem aktuellen Fall! Antworten auf Fragen, die ihr unter den Nägeln brannten! Stimmte das alles, oder erlaubte sich jemand einen blöden Scherz?

Katja öffnete die Haustür und schaute sich um, aber da war niemand zu sehen. Sicherheitshalber schaute sie in den Briefkasten, aber der war leer. Zurück in der Wohnung las sie die Zeilen noch einmal und ließ den Inhalt auf sich einwirken.

Mit logischem Menschenverstand kam sie nicht weiter, aber es gab im Prinzip nur zwei Möglichkeiten: Entweder es wollte sie jemand verarschen oder es gab einen anonymen Unterstützer ihrer Ermittlungen!

Aber wer sollte das sein? Wer wusste von den Details in diesem Fall? Eigentlich konnte das nur ein Kollege vom LKA sein, aber das machte überhaupt keinen Sinn; warum sollte der auf eigene Faust und anonym ermitteln? Blieb jemand aus dem Umfeld des Täters, des Opfers oder der Täter selbst, aber das machte noch weniger Sinn, denn woher sollte so jemand den aktuellen Ermittlungsstand kennen, und weshalb sollte er der Polizei auch noch helfen wollen, wenn er in die Sache verstrickt war?

Es musste jemand sein, der Alfred Koch, Ralf und Wolfgang Sauer, Tatjana Weber und Oliver Koslowsky kannte, zumindest den Namen nach; und er wollte, dass Kochs Mörder gefasst wurde. Aber dann konnte der Verfasser nicht der Täter sein, denn wer liefert sich selbst freiwillig ans Messer!

Das alles ergab keinerlei Sinn, aber Katja Reinert kam zu dem Schluss, dass sie auch einen üblen Scherz ausschließen konnte. Die aufgeführten Namen konnte nur jemand wissen, der Zugang zu den Ermittlungsakten hatte, und das waren lediglich drei Personen: sie selbst, Sam Wolff und Daniela Sommer. Es sei denn, jemand hatte sich unerlaubten Zugang verschafft oder das Computersystem war gehackt worden, aber auch das war ziemlich unwahrscheinlich. Außerdem hätte derjenige dann eher Akten und Informationen vernichtet, als welche hinzuzufügen.

Eine halbe Stunde lang grübelte die Hauptkommissarin am Küchentisch, fand aber keine plausible Erklärung.

Mit einiger Verspätung kam sie schließlich ins Polizeipräsidium, wo ihr Kollege Sam Wolff bereits auf sie wartete.

»Gott sei Dank«, empfing er sie. »Ich hatte schon befürchtet, dass du krank bist und ich den ganzen Mist hier alleine machen muss.«

»Setz dich und nimm dir einen Kaffee!«, forderte die Hauptkommissarin. »Es gibt Neuigkeiten!«

Katja Reinert zeigte Sam das Blatt Papier und erklärte, wie sie es gefunden hatte. Sam schüttelte ungläubig den Kopf und hatte auch keine Ahnung, wie er den Inhalt einschätzen sollte.

»Der Absender ist ein Insider und weiß, wo du wohnst«, meinte Sam.

»Einer von uns? Mir fällt niemand ein, der …«

»Mir schon!«, unterbrach Sam seine Chefin. »Sogar zwei! Überleg mal!«

Katja Reinert nippte nachdenklich an ihrem Kaffee, dann schien ihr plötzlich ein Licht aufzugehen.

»Du meinst doch nicht etwa …«, sagte sie, prustete los und hielt sich die Hände vors Gesicht.

Sam war erstaunt über ihren Lachanfall, aber Katjas ungewöhnliche Reaktion war ansteckend.

»Was ist daran so witzig?«, lachte nun auch der Hauptkommissar.

»Eigentlich nichts, aber das ist einfach zu blöd!«

»Nun krieg dich mal wieder ein; könnte doch sein, oder?«

»Ich stelle mir gerade vor, wie …«, der nächste Lachanfall schüttelte Katja Reinert durch. »… heimlich und zu nachtschlafender Zeit vor meiner Haustür … nee, das ist urkomisch.«

»Mag ja sein, aber mir fällt nichts besseres ein.«

»Okay, okay, aber glauben kann ich das trotzdem nicht. Außerdem ist er nicht auf dem neuesten Stand unserer Ermittlungen. Koch, Czerny, Ralf und Wolfgang Sauer, diese Namen kennt er, aber von Tatjana Weber und Oliver Koslowsky dürfte er nichts wissen; jedenfalls nicht von mir.«

»Vielleicht hat ihm die Staatsanwältin etwas gesteckt«, spekulierte Sam Wolff.

»Das kann ich mir nicht vorstellen! Obwohl: Die beiden waren am letzten Wochenende zusammen, das hat sie mir selbst erzählt.«

»Möglich wäre es also! Tja, und was machen wir nun?«

»Wir tun ihr gegenüber so, als ob es dieses anonyme Schreiben gar nicht gibt«, entschied die Hauptkommissarin. »Bevor wir die Informationen nicht überprüft haben, nütze sie uns ohnehin nichts. Vielleicht stellt sich ja raus, dass das Ganze ein Fake ist.«

»Angenommen, die Informationen und mein Verdacht stimmen, dann frage ich mich allerdings, wie er das so schnell rausgefunden hat.«

Katja Reinert nickte und stieß einen tiefen Seufzer aus.

»Sam, dazu habe ich eine Vermutung, aber es wäre jetzt zu langwierig und kompliziert, um dir das zu erklären; zumal ich mir selbst nicht sicher bin. Wir machen Folgendes: Du kümmerst dich um Kochs Telefonnummer. Nimm Kontakt zum Provider auf. Fordere alle Verbindungsdaten und so weiter an. Wenn die sich querstellen, machst du Druck und erklärst, dass die Staatsanwaltschaft die Formalitäten umgehend nachreicht. Ich versuche, die genaue Adresse von Oliver Koslowsky rauszufinden und Kontakt zu ihm aufzunehmen. Was die Gebrüder Sauer betrifft, behaupten wir notfalls, dass uns das jemand aus ihrem Umfeld gesteckt hat und versuchen das zu verifizieren. An Tatjana Weber kommen wir sowieso nicht so schnell ran, falls stimmt, was in der anonymen Info steht. Wir müssen rausfinden, wo dieser Ort Tejida an der Costa del Sol liegt, und wie wir an Kontakte kommen.«

»Ich glaube nicht, dass das ein Ort ist«, entgegnete Sam Wolff. »Meiner Meinung nach handelt es sich dabei um einen Alias-Namen.«

»Aha! Wie kommst du auf die Idee?«, wunderte sich die Hauptkommissarin.

»In Spanien ist eine Kleiderfabrik oder so was eine fabrica de tejidas.«

»Du kannst Spanisch?«

»Ich hatte mal eine spanische Freundin«, grinste Sam Wolff.

»Naja, dann war die ja wenigstens nicht ganz umsonst. Aber was hat das mit einer Kleiderfabrik zu tun?«

»Gewebte Waren! Tatjana Weber! Klingelt es jetzt?«

»Genial! Und das soll unser alter Kollege alles rausgefunden haben? Das glaubst du doch selbst nicht!«

»Mittlerweile weiß ich selbst nicht mehr, was ich glauben soll und was nicht. Aber lass uns anfangen! Wir treffen uns in der Mittagspause in der Kantine zum Essen, wenn's recht ist; sagen wir um halb eins?«

Katja Reinert stimmte zu und die Ermittler machten sich an die Arbeit.

Bereits eine Stunde später war klar, dass es nicht einfach werden würde. Kochs Verbindungsdaten wollte der Netzbetreiber ohne richterlichen Beschluss auf keinen Fall herausgeben, und nach Freigabe würde es mindestens drei Tage dauern, bis die Daten zur Verfügung gestellt werden könnten. Sams Bitten, Flehen und Drohen nützte da gar nichts, man werde sich streng an die Regeln halten.

Katja Reinert fand raus, dass Oliver Koslowsky in Forbach in der Rue de la Chapelle wohnte. Seine Telefonnummer zu ermitteln war kein Problem, weil die französischen Kollegen unbürokratische Amtshilfe leisteten. Die Hauptkommissarin hatte das große Glück, dass sich Koslowsky gleich beim ersten Anruf meldete.

»Hier spricht Hauptkommissarin Katja Reinert vom Landeskriminalamt Saarbrücken; guten Morgen Herr Koslowsky, haben Sie einen Moment Zeit?«

»Kein Problem«, antwortete die feste Stimme mit einem höflichen Unterton. »Ein Anruf aus Deutschland, von der Polizei? Um was geht es denn?«

Katja Reinert erklärte ihm die Zusammenhänge und den Grund ihres Anrufes.

»Alfred Koch? Natürlich kenne ich den alten Gauner«, antwortete Koslowsky. »So, so, er ist also tot! Naja, dann hat er es ja geschafft!«

»Wie meinen Sie das? So alt war er noch gar nicht.«

»Klar hätte er noch Zeit gehabt, aber nun hat er es hinter sich. Das steht uns allen bevor, dem einen früher, dem anderen später.«

»Ja, das ist richtig, Herr Koslowsky. Ich möchte mich gerne ausführlich mit Ihnen unterhalten, wir haben einige Fragen. Telefonisch ist das schlecht. Ich könnte zwar zu Ihnen kommen, aber das ist über die Grenze hinweg etwas umständlich. Wäre es Ihnen möglich, zu uns ins Präsidium nach Saarbrücken zu kommen?«

»Einmal in der Woche fahre ich sowieso ins Saarland, um Besorgungen zu machen und Bekannte zu treffen. Mit dem Zug geht das ratzfatz. Könnten Sie mich vielleicht am Bahnhof abholen? Taxi gibt's da kaum und mit der Saarbahn ist es mir zu umständlich.«

»Ich gebe Ihnen gleich meine Telefonnummer. Rufen Sie mich an, wenn Sie losfahren, ich komme dann zum Bahnhof.«

»Das eine Frau mich chauffiert, hatte ich schon lange nicht mehr«, lachte Koslowsky. »Wann soll ich denn kommen?«

»So schnell wie möglich.«

»Gut, dann komme ich morgen mit dem 8 Uhr 30 Zug und wäre gegen Viertel vor neun in Saarbrücken.«

»Das passt! Prima! Ich warte vor dem Haupteingang. Sie erkennen mich an meiner Polizeijacke. Bis dann, Herr Koslowsky.«

Katja Reinert atmete erleichtert durch; endlich nahmen die Ermittlungen Fahrt auf.

Beim Mittagessen besprachen die beiden Ermittler die Ergebnisse des Vormittags. Sam Wolff hatte die Einwohnermeldeämter abtelefoniert und rausgefunden, wo Ralf und Wolfgang Sauer vor ihren aktuellen Adressen jeweils gewohnt hatten. Er hatte die Suche rückwärts weiterverfolgt und schließlich über die Gemeinden und Pfarrämter ermitteln können, dass Wolfgang wahrscheinlich der ältere Bruder von Ralf Sauer war. Zu hundert Prozent sicher war das nicht, aber zufällige Namensgleichheiten waren ziemlich unwahrscheinlich, weswegen man annehmen durfte, dass die Behauptungen des anonymen Informanten richtig waren.

»Wir können davon ausgehen, dass die Informationen stimmen«, resümierte die Hauptkommissarin. »Dass Ralf und Wolfgang Brüder sind, kann ich der Staatsanwältin anhand deiner Ermittlungen getrost mitteilen, ohne den Zettel zu erwähnen. Was Koslowsky betrifft, behaupte ich einfach, ihn über die E-Mail-Adresse auf Kochs Computer ausfindig gemacht zu haben. In Wahrheit ist die deutsche Adresse zwar abgemeldet, aber das weiß Daniela nicht. Also was soll's?«

»Bin gespannt, wie sie reagiert«, meinte Sam.

Daniela Sommer ließ sich allerdings den ganzen Tag über im Präsidium nicht sehen, weswegen das von Katja Reinert vorgesehene Gespräch nicht stattfinden konnte. Die Hauptkommissarin ergriff daher selbst die Initiative und stattete dem Landesamt einen unangemeldeten Besuch ab. Irgendwie sagte ihr Bauchgefühl, dass sie dort am ehesten etwas über den Aufenthaltsort von Wolfgang Sauer herausfinden könnte.

Von Pförtner Ernst Reiter erfuhr sie, dass Amtsleiter Kowalski nicht im Hause war.

»Herr Kowalski hat sehr viele Termine außerhalb und sein Stellvertreter, der Herr Oberhauser ist im Urlaub.«

»Ist jemand von der Personalabteilung zu sprechen?«, hakte die Hauptkommissarin nach.

»Tut mir leid. Die gesamte Abteilung ist auf einer Weiterbildungsveranstaltung.«

»Da Herr Sauer wohl immer noch krank ist, muss ich eben mit Ihnen Vorlieb nehmen«, entgegnete Katja Reinert.

»So ist es, aber ich bin nicht befugt, Auskünfte zu erteilen. Im Übrigen habe ich Ihren Kollegen ja bereits alles erzählt, was ich weiß.«

»Schon gut! Sagen Sie, Herr Reiter, dieser Mann, der seinerzeit Herrn Koch aufsuchen wollte ... ich meine diesen Herrn vom Fußballbund ... sie erinnern sich?«

»Selbstverständlich!«

»Ist der zwischenzeitlich hier noch einmal aufgetaucht?«

»Nicht, dass ich wüsste! Aber nein. Ich komme immer als erster und gehe als letzter, und wenn mir das nicht bekannt ist ... ich meine, jeder muss ja hier vorbei!«

»Verstehe, Herr Reiter! Sie haben den Überblick, an Ihnen kommt keiner vorbei. Das ist ein wichtiger Job! Ist denn sonst etwas Außergewöhnliches vorgefallen?«

»Oh, lassen Sie mich kurz überlegen .... Nein, eigentlich nicht. Außer dieser blöden Grippewelle, die alles durcheinanderbringt. Solch einen Krankenstand hatten wir noch nie, seit ich im Amt arbeite, und das sind immerhin schon mehr als zwanzig Jahre!«

»Ja, im Augenblick scheint es wirklich extrem zu sein«, entgegnete Katja Reinert. »Wenn so viele Leute krank sind, müssen die gesunden Kollegen die Arbeit eben mitmachen.«

»So einfach ist das nicht«, meinte Reiter. »Jeder hat sein spezielles Aufgabengebiet; in einer Behörde wie der unseren kann man das Personal ohne Übergabe nicht einfach austauschen.«

»Sie scheinen sich ja wirklich in allen Belangen auszukennen!«

»Bin ja auch lange genug dabei!«

»Wenn jetzt jemand über einen längeren Zeitraum ausfällt, muss doch jemand Zugang zu den Akten des Betreffenden haben. Meinem Kollegen gegenüber wurde die Aussage gemacht, dass die einzelnen Büros jeweils nur mit einer persönlichen Chip-Karte geöffnet werden können. Wie ist das geregelt, und außerdem müssen auch die Reinigungskräfte Zutritt haben. Ich kann mir beim besten Willen nicht vorstellen, dass ein Büro nur gereinigt wird, wenn es besetzt ist.«

»Das ist völlig richtig! Ich merke, dass solche Nachforschungen zu Ihrem Alltag gehören«, säuselte Ernst Reiter. »Der Hausmeister hat einen Master-Chip und der Leiter vom Wachdienst natürlich auch; der beaufsichtigt die Reinigungskolonnen.«

»Aha, interessant! Warum hat man uns das nicht gleich erzählt?«

»Dazu kann ich Ihnen nichts sagen; mich hat jedenfalls niemand gefragt.«

»Schon gut, das sollte kein Vorwurf an Sie persönlich sein. Sagen Sie mir bitte, wo ich den Hausmeister finde.«

»Moment, da muss ich nachhören!«

Ernst Reiter griff zum Telefon und versuchte es unter diversen Nummern, bis er endlich einen Kontakt hatte.

»Armin ... also unser Hausmeister ist auf einem Botengang ins Ministerium unterwegs«, verkündete er schließlich das Ergebnis seiner Recherchen. »Um halb vier hat er Dienstschluss, es ist also unwahrscheinlich, dass er heute noch einmal ins Haus kommt.«

Die Hauptkommissarin seufzte und notierte den Namen und die Durchwahlnummer des Hausmeisters.

»Gut, dann versuchen wir es mal mit dem Chef der Sicherheit! Wie komme ich an den ran?«

»Das ist ein privater Sicherheitsdienst, die Nummer kann ich Ihnen geben, aber von denen ist frühestens ab 18 Uhr jemand hier; früher fangen die Putzkolonnen nämlich nicht an.«

»In diesem Hause die richtigen Leute zu finden, ist wirklich nicht einfach«, murmelte Katja Reinert, bedankte sich und machte sich auf den Rückweg.

33

Mittwoch, 28. Juni – später Nachmittag

Katja Reinerts Laune war auf einem Tiefpunkt, als sie Sam Wolff von ihrem ziemlich erfolglosen Besuch im Landesamt berichtete.

»Was da abgeht, ist in meinen Augen einfach skandalös!«, wetterte sie. »Wenn der Steuerzahler das wüsste! Wir haben kein Personal und dort machen sie sich anscheinend einen schönen Lenz; zudem verdienen sie wahrscheinlich auch noch einiges mehr als wir und müssen sich über den Abbau von Überstunden und den ganzen Firlefanz keine Sorgen machen. Echt krass! Krank, auf Weiterbildung, als Bote unterwegs, angeblich im Außendienst … wenn wir so arbeiten würden, könnten wir keinen einzigen Fall lösen; nicht einen!«

»Nun reg dich nicht auf; bringt ja nix! Ich hatte allerdings auch den Eindruck, dass dort die Linke nicht weiß, was die Rechte tut. Weil die Hausspitze keine Führungsqualitäten hat und anscheinend inkompetent ist, kannst du den Ebenen darunter keinen Vorwurf machen. Wenn denen keiner auf die Finger klopft, kommt das eben dabei raus.«

»Ist unsere Frau Staatsanwältin zwischenzeitlich wieder aufgetaucht?«, schaltete die Hauptkommissarin einen Gang runter.

»Beim mir hat sie sich jedenfalls nicht gemeldet.«

»Na prima! Aber okay, vielleicht ist sie auf Botengang oder Weiterbildung.«

»So kurz vor ihrer Pensionierung?«, zweifelte Sam Wolff unsicher.

»Vergiss es; sollte ein Scherz sein! Zur Sache: Laut Reiter, dem Portier, gibt es mindestens zwei Masterkarten, um Zutritt zu den Büros zu bekommen. Die eine hat der Hausmeister, aber der war natürlich nicht da! Seine Privatadresse hatte Reiter angeblich nicht. Die andere Karte hat der Chef der privaten Sicherheitsfirma, dessen Telefonnummer habe ich, da kannst du mal anrufen und nachfragen, ob jemand in Kochs Büro war. Zumindest müsste er wissen, wer in Kochs Büro sauber gemacht hat; lass dir die Namen von den Leuten geben. Den Hausmeister knöpfst du dir morgen im Landesamt vor!«

»Das sind Arschlöcher!«, entfuhr es Sam. »Wieso haben die das nicht gleich gesagt?«

»Angeblich hat niemand danach gefragt!«

»So ein Quatsch! Sind das Idioten! Das heißt also, dass im Prinzip jeder Kochs Büro hätte betreten können, was wiederum bedeutet, dass jeder die Waffe hätte in Kochs Schreibtisch deponieren können.«

»Theoretisch ja! Ich will wissen, wann, wo und von wem die Masterkarte benutzt worden ist, und was die betreffende Person in Kochs Büro wollte! Vor allem im Zeitraum zwischen Kochs Ableben und unserer Durchsuchung im Landesamt!«

»Hm, vielleicht haben wir eines noch nicht bedacht: Kochs Geldbörse haben wir nicht gefunden. Normalerweise bewahrt man dort Personalausweis, Führererschein und so weiter auf; vielleicht auch die Chipkarte ... du weißt, was ich damit sagen will! Gehen wir mal davon aus, dass der Täter Kochs Geldbeutel an sich genommen hat, dann hätte er die Möglichkeit, sich Zugang zu dem Büro zu verschaffen, was wiederum heißt, dass er aus dem Umfeld des Landesamtes kommt, sonst käme er ja am Pförtner nicht vorbei! Das wäre die logischste aller Lösungen. Mann, das habe ich übersehen! Mist!«

»Stimmt, aber daran habe ich auch nicht gedacht! Wir haben das nicht zu Ende gedacht!«

»Hat der Amtsleiter auch eine Masterkarte?«, wollte Sam wissen.

»Das weiß ich nicht, frag nach!«

»Auf der Waffe waren keine Fingerabdrücke von Koch, aber zwei andere. Wir müssen Vergleichsabdrücke von allen Bediensteten des Landesamtes nehmen. Wenn einer passt, haben wir ihn … oder sie!«

»Ist plausibel, fragt sich nur, ob wir das durchkriegen.«

»Wir müssen! Es ist die einzige Chance, rauszufinden, wer die Waffe als Letzter in der Hand hatte. Diese Person muss vor allen anderen gewusst haben, dass Koch tot ist; damit gehört sie zum engeren Kreis der Tatverdächtigen!«

»Kann man so sehen, aber deine Schlussfolgerungen haben einen Haken! Unseren Ermittlungen zufolge wurde die Waffe aus Kochs Wohnung entwendet. Warum sollte sie jemand dort stehlen, um sie danach in Kochs Büro zu deponieren? Das macht überhaupt keinen Sinn!«

»Sofern es die gleiche Person war«, widersprach der Hauptkommissar.

»Nachvollziehbar ist das trotzdem nicht; auch wenn es jemand anderes war.«

»Die Waffe sollte gefunden werden, das war im Büro am Wahrscheinlichsten.«

»Ziemlich weit hergeholt! Aber es ist natürlich richtig, was du sagst: Wenn wir wissen, von wem die Waffe in Kochs Schreibtischschublade deponiert worden ist, sind wir ein Stück weiter. Ich werde morgen versuchen, von der Staatsanwaltschaft die Freigabe für die Fingerabdrücke zu bekommen, aber zuerst werde ich mich mit Oliver Koslowsky unterhalten; bin gespannt, was er zu sagen hat.«

»Ich schlage vor, dass du dich um Koslowsky kümmerst und ich versuche, die Staatsanwaltschaft zu überzeugen. Den Sicherheitsdienst rufe ich heute noch an. Wenn Staatsanwältin Sommer nicht da ist, gehe ich zum Oberstaatsanwalt. Danach …«

»Nein, das machst du nicht!«, widersprach die Hauptkommissarin. »Damit würden wir sie in die Pfanne hauen, und das machen wir nicht! Wenn Daniela nicht da ist, warten wir, bis sie kommt; sie wird schon ihre Gründe haben, weshalb sie nicht da ist. Wir dürfen jetzt nicht die Nerven verlieren, irgendwann wird sie wieder auftauchen. So, und jetzt mache ich Feierabend für heute!«

34

Donnerstag, 29. Juni – vormittags

Katja Reinert war pünktlich am Haupteingang des Bahnhofs und musste nur wenige Minuten warten, bis ein Mann zielstrebig auf sie zukam.

Oliver Koslowsky sah krank aus; sehr krank! Er ging gebeugt, mit langsamen Schritten und bestand nur aus Haut und Knochen. Hemd und Hose waren ihm viel zu groß. Als er näherkam, konnte die Hauptkommissarin seine aschfahle Gesichtsfarbe erkennen. Koslowskys Alter war für Katja Reinert schwer einzuschätzen; irgendwo zwischen fünfundsiebzig und fünfundachtzig. Der Glanz in seinen Augen zeugte allerdings von einem wachen Verstand und seine Stimme war fest und kräftig.

»Ich vermute, Sie warten auf mich«, sagte er und streckte die Hand zum Gruß aus. »Mein Name ist Oliver Koslowsky.«

»Hauptkommissarin Katja Reinert, schön, dass Sie sich die Mühe gemacht haben; ich weiß das sehr zu schätzen und hoffe, dass die Anreise für Sie nicht all zu anstrengend war.«

»Ach was! Machen Sie sich darüber mal keine Gedanken! Allerdings wäre ich sehr froh, wenn Sie in Ihrem Büro einen guten Kaffee für mich hätten.«

»Das lässt sich selbstverständlich einrichten, aber für die Qualität kann ich nicht garantieren. Wollen wir los? Ich parke gleich da drüben.«

Während der Fahrt zum Präsidium vermied die Hauptkommissarin, auf den Fall und die bevorstehende Befragung einzugehen, weil das Gespräch im Wagen nicht aufgezeichnet werden konnte. Daher sprachen sie über das Wetter, die grenzübergreifenden Zugverbindungen und die chaotische Verkehrssituation in der Landeshauptstadt.

Im Präsidium kredenzte sie ihrem Gast einen Kaffee, den der als vorzüglich bezeichnete, aber seiner Miene entnahm Katja, dass das eine Höflichkeitsfloskel war.

Zunächst nahm die Hauptkommissarin die persönlichen Daten von Oliver Koslowsky auf. Er war seit vielen Jahren geschieden, die Ehe war kinderlos geblieben; seitdem lebte er alleine. Er war in einem kleinen Ort in Polen geboren und einundsiebzig Jahre alt. Im Kindesalter war er als einziges Kind mit seinen Eltern nach Deutschland gekommen, wo sein Vater Arbeit in der Vorderpfalz im Baugewerbe als Hilfsarbeiter angenommen hatte.

Koslowsky beantwortete alle Fragen höflich und mit großer Geduld. Er schien ein gebildeter Mensch mit Charakter und Niveau zu sein, aber seine angeschlagene Gesundheit forderte oft Pausen in seiner Darstellung, was bei Katja Mitleid erweckte.

»Herr Koslowsky«, sagte Katja Reinert zwischendurch, »Sie scheinen gesundheitlich angeschlagen zu sein. Möchten Sie mir dazu etwas sagen, damit ich einschätzen kann, ob Sie dieses Gespräch nicht übermäßig belastet? Sie müssen sich dazu nicht äußern! Ich frage aus persönlicher Fürsorge.«

Ruhig und gelassen, als spreche er über banale Geschehnisse, erzählte Koslowsky, dass er an Knochenkrebs erkrankt sei.

»Vor einem Jahr haben mir die Ärzte nicht mehr als ein halbes Jahr gegeben; wie Sie sehen, lebe ich immer noch. Mir wäre es natürlich recht, wenn sich die Einschätzung der Mediziner als kompletter Irrtum herausstellen würde, aber ich weiß natürlich, dass mich der oberste aller Bauleiter bald in seinen Betrieb holen wird. Naja, es wäre nicht mein erster Firmenwechsel.«

»Fatalismus scheint eine Ihrer Stärken zu sein«, bemerkte die Hauptkommissarin.

»Ob Fatalismus oder Determinismus sei einmal dahingestellt«, entgegnete Koslowsky. »Darüber ließe sich philosophisch oder theologisch trefflich streiten. Aber deswegen habe Sie mich sicher nicht hierhergebeten, Frau Reinert.«

»Das ist korrekt! Okay, dann sagen Sie mir bitte etwas zu Alfred Koch. Sie nannten ihn am Telefon einen *alten Gauner*.«

»Ach ja? Waren das meine Worte? Er wird es mir verzeihen, aber gelogen war das nicht! Bevor ich über Alfred Koch spreche, möchte ich allerdings etwas mehr über seinen Tod wissen. Das LKA ist eingeschaltet, woraus ich schließe, dass er eines gewaltsamen Todes gestorben ist, und da frage ich mich natürlich, weshalb Sie ausgerechnet mit mir über ihn reden wollen.«

Katja Reinert erklärte Koslowsky Kochs Todesumstände, soweit sie diese preisgeben durfte, und schilderte, wie die Ermittler über Koch's Mailliste auf Koslowskys Namen gekommen waren.

»Erstaunlich!«, erwiderte Koslowsky ruhig. »Die Mail-Adresse war auf mein ehemaliges Büro in Dudweiler angemeldet. Das Büro und die Mailadresse sind längst abgemeldet. Woher haben Sie meine Adresse in Forbach?«

Koslowskys messerscharfer Verstand stellte die Hauptkommissarin vor eine Herausforderung. Scheiße, dachte sie, ich muss mir etwas einfallen lassen!

»Wir haben diverse Möglichkeiten der Rückverfolgung, aber darüber möchte ich mich nicht äußern.«

»Aha, na gut. Soviel zum Thema Datenschutz. Fragen Sie weiter.«

»Erzählen Sie mir, seit wann und woher Sie Alfred Koch kannten.«

»Oje, das ist eine lange Geschichte ...«, begann Oliver Koslowsky, und dann sprudelte es nur so aus ihm heraus. Anscheinend hatte sich seit langer Zeit niemand für seinen Lebensweg interessiert und nun hatte er wohl das Bedürfnis, darüber zu reden, möglicherweise zum letzten Mal in seinem Leben.

Er erzählte, dass er über seinen Vater den Weg zur Baubranche gefunden hatte, wie er nach einer Maurerlehre das Fachabitur nachgeholt und Ingenieurwesen studiert hatte. Nach Abschluss des Studiums war er bei der Firma Gebrüder Woll zunächst als Bauleiter angestellt und hatte sich mit der Zeit als Kalkulator bis zum Prokuristen hochgearbeitet.

»Das lief einige Jahre ganz gut, die Firma expandierte und warf gute Gewinne ab, aber die Gebrüder Woll waren bald in einem Alter, wo jedem klar war, dass etwas passieren musste; aber die Alten waren stur ohne Ende! Als Hans Woll, der Jüngere von beiden, plötzlich starb, war sein Bruder Wilhelm hilflos, überfordert und völlig von der Rolle ...«

Koslowsky hatte ihm daraufhin angeboten, die Firma eigenverantwortlich weiterzuführen, aber der Alte lehnte das ab, und so ging das Unternehmen immer weiter den Bach runter.

»Ich musste für mich die Notbremse ziehen und schaute mich nach einer anderen Stelle um. Das ist ungefähr zwanzig Jahre her. Damals stand ich zwar noch gut im Saft, aber ich wusste, dass es schwer werden würde, mit über fünfzig einen neuen Job zu bekommen. Das war damals so, es gab keinen Fachkräftemangel.«

»Was ist aus der Firma geworden?«

»Ich habe später erfahren, dass der alte Woll einem Halunken auf den Leim gegangen war, kaum dass ich das Unternehmen verlassen hatte. Der Typ hat die Firma ausgeschlachtet und sich selbst bereichert. Der Alte hat das nicht überblickt, und als er es merkte, war es zu spät. Kurze Zeit später ist er verstorben, angeblich arm wie eine Kirchenmaus, aber Näheres weiß ich nicht. Ich habe davon erst nach seiner Beerdigung erfahren. Einige langjährige Mitarbeiter haben versucht, aus dem Rest der Firma noch etwas zu machen, aber das ging in die Hose. Kein Wunder, denn …«

»Ist Ihnen während dieser Zeit oder später der Name Roman Czerny über den Weg gelaufen?«, unterbrach die Hauptkommissarin Koslowskys Redefluss.

»Klar! Das war der Typ, der Wilhelm Woll übers Ohr gehauen hat.«

»Wie hat er das gemacht? Haben Sie ihn persönlich kennengelernt?«

»Nein, ich habe den Mann nie gesehen oder gesprochen. Mir wurde zugetragen, dass er unter der Hand die teuren Baugeräte vertickt hat, und dann so schnell verschwunden ist, wie er aufgetaucht war. Details kenne ich nicht.«

»Czerny wurde vor gut einem Jahr in Zweibrücken ermordet; haben Sie davon gehört?«

»Nein, das ist mir neu! Aber verwunderlich ist das nicht, wenn man sich mit solchen Betrügereien beschäftigt.«

»Wie ging es mit Ihnen weiter, Herr Koslowsky?«

»Naja, es hat eine Weile gedauert, bis ich etwas Passendes gefunden hatte; ich wollte unbedingt eine Festanstellung …«

Koslowsky wurde schließlich bei der Firma Paul Klein fündig, die einen Abrechner und Kalkulator suchte. Anfangs sei das ganz annehmbar gewesen, aber dann war Koslowsky mit Oswald Diez und Wolfgang Sauer aneinandergeraten, weil die beiden in verschiedenen Dingen unterschiedlicher Meinung gewesen seien und ihre Differenzen auf Koslowskys Rücken ausgetragen hatten.

»Was waren das für Probleme?«, hakte Katja Reinert nach.

»Bei der Kalkulation hatte Diez per se das letzte Wort und machte die Vorgaben. Oft war es aber so, dass Sauer die Ansätze im Nachhinein veränderte, ohne dass ich davon wusste. Zunächst ist mir das gar nicht aufgefallen, aber irgendwann haben meine Einkaufspreise nicht mehr gepasst und … sorry, das ist für jemanden wie Sie schwer zu verstehen.«

»Erklären Sie es mir mit einfachen Worten! Eine ausführliche Darstellung können Sie mir bei Bedarf schriftlich nachreichen.«

»Sagen wir mal so: Es gab eine offizielle Kalkulation und eine inoffizielle. Die offizielle war das Mindestangebot, mit dem man im Auftragsfall gerade so über die Runden kam. Das andere lag im Preis wesentlich höher und versprach satte Gewinne.«

»Was war Sinn und Zweck des ganzen Aufwandes? Ich meine, das ist doppelte Arbeit; warum das alles?«

»So etwas macht man nur aus einem Grund: Eine Version dient dazu, mit einem günstigen Angebot den Wettbewerb zu gewinnen und den Auftrag zu bekommen; die höhere Version dient später zur Abrechnung. Ich muss dazu sagen, dass ich nichts davon beweisen kann, da ich bereits nach etwas mehr als einem Jahr von der Firma wieder weggegangen bin. Man hat mich rausgeekelt, weil ich zu viele unangenehme Fragen gestellt habe.«

»Dieser Betrug funktioniert meiner Ansicht allerdings nur, wenn der Auftraggeber mitspielt«, mutmaßte die Hauptkommissarin.

»Da haben Sie den Nagel auf den Kopf getroffen«, lächelte Koslowsky süffisant. »Das war ja auch der Grund, weshalb ich dort meine Zelte schnell wieder abgebrochen habe, bevor der Schwindel auffallen und mir in die Schuhe geschoben werden würde; schließlich war ich der offizielle Kalkulator.«

»Ralf Sauer war also der Initiator. Haben da noch andere Personen mitgespielt?«

»Muss ja! Von außen jedenfalls! Der alte Diez wohl nicht; der hätte so ein Spiel nie mitgemacht! Bei Axel Diez bin ich mir nicht sicher, weil der damals noch relativ frisch und unerfahren war. Wenn die das allerdings heute noch praktizieren, wird er wissen, wie der Hase läuft.«

»Ralf Sauer; was ist das für ein Typ?«

»Die Franzosen haben dafür den Ausdruck *Connard*, das klingt weniger brutal.«

»Mein Französisch ist leider nicht gut«, stellte Katja Reinert klar.

»Auf Deutsch fängt es mit A an und hört mit loch auf.«

»Ich verstehe! Weshalb diese rüde Bezeichnung?«

»Er hat keine Manieren, keine soziale Kompetenz und kein Format. Das Einzige, was ihn interessiert, ist Geld; ein hässlicher Vogel, der glaubt, mit Geld und Arroganz alles regulieren zu können. Aber clever war er, das muss ich ihm lassen.«

»Wir suchen ihn! Wissen Sie zufälligerweise, wo er stecken könnte?«

»Nein, ich habe seit Jahren keinen Kontakt mehr zu ihm. Aber vielleicht versuchen Sie es mal dort, wo hässliche Männer für Geld schöne Frauen abschleppen können. Möglicherweise ist er abgehauen, weil ihm der Boden hier zu heiß unter den Füßen geworden ist. Thailand oder Brasilien, so wie seinerzeit Ronald Biggs, der Eisenbahnräuber.«

»Sein Bruder ist ebenfalls wie vom Erdboden verschwunden. Wolfgang Sauer; kennen Sie ihn?«

»Nicht persönlich! Aber in der Firma wurde damals getratscht, dass Ralf Sauer von seinem Bruder nicht viel hielt und ihn einen *Aktenfuzzi* genannt haben soll, was er mir gegenüber allerdings nie geäußert hat. Wenn ich mich recht erinnere, war dieser Bruder irgendwo im Staatsdienst beschäftigt, aber fragen Sie mich nicht wo. Ich kenne keine Details.«

»Das stimmt. Alfred Koch und Wolfgang Sauer waren zuletzt Kollegen im Landesamt.«

»Upps!«, lächelte Koslowsky verschmitzt. »Zufälle gibt's!«

»Eben!«, seufzte Katja Reinert. »Nur sind Zufälle für uns eher selten.«

»Verstehe, aber da kann ich Ihnen beim besten Willen nicht weiterhelfen.«

»Ich hatte Sie eingangs gefragt, wie Sie mit Alfred Koch in Kontakt gekommen sind; vielleicht sollten wir darauf zurückkommen. Bisher ist er in Ihrer Vita noch nicht aufgetaucht.«

»Den Koch habe ich erst nach meiner Zeit bei der Bauunternehmung Klein kennengelernt. Wie erwähnt, bin ich dort schnell wieder weg, es ging einfach nicht mehr! Ich wusste, dass ein Ingenieurbüro aus dem Westsaarland jemanden für die Aufmaß- und Abrechnungsprüfung suchte …«

»König und Partner?«, unterbrach die Hauptkommissarin.

»Oh! Woher wissen Sie das?«

»Spielt keine Rolle«, pokerte Katja Reinert. »Erzählen Sie bitte weiter.«

»Ich bewarb mich, aber die wollten keine Festeinstellung, sondern einen freien Mitarbeiter haben. Da mir die Zeit weglief, habe ich angenommen, musste mir allerdings ein eigenes Büro einrichten, weil ich sonst irgendwie als Scheinangestellter gegolten hätte. Naja, ich habe das in Kauf genommen und fortan für die gearbeitet. Das lief prima und ich habe gutes Geld verdient, allerdings das Meiste am Finanzamt vorbei. Kann ich jetzt ruhig zugeben; bis man mich dafür nachträglich zur Rechenschaft ziehen kann, sind die Spatzen für mich sowieso alle gefangen. Wie gesagt: Es lief super, bis mich dieser Krebs erwischt hat und es nicht mehr ging.«

»Zu Ihrer Beruhigung: Der steuerliche Kram interessiert uns in diesem Fall nicht. Bei König und Partner ist Ihnen also Alfred Koch über den Weg gelaufen?«

»Genau! Ich habe für das Büro in zahlreichen Projekten des Sportstättenbaus mit Baufirmen zusammengearbeitet und deren Aufmaße und Rechnungen geprüft …«

»Auch für Ihren ehemaligen Arbeitgeber, die Firma Klein?«, bohrte die Hauptkommissarin nach.

»Nein, das hätte ich abgelehnt; war aber auch nicht nötig, denn das Unternehmen vergibt die meisten Untergewerke an Subunternehmer und tritt quasi nur als Generalunternehmer auf. Klein macht vielleicht zwanzig oder fünfundzwanzig Prozent selbst; alles andere machen Firmen zu günstigeren Preisen, das ist in der Branche allgemein üblich.«

»Und Koch?«, hinterfragte Katja Reinert ungeduldig.

»Der war für die Zuschussprüfung zuständig; die ist kompliziert, weil …«

»In dem Metier scheint alles kompliziert zu sein«, wunderte sich die Hauptkommissarin.

»Ja, kann man so sagen. Zwischen Koch und unserem Büro gab es die Vereinbarung, dass Abrechnungen von ihm vorgeprüft wurden, bevor sie offiziell eingereicht wurden …«

»Ist das üblich?«

»Nicht unbedingt, aber sinnvoll.«

»Inwiefern?«

»Man muss wissen, dass große Projekte in der Regel durch verschiedene Zuschussgeber gleichzeitig teilfinanziert werden. Zum Beispiel mit fünfundzwanzig Prozent vom Land, zehn vom Sportbund, zwanzig von der EU und so weiter. Dafür gibt es Richtlinien, was, wie hoch und unter welchen Voraussetzungen gefördert wird. Ein heilloser bürokratischer Wahnsinn! Koch war darauf spezialisiert, welche Kosten am sinnvollsten in die einzelnen Töpfe aufgedröselt werden mussten, um die optimalen Fördergelder zu bekommen. Das hat allen Beteiligten geholfen und war für alle eine Win-Win-Situation.«

»Ist das legal?«

»Weiß ich nicht, aber ich wüsste auch nicht, dass es verboten ist.«

»Hat Herr Koch Geld dafür bekommen?«

»Davon ist auszugehen, aber damit hatte ich nichts zu tun. Ich habe mit Koch nur die Abrechnungsmodalitäten besprochen, alles andere ging mich nichts an.«

»Sein Kollege Wolfgang Sauer, der Bruder Ihres Erzfeindes, ist Ihnen damals nicht über den Weg gelaufen? Immerhin war er Kochs Stellvertreter.«

»Nein, nie!«

»Wer war Ihr Ansprechpartner im Büro König?«

»Die jeweiligen Projektleiter, aber vor allem Herr Wolter.«

»Nicht der Firmeninhaber, Herr König? Der muss damals noch gelebt haben.«

»Nein, der alte König hat sich mit dem operativen Tagesgeschäft nicht befasst; der war damit beschäftigt, neue Aufträge reinzuholen und hat die Kundenkontakte gepflegt. Nicht einmal bei den Weihnachtsfeiern war der dabei. Normalsterbliche haben den kaum zu Gesicht bekommen.«

»König war der Inhaber. War Wolter damals schon Geschäftsführer?«

»Nein!«

»Im Gespräch mit uns hat er sich an Ihren Namen nicht erinnert, Herr Koslowsky. Wie erklären Sie sich das?«

»Hm, merkwürdig, in der Tat! Wir hatten nie Probleme miteinander. Vielleicht leidet er an Amnesie, damit ist nicht zu spaßen. Oder aber, er will sich nicht erinnern, weil er fürchtet, dass das Finanzamt ihm auf die Schliche kommt.«

»Wäre denkbar! Zu Frau Weber hatten Sie keinen Kontakt?«

»Die stand damals noch gar nicht auf der Matte!«, stöhnte Koslowsky. »Ich wusste zu dem Zeitpunkt gar nicht, dass König eine Tochter hatte.«

»Immerhin ist sie heute die zweite Geschäftsführerin!«

»Frau Reinert, ich habe immer noch ein paar wenige Kontakte zu den Leuten in der Branche. Frau Weber hat noch nie jemand zu Gesicht bekommen und sie kann unmöglich dort aktiv tätig sein; einen Herrn Weber kennt in diesem Zusammenhang auch niemand! Vermutlich hat der alte König testamentarisch verfügt, dass seine Tochter ins Unternehmen kommt und eine Art Leibrente erhält. Das würde erklären, weshalb sie auf der Gehaltsliste steht. Das ist meinerseits allerdings reine Spekulation und es ist mir auch egal, was Wolter aus dem Laden macht.«

»Können Sie mir eine Aufstellung über die damaligen Projekte machen und die dazugehörigen Kontaktpersonen?«, bat die Hauptkommissarin.

»Kann ich, aber nicht jetzt; dazu brauche ich Zeit und Ruhe. Ich wäre Ihnen auch sehr verbunden, wenn wir langsam zum Ende kommen könnten. Ich fühle mich erschöpft und muss an die frische Luft.«

»Selbstverständlich, Herr Koslowsky! Fürs Erste sind wir auch fertig. Darf ich mich nochmals an Sie wenden, falls ich noch Fragen habe?«

»Klar, meine Nummer haben Sie ja! Einmal pro Woche … aber das sagte ich bereits.«

Koslowsky war die Erschöpfung mittlerweile anzusehen und Katja Reinert wollte unter allen Umständen vermeiden, dass er einen Schwächeanfall erlitt. Deshalb beendete sie das

Gespräch, obwohl ihr noch viele Fragen unter den Nägeln brannten.

Außerdem musste sie das, was Koslowsy ihr bislang erzählt hatte, erstmal verarbeiten und die Schlussfolgerungen sortieren.

»Soll ich Sie irgendwohin fahren?«, bot die an. »Zum Bahnhof vielleicht?«

»Ach was! Ich schlendere jetzt gemütlich in mein Stammcafé, dort treffe ich immer jemanden, den ich kenne. Danke für Ihr Angebot. Sie können mich jederzeit kontaktieren.«

Koslowsky verabschiedete sich und ging auf wackeligen Beinen zum Aufzug. Katja Reinert packte ihre Unterlagen zusammen und machte sich auf den Weg zum Büro ihres Kollegen Sam Wolff.

* * *

Wolff berichtete, dass Staatsanwältin Sommer zwar im Hause, derzeit aber nicht zu sprechen sei, da sie sich in einem Gespräch mit dem Oberstaatsanwalt und einigen anderen Personen befinde.

Sam hatte etliche Telefonate mit dem Landesamt führen müssen, bis er endlich den Hausmeister sprechen konnte. Der hatte erklärt, dass er im angefragten Zeitraum kein Büro mit der Masterkarte habe öffnen müssen, und ausgeliehen habe er sie auch nicht. Seines Wissens habe der Amtsleiter keine Generalkarte.

»Das würde auch nichts bringen, denn der ist ohnehin selten im Haus«, kommentierte der Hausmeister.

Dem Chef vom Sicherheitsdienst, den Sam bereits am frühen Abend des Vortages befragt hatte, war ebenfalls nicht bekannt, dass außer seinem Reinigungspersonal jemand Fremdes Kochs Büro betreten hätte.

»Die Putzfrauen kenne ich alle«, hatte er erklärt. »Die meisten Frauen sind Landsleute von mir, sprechen kaum Deutsch und würden sich nicht trauen, in den Schränken zu stöbern; die Akten könnten sie ohnehin nicht lesen. Die Reinigungsfirma ist zuverlässig und arbeitet immer mit dem gleichen Personal; ausschließlich Frauen. Selten, dass da mal jemand ausfällt, die brauchen das Geld!«

Nachdem Sam seine Ermittlungsergebnisse vorgetragen hatte, informierte ihn Katja Reinert über den Verlauf des Gespräches mit Oliver Kowalsky. Anschließend fasste sie den aktuellem Ermittlungsstand kurz zusammen.

»Was haben wir?«, begann sie ihr Resümee. »Wir dürfen den Überblick nicht verlieren! Czerny hat seinerzeit die Firma Woll über den Tisch gezogen, was möglicherweise im Zusammenhang mit seiner Ermordung steht. Die Baufirma Klein steht im Verdacht, durch ihren Mitarbeiter Ralf Sauer in betrügerische Geschäfte verwickelt zu sein. Ralf und Wolfgang Sauer sind oder waren verfeindet, wobei Wolfgang ausgerechnet bei der Landesbehörde gearbeitet hat, die sein Bruder betrogen hat; wahrscheinlich war Alfred Koch an den Betrügereien beteiligt. Das Ganze konnte nur funktionieren, wenn das Ingenieurbüro König mitspielt. Dessen Ingenieurverträge setzte Alfred Koch fest. Da schließt sich der Kreis irgendwie, aber der alte Chef ist tot, die Geschäftsführerin abgetaucht und der einzig verbliebene Geschäftsführer will von allem nichts wissen. Koslowsky ist aus meiner Sicht raus; der hätte nicht die Kraft für einen Mord. Es ist allerdings nicht auszuschließen, dass weitere Personen von den Betrügereien wussten und Alfred Koch beseitigen wollten, aber da tappen wir noch im Dunkeln!«

»Ziemlich verrückt, das Ganze«, kommentierte der Hauptkommissar. »Wir sind wahrscheinlich einem riesigen Abrechnungsbetrug, Schmiergeldzahlungen, Steuerhinterziehung, und allem was dazugehört, auf der Spur, aber wir haben immer noch nicht die geringste Ahnung, geschweige denn eine Spur, wie das mit Alfred Kochs Tod zusammenhängt. Ralf Sauer steckt da höchstwahrscheinlich mit drin, sein Bruder vielleicht ebenso. Andererseits sind sich die beiden angeblich nicht grün, wieso sollten sie also gemeinsame Sache machen?«

»Geldgier lässt manches vergessen«, widersprach die Hauptkommissarin. »Und es liegt nahe, dass Koch zu viel wusste und zum Sicherheitsrisiko wurde; für wen auch immer. Dass die beiden Sauer Brüder gleichzeitig verschwunden sind, kann auch kein Zufall sein, das glaube ich einfach nicht. Wir …«

»Wir brauchen den Zugriff auf ihre Wohnungen«, unterbrach Sam Wolff vehement. »Das predige ich schon seit Tagen, aber es bewegt sich nichts.«

»Stimmt! Nach der Mittagspause gehen wir zur Staatsanwältin und hauen auf den Tisch! Anders kommen wir nicht weiter.«

35

Ab Donnerstag, 29. Juni

Daniela Sommer war sichtlich bester Laune, als Katja Reinert und Sam Wolff ihr gegenübersaßen.

»Ich habe euch etwas mitzuteilen«, ergriff sie das Wort, noch bevor die beiden Ermittler etwas sagen konnten. »Meine Nachfolge ist geregelt! Ich werde zum Jahresende in den Ruhestand gehen!«

»Ach!«, staunte Katja. »Na dann herzlichen Glückwunsch, Daniela!«

»Wer tritt die Nachfolge an?«, fragte Sam Wolff weniger euphorisch.

»Niemand!«, grinste die Staatsanwältin. »Die Stelle wird eingespart und auf andere Staatsanwälte aufgeteilt.«

»Äh, verstehe ich nicht«, entgegnete die Hauptkommissarin. »Außer dir ist gar niemand da; vom Oberstaatsanwalt mal abgesehen.«

»Du sagst es! Sie haben vor, eine komplette Neugliederung vorzunehmen, aber frag mich nicht, wie sie das machen wollen. Anscheinend wissen sie das selbst noch nicht genau.«

»Als ob Neuorganisationen Personal freischaufeln würden«, lachte Sam. »Eher im Gegenteil!«

»Das erklär denen mal, aber mir soll's egal sein. Jetzt ist Schluss, sollen sie schauen, wie sie klarkommen. Die wollten, dass ich an der Neuorganisation teilnehme, aber das habe ich abgelehnt. Zwingen können sie mich nicht, und ich habe das Geplänkel endgültig satt. Ohne Personalaufstockung ist das Problem nicht lösbar, das weiß jeder, der einigermaßen klar denken kann, aber davon wollen die einfach nichts wissen.«

»Hätte ich an deiner Stelle auch so gemacht!«, bestätigte die Hauptkommissarin.

»Oh, da gibt's ja bald was zu feiern!«, freute sich Sam Wolff.

»Darauf könnt Ihr euch verlassen!«, lachte Daniela Sommer. »Aber nicht hier, das machen wir unter uns im engsten Kreis. Ich werde die Deppen doch nicht auch noch zu meiner Abschiedsfeier einladen; kommt gar nicht in die Tüte!«

»Gibt's schon einen Termin?«, wollte Sam wissen. »Nicht, dass ich da gerade im Urlaub bin?«

»Du wirst es rechtzeitig erfahren. Jetzt haben wir einen Fall zu lösen. Wie weit seid ihr?«

Katja und Sam berichteten über den neusten Stand der Ermittlungen, erwähnten die anonymen Informationen jedoch mit keinem einzigen Wort. Staatsanwältin Sommer hörte kommentarlos zu, was für sie völlig untypisch war, weswegen sich Katja Reinert insgeheim wunderte.

»Wie du siehst, sind wir ein gutes Stück weitergekommen«, sagte sie, »vor allem durch die Aussage von Oliver Koslowsky, aber nun müssen wir unbedingt wissen, wo die Gebrüder Sauer stecken. Ihr plötzliches Verschwinden, gerade zum jetzigen Zeitpunkt, ist höchst verdächtig.«

»Ralf Sauer ist definitiv seit Tagen nicht in seiner Wohnung gewesen«, ergänzte Sam. »Von seinem Bruder wissen wir es nicht; deswegen brauchen wir dringend einen Durchsuchungsbeschluss, und zwar für beide Wohnungen!«

»Und wir benötigen die Fingerabdrücke von Kochs Kollegen aus dem Landesamt, um sie mit den Abdrücken auf Kochs Waffe abzugleichen«, fügte die Hauptkommissarin hinzu.

»Verstehe!«, nickte Daniela Sommer. »Aber eins nach dem anderen! Erst die Wohnungen, das nehme ich auf meine Kappe! Man kann mir jetzt ohnehin nicht mehr ans Bein pinkeln. Wolfgang Sauers Büro ins Visier zu nehmen, sehe ich auch nicht problematisch, aber für das gesamte Landesamt eine Erlaubnis zu erwirken, wird nicht einfach werden; das kann ich alleine nicht durchsetzen und wird ein paar Tage brauchen.«

»Besser als nichts«, brummte Sam Wolff verärgert. »Wir müssen schnellstmöglich wissen, wo …«

»Ich habe es kapiert!«, unterbrach die Staatsanwältin. »Fangt mit den Wohnungen an, die Durchsuchung von Sauers Büro im Landesamt kann von mir aus ebenfalls gleich stattfinden, alles andere wird sich ergeben.«

»Mit dem verfügbaren Personal können wir ohnehin nur schrittweise vorgehen«, warf Katja Reinert ein. »Wir fangen an, sobald ich die Leute zusammen habe; am besten heute noch!«

»Macht das! Im Übrigen habe ich gerade eben vom Wirtschaftsdezernat eine Rückmeldung bekommen; man höre und staune!«

»Ach nee?«, ulkte Sam. »Es geschehen noch Wunder!«

»Die haben die Bankverbindung von Alfred Koch ausfindig gemacht. Keine auffälligen Kontenbewegungen! Eingänge des Monatsgehaltes, Ausgänge für Lebenshaltungskosten; nix Besonderes. Auch keine auffälligen Bargeldabhebungen. Kontostand im hohen fünfstelligen Bereich, keine Anlagenwerte, alles sehr konventionell. Überprüfungszeitraum etwa zwei Jahre.«

»Gibt's keine Ausgabenbelege für das horizontale Gewerbe oder so?«, wollte Sam wissen. »Angeblich war er dort Stammkunde.«

»Nein! Vermutlich hat er dort bar bezahlt«, spekulierte die Staatsanwältin.

»Dann müsste er das Geld aber vom Konto abgehoben haben«, widersprach Katja Reinert. »Das passt nicht zusammen!

»Stimmt!«, gab Daniela Sommer zu.

»Wer lässt schon illegale Geschäfte über sein Konto laufen?«, intervenierte Sam Wolff. »So blöd kann keiner sein. Solche Sachen laufen über Sachwerte oder Barzahlungen. Wir haben in Kochs Wohnungen aber keine nennenswerte Bar-Summe gefunden. Könnte sein, dass der Einbrecher fündig geworden ist.«

»Bargeld, Waffe, Akte!«, nickte die Hauptkommissarin. »Das passt irgendwie zusammen. Wie sind die Kollegen so plötzlich an Kochs Bankverbindung gekommen?«

»Ähm … äh … das haben sie mir nicht gesagt«, stotterte die Staatsanwältin. »Das ist mir aber auch egal. Warten wir den offiziellen Bericht ab.«

»Darauf bin ich gespannt«, meinte Katja Reinert. »So, und nun machen wir uns an die Arbeit. Ich …«

»Wir müssen nicht zusammen zu Sauers Wohnung«, schlug Sam vor. »Ich kümmere mich derweil um sein Büro. Besorg mir jemanden von der Spurenermittlung; eine Person reicht.«

* * *

Ernst Reiter war wie immer dienstbeflissen auf seinem Posten, als Sam Wolff in Begleitung einer Kollegin von der KTU am Empfang des Landratsamtes eintraf.

»Kommen Sie jetzt jeden Tag?«, staunte der Portier. »Ich muss Sie erneut enttäuschen, denn Herr Sauer ist auch heute nicht zum Dienst erschienen.«

»Genau deshalb möchten wir sein Büro inspizieren«, entgegnete Sam. »Die Amtsleitung ist vom Ministerium in Kenntnis gesetzt; jedenfalls war das so geplant.«

»Mir wurde davon allerdings nichts angekündigt«, mokierte sich Ernst Reiter.

»Mag sein, das lief alles ganz kurzfristig. Informieren Sie sich bitte, falls Sie das für notwendig halten. Sie können sich das auch gerne von der Staatsanwaltschaft telefonisch bestätigen lassen.«

»Moment bitte!«, antwortete der Portier und verzog sich ins Hinterzimmer.

Zehn Minuten später öffnete der Hausmeister das Büro von Wolfgang Sauer und ließ die Beamten ein.

»Warten Sie bitte draußen!«, ordnete der Hauptkommissar an. »Wir melden uns, wenn wir fertig sind. Das kann eine Weile dauern; bleiben Sie für uns erreichbar!«

Als der Hausmeister gegangen war, streiften sich die Ermittler die Einweghandschuhe über und machten sich an die Arbeit.

»Nimm bitte Fingerabdrücke vom Telefon und den Schubladen«, bat Sam die Kollegin. »Den Computer nehmen wir mit. Ich kümmere mich um den Inhalt der Schränke.«

In Sauers Aktenschränken standen Dutzende von Ordnern, die mit unterschiedlichen Farben etikettiert waren. Fast alle trugen das Emblem der europäischen Flagge mit den kreisförmig angeordneten Sternen auf blauem Grund.

Die Farben der Etiketten kennzeichneten anscheinend unterschiedliche Förderprogramme der EU, das schloss Sam Wolff aus einer Aufstellung, die an der Innenseite einer Schranktür angeklebt war.

Da gab es reihenweise Projektordner zu LED-Straßenbeleuchtungen, zur Förderung von Fotovoltaikanlagen, Windkraftanlagen, Biokompostierungen und anderen Themen, deren Inhalte sich dem Hauptkommissar nicht erschlossen.

»Hast du eine Ahnung, was unter *Diversifikation ökologischer Landbau* zu verstehen ist?«, fragte Sam seine Kollegin.

»Da rufst du am besten den Özdemir an«, lachte die junge Frau. »Der kann dir das am besten erklären. Irgendwas mit Bio-Bauern oder so.«

Sam sah in allen Schränken nach, aber Ordner, die dem Ludwigspark-Stadion oder anderen Sportstätten zugeordnet werden konnten, fand er nicht. Überraschenderweise war keine einzige Schranktür oder Schublade abgeschlossen, weshalb Sam ahnte, dass hier zumindest auf den ersten Blick nicht viel zu holen war.

Je länger er in den Schränken suchte, umso größer wurde sein Frust, denn außer zahlreichen Prospekten, Amtsblättern, Gesetzesschriften und zugehörigen Kommentaren fand sich nichts; jedenfalls nichts, was seine Aufmerksamkeit erregt hätte.

Auch in Sauers Schreibtischschubladen fand sich nichts, was den Hauptkommissar weitergebracht hätte. Büromaterial, Hustensaft, ein Schokoriegel, ein Stadtplan von Saarbrücken, eine Landkarte des Saarlands und anderer unspektakulärer Krimskrams. Auf der anderen Seite des Schreibtisches fand er Bedienungsanleitungen für Hard- und Software, eine Lade tiefer leere Hängemappen und bunte Einlageblätter.

Nach einer Stunde hatte Sam die Nase voll und fragte die Kollegin, wie weit sie mit der Spurenaufnahme sei.

»Ich habe zahlreiche Fingerabdrücke, Faserspuren und Proben vom Schreibtischstuhl und Teppichboden; ich kann das zwar unendlich lang fortsetzen, aber ich glaube nicht, dass das viel bringen wird.«

»Gut, dann wars das fürs Erste!«, entschied der Hauptkommissar. »Schluss für heute!«

* * *

Wolfgang Sauers Haus in Quierschied lag in der Sackgasse einer älteren Wohnsiedlung, aber das Gebäude sah aus, als sei es erst vor wenigen Jahren gebaut worden. Die Fotovoltaikanlage auf dem Dach schien ziemlich neu zu sein, gleiches galt für die Fenster beider Stockwerke, die Haustür und den Anstrich des freistehenden Hauses, das Platz für zwei Familien bot.

»Wenn er in diesem Schuppen wirklich alleine wohnt, braucht er ein Navi, um sich zurechtzufinden«, unkte Hauptkommissarin Reinert. »Ich werde vorsichtshalber klingeln.«

Nach dem dritten vergeblichen Versuch gingen die beiden Beamten, die sie als Begleitung hatte organisieren können, um das Haus herum und überprüften, ob es von der Rückseite eine Zutrittsmöglichkeit gäbe oder jemand im Garten war.

»Alles dicht«, sagte der ältere Kollege, als sie zu Katja zurückkehrten. »Aber außer auf der Veranda sind alle Rollläden oben. Es gibt keine Anzeichen, dass jemand im Haus ist.«

»Okay, dann Hausöffnung! Wir warten kurz, der Spezialist vom Kriminaldauerdienst wird hoffentlich gleich da sein; wahrscheinlich steht er im Stau.«

»Ganz praktisch der Job«, meinte der jüngere Beamte. »Wenn du deinen Schlüssel verloren hast, kannst du dir den teuren Schlüsseldienst sparen.«

»Wohl wahr«, lachte die Hauptkommissarin. »Dafür muss er sich manchmal Dinge ansehen, die anderen erspart bleiben.«

»Wir hören uns inzwischen bei der Nachbarschaft um«, schlug der Kollege vor.

»Gute Idee! Fragt nach, wann er zum letzten Mal gesehen wurde. Das Zeitungsrohr ist leer und der Briefkasten, soweit ich das sehen kann, auch; es muss also jemand vor Kurzem hier gewesen sein.«

Das Warten auf den Mann vom KDD dauerte länger als erwartet; nach fünfzehn Minuten war der Kollege immer noch nicht da. Über Funk fragte Katja Reinert nach und bekam die lapidare Antwort, der Mann sei unterwegs.

Die Befragung der Nachbarschaft fiel mager aus, denn nur im Haus schräg gegenüber war jemand zu Hause; die anderen Anwohner waren anscheinend zur Arbeit. Die betagte Nachbarin hatte behauptet, dass sie Wolfgang Sauer Dienstagabend hatte aus dem Haus kommen und wegfahren sehen. Sauer sei erst vor drei Jahren hierhergezogen und habe kaum Kontakte zur Nachbarschaft; meistens grüße er nicht einmal.

»Im Saarland ist das tödlich«, unkte die Hauptkommissarin. »Nicht grüßen, geht gar nicht!«

Es dauerte weitere zehn Minuten, bis der Spezialist für Türöffnungen endlich eintraf. Er war ziemlich mundfaul, begründete sein Zuspätkommen nicht und kam nach kurzer Begutachtung zu dem Ergebnis, dass er das Schloss aufbohren müsse.

»Das geht bei dem Modell nicht anders«, behauptete er lapidar.

»Dann mach!«, gab die Hauptkommissarin unwirsch zurück.

Einige Minuten später war das Schloss geknackt. Die Beamten traten ein und riefen mehrfach Sauers Namen in die Wohnung. Als niemand antwortete, gingen sie vorsichtig von Zimmer zu Zimmer, Katja und der jüngere Kollege im Erdgeschoss, der andere Beamte im Obergeschoss. Da niemand zu entdecken war, nahmen sie sich den Keller und den Dachboden vor, aber auch dort war niemand. Die Garage konnte vom Keller aus betreten werden, aber ein Fahrzeug war dort nicht abgestellt; in einer Ecke standen die Mülleimer, in der anderen Ecke lehnte ein Fahrrad an der Wand.

»Immerhin haben wir keine Leiche entdeckt«, erklärte Katja Reinert. »Auch eine Art von Erfolg, wenn man so will. Ihr könnt gerne gehen, ich schaue mich noch ein wenig um. Kollege, wie kriege ich später die Haustür wieder zu?«

»Ich bau dir ein Provisorium ein und gebe dir den Schlüssel. Den Rest muss ein Handwerker mit der Versicherung regeln; dafür bin ich nicht zuständig.«

»Das wird wieder ein ewiger Schreibkram«, stöhnte die Hauptkommissarin. »Trotzdem danke!«

Sie wartete, bis die Kollegen weg waren, dann schaute sie sich die Wohnung genauer an und ging von Zimmer zu Zimmer.

Wolfgang Sauer war mit Sicherheit noch nicht lange weg, darauf deutete vieles hin. Die Tageszeitung vom Dienstag auf dem Sofa, daneben die Fernsehzeitung, die für Sonntag aufgeschlagen war; Küche und Kühlschrank erzählten Katja, dass Sauer vor nicht allzu langer Zeit hier gewesen sein musste.

In einem ausgebauten Kellerraum stand ein Billardtisch, an der Wand hingen die zugehörigen Sportutensilien, daneben Wimpel, Medaillen und Urkunden; Pokale auf einem Wandbrett. Das Einzige was fehlte, war ihr Besitzer.

»Verdammt noch mal«, murmelte Katja Reinert. »Wo steckst du, Wolfgang Sauer?«

In einem anderen Keller befanden sich Gartenwerkzeuge und Geräte; Rasenmäher, Wasserschlauch, Rechen, Hacke, Spaten, Gummistiefel. An den Grabgeräten und Stiefeln war die Erde noch nicht ganz getrocknet; sie waren demnach vor Kurzem benutz worden.

Der nächste Kellerraum war ein Vorratsraum. Leergut, Getränkekisten, Weinregal, eine Tiefkühltruhe, die mager gefüllt war.

Heizraum mit modernster Technik.

Kleine Werkstatt mit spärlicher Ausrüstung. Handwerkliche Arbeit war anscheinend nicht Sauers Sache.

Trockenraum mit Waschmaschine, Trockner, Wäscheständer. Nicht ein einziges Kleidungsstück, weder sauber noch schmutzig.

Katja Reinert fragte sich, ob Sauer ein penibler Junggeselle war oder seine Wäsche woanders reinigen ließ. Es gab im ganzen Haus keinen Hinweis, dass sich eine zweite Person dauerhaft im Haus aufgehalten hatte.

Dass es auf dem Dachboden außer der Technik für die Fotovoltaik nichts zu sehen gab, hatte einer der Beamten bereits berichtet, deshalb sparte sich die Hauptkommissarin die Kraxelei über die Klappleiter und ging ins Obergeschoss.

Das Bett im Schlafzimmer war komfortabel, aber nur auf Einzelnutzung ausgelegt; es gab nur einen Nachttisch mit Leselampe. In den Schränken hing ausschließlich Herrenbekleidung; ebenso Schuhe, Socken und Unterwäsche eines Mannes. Ansonsten nichts Außergewöhnliches.

Zwei benachbarte Zimmer standen leer; nur ein leerer Koffer, ein Rucksack und Handgepäck. Demnach hatte Sauer keine längere Reise angetreten.

Der nächste Raum war eine etwas zu groß geratene Abstellkammer. In der Ecke der Selbstbausatz eines Regals in Originalverpackung. Ein endmontierter Fichtenholzschrank des gleichen skandinavischen Herstellers enthielt Winterbekleidung und einen kleinen Safe auf einer Konsole am Boden; dessen Tür stand offen – leer.

»Merkwürdig!«, murmelte Katja. »Warum hast du den Inhalt mitgenommen?«

Da es auch im Obergeschoss nichts zu holen gab, ging Katja Reinert zurück ins Untergeschoss. Jetzt erst fiel ihr auf, dass sich dort das Bad und die Toilette befanden, was durchaus ungewöhnlich war.

So ein tolles Haus und dann so eine blödsinnige Anordnung, dachte Katja.

Im Bad durchsuchte sie den großen Spiegelschrank und fand ein Sammelsurium von Pflege- und Hygienemitteln, sowie Salben und gängige Medikamente für den Hausgebrauch. Ganz hinten stand eine kleine weiße Glasflasche ohne Etikett. Ihr Inhalt war ein weißes, geruchloses, grobkörniges Pulver. Vitaminpräparat oder Potenzmittel, spekulierte die Hauptkommissarin.

Durchs Wohnzimmer ging sie zur Tür der Veranda, zog den Rollladen hoch und trat ins Freie. Der Garten war eine Katastrophe und als solcher nicht zu bezeichnen. Die Grünfläche war alles andere als ein Rasen und seit Ewigkeiten weder gemäht noch gepflegt; überall Unkraut und Gestrüpp, an einem alten Kirschbaum hing ein verlottertes Vogelhäuschen. Der Astbruch des Baumes war über die ganze Fläche verstreut.

Sauer war also weder ein Handwerker, noch hatte er einen grünen Daumen, überlegt Katja; das war offenkundig. Wie konnte man einen Garten so vergammeln lassen? Aber wieso wiesen einige der Werkzeuge in Sauers Keller frische Gebrauchsspuren auf? Hier hatte er damit jedenfalls nicht gearbeitet.

Katja ging zurück ins Wohnzimmer, setzte sich auf die Couch und machte sich einige Notizen. Dabei bemerkte sie in der Zeitungsablage ein Prospekt, in dem Wohnmobile angeboten wurden. Als sie darin blätterte fiel die Visitenkarte einer Verleihfirma aus Bexbach heraus.

Hm, vielleicht war Sauer mit einem Wohnmobil unterwegs, das würde zu seinem plötzlichen und bisher spurlosen Verschwinden passen.

Andererseits hatte Sauer sich laut Auskunft der Sachbearbeiterin telefonisch krankgemeldet, was in Corona-Zeiten statthaft und üblich war, allerdings hatte er nie eine Krankschreibung oder ein Attest seines Arztes nachgereicht. Die Personalabteilung des Landesamtes hatte auf Anfrage lapidar erklärt, dass man das nicht so eng sehe; das sei nur eine Formsache, der Kollege sei verlässlich und werde sicher bald nachliefern.

Die Hauptkommissarin nahm die Visitenkarte und rief bei der Verleihfirma an. Sie erhielt die Auskunft, dass ein Herr Sauer am Montag ein Wohnmobil hatte anmieten wollen, aber es sei kein Fahrzeug verfügbar gewesen.

»War Herr Sauer persönlich vorstellig oder hat er angerufen?«, wollte Katja Reinert wissen.

»Er war persönlich da und hat einen riesigen Auftritt hingelegt, weil er anscheinend der festen Überzeugung war, gleich ein Wohnmobil mitnehmen zu können. Der war richtig sauer, der Herr Sauer. Deshalb erinnere ich mich an ihn, weil wir hinterher noch Witze darüber gemacht haben. Ich habe versucht, dem Mann zu erklären, dass wir in der Hauptsaison fast immer ausgebucht sind, aber das hat er einfach nicht akzeptiert! Er hat sogar angeboten, bar und ohne Rechnung zu bezahlen, aber auf so etwas lassen wir uns natürlich nicht ein.«

»Können Sie sich an den Vornamen erinnern? Wolfgang vielleicht oder Ralf?«

»Nein, keine Ahnung. Hat er, glaube ich, auch nicht erwähnt.«

»Hat er angegeben, wohin er mit dem Gefährt wollte?«

»Nein, nur dass er das Fahrzeug für sechs Wochen mieten wolle.«

»Sechs Wochen! Ungewöhnlich lang, oder?«

»Ja, schon, aber das kommt bei uns öfter mal vor.«

»Habe Sie ihm einen anderen Verleih empfohlen?«, hakte Katja nach.

»Nein! Der hat so einen Aufstand gemacht, dass ich froh war, als ich ihn endlich wieder los war.«

Die Hauptkommissarin ließ sich eine Personenbeschreibung des Mannes geben, bedankte sich und beendete das Gespräch.

Egal welcher der beiden Brüder es war, feststand, dass sein Verschwinden geplant, aber nicht von langer Hand vorbereitet war, sonst hätte er sich vorher erkundigt. Möglicherweise steckten die Brüder unter einer Decke und waren gar nicht so zerstritten, wie behauptet wurde. Das Ganze stank gen Himmel und hatte etwas mit Alfred Kochs Tod zu tun, dessen war sich die Hauptkommissarin sicher. Und sie waren auf der richtigen Spur, langsam kam Bewegung in die Sache.

Hier in der Wohnung konnte sie allerdings nichts mehr tun, sie musste zurück ins Präsidium und mit Sam und der Staatsanwältin die weiteren Schritte besprechen. Wenn sie Glück hatte und nicht in einen Stau geriet, würde sie die beiden vielleicht noch antreffen.

Auf dem Weg zur Haustür folgte Katja Reinert einem inneren Drang, ging ins Bad und steckte die Dose mit dem weißen Pulver in einen Asservatenbeutel.

Die Hauptkommissarin kam keine fünf Kilometer weit. Kurz nach der Auffahrt auf die A 623 stand sie im Stau, und der zog sich laut Verkehrsfunk über acht Kilometer hin. Ausweichroute: Fehlanzeige!

36

Freitag, 30. Juni

»Guten Morgen Sam«, grüßte Katja Reinert, als der Kollege kurz vor 8 Uhr seinen Dienst antrat.

»Hi! Entschuldige, aber ich habe heute Morgen erst gesehen, dass du gestern Abend versucht hast, mich zu erreichen.«

»Schon okay! Erst war ewig lange besetzt, später bist du nicht rangegangen.«

»Das war gestern ein verrückter Abend, aber er fand ein gutes Ende. An Einzelheiten interessiert?«

»Klar, so viel Zeit muss sein.«

»Ich habe gestern mit dem Anwalt meiner Exfrau telefoniert, danach war ich bei ihm in der Kanzlei und habe ihm die Stellungnahme meines Hausarztes gezeigt. Darin wird bestätigt, dass ich nicht … du weißt schon.«

»Dass du nicht der Vater des Kindes sein kannst«, vermutete Katja Reinert.

»Genau! Das war mir alles ziemlich peinlich, aber es war ein gutes Gespräch. Der Anwalt war sichtlich überrascht, hat aber die Echtheit des Dokuments nicht angezweifelt; natürlich wird er sich rückversichern, aber das ist kein Problem. Er will mit seiner Mandantin Rücksprache halten und ihr empfehlen, von einem Rechtsstreit abzusehen.«

»Wusste deine Frau damals, dass du nicht Vater werden kannst?«, fragte Katja.

»Nein, aber sie hätte es sich denken können … schwer zu erklären. Außerdem wollte sie damals keine Kinder und sie war schon immer kompliziert.«

»Naja, damit bist du vorläufig raus aus dem Schneider.«

»Das denke ich auch! Jedenfalls war ich erleichtert und bin nach dem Termin in die Altstadt, um einfach mal abzuschalten. Dort habe ich zufälligerweise ein paar alte Bekannte getroffen und wir hatten einen schönen Abend. Leider hatte ich vergessen, die Stummschaltung am Telefon aufzuheben und habe nicht mitbekommen, dass du angerufen hast.«

»Das kann ich verstehen …«

»Ich bin aber nicht versackt, falls du das annimmst!«

»Sam, ich bin nicht deine Mutter und du hattest keine Bereitschaft. Du bist mir keinerlei Erklärung schuldig.«

»Ich wollte es nur gesagt haben!«

»Ich bin gestern Abend auch hängengeblieben«, lachte die Hauptkommissarin. »Erst stand ich ewig lange im Stau, und als ich ins Präsidium zurückkam, habe ich zufälligerweise Ramona getroffen, also Frau Doktor Wertmüller …«

»Ich weiß, wer das ist.«

»Sie ist mir über den Weg gelaufen und wollte gerade Feierabend machen. Wir haben spontan beschlossen, zu dem neuen Italiener um die Ecke zu gehen. Logischerweise haben wir uns verquatscht, aber nebenbei bin ich die unbekannte Substanz aus Wolfgang Sauers Badezimmer losgeworden. Ramona tut uns den Gefallen und analysiert das Zeug gleich heute Morgen.«

»Welches Zeug?«

Die Hauptkommissarin erzählte Sam, was sie in Sauers Wohnung entdeckt und welche Schlüsse sie daraus gezogen hatte. Im Gegenzug berichtete Sam von seinem Besuch in Wolfgang Sauers Büro, und dass er als nächstes Ralf Sauers

Wohnung unter die Lupe nehmen wolle. Katja Reinert war damit einverstanden und erklärte, derweil die Ermittlungsakte auf den neuesten Stand zu bringen und ein Gespräch mit der Staatsanwaltschaft zu führen; damit waren die Aufgaben für den Vormittag verteilt und Sam Wolff machte sich auf den Weg nach Kleinottweiler.

Die Hauptkommissarin vereinbarte telefonisch einen Termin mit der Staatsanwältin für 10 Uhr und widmete sich der Aktenführung. Nach einer Stunde kam Ramona Wertmüller unangemeldet in Katjas Büro geschneit.

»Huch!«, wunderte sich die Hauptkommissarin. »Mit dir hätte ich zu so früher Stunde nicht gerechnet, aber schön, dich zu sehen.«

»Ach, ich dachte, ich schau einfach mal persönlich vorbei.«

»Gute Idee! Kaffee?«

»Gerne!«

»War ein schöner Abend gestern«, meinte Katja, während sie den Kaffee servierte. »Wir sollten das öfter machen.«

»Unbedingt! Danke für den Kaffee. Aber bevor wir uns wieder verquatschen: Ich habe die Substanz identifiziert, die du mir mitgegeben hast.«

»Ehrlich? So schnell geht das?«, staunte die Hauptkommissarin.

»In dem Fall schon. Nichts Besonderes; Zitronensäure in Pulverform.«

»Ach! Wozu braucht man das?«

»Damit kannst du Toiletten, Duschkabinen, Waschbecken und ähnliches reinigen; als Kalkentferner und so weiter.«

»Alles klar, das Zeug stand ja auch im Bad! Danke für die schnelle Analyse.«

»Du hattest wahrscheinlich gehofft, dass es das Gift ist, mit dem Alfred Koch umgebracht worden ist, aber da muss ich dich enttäuschen. Was anderes wird dich allerdings mehr interessieren: Die Kollegin, die mit Sam gestern in Sauers Büro im Landesamt war, hat eine Übereinstimmung des Fingerabdrucks auf Kochs Waffe gefunden. Er ist identisch mit denen von Wolfgang Sauers Telefonhörer. Das wollte ich dir vorab auf dem kleinen Dienstweg persönlich mitteilen.«

»Wow! Volltreffer!«, jubelte Katja Reinert. »Das bedeutet, dass Wolfgang Sauer als Letzter die Waffe in der Hand hatte; demzufolge muss er sie in Alfred Kochs Schreibtischschublade deponiert haben.«

»Davon ist auszugehen, sofern die Fingerabdrücke von Sauers Telefon tatsächlich zu Wolfgang Sauer gehören.«

»Das halte ich für höchstwahrscheinlich, aber du hast natürlich Recht: Sicher können wir erst dann sein, wenn wir seine Originalabdrücke haben. Dazu müssten wir seiner allerdings erstmal habhaft werden.«

»Willst du ihn zur Fahndung ausschreiben?«, fragte Ramona Wertmüller.

»Unbedingt! Ich hoffe, dass ich nach dem neuen Aspekt dafür grünes Licht bekommen werde. Um 10 Uhr habe ich einen Termin bei der Staatsanwaltschaft, da werde ich das vortragen.«

»Dann wird's Zeit, dass ich mich vom Acker mache! Nicht, dass du meinetwegen zu spät kommst.«

* * *

Hauptkommissar Wolff war Ralf Sauers Wohnung von seinem ersten Besuch noch in guter Erinnerung, aber dieses Mal hatte er die Befugnis, das Haus zu durchsuchen, in Sauers Privatsachen zu stöbern und Dinge, die einer eingehenderen Untersuchung bedurften, zu beschlagnahmen.

Dass es keine Anzeichen für einen hektischen Aufbruch oder eine geplante längere Reise gab, bestätigte sich auch bei der intensiven Inspektion. Allerdings konnte aus Sauers Unterlagen fast sein gesamter Lebenslauf rekonstruiert werden. Vom Geburtsschein bis zur letzten Gehaltabrechnung war alles da.

Kfz-Brief, Versicherungsunterlagen und andere Dokumente waren säuberlich abgeheftet und geordnet. Andere Unterlagen gaben eine grobe Übersicht über Sauers Vermögensverhältnisse, aber das bedurfte einer genaueren Analyse, weswegen Sam die entsprechenden Aktenordner konfiszierte. Eins aber schien klar: Am Hungertuch nagte Ralf Sauer nicht!

In einem Schrank im Wohnzimmer entdeckte Sam zwei Fotoalben mit Bildern, die Sauer anscheinend als Kind und Heranwachsenden im Kreise der Familie zeigten. Beschriftet waren die Fotos zwar nicht, aber Sam glaubte, auf einigen Bildern Ralfs Bruder Wolfgang identifizieren zu können. Damals hatten sich die beiden Brüder offensichtlich noch gut verstanden.

Die letzten Aufnahmen in den Alben waren zwar jüngeren Datums, aber der Mode und den abgebildeten Fahrzeugen nach zu urteilen, mindestens zwanzig Jahre alt. Eines davon zeigte eine Gruppe von vier Männern mittleren Alters vor einer Holzhütte beim Grillen und Feiern. Alle trugen Jagdkleidung. Aufnahmen neueren Datums gab es nicht, was wahrscheinlich dem Einzug der digitalen Fotografie zuzuschreiben war. Sam beschloss, auch die Alben mit ins Präsidium zu nehmen.

In der gesamten Wohnung gab es auf den ersten Blick keinerlei Hinweise auf einen möglichen aktuellen Aufenthaltsort von Ralf Sauer.

Es war allerdings auffällig, dass jegliches Gerät für eine moderne Kommunikation fehlte, außer einem Fernsehapparat mit riesiger Bildfläche. Obwohl die entsprechenden technischen Anschlussmöglichkeiten vorhanden waren, gab es weder einen Computer noch einen Drucker. Sauers Schreibtisch war komplett leergeräumt, bis auf eine Metallkassette, aber auch die enthielt lediglich einen Zeitungsausschnitt aus der Saarbrücker Zeitung, in dem von Problemen bei der Sanierung des Ludwigspark-Stadions berichtet wurde. Immerhin war das ein Zeichen dafür, dass Sauer sich für dieses Thema interessiert hatte und womöglich irgendwie in die Sache verstrickt war. Auch die Kassette nebst Inhalt wurde eingetütet.

Dennoch war das Ergebnis der Durchsuchung aus Sicht des Hauptkommissars enttäuschend. Sam Wolff hatte sich erhofft, konkrete Hinweise auf Sauers Verbleib oder Kontakte zu den anderen Mitwirkenden in diesem Fall zu finden, aber da war der Wunsch Vater des Gedanken geblieben.

Nach zwei Stunden intensiver Arbeit war die Durchsuchung für diesen Tag abgeschlossen und Sam Wolff wollte sich schon auf den Weg zurück ins Präsidium machen, als ihm auffiel, dass er noch nicht in Sauers Badezimmer gewesen war. Er erinnerte sich an die unbekannte Substanz, die Katja Reinert in Wolfgang Sauers Wohnung gefunden hatte, was seine Neugier beflügelte.

Sam durchstöberte die Toilettenschränke und die Hausapotheke, fand jedoch nur gängige Heilmittel und Pflegeprodukte. Im oberen Gefach eines Hängeschrankes, direkt über den Handtüchern, stand eine kleine braune Glasflasche mit der Aufschrift *Dimethylcadmium,* darunter ein Warnhinweis in Form eines Totenkopfes.

»Hoppla!«, entfuhr es Sam ungewollt. »Was ist das denn?«

Wegen des Totenkopfes verzichtete er allerdings darauf, das Fläschchen zu öffnen und steckte es in einen Asservatenbeutel. Das Zeug würde auf Ramona Wertmüllers Labortisch landen und vielleicht würde sie auch Sam den Gefallen tun, die Analyse schnellstens auf dem kleinen Dienstweg durchzuführen.

* * *

Als Katja Reinert der Staatsanwältin die neuesten Ermittlungsergebnisse präsentiert hatte, atmete Daniela Sommer erleichtert durch.

»Endlich ein Fortschritt«, urteilte sie und bezog sich dabei vor allem auf die Übereinstimmung der Fingerabdrücke. »Wir können zwar noch nicht allzu viel daraus schließen, aber immerhin! Sauer ahnte, dass wir über kurz oder lang auf ihn stoßen würden; da hat er es vorgezogen, sich aus dem Staub zu machen. Jedenfalls ist das meine Einschätzung.«

»Dem kann ich mich anschließen«, nickte die Hauptkommissarin. »Allerdings ist immer noch unklar, was Wolfgang Sauer mit dem Tod seines Kollegen zu tun hat.«

»Ja, das ist nach wie vor unser Problem!«, seufzte Daniela Sommer. »Was hast du als Nächstes vor?«

»Ich denke, dass wir ausreichende Gründe haben, um Wolfgang Sauer zur Fahndung auszuschreiben. Ohne ihn kommen wir vorläufig nicht weiter; immerhin steht er unter Verdacht, die Waffe aus Kochs Wohnung gestohlen und in dessen Schreibtisch deponiert zu haben. Einbruch, illegaler Waffenbesitz ...«

»Das reicht nicht; außerdem ergibt das überhaupt keinen Sinn.«

»Auf den ersten Blick nicht, aber die Spurenlage lässt keinen anderen Schluss zu. Aber okay, wenn dir das zu wenig ist, hätten wir noch einen Trumpf im Ärmel.«

»Der da wäre?«

»Der Mord an Roman Czerny! Auf der Tatwaffe sind Wolfgang Sauers Fingerabdrücke, das macht ihn dringend tatverdächtig.«

»Die Waffe kann zwischenzeitlich durch viele Hände gewandert sein. Meines Erachtens lässt sich ein unmittelbarer Tatverdacht in Richtung Wolfgang Sauer nicht herleiten.«

»Dann sag mir bitte, wie wir den Mann ausfindig machen sollen?«

»Sauer ist schwer herzkrank und braucht ständig seine Medikamente«, behauptete die Staatsanwältin.

»Aha!«, staunte Katja. »Davon ist mir nichts bekannt.«

»Doch! Du musst nur lange genug drüber nachdenken.«

»Tut mir leid, Daniela, aber ich weiß nicht, worauf du hinauswillst.«

»Wir starten einen Aufruf an die Bevölkerung zum Schutz der gesuchten Person. *Es ist nicht auszuschließen, dass sich Wolfgang Sauer in einer medizinischen Notlage befindet* … blablabla. Oder … *der Gesuchte ist dringend auf Medikamente angewiesen* … so was in der Art, lass dir etwas einfallen.«

»Hm, keine schlechte Idee«, gab die Hauptkommissarin zurück, wurde aber unterbrochen, als ihr Telefon klingelte.

»Das ist Sam«, sagte sie nach einem Blick auf das Display. »Er ist im Haus von Ralf Sauer; vielleicht hat er etwas entdeckt.«

Sam Wolff gab durch, dass er bereits auf dem Rückweg sei, sich die Fahrt wegen der katastrophalen Verkehrslage jedoch hinziehen könne. Er gab eine kurze Zusammenfassung über den Ausgang der Durchsuchung und bat Katja, Ramona Wertmüller vorzuwarnen und um eine vorgezogene Analyse des Giftfläschchens zu bitten. Katja gab Sams Informationen umgehend an die Staatsanwältin weiter.

»Gut, dann warten wir mal ab, was die Analyse ergibt«, meinte Daniela Sommer. »Schaut euch derweil die Fotos an und versucht rauszufinden, wer die abgebildeten Personen sind. Nach Ralf Sauer können wir vorerst nicht fahnden. Wir haben nichts gegen ihn in der Hand, und dass er womöglich seinem Arbeitgeber einen Krankenschein vorgaukelt, ist nicht unser Bier. Dass jemand sogar seinen Drucker mit auf eine Reise nimmt, habe ich zwar noch nie gehört, aber falls er mit einem Wohnwagen unterwegs sein sollte, könnte man das sogar nachvollziehen. Findet raus, wer seinerzeit diesen Zeitungsartikel geschrieben hat und …«

»Daniela, ich weiß, was zu tun ist!«, unterbrach die Hauptkommissarin. »Die Akten der beiden Brüder müssen wir auch noch durcharbeiten; vielleicht könnte uns dein Toni dabei helfen.«

»Wie kommst du denn auf die Schnapsidee?«, fauchte Daniela.

»Na weil der sich in Sachen Finanzen und so ganz gut auskennt«, bemerkte Katja.

»Als ob ich Toni mit meinen beruflichen Problemen konfrontieren würde!«

»Nein, natürlich nicht! Du weißt Berufliches und Privates strikt voneinander zu trennen!«

»Besser hätte man es nicht formulieren können«, stellte Daniela Sommer schnippisch fest und komplimentierte die Hauptkommissarin aus dem Büro.

* * *

Nach Sams Rückkehr machten sich die Ermittler umgehend an die Sichtung der Akten. Ramona Wertmüller hatte zugesagt, das Ergebnis der Analyse so schnell wie möglich zu liefern, und Katja Reinert hatte nach etlichen Formulierungsproblemen endlich den Text der Suchmeldung nach Wolfgang

Sauer an den saarländischen Rundfunk und die Saarbrücker Zeitung verschickt. Ein Foto des Gesuchten, das aus Sauers Wohnung stammte, hatte sie beigefügt und die Antwort erhalten, dass die Meldung in den Abendnachrichten und in der nächsten Tagesausgabe veröffentlicht werde.

Zunächst gingen die Ermittler die Fotoalben durch. Auch Katja Reinert war sicher, Wolfgang Sauer auf einigen Fotos identifiziert zu haben, war jedoch gleichzeitig überzeugt, dass der andere Junge sein Bruder Ralf sein müsse.

»Schau dir das Foto an!«, forderte sie Sam Wolff auf. »Der eine gleicht der Frau, der andere dem Mann! Das sind Ralf und Wolfgang mit ihren Eltern, da wette ich drauf!«

»Frauen haben dafür anscheinend den besseren Blick«, stellte Sam lapidar fest.

Sams Einschätzung sollte sich bestätigen, als sie zu dem Foto kamen, das die vier Jäger vor der Hütte zeigte.

»Dass der Mann links Ralf Sauer ist, dürfte sogar einem blinden Huhn wie dir nicht verborgen bleiben«, legte sich die Hauptkommissarin fest. »Vergleich die Person mit den Familienbildern, da siehst du das sofort! Der daneben ist eindeutig Alfred Koch, nur eben mindestens zwanzig Jahre jünger; aber auch da schon übergewichtig und mit dem Ansatz einer Glatze. Den dritten von links kenn ich nicht, aber der ganz rechts könnte der alte Diez sein, da bin ich mir aber nicht ganz sicher.«

»Mein Gott, was du alles siehst«, staunte Sam.

»Männer!«, lachte Katja. »Ihr erkennt höchstens irgendwelche Fußballer, aber auch nur an der Rückennummer. Oder Frauen und dafür braucht ihr nicht mal das Gesicht zu sehen. Wenn es allerdings um die Körbchengröße geht, ist schon Feierabend.«

»Haha! Übrigens: Was hast du denn für eine Größe?«, konterte Sam.

»Schätz mal!«

»Hm! 95B.«

»Falsch! 85C! Du hast keine Ahnung!«

»Immerhin weiß ich es jetzt!«, schmunzelte Sam.

»Bevor du auf die Idee kommst, mir zu Weihnachten einen BH zu schenken, fahr lieber zur Baufirma und zum Planungsbüro und zeig denen das Foto. Ich wette, dass die wissen, wer die Personen sind!«

»Ich schicke ihnen das Foto per Mail, das ist einfacher und spart Zeit.«

»Von mir aus!«

Im Anschluss kümmerten sich die beiden um die Unterlagen, die über Ralf Sauers Vermögensverhältnisse Auskunft gaben.

Er hatte zeitlebens anscheinend gut verdient und einiges ansparen können. In den Ordnern waren die Kontoauszüge der letzten drei Jahre archiviert; sie zeigten auf den ersten Blick keine unerklärbaren Einnahmen oder Ausgaben. Ein oberflächlicher Vergleich mit den abgehefteten Steuerbescheiden ergab keine Ungereimtheiten.

Auffällig war jedoch, dass Ralf Sauer sein Geld auf dem Girokonto belassen und anscheinend keins angelegt hatte; immerhin ein mittlerer sechsstelliger Betrag. Hinzu kam, dass sich die Barabhebungen in Grenzen hielten.

»Bargeld hat er keins abgehoben und die Ausgaben über das Konto beziehen sich auf die laufenden Kosten oder kleinere Anschaffungen. Keine Luxusartikel, keine Urlaubsreise, keine Abbuchung aus dem Ausland. Fragt sich, wie er Barverkäufe ohne Bargeld abgewickelt hat. Kein Mensch kommt ohne Bargeld aus, jedenfalls bei uns nicht!«, bemerkte Sam Wolff.

»Stimmt! Und schau hier! Das ist ein Ankaufsnachweis für einen Kilobarren Gold; damaliger Kaufpreis rund 42.000

Euro. Barverkauf von einem Händler aus Frankfurt. Das sieht mir verdammt nach Schwarzgeld aus!«

»Warum hebt er dann die Rechnung auf?«, wunderte sich der Hauptkommissar.

»Weil er beim Wiederverkauf von Barrengold einen Herkunftsnachweis vorlegen muss. Da steht die Registriernummer des Barrens drauf. Lass uns nachschauen, ob es noch mehr dieser Ankaufsnachweise gibt.«

Sie fanden tatsächlich zwei weitere Belege dafür, dass Ralf Sauer Gold gekauft hatte, insgesamt zum Einkaufspreis von rund 150.000 Euro.

»Ralf Sauer hatte nach Aussage von Oliver Koslowsky ein Faible für schöne Frauen oder besser gesagt für sexuelle Aktivitäten, was auch immer man sich darunter vorstellen mag …«

»Letzteres haben die Kochbrüder ihrem Kollegen Alfred Koch auch nachgesagt; womöglich ist das die Schnittstelle«, vermutete Sam Wolff. »Entschuldigung, ich habe dich unterbrochen.«

»Schon gut, Sam! Diese Vorlieben kosten eine Menge Geld. Einerseits kann ich verstehen, dass der Kunde nicht mit der Kreditkarte bezahlt, andererseits muss er entsprechend viel Bargeld mit sich rumschleppen, was nicht ungefährlich ist. Dazu das Geld für den Goldankauf! Da kommt einiges zusammen!«

»Vielleicht hat er noch andere Konten«, spekulierte Sam.

»Möglich ist das, aber dann müsste es irgendwelche Hinweise geben; gibt's aber nicht. Nicht mal ein Bankschließfach ist dokumentiert. Wenn du haufenweise Schwarzgeld zu verbergen hättest, wie würdest du das anstellen?«

»Darüber habe ich mir noch nie Gedanken gemacht«, meinte Sam treuherzig.

»Wie wäre es mit etwas Fantasie, mein Lieber?«

»Bitcoins oder eine dieser Kryptowährungen vielleicht.«

»Und wie münzt du das wieder in Bargeld um, wenn du es brauchst? Ich bin diesbezüglich kein Fachmann, aber ich stelle mir das kompliziert vor …«

»Okay, dann halt nicht! Dann stecke ich die Kohle eben in eine Unternehmensbeteiligung; Start-up-Unternehmen sind derzeit der Renner!«

»Auch da werden Gewinne oder Renditen nicht bar ausgezahlt; entweder du erhältst den Bonus auf dein Konto oder in Form von Anteilscheinen. Sind aber keine da!«

»Was weiß denn ich, wie man das macht? Dem Problem werde ich mich stellen, wenn es soweit ist; also nie! Frag im Wirtschaftsdezernat nach, die wissen, wie das geht. Ich habe jedenfalls keine Ahnung!«

»Ich auch nicht, aber ich glaube, dass es in Deutschland nicht einfach ist, Geld an der Steuer vorbei auszugeben. Du hast Recht, wir fragen die Steuerfuzzis!«

»Vielleicht hat er Immobilien gekauft und bar bezahlt«, spekulierte Sam.

»Das wäre eine Möglichkeit, aber es gibt bisher keinerlei Hinweise auf weitere Immobilien. Außerdem könnte er die auch gar nicht vermieten, ohne dass das Finanzamt nachfragen würde, woher er das Geld für die Anschaffung hat.«

Sie durchforsteten weitere Akten, aber die Suche förderte keine neuen Erkenntnisse zutage. Gegen 15 Uhr rief Ramona Wertmüller an.

»Tut mir leid, dass es nicht schneller ging, aber ich habe die Tests zweimal gemacht, um sicher zu gehen«, erklärte sie.

»Klingt, als ob du was Wichtiges entdeckt hast«, vermutete die Hauptkommissarin.

»So ist es! Das Zeug, das dein Kollege in Ralf Sauers Wohnung sichergestellt hat, ist hochgiftig! Dimethylcadmium! Ein

Gift, das dem Maitotoxin im Grunde recht ähnlich ist. Willst du Details hören?«

»Nein, das würde ich sowieso nicht verstehen. Ist es möglich, dass Alfred Koch damit vergiftet worden ist und nicht mit diesem Maitotoxin?«

»Möglich wäre das durchaus, aber um das sicher sagen zu können, müsste ich weitere aufwendige Analysen machen. Sicher ist nur, dass es sich bei der aktuell untersuchten Substanz um das Gift Dimethylcadmium handelt.«

»Kann man dieses Dimidi Dingsbums Cadmium frei erwerben, oder wie kommt man an das Zeug ran?«, wollte die Hauptkommissarin wissen.

»Deutsche Hersteller dürfen es nur zu Forschungszwecken und in Ausnahmefällen vertreiben. Die Ostasiaten liefern es wahrscheinlich fast überall hin, und auf Umwegen bekommt man das Zeug bestimmt auch bei uns; wie genau kann ich dir nicht sagen.«

»Der Apotheker Rheinheimer aus Spiesen wird's wissen; da hake ich mal nach.«

»Noch etwas: Dimethylcadmium wirkt anders als Maitotoxin, und über einen längeren Zeitraum. Eine einmalige Verabreichung muss nicht unbedingt tödlich sein, aber das Cadmium wirkt auf Dauer. Das spricht eigentlich dagegen, dass Alfred Koch damit vergiftet wurde, aber ich habe diesbezüglich keine Erfahrung und auf die Schnelle keine sicheren Quellenangaben gefunden. Ich kann mich schlaumachen, aber dafür brauche ich Zeit.«

»Wir könnten die Autopsie von Alfred Kochs Leichnam wiederholen und speziell auf dieses Cadmiumzeug untersuchen«, schlug die Hauptkommissarin vor.

»Nach drei Wochen wird das schwierig; ich weiß nicht, ob das was bringt. Das müsste ich hinterfragen.«

»Mach das bitte, Ramona. Für alle Fälle. Für mich gehört Ralf Sauer jetzt jedenfalls trotz aller offenen Fragen zum Kreis der Tatverdächtigen. Das Gift, sein Verschwinden, die vielen Kontakte zum Umkreis von Alfred Koch … das sollte reichen. Danke für deine schnelle Unterstützung.«

»Bericht folgt, aber nicht heute! Ich melde mich, wenn ich mehr weiß. Tschüss!«

Katja Reinert informierte zuerst ihren Kollegen Sam und danach Staatsanwältin Sommer; die beschloss, dass auch Ralf Sommer zur Fahndung ausgeschrieben werden sollte. Die Hauptkommissarin war gerade dabei, den entsprechenden Text zu formulieren, als Hauptkommissar Wolff mit Neuigkeiten aufwartete.

»Ich habe gerade mit Klaus Wolter und Axel Diez telefoniert. Diez hat deine Vermutung bestätigt: Einer der Männer auf dem Foto ist tatsächlich sein Onkel. Wolter hat Ralf Sauer identifiziert. Alfred Koch will keiner der beiden wiedererkannt haben und wer die vierte Person ist, weiß auch keiner. Axel Diez hat zudem erklärt, dass sein Onkel früher eine Jagdhütte in der Gegend vom Netzbachtal hatte. Ich habe keine Ahnung, aber Diez meinte, das liege im Umkreis zwischen Camphausen und Quierschied; er selbst sei nie dort gewesen. Der alte Diez hat die Hütte angeblich bereits vor Jahren verkauft, aber sein Neffe weiß nicht an wen. Er hat zugesagt, seinen Onkel in einem passenden Augenblick auf den Neubesitzer anzusprechen und will sich wieder melden. Er meint aber, dass es nicht einfach werde, dem alten Kauz irgendwas zu entlocken.«

»Wenn er sich bis Montag nicht gemeldet hat, fährst du hin und fragst ihn selbst!«, entschied die Hauptkommissarin. »Ich bin gerade am Fahndungsaufruf nach Ralf Sauer; der muss schnellstens raus, damit er vom SR im Aktuellen Bericht heute noch gesendet werden kann. Von mir aus kannst du Feierabend machen; schönes Wochenende. Bleib aber bitte erreichbar, für den Fall, dass Fahndungshinweise eingehen. Wir haben zwar keine Bereitschaft, aber ich denke, wir müssen auf der Matte stehen, falls sich etwas ergibt.«

»Klar!«, stimmte Sam sofort zu. »Kein Problem. Ich habe am Wochenende sowieso nichts auf dem Zettel. Und du?«

»Ich hatte ursprünglich vor, eine Radtour oder eine Wanderung zu machen, aber das lasse ich mal lieber sein. Nachher kommt eine Meldung rein, wenn ich mitten im Wald bin und keinen Empfang habe oder Stunden bräuchte, bis ich am Einsatzort wäre.«

»Verstehe! Was hältst du davon, wenn wir stattdessen zusammen in der Altstadt einen Kaffee trinken?«

»Hey, Sam! Baggerst du mich etwa gerade an?«, staunte Katja Reinert.

»Wäre es dir peinlich?«, schmunzelte Sam.

»Nie was mit Kollegen!«

»Auch nicht zum Kaffeetrinken?«

»Doch!«, entschied Katja nach kurzem Überlegen. »Natürlich! Gerne! Wann und wo?«

»Morgen, 15 Uhr, St. Johanner Markt!«

»Einverstanden! Ich freue mich«, entschied die Hauptkommissarin und machte sich daran, letzte Hand an den Fahndungsaufruf nach Ralf Sauer zu legen.

37

Wochenende 1./2. Juli 2023

Die Fahndung nach den Sauer-Brüdern wurde noch am Freitagabend im Fernsehen ausgestrahlt, wobei es sich um zwei getrennte Aufrufe handelte und nicht erwähnt wurde, dass die beiden Gesuchten miteinander verwandt waren.

Wolfgang Sauer wurde wegen eines möglichen medizinischen Notfalls gesucht, bei Ralf Sauer wurde nicht mitgeteilt, weswegen genau nach ihm gefahndet wurde, nur dass das LKA um Hinweise auf seinen aktuellen Aufenthaltsort bittet.

Am Abend und auch in der darauffolgenden Nacht gingen keine Hinweise bei der Polizei ein. Entweder hatte niemand einen der beiden gesehen, oder die Leute genossen den schönen Sommerabend zum Anfang des Wochenendes und hatten Besseres zu tun, als in die Glotze zu schauen.

Die Redaktion der Lokalpresse hatte es mit Ach und Krach geschafft, die Meldungen in der Samstagsausgabe zu platzieren, doch auch am Morgen gab es keinerlei Reaktion aus der Bevölkerung; nicht einmal die üblichen Trittbrettfahrer meldeten sich zu Wort.

Katja Reinert erledigte am Samstagmorgen ihre Einkäufe auf dem Saarlouiser Wochenmarkt, bügelte die Wäsche, die sie am Vorabend in die Waschmaschine gesteckt hatte und saugte grob durch die Wohnung. Anschließend stieg sie unter die Dusche und machte sich fertig für das Treffen mit ihrem Kollegen Sam.

Zunächst war Katja unschlüssig in der Auswahl ihres Outfits. Einerseits freute sie sich darauf, mal was anderes als ihre Dienstkleidung anziehen zu können, andererseits wollte sie sich nicht zu sehr in Schale werfen, damit Sam nicht den Eindruck gewinnen könnte, sie wolle ihm imponieren.

»Was soll das?«, fragte sie schließlich ihr Spiegelbild. »Zieh an, was dir gefällt und zum Wetter passt! Seit wann interessiert dich die Meinung anderer Leute?«

Genauso machte sie es! Ein luftiges Top, enganliegende Jeans und die roten Stilettos. Sam würde überrascht sein, sie in diesem für ihn ungewohnten Outfit zu sehen, aber das war letztendlich nicht ihr Problem.

* * *

Am Sankt Johanner Markt war die Hölle los. Viele Menschen nutzten das sommerliche Wetter und verbanden ihre Einkäufe mit einem Besuch der zahlreichen Lokale mit Außenbestuhlung. Sam war bereits vor Ort und wartet an einem Tisch vor der *Tante Maja*, einer der Szenenkneipen am Markt.

»Hallo Katja, gut dass du kommst; länger hätte ich den Platz nicht freihalten können, ist ja irre, was hier los ist!«, empfing sie Sam, ohne dass er auf ihr Outfit einging; seine Blicke sprachen allerdings Bände.

»Stimmt!«, bestätigte Katja. »Wirklich viel los! Super, dass du einen Tisch ergattern konntest! Wartest du schon lange?«

»Nee, alles gut. Zufälligerweise wurde gerade ein Tisch frei, als ich ankam; Glück gehabt. Was möchtest du trinken?«

Es dauerte eine halbe Ewigkeit, bis sie ihre Bestellung aufgeben konnten, denn das Personal war hoffnungslos überlastet; genauso lange mussten sie auf ihre Cappuccinos warten.

Gleich zu Beginn ihres Treffens hatten sich die beiden geschworen, nicht über die Arbeit zu reden, und das gelang ihnen erstaunlich gut.

Sie sprachen über aktuelle politische und gesellschaftliche Themen, schweiften in der Vergangenheit, und Katja stellte fest, dass Sams Allgemeinwissen ziemlich breit gefächert war. Allerdings spürte sie, dass Sam ein großes Defizit hatte: Er brauchte jemanden zum Reden und Zuhören!

Fast anderthalb Stunden unterhielten sie sich prächtig und überlegten schon, was sie im weiteren Verlauf des Tages unternehmen könnten, als Katja Reinerts Telefon klingelte.

»Upps, das ist Daniela«, kommentierte Katja nach einem kurzen Blick aufs Display. »Gut möglich, dass der Tanz jetzt losgeht.«

Die Hauptkommissarin sollte Recht behalten, denn Staatsanwältin Sommer teilte mit, dass beim Polizeiposten Weiskirchen ein Hinweis zum Aufenthaltsort von Wolfgang Sauer eingegangen sei.

»Ein Ehepaar, das auf dem Campingplatz in Weierweiler logiert, behauptet, dass der Gesuchte in einem Wohnmobil auf einem Stellplatz etwas abseits in der Anlage campiert. Sie haben den Aufruf eben erst in der Zeitung gelesen.«

»Sind die sicher?«, wollte die Hauptkommissarin wissen.

»Die Frau behauptet das jedenfalls! Sie erinnert sich an den Mann, weil es ungewöhnlich sei, dass dort ein Wohnmobil länger steht als ein oder zwei Nächte; das ist dort offenbar nicht erwünscht und nur für Durchreisende gedacht. Der Mann sei aber nun schon seit einigen Tagen dort.«

»Hat sie mit ihm gesprochen?«

»Offenbar nicht, aber das Ehepaar macht jeden Abend einen Rundgang; dabei ist ihnen der Mann aufgefallen. Anscheinend kennt dort jeder jeden und Fremde fallen sofort auf.«

»Wer ist unterwegs, um das zu überprüfen?«, fragte die Hauptkommissarin.

»Eine Streife ist mit der Überprüfung der Personalien vor Ort ...«

»Die sollen warten, bis wir da sind und bis dahin sicherstellen, dass die Person sich nicht aus dem Staub macht!«

»Warum willst du hinfahren?«, wunderte sich Staatsanwältin Sommer. »Ich wollte dich nur auf dem Laufenden halten. Die Kollegen sollen das erstmal überprüfen; gut möglich, dass es sich um einen Fehlalarm handelt.«

»Schon klar, aber falls er es doch ist, haben die Kollegen keine Handhabe, ihn festzuhalten. Es ist eine Notfallsuche ohne Haftbefehl; ich wäre lieber dabei. Sam kennt ihn aus der Befragung im Landesamt und könnte ihn sofort identifizieren. Außerdem könnten wir ihn damit konfrontieren, dass seine Fingerabdrücke auf der Waffe sind. Wenn er es nicht sein sollte, haben wir halt einen Ausflug ins Grüne gemacht; bei dem schönen Wetter wäre das kein Verlust.«

»Von mir aus, mach was du willst; falls dein Kollege verfügbar ist, ansonsten ...«

»Ist er! Er sitzt gerade neben mir«, unterbrach Katja Reinert. »Wir sind am Sankt Johanner Markt.«

»Ach!«, staunte die Staatsanwältin. »Ich wusste nicht, dass ihr auch eure Freizeit miteinander verbringt. Dann macht mal eine Spritztour und meldet euch, wenn das geklärt ist! Viel Erfolg!«

Hauptkommissarin Reinert ließ sich die genaue Adresse des Campingplatzes durchgeben und beobachtete aus den

Augenwinkeln, dass der Kollege Sam bereits die Rechnung bezahlte.

»Danke, Sam«, sagte sie, nachdem das Telefonat beendet war. »Ich gebe dir meinen Anteil nachher zurück.«

»Geht schon in Ordnung«, antwortete er. »Wichtig ist erstmal, dass wir keine Zeit verlieren. Wenn das traute Zusammensein mit einer schönen Frau schon ein abruptes Ende nehmen muss, sollte wenigstens etwas Positives für uns dabei rauskommen.«

»Schmeichler! Aber danke für das Kompliment! Weißt du, wo Weierweiler liegt?«

»Nicht genau. Ich glaube, irgendwo im Norden, nicht weit von der Landesgrenze. Meiner Einschätzung nach, sind das über fünfzig Kilometer, ich Google das nachher.«

»Dann auf und los!«, forderte Katja Reinert und war bereits unterwegs zum Wagen.

* * *

Es dauerte fast eine Stunde, bis die beiden Ermittler am Haupteingang des Freizeitgeländes ankamen.

Ein Streifenwagen stand verdeckt am hinteren Ende des Parkplatzes. Als sie ausstiegen, kam ein uniformierter Beamter hinter einem Buschwerk hervor und ging auf sie zu.

»Ich nehme an, ihr seid die Kollegen vom LKA«, sagte er und stellte sich vor. »Mein Kollege ist auf der anderen Seite des Geländes in Stellung gegangen und hat das Wohnmobil im Auge; wir sind im Funkkontakt. Man hat uns durchgegeben, dass wir auf euch warten sollen.«

»Sehr gut, super!«, antwortete Hauptkommissar Wolff und stellte sich und Katja Reinert vor. »Ist die Zielperson präsent? Gibt es besondere Vorkommnisse?«

»Ob er in seiner Behausung ist, wissen wir nicht; wir sollten ja ohne euch keinen Kontakt aufnehmen. Bisher hat sich jedenfalls nichts gerührt.«

»Habt ihr Kontakt zum Platzwart aufgenommen?«

»Ja, der kam natürlich sofort raus. Wir haben ihm erklärt, dass wir hier eine Pause auf unserer Kontrollfahrt einlegen und einen Kaffee trinken wollen; den hat er sogar spendiert.«

»Was ist mit dem Ehepaar, das sich gemeldet hat?«

»Haben wir nicht erwähnt, weil wir abwarten sollten.«

»Okay, super gemacht! Danke!«

»Wie geht es jetzt weiter?«, wollte der Beamte wissen.

»Du und mein Kollege, ihr beide geht jetzt bitte rüber zum Wohnmobil und checkt die Lage. Ich nehme Kontakt zum Platzwart auf und versuche, an das Ehepaar ranzukommen. Wir bleiben in Funkkontakt, aber ihr unternehmt bitte nichts, bevor ich grünes Licht gebe; es sei denn, der Mann zeigt sich und macht Anstalten, das Gelände zu verlassen.«

»Soll ich weitere Einsatzkräfte anfordern?«, fragte Sam Wolff.

»Nein, das wäre zu früh. Dann los und seid bitte vorsichtig.«

Sam machte sich mit dem Beamten auf den Weg, während Katja Reinert zur Rezeption ging.

Auf halbem Weg kam ihr bereits ein freundlicher älterer Herr entgegen und erkundigte sich, ob er weiterhelfen könne. Es stellte sich heraus, dass er nicht nur der Platzwart, sondern auch der Eigentümer des Geländes war und Thomas Blatt hieß. Völlig entspannt hörte er zu, als die Hauptkommissarin erklärte, dass es lediglich um eine Personenüberprüfung gehe.

»Wir wollen nur sichergehen, dass alles in Ordnung ist«, schloss sie ihre knapp gehaltene Darstellung.

»Ja, der Herr Lauer kam hier an und wollte ursprünglich nur eine Nacht bleiben. Angeblich nur ein Zwischenstopp auf seinem Weg nach Skandinavien«, erklärte Thomas Blatt.

»Lauer oder Sauer?«, hinterfragte die Hauptkommissarin.

»Ich habe Lauer verstanden!«

»Hat er sich zur Anmeldung nicht ausweisen müssen?«, stutzte Katja Reinert. »Ist er alleine oder in Begleitung?«

»Nein, er ist alleine hier angekommen, und eine offizielle Anmeldung machen wir für eine Übernachtung nicht; der Aufwand ist zu groß und schwer zu handhaben, weil die Leute manchmal erst spät ankommen und früh wieder wegfahren. Das ist mir alles zu umständlich, und eine Übernachtung kostet ja auch keine Standgebühr. Strom, Wasser, Entsorgung und Duschen kann man an einem Münzautomaten oder mit EC-Karte bezahlen und das wars dann auch schon. Man muss es nicht komplizierter machen als nötig!«

»Verstehe! Wissen Sie, woher der Mann kommt?«

»Das Fahrzeug hat eine Homburger Autonummer, mehr kann ich dazu nicht sagen.«

»Saar-Pfalz-Kreis! Das ist nicht aus der Welt«, lachte Katja Reinert. »Haben Sie sich nicht gewundert, dass er bereits hier einen Zwischenstopp einlegt, obwohl er noch den weiten Weg nach Skandinavien vor sich hat?«

»Wieso? Ist doch schön hier!«

»Allerdings! Nun ist der Herr aber immer noch hier. Hat er das erklärt?«

»Er kam am Dienstagabend. Mittwochabend hat er mir erzählt, dass die Wasserkühlung an seinem Fahrzeug streikt und die Karre überhitzt hat, als er am Morgen wegwollte; er könne das aber wahrscheinlich selbst reparieren. Donnerstag hat er erklärt, dass die Wasserpumpe kaputt ist, und das Ersatzteil erst am Montag geliefert werde. Da kann ich den armen Kerl ja wohl nicht vom Hof jagen, oder?«

»Auch verständlich!«, nickte die Hauptkommissarin.

»Die Specks haben mir gleich erzählt, dass ihr nach dem Mann sucht, weil er womöglich einen medizinischen Notfall hat, aber ich habe denen sofort gesagt, dass das bei dem Herrn Lauer nicht sein kann. Der Mann ist wahrscheinlich gesünder als ich mit meinem Asthma.«

»Die Specks? Wer ist das bitte, Herr Blatt?«

»Ute und Reiner Speck! Die gehören quasi zum Inventar; sie haben hier seit vielen Jahren eine Parzelle. Um die Mittagszeit waren sie bei mir und haben das von der Fahndung in der Zeitung erzählt … und das auf dem Foto sei der Herr Lauer. Ich habe denen gleich gesagt, dass das nicht sein kann; aber bitteschön, das ist nicht mein Problem, wenn die Sie trotzdem anrufen.«

»Wir werden hoffentlich bald wissen, wer Recht hat, Herr Blatt. Die Kollegen überprüfen das gerade; wollen wir hoffen, dass der Mann noch da ist und nicht …«

»Wo soll er denn hin ohne Wasserpumpe?«, lachte Thomas Blatt.

»Wo finde ich das Ehepaar Speck?«, wollte die Hauptkommissarin wissen.

»Die sind gerade im Anmarsch«, antwortete der Platzwart und zeigte zur offenen Tür, der sich zwei Personen näherten, denen man am Outfit schon von Weitem ansah, dass sie zur Familie der Camper gehörten.

»Guten Tag«, erklang der sonore Bass des Herrn, als er durch die Tür trat.

»Tom, war die Polizei schon da?«, fragte sein Begleiterin ohne zu grüßen.

»Steht vor Ihnen!«, antwortete Katja Reinert. »Katja Reinert, Hauptkommissarin bei Landeskriminalamt Saarbrücken. Sie sind Herr und Frau Speck, nehme ich an; von Ihnen kam der Anruf?«

»So ist es!«, erklärte die Frau. »Und? Lebt er noch?«

»Das wollen wir doch sehr hoffen!«, antwortete die Hauptkommissarin.

»Ich habe Ute gleich gesagt, dass sie spinnt«, meinte Reiner Speck. »Tom war der gleichen Meinung. Der Mann sieht nicht aus, als ob er jeden Augenblick zusammenklappt. Aber bringen Sie das meiner Frau mal bei! Da kommt man sowieso nicht gegen an!«

»Und wenn ich sage, dass das der Mann auf dem Foto ist, dann ist er es auch!«, wehrte sich Ute Speck standhaft.

»Haben Sie mit ihm gesprochen?«

»Nein!«

»Haben Sie sehen können, ob jemand bei ihm war?«

»Also wenn wir dort vorbeispaziert sind, hat er immer alleine auf seinem Stuhl vor dem Camper gesessen und irgendwas gebastelt«, antwortete Reiner Speck. »Ich glaube nicht, dass da noch jemand ist.«

»Wieso?«

»Weil der anscheinend nur einen Stuhl hat und …«

»Außerdem würden Sie nicht als Notfall nach ihm suchen, wenn er in Begleitung einer Person wäre«, unterbrach Ute Speck ihren Mann. »Ist doch logisch, oder?«

»Da hast du völlig Recht«, mischte sich nun Thomas Blatt ein. »Irgendwas ist an der Sache faul!«

»Frage an Sie, Herr Blatt: Haben Sie seine Mobilfunknummer?«

»Nein! Er behauptete, dass er im Urlaub nie ein Telefon dabeihat, weil er seine Ruhe haben will.«

»Ist das bei einer so langen Tour nicht auffällig? Außerdem: Wie hat er dann das Ersatzteil bestellt? Oder hat er von hier aus angerufen?«

»Nein«, entgegnete Blatt. »Jetzt haben Sie mich erwischt!«

»So was macht man über das Internet!«, warf Ute Speck ein. »Wenn er einen Computer dabeihat, braucht er dafür kein Telefon.«

»Okay, wir werden es rausfinden«, schloss die Hauptkommissarin die Befragung ab. »Sie bleiben bitte hier und warten auf mich.«

»Wir sitzen draußen und trinken einen Kaffee«, bestätigte Ute Speck.

»Du vielleicht«, widersprach ihr Gatte. »Tom und ich trinken ein kühles Bier; bleib mir bloß bei der Hitze mit deinem Kaffee vom Leib!«

Katja Reinert ließ sich den Weg zum Standplatz des Wohnmobils beschreiben und erhielt zusätzlich einen Lageplan der gesamten Anlage. Das Areal war größer, als Katja auf den ersten Blick vermutet hatte. Im Plan waren rund zweihundert Parzellen in mehreren Reihen rund um zwei Weiher eingezeichnet. Die Uferzonen und die Wege zwischen den Parzellen waren picobello gepflegt und die Hecken zwischen und vor den Stellplätzen säuberlich geschnitten. Katja Reinert benötigte einige Zeit, um ans andere Ende des Geländes zu gelangen, wo nur wenige Stellplätze für Wohnmobile auf Durchreise vorgesehen waren. Alle anderen Parzellen waren anscheinend von Dauercampern belegt, denn die Wohnwagen waren ausnahmslos mit Anbauten und Veranden aus Holz umbaut; die Wagen selbst waren mit Sicherheit schon seit Jahren nicht mehr bewegt worden.

Als die Hauptkommissarin an ihrem Ziel angekommen war, bot sich ihr ein überraschender Anblick.

Sam Wolff und die beiden Beamten standen, ins Gespräch vertieft, um einen Mann, der auf einem Campingstuhl saß und die Ruhe wegzuhaben schien. Erst beim Näherkommen bemerkte Katja Reinert, dass der Mann ständig nervös mit dem rechten Bein wippte.

Dann erkannte sie, dass es sich bei dem sitzenden Herrn eindeutig um die Person auf dem Fahndungsfoto handelte: Wolfgang Sauer! Sie hatten ihn gefunden!

»Guten Tag, Herr Sauer!«, grüßte die Hauptkommissarin. »Schön, Sie zu sehen!«

38

Wochenende 1./2. Juli 2023

»Ich weiß immer noch nicht, was Sie eigentlich von mir wollen«, maulte Wolfgang Sauer, als die Hauptkommissarin ihn begrüßt hatte. »Ihre Kollegen behaupten, dass nach mir gesucht wird, weil ich angeblich todsterbenskrank bin. Können Sie mir vielleicht erklären, was der Blödsinn soll? Ich habe keine Ahnung, was hier gespielt wird, oder ist das ein alberner Scherz mit versteckter Kamera?«

»Zu Scherzen sind wir selten aufgelegt«, entgegnete Katja Reinert. »Schon gar nicht im Dienst! Können Sie sich wirklich nicht denken, weshalb wir nach Ihnen suchen? Ich gebe Ihnen zwei Minuten zum Nachdenken, Herr Sauer. Sam, kommst du bitte mal!«

Katja Reinert und Sam Wolff gingen ein paar Schritte, bis sie außer Hörweite waren.

»Und?«, fragte die Hauptkommissarin. »Was sagt er?«

»Ich habe seine Papiere überprüft; er ist es! Er stellt sich dumm und hat für alles eine Erklärung, aber ich glaube ihm kein Wort. Er …«

Wolfgang Sauer hatte Sam gegenüber behauptet, er habe seine Dienststelle von seiner Genesung unterrichten wollen, es sei aber telefonisch niemand erreichbar gewesen, obwohl er es mehrfach versucht habe. Er habe dann eine Mail schreiben wollen, aber irgendwie habe seine elektronische Post nicht funktioniert. Da er anfangs der Woche deutliche Anzeichen eines Burn-Out verspürt habe, sei er auf die Idee gekommen, kurzfristig eine Auszeit zu nehmen und in die Einsamkeit Skandinaviens zu verreisen und der Sommerhitze zu entfliehen. Ein schriftlicher Urlaubsantrag mit Begründung sei an die Dienststelle unterwegs.

»Das klingt in der Tat wie eine Räubergeschichte«, bemerkte Katja Reinert, als Sam eine Pause machte.

»Absolut; aber wir werden ihm hier und heute das Gegenteil nicht beweisen können. Wir können das im Landesamt erst am Montag überprüfen und an seinen Computer kommen wir ohne Beschluss vorerst nicht ran.«

»Ist die Autopanne auch eine Lügengeschichte?«

»Die Wasserpumpe ist anscheinend tatsächlich defekt; jedenfalls hat er sie ausgebaut.«

»Für mich sieht das so aus, als ob die Panne ihn an der weiteren Flucht gehindert hat.«

»Das sehe ich auch so!«

»Woher hat er das Wohnmobil?«

»Von einer Verleihfirma in Blieskastel, behauptet er. Ich werde das später überprüfen, sofern dort am Wochenende jemand erreichbar ist.«

»Mach das! Hast du ihn mit dem Verschwinden seines Bruders konfrontiert und mit seinen Fingerabdrücken auf der Waffe?«

»Weder noch! So weit war ich noch nicht, als du dazukamst.«

»Gut, dann werde ich das gleich ansprechen«, entschied die Hauptkommissarin.

»Sollten wir das nicht besser im Präsidium machen?«, intervenierte Sam.

»Mir wäre das auch lieber, aber wir haben keine Möglichkeit, ihn dort zu behalten, solange wir keine eindeutigen Erkenntnisse oder Beweise haben. Wir müssten ihn laufenlassen und hierher zurückbringen; da können wir ihn auch vor Ort befragen. Mal sehen, wie er reagiert. Bei einer Erstbefragung muss ich ihn nicht über seine Rechte aufklären, und einen Anwalt braucht er auch nicht. Ich werde den Druck nach und nach erhöhen; am Ende werden wir sehen, was dabei rauskommt.«

Katja und Sam gingen zurück zu Sauer und den Beamten, die diskutierend um die ausgebaute Wasserpumpe herumstanden.

»So, Herr Sauer, jetzt bin ich im Bilde und setze unser Gespräch fort. Ich möchte klarstellen, dass es sich dabei um eine Erstbefragung zu Person und Sache handelt. Das ist keine Vernehmung, da Sie nicht beschuldigt werden, eine Straftat begangen zu haben; so viel vorab. Obwohl ich Sie eigentlich nicht über Ihre Rechte belehren müsste, tue ich das trotzdem und bitte Sie, unsere Fragen wahrheitsgetreu zu beantworten und mit uns zu kooperieren. Alles andere könnte Ihnen unter Umständen später zum Nachteil gereichen. Sie müssen selbstverständlich nichts sagen, was Sie selbst in irgendeiner Form belasten würde. Haben Sie das verstanden?«

»Das habe ich! Aber da ich nichts verbrochen habe, kann ich mich logischerweise auch nicht selbst belasten. Ich weiß nur nicht, was der ganze Zirkus soll. Okay, ich hätte mich rein formell nach Dienstvorschrift anders abmelden müssen, aber kann ich was dafür, dass dieser ganze Corona-Mist zu solch einem Chaos im Amt führt?«

»Wie Sie das mit Ihrem Dienstherrn regeln, ist nicht unser Problem«, entgegnete Sam Wolff. »Darum geht es uns nicht!«

»Genau!«, übernahm die Hauptkommissarin. »Sie können sich wahrscheinlich denken, dass unsere Nachforschungen im Zusammenhang mit dem Tod Ihres Arbeitskollegen Alfred Koch stehen.«

»Das ist mir schon klar«, antwortete Wolfgang Sauer. »Die ganze Aufregung um Alfred ist mit Sicherheit auch der Auslöser meines Burn-Out! Und das hier macht es nicht besser!«

»Das ist durchaus vorstellbar«, stimmte Katja Reinert zu. »Ihrem Bruder ist das anscheinend auch an die Nieren gegangen, oder wie erklären Sie sich, dass der ebenfalls unauffindbar ist? Ist doch merkwürdig, oder?«

»Mein Bruder? Was habe ich mit dem zu tun? Wir ...«

»Warum haben Sie uns gegenüber nie erwähnt, dass Sie einen Bruder haben, der in der Baubranche beschäftigt ist und Alfred Koch ebenfalls kannte?«, unterbrach die Hauptkommissarin.

»Warum hätte ich das erwähnen sollen? Erstens hat mich niemand danach gefragt und zweitens habe ich meinen Bruder seit ewigen Zeiten weder gesehen noch gesprochen. Wir verstehen uns nicht sonderlich; eigentlich gar nicht! Das ist schon seit unserer Kindheit so!«

»Weshalb nicht?«, bohrte Sam Wolff nach.

»Weil das nun malso ist! Ich möchte darüber nicht sprechen; es ist kompliziert und eine lange Geschichte!«

»Sie wissen also nicht, wo sich Ihr Bruder Ralf augenblicklich aufhält?«

»Nein! Interessiert mich auch einen Dreck!«

»Wann haben Sie ihn zum letzten Mal gesehen?«, hinterfragte Katja Reinert.

»Keine Ahnung, das ist ewig her.«

»Na gut, lassen wir das mal so stehen, Herr Sauer. Übrigens: Wir haben Ihre Wohnung geöffnet und waren ...«

»Was?«, schrie Sauer entrüstet. »Das ist ungeheuer! Das dürfen Sie nicht! Ich werde euch verklagen!«

»Doch, das dürfen wir«, stellte Sam Wolff klar. »Wenn Gefahr für Leib und Leben im Verzug ist, erlaubt uns das Gesetz, eine Wohnung zu öffnen, um feststellen zu können, ob sich dort eine Person in einer Notlage befindet. In Ihrem Fall musste man in Erwägung ziehen, dass Ihnen in Ihrem eigenen Haus etwas zugestoßen sein könnte, denn Sie hatten sich krankgemeldet und waren über längere Zeit nicht erreichbar.«

Trotz der Erklärung beruhigte sich Wolfgang Sauer nicht und wetterte weiter. Katja Reinert hatte jedoch den Eindruck, dass Sauers Entrüstung gespielt war.

»Sie sollten sich juristisch beraten lassen und entscheiden, ob Sie eine Klage einreichen wollen, Herr Sauer. Für uns ist das kein Problem. Es ist allerdings durchaus denkbar, dass Sie selbst demnächst ein viel größeres Problem erwartet.«

»Ach, Sie meinen mit meinem Dienstherren? Da machen Sie sich mal keine Sorgen, das werde ich regeln. Ich kann …«

»Nein, darum geht es nicht! Logischerweise waren wir auch in Ihrem Büro; und wie Sie wissen auch in dem von Alfred Koch. Dass wir dort eine Waffe gefunden haben, dürfte sich mittlerweile rumgesprochen haben. Und nun erklären Sie uns bitte, wie Ihre Fingerabdrücke auf diese Waffe aus Alfred Kochs Büro kommen!«

»Quatsch!«, behauptete Wolfgang Sauer lapidar.

»Leider nicht. Wir haben die Fingerabdrücke aus Ihrem Büro und sind uns sicher, dass es Ihre Abdrücke sind. Wir werden diese mit Ihren Originalabdrücken, die wir Ihnen später abnehmen werden, abgleichen und dann haben wir Gewissheit. Meine Behauptung ist also nicht aus der Luft gegriffen!«

Sauer überlegte eine Weile, ohne die Fassung zu verlieren, was Katja Reinert einigermaßen überraschte. War Wolfgang Sauer nun ein begnadeter Schauspieler und eiskalter Verbrecher, oder hatte er mit der ganzen Sache wirklich nichts zu tun?

»Warten Sie!«, forderte Sauer plötzlich. »Das könnte natürlich sein.«

»Was?«, entgegnete Sam Wolff schroff. »Was könnte sein?«

»Der Kollege Koch hat mir mal ... ach, das ist Monate her ... so einen Revolver oder so gezeigt. Ich war der Meinung, das ist eine Schreckschusswaffe oder so was; jedenfalls nichts Echtes ... Sie wissen, was ich meine.«

»Nein, das wissen wir nicht!«, verneinte der Hauptkommissar. »Weiter!«

»Also, ich war bei ihm zufällig im Büro, was selten vorkam ... warum ich dort war, weiß ich nicht mehr ... jedenfalls hat er mir dieses Ding unter die Nase gehalten und ...«

»Einfach so oder wie?«, zweifelte Sam.

»Ich weiß nicht mehr, wie wir draufgekommen sind. Wahrscheinlich war damals irgendwas von einem Überfall oder so in der Zeitung. Jedenfalls hat er mir seine Waffe gezeigt und gemeint, dass er gerüstet sei, wenn ihm jemand dumm käme.«

»Und dann haben Sie ihm die Waffe weggenommen und selbst damit gespielt?«, unkte die Hauptkommissarin.

»Ich wollte einfach nur wissen, wie es sich anfühlt, wenn man so ein Ding in der Hand hält«, entgegnete Wolfgang Sauer.

»Aha! Und das fällt Ihnen jetzt erst ein!«

»Ach Gott; erstens ist das ewig lange her und zweitens habe ich dem keine Bedeutung zugemessen. Wissen Sie noch, was Sie wann und wo in der Hand gehalten haben? Ich bitte Sie!«

»Ich würde mich immer an den Moment erinnern, an dem ich zum ersten Mal eine Waffe in der Hand gehalten habe«, intervenierte die Hauptkommissarin. »Kann ja auch sein, dass es gar nicht das erste Mal war, Herr Sauer.«

»Was soll denn das nun wieder heißen? Dreht ihr hier jetzt alle am Rad oder was?«

»Sagt Ihnen der Name Roman Czerny etwas?«

»Nein, wer soll das sein?«

»Dann vielleicht Oliver Koslowsky?«

»Fehlanzeige; sagt mir auch nichts.«

»Letztgenannter kannte zumindest Alfred Koch und Ihren Bruder Ralf«, hakte die Hauptkommissarin nach.

»Was weiß ich, wen Alfred alles gekannt hat, und dass mich mein Bruder nichts angeht, habe ich bereits erwähnt.«

»Herr Sauer, ich habe den Eindruck, dass Ihre Erinnerungslücken übermäßig groß sind ...«

»Moment, Moment!«, unterbrach Wolfgang Sauer. »Ich habe versucht, es Ihnen zu erklären. Nochmal: Die letzten Tage haben mich arg gebeutelt, und jetzt kommen Sie auch noch mit Ihren Fragen! Und diese scheiß Wasserpumpe geht mir auch gehörig auf den Wecker! Wie soll man da einen klaren Kopf bewahren?«

»Was war denn Ihr ursprüngliches Reiseziel?«, wollte Sam Wolff wissen. »Dem Platzwart haben Sie Skandinavien angegeben; das liegt nicht gerade um die Ecke.«

»Ich habe keinen festen Plan! Dort wo es schön und nicht mehr so heiß ist, bleibe ich für ein paar Tage und dann geht es wieder zurück! Ich habe gesagt, dass ich nach Norden will, von Skandinavien war keine Rede, das hat der Mann wohl missverstanden.«

»Aha! Nur für ein paar Tage! Merkwürdig!«, kommentierte die Hauptkommissarin. »Bei einem Verleiher in Bexbach wollten Sie ein Wohnmobil für sechs Wochen anmieten. Erklären Sie mir das!«

»Das habe ich nur gesagt, um den Preis zu drücken«, entgegnete Sauer ohne einen Anflug von Verlegenheit. »Sie haben sich anscheinend ausführlich erkundigt.«

»Das ist unser Job! Vielleicht erinnern Sie sich an die Prospekte in Ihrer Wohnung? Sie wollten die Mietkosten für das

Wohnmobil in bar bezahlen, das klingt nach Schwarzgeld! Herr Sauer, Herr Sauer, das gehört sich für einen Landesbediensteten nun wirklich nicht!«, spottete Sam Wolff.

»Wieso schwarz? Selbstverständlich mit Rechnung! Mit der Barzahlung wollte ich die nur animieren, mir bevorzugt ein Fahrzeug zu vermieten; hat aber nix genutzt!«

»Wann sind Sie auf die Idee gekommen, eine Reise zu unternehmen?«, fragte Katja Reinert.

»Das weiß ich nicht mehr genau. Am Wochenende oder Anfang der Woche irgendwann. Das kam ganz spontan!«

»Immerhin haben Sie sich einen Prospekt einer Verleihfirma aus Bexbach besorgt. Spontan ist anders. Erklären Sie mir das!«

»Mein Gott, den Prospekt habe ich schon länger; von einer Freizeitmesse, oder vielleicht war es auch eine Beilage in der Zeitung, das weiß ich doch heute nicht mehr!«

»Nun gut!«, erklärte die Hauptkommissarin. »Herr Sauer, ich fürchte, dass Ihre geplante Reise vorerst hier endet.«

»Wieso das denn?«, echauffierte sich Sauer. »Das geht jetzt aber echt zu weit!«

»Sehen Sie es, wie Sie wollen! Ihre nächste Fahrt geht in Richtung Polizeipräsidium nach Saarbrücken! Ich werde das telefonisch abklären, einen Augenblick bitte.«

Katja Reinert entfernte sich von der Gruppe, rief Staatsanwältin Sommer an, entschuldigte sich für die Störung und schilderte ihr den Sachverhalt.

»Am liebsten würde ich Sauer gleich mitnehmen«, schloss sie ihren Bericht. »Ohne deine oder eine richterliche Anordnung ist mir das allerdings zu heiß.«

»Völlig zu Recht! Paragraph 112 Strafprozessordnung schreibt einen dringenden Tatverdacht vor. Den haben wir nicht und seine Aussagen müssen wir erst überprüfen. Es besteht zwar Fluchtgefahr, aber die können wir eingrenzen. Bestell ihn für Montag ins Präsidium und lass durchblicken, dass wir ihn im Auge behalten. Drohe notfalls mit Festnahme bei Nichterscheinen. Da du ihm seine Aussagen als Erstbefragung abgerungen hast, kannst du ihn jetzt nicht so ohne Weiteres festnehmen oder zur Vernehmung zwingen; das würde uns jeder Haftrichter um die Ohren hauen.«

»Verstehe! Ich bestelle ihn für Montagnachmittag ein und lasse mir etwas einfallen. Wir sehen uns dann am Montag, Daniela.«

»Habt ihr Lust, morgen zu uns zum Grillen zu kommen?«, fragte Daniela plötzlich. »Marion und Josch werden auch da sein.«

»Wer, wir?«, fragte Katja überrascht.

»Du und ein Kollege Wolff!«

»Äh … ich kann nur sagen, dass ich gerne komme, aber bei Sam weiß ich es nicht! Wir sind keine Paar, nicht dass das falsch verstanden wird.«

»Ja und? Frag ihn! Um zwölf bei uns; Tonis Adresse kennst du ja!«

»Danke für die Einladung. Soll ich …«

»Nein, du sollst keinen Salat mitbringen und auch nichts anderes, außer deinen Kollegen Sam vielleicht. Und jetzt sieh zu, dass ihr mit Wolfgang Sauer klarkommt! Tschüss bis morgen!«

Verdutzt ob der unerwarteten Einladung ging die Hauptkommissarin zu den anderen zurück und verkündete Wolfgang Sauer die Festlegungen der Staatsanwältin.

»Falls Sie die Wasserpumpe bis Montag 13 Uhr nicht repariert haben, werden die Kollegen Sie abholen und zum Präsidium nach Saarbrücken fahren. Nehmen Sie sich einen Anwalt, wenn Sie das für notwendig erachten, aber kommen Sie erst gar nicht auf die Idee, nicht zu erscheinen oder sich von hier zu entfernen. Wir können Sie jetzt auch mitnehmen und zu Ihrer Wohnung bringen, das können Sie sich von mir aus aussuchen. Ansonsten bleiben Sie hier, warten auf die Wasserpumpe und kommen dann nach Saarbrücken ins Präsidium; punkt 14 Uhr!«

»Mein Auto steht in Blieskastel, was soll ich da zu Hause? Ich werde auf jeden Fall einen Anwalt einschalten, da können Sie sicher sein! Dummerweise geht das allerdings erst am Montagmorgen, aber das wird schon irgendwie funktionieren!«

»Und dummerweise haben Sie kein Telefon! Das sagt jedenfalls der Platzwart, Herr Blatt!«

»Das habe ich nur behauptet, damit ich meine Ruhe habe!«, murrte Sauer.

»Na prima!«, meinte Sam Wolff. »Dann geben Sie mir bitte Ihre Nummer, damit Sie für uns erreichbar sind!«

Sauer ging zum Wohnmobil, brachte sein Mobiltelefon und diktierte dem Hauptkommissar die Nummer, die Sam sofort durch einen Anruf überprüfte.

»Bleiben Sie erreichbar, entfernen Sie sich nicht von diesem Campingplatz und seien Sie am Montag pünktlich! Andernfalls lasse ich Sie sofort festnehmen und dem Haftrichter vorführen; das könnte dann auch der cleverste Anwalt nicht mehr verhindern!«

»Sie schießen mit Kanonen auf Spatzen!«, fauchte Sauer ungehalten.

»Sie kennen jetzt die Konsequenzen! Das wars für heute«, erklärte die Hauptkommissarin und beendete die Befragung.

Zu viert gingen sie zurück zum Empfangsbereich des Campingplatzes, nahmen im Außenbereich Platz und bestellten kalte Getränke, zu denen Katja Reinert die Kollegen einlud.

Bald verabschiedeten sich die Beamten der Streife und erklärten, dass sie bei Schichtwechsel die Kollegen der Spätschicht informieren würden; Sauers Anwesenheit sollte stündlich überprüft werden.

Ute und Reiner Speck hatten in Gesellschaft von Platzwart Thomas Blatt sehnsüchtig auf die Rückkehr der Ermittler gewartet und platzten nun fast vor Neugier. Katja Reinert nahm die Personalien auf, verteilte ihre Visitenkarten, bedankte sich, gab aber keine Einzelheiten des Gespräches preis.

»Nur so viel, Frau Speck: Sie haben richtig gehandelt! Es handelt sich tatsächlich um den von uns gesuchten Mann, aber die Sachlage stellte sich anders heraus, als wir annehmen mussten. Alles ist gut, es gibt aber noch Klärungsbedarf. Herr Sauer wird bis Montag hierbleiben und sobald sein Fahrzeug repariert ist, wird er uns in Saarbrücken aufsuchen. Bis dahin wäre er vielleicht für ein bisschen Gesellschaft dankbar, Sie müssen nicht …«

»Kein Problem!«, rief Reiner Speck spontan. »Morgen früh gehe ich zu ihm, nehme zum Frühschoppen ein paar Flaschen Bier mit und lade ihn zum Grillen bei uns ein. Wir Camper halten zusammen!«

»Da komme ich mit«, beschloss seine Frau Ute.

»Frühschoppen ist Männersache! Du kümmerst dich um den Salat!«

»Aber ich komme mit!«, entschied der Platzwart mit Nachdruck. »Zu dritt ist vielleicht eine Skatrunde in Aussicht.«

Damit war auch das geklärt, und die Ermittler konnten sicher sein, dass sich die Camper melden würden, falls etwas Ungewöhnliches geschehen würde.

»Wie es aussieht, werden wir das ganze Wochenende miteinander verbringen«, erklärte Katja Reinert ihrem Kollegen während der Rückfahrt.

»Ach ja?«, wunderte sich Sam Wolff. »Was steht denn für morgen auf dem Plan?«

»Wir sind bei Daniela Sommer zum Grillen eingeladen!«

»Wir beide? Bei der Staatsanwältin? Was ist denn jetzt los?«

»Nix, einfach so, oder vielleicht wegen ihrer baldigen Pensionierung. Josch und Marion kommen ebenfalls. Ich habe zugesagt. Ist das in Ordnung für dich?«

»Äh ... ja ... natürlich. Ich meine nur, ob ... naja von mir aus! Ich hol dich ab. Wieviel Uhr?«

»Das ist nett von dir! Halb zwölf bei mir. Was hältst du davon, wenn wir jetzt unterwegs noch ein Eis essen? Da habe ich Lust drauf! Ich lade dich ein.«

»Genial!«, lachte Sam. »Ich auch! An derartige Wochenenden könnte ich mich glatt gewöhnen!«

39

Sonntag 2. Juli 2023

Sam hatte Katja Reinert pünktlich abgeholt und während der Fahrt zum Grillfest nach Spiesen spekuliert, ob sich die Herrschaften auf dem Campingplatz inzwischen bei Wolfgang Sauer zum angekündigten Frühschoppen eingefunden hatten.

»Das hoffe ich sehr, denn solange Sauer beschäftigt ist, kommt er nicht auf dumme Gedanken«, hatte Katja erwidert. »Am liebsten wäre mir, wenn die sich derart die Kanne geben, bis Sauer für den Rest des Tages ins Koma fällt.«

Als sie vor dem Anwesen von Toni Lukas in Spiesen ankamen, staunte Sam nicht schlecht, als er die Villa sah.

»Mein lieber Schwan! Da hat sich unsere werte Frau Staatsanwältin sowas von ins gemachte Nest gesetzt! Oh Mann, der Schuppen ist riesig! Hoffentlich haben sie genug Personal, sonst wird Daniela im Ruhestand ausschließlich mit Putzen beschäftigt sein.«

»Da mache ich mir keine Sorgen. Daniela wird ihrem lieben Toni schon klarmachen, wie das geregelt wird. Am Geld wird es mit Sicherheit nicht scheitern. Warte ab, bis du das Haus von innen gesehen hast! Bevor du fragst: Alles, was da an Kunst rumsteht oder an den Wänden hängt, ist echt!«

Katja hatte nicht zu viel versprochen, und Sam kam nach dem Betreten des Hauses aus dem Staunen nicht mehr heraus.

Der Empfang war herzlich, das Essen sollte bei dem schönen Wetter auf der Veranda stattfinden, und Marion und

Josch waren auch schon da. Der Grill war mit Sicherheit das beste und teuerste Modell, das man auf dem Markt bekommen konnte, und der Begrüßungsdrink wurde im Stehen auf der penibel gepflegten Rasenfläche gereicht. Sam wich nicht von Katjas Seite, da er sich inmitten des ungewohnt luxuriösen Ambientes sichtlich unsicher fühlte.

»Sie fragen sich bestimmt, wer das alles pflegt«, bemerkte Toni Lukas, als er den beiden die Champagnergläser reichte. »Die Antwort ist ziemlich einfach: Daniela gar nicht, und ich übernehme nur die Rosen; den Rest können Sie sich als erfahrener Ermittler zusammenreimen. Im Übrigen bin ich Toni, damit wir das geklärt haben.«

»Angenehm! Ich bin Sam!«

»Katja und ich kennen uns ja schon länger! Zum Wohlsein und auf einen schönen Tag! Wie haben dir die Bilder im Foyer gefallen? Interessierst du dich für die Malerei?«

»Nicht wirklich, aber die Gemälde mit den Wüstenimpressionen sind wirklich schön«, erklärte Sam.

»Die stammen von Elisabeth Bosslet, einer Künstlerin aus Spiesen, die leider vor ein paar Jahren verstorben ist; Marions Mutter, im Übrigen!«

»Ach! Von Joschs Frau?«

»So ist es!«

»Sie sind also … äh, du bist also der Mann, der sich umfassend in Finanzgeschäften auskennt«, bemerkte Sam. »Jetzt ist mir einiges klar.«

»Weil ich die Rosen pflege?«, lachte Toni.

»Das weniger, aber alles andere drumherum«, erwiderte Sam.

»Das eine ist die Folge des anderen. Was machen eure Ermittlungen?«

»Hat Daniela nichts erwähnt?«, fragte Katja spitzbübisch.

»Nur am Rande«, behauptete Toni.

»Tja, was soll ich dazu sagen?«, meinte Katja. »Daniela hat super gut recherchiert. Anscheinend färben deine Kenntnisse ab, Toni. Sie hat nach dem Studium von Kochs Akten bemerkenswerte Schlussfolgerungen gezogen, da waren wir wirklich erstaunt. Alle Achtung! Sie hat herausgearbeitet, dass wir es wahrscheinlich mit einem Sumpf von Betrügereien und Vorteilsnahmen zu tun haben, die augenscheinlich im Zusammenhang mit Alfred Kochs Ableben stehen.«

»Ach ja? Bemerkenswert!«, stellte sich Toni Lukas unwissend.

»In der Tat! Das Erstaunlichste daran ist, dass Daniela sich in der Materie plötzlich so gut auskennt; Sam und ich waren damit völlig überfordert. Ich vermute, dass sie das fundierte Wissen dir zu verdanken hat.«

»Naja, ich tue was ich kann. Wenn sie allgemeine Fragen zu dem Thema hat, helfe ich natürlich gerne.«

»Einen kostenlosen Privatlehrer hat nicht jeder«, seufzte Sam.

»Ein glücklicher Zufall«, bemerkte Toni.

»An Zufälle glauben wir nicht«, warf Katja ein. »Frag Josch, der hat uns das eingebläut, als er noch im Dienst war.«

»Um was geht's?«, fragte Josch, der sich angeschlichen und das Gespräch offenbar mitbekommen hatte. »Mein Name ist gerade gefallen.«

»Ich habe Toni gerade erklärt, dass es Zufälle nach deiner Schulweisheit nicht gibt.«

»Ja, das war immer meine Prämisse und das hat sich auch bis heute nicht geändert«, bestätigte Josch.

»Eben! Folglich kannst du auch nicht rein zufällig an meiner Haustür gewesen sein!«, stellte Katja lapidar fest.

»Was soll ich an deiner Haustür?«, fragte Josch mit gesenkter Stimme und vergewisserte sich durch einen Rundumblick, dass Marion und Daniela das Gespräch nicht verfolgten.

»Wurfpost; allerdings keine vom Discounter«, erwiderte Katja, worauf Toni fragte, ob jemand einen Getränkewunsch habe und im Begriff war, sich aus dem Staub zu machen. Katja indessen hielt ihn zurück und stellte ihm eine Frage.

»Oder warst du das?«

»Ich weiß nicht, wovon du redest?«, behauptete Toni.

»Wo ist eigentlich dein Kollege aus Wien, Josch?«, fragte Katja weiter.

»Der ist über das Wochenende mit seiner Frau nach Paris gefahren.«

»Hast du ihm die Reise spendiert oder Toni?«

»Warum sollten wir ihm eine Reise nach Paris finanzieren?«, fragte Toni zurück.

»Aus Dankbarkeit für geleistete Dienste, vielleicht?«

»Dummes Zeug!«, behauptete Josch.

»Zeit für die Vorspeise!«, rief Daniela Sommer, die inzwischen bereits mit Marion am Tisch saß und winkte. »Kommt doch bitte, sonst essen Marion und ich alles alleine auf.«

Toni und Josch reagierten sofort und eilten zu ihren Frauen, während Katja und Sam langsam hinterhertrotteten.

»Jetzt wissen sie, dass wir sie durchschaut haben«, sagte Katja leise. »Deswegen geht ihnen nun die Muffe, weil sie befürchten, dass wir es ihren Frauen erzählen.«

»Falls die es noch nicht wissen!«, erwiderte Sam.

Beim Essen wurde das Thema nicht mehr angesprochen, und man unterhielt sich über das Wetter, den Krieg in der Ukraine und vor allem über den Rucola-Salat mit Mozzarella, Feigen und Parmesan, der köstlich schmeckte. Josch behauptete, dass das Rezept von ihm stamme, aber das glaubte niemand außer ihm selbst und führte zu Frotzeleien über Joschs Kochkünste.

Als das Entree beendet war, bestanden Katja und Sam darauf, das Geschirr abzuräumen und in die Küche zu tragen, was wiederum zu Diskussionen mit Daniela und Marion führte.

»Papperlapapp«, setzte sich Katja schließlich durch, »wir werden hier so toll verwöhnt, da müssen wir uns im Gegenzug auch etwas nützlich machen.«

»Dann machen wir das zusammen«, hatte Daniela das letzte Wort. »Unsere besseren Hälften kümmern sich derweilen um den Hauptgang.«

»Die haben uns durchschaut!«, stellte Josch fest, als er alleine mit Toni am Grill stand.

»Ja und? Ist doch egal! Hauptsache, die lösen ihren Fall!«

»Das schon, aber wenn sie plaudern, haben wir ein Problem mit unseren Frauen!«

»Erstens ist das nix Neues, und zweitens hat Daniela selbst genug Dreck am Stecken, weil sie mich involviert hat. Von daher haben wir nichts zu befürchten, außer dass sie sich künstlich aufregen.«

»Marion hat allerdings keine Ahnung, was hier gespielt wird.«

»Halb so schlimm; letztendlich wird sie froh sein, dass wir die Truppe unterstützen.«

»Trotzdem ist es besser, wenn ich sie einweihe, bevor sie es von anderen erfährt.«

»Okay, dann mach das! Aber warte ab, bis sich die Lage zuspitzt, dann können wir immer noch die Hosen runterlassen«, empfahl Toni. »Aber auf jeden Fall erst nach dem Essen! Die Lammlachse und der Chablis werden sie hoffentlich ruhigstellen. Wenn Daniela gut gespeist hat, ist sie friedlich wie ein Lämmchen!«

»Ah, daher die Lammlachse«, lachte Josch. »Gut, dass es keinen Seeteufel gibt.«

Während Toni und Josch mit dem Grillen beschäftigt waren, saßen die anderen am Tisch und unterhielten sich.

»Ach übrigens, Katja, bevor ich es vergesse«, bemerkte Daniela beiläufig, »ich habe am Freitag der Freigabe von Kochs Leiche stattgegeben. Sag Josch bitte Bescheid, er wollte sich um die Beerdigung seines Kochbruders kümmern. Josch soll sich gleich morgen bei der Gerichtsmedizin melden und die Formalitäten erledigen, damit die den Kerl endlich los sind.«

»Wie?«, staunte Marion. »Ist der immer noch nicht unter der Erde? Da wird's aber wirklich Zeit!«

»Eben!«, bestätigte Daniela und nahm ihr Weinglas zur Hand. »Auf Alfred Koch; er ruhe in Frieden!«

»Wieso trinkt ihr eigentlich nur Wasser?«, fragte Marion an Katja und Sam gerichtet. »Seid ihr etwa auch sonntags im Dienst?«

»Nein, das nicht«, antwortete Katja. »Aber sicher ist sicher, falls wir eine Meldung erhalten, und Sam muss ja ohnehin noch fahren.«

»Erwartet ihr denn einen Abruf?«, bohrte Marion nach.

»Nicht zwingend, könnte aber sein.«

»War das bei Josch früher auch immer so, dass er ständig auf Bereitschaft war? Daran kann ich mich gar nicht mehr erinnern«, fragte Marion.

»Doch, das war oft so«, erklärte Daniela. »Du hast das wahrscheinlich nicht mitbekommen, weil ihr damals noch nicht zusammengewohnt habt.«

»Wisst ihr denn wenigstens, wer den Koch auf dem Gewissen hat?«, wollte Marion wissen.

»Nee«, lachte Sam. »Aber anscheinend bist du die Einzige von uns, die sich nicht mit dem Fall beschäftigt.«

»Wie soll ich denn das nun bitteschön verstehen?«, ereiferte sich Marion. »Was haben unsere Männer damit zu tun?«

»Lass uns das bitte nicht vertiefen, sonst reden wir am Ende nur noch über die Arbeit und versauen uns das schöne Fest. Hoffentlich sind die Männer mit dem Grillen bald fertig. Die Kartoffeln dürften jetzt soweit sein und die Salate saufen mir ab, wenn die Jungs nicht bald zu Potte kommen.«

»Lamm braucht nicht lange, sonst wird es trocken«, wusste Marion. »Wieso brauchen die so lange?«

»Weil sie vor lauter Quatscherei und Bier die Zeit vergessen haben«, schätzte Daniela. »Geh doch mal rüber und mach denen ein bisschen Dampf! Katja kann mir helfen, die Salate und die Kartoffeln rauszubringen.«

»Kann ich auch was machen?«, fragte Sam.

»Ruf bitte den Polizeiposten in Weiskirchen an und erkundige dich nach dem Stand der Dinge«, schlug Katja vor.

Das tat Sam dann auch und erhielt von dem Diensthabenden die Auskunft, dass Wolfgang Sauer und zwei Männer noch vor einer halben Stunde vor dem Campmobil zusammengesessen hatten.

»Die Zielperson ist beschäftigt«, erklärte Sam, als Katja mit zwei Schüsseln Salat an den Tisch zurückkehrte.

»Super! Demnach ist unsere Rechnung aufgegangen!«

Bei Tisch wurde ausschließlich über das hervorragende Essen gesprochen. Die Lammlachse waren grandios zubereitet, die Kartoffelscheiben mit Knoblauch und einem Hauch Chili gewürzt und der Karottensalat war wie der Rettichsalat ein Gedicht. Wie von Toni vorhergesagt, waren die Frauen bester Laune, nur Josch fand, dass der Chablis zu warm war.

»Ach Gott!«, staunte Marion. »Das ganze Jahr über trinkst du Bier und auf einmal machst du hier den Weinkenner. Nein, der Wein ist genau richtig!«

Die Gespräche plätscherten dahin, bis Daniela plötzlich eine Idee hatte.

»Wir könnten demnächst alle zusammen eine Wanderung machen«, schlug sie vor. »Was haltet ihr davon?«

»Bei der Hitze?«, stöhnte Sam, der schon bei der Vorstellung ins Schwitzen geriet.

Marion dagegen war begeistert.

»Da bin ich dabei! Wir suchen uns einen Wanderweg aus, der durch den Wald führt und machen unterwegs ein Picknick!«

»Das schlägt sie nur vor, weil ich den ganzen Krempel schleppen muss«, moserte Josch.

»Dann kehren wir eben irgendwo ein!«, entschied Toni. »Mittlerweile sind die Corona-Beschränkungen ja aufgehoben.«

»Habt ihr zwei eine Route parat?«, fragte Marion. »Ihr kennt euch doch aus in der Umgebung.«

»Oh, im Netzbachtal gibt es sehr schöne Wege«, meinte Toni. »Josch und ich sind vor drei Tagen dort gewandert; es gibt ganz viele Routen und Rundwege …«

»Da gibt es aber keine Gastronomie«, glaubte Marion zu wissen.

»Doch, und ob! Neuhaus, Kirschheck, das alte Pförtnerhaus und die Fischerhütte, zum Beispiel. Kommt halt drauf an, wann wir gehen und welche Route«, berichtigte Toni.

»Netzbachtal?«, fragte Sam dazwischen. »Da liegt irgendwo die Jagdhütte, die früher einmal diesem Bauunternehmer gehört hat.«

»Falls du die im Hölzerbachtal meinst: Die ist anfangs voriger Woche abgebrannt. Als Josch und ich dort vorbeikamen, war die Feuerwehr noch als Brandwache vor Ort.«

»Stimmt, ich erinnere mich«, bestätigte Josch. »Die hat jemand abgefackelt. Ich habe mit einem der Feuerwehrleute gesprochen. Der hat erzählt, dass die Hütte seit Jahren verfällt, weil es dort keine Jagdpacht mehr gibt. Ich habe gefragt, wem die Hütte gehört, aber darauf konnte mir der Mann keine Auskunft geben.«

»Warum fragst du nach dieser Hütte, Sam?«, wunderte sich Toni.

Sam Wolff schaute Daniela Sommer fragend an, und erst als die nickte, gab er eine Antwort.

»In den Unterlagen zu unserem allseits bekannten Fall befindet sich ein Foto, auf dem einige der Hauptakteure vor einer Jagdhütte zu sehen sind. Die weiteren Recherchen ergaben, dass die abgebildete Hütte im gerade von Toni genannten Gebiet liegt. Es wäre also denkbar, dass wir von der gleichen Jagdhütte reden.«

»So ein Zufall aber auch«, entfuhr es Marion.

»Zufälle gibt es nicht!«, stellte Katja klar. »Nicht wahr, Josch?«

»Nur in Ausnahmefällen«, knurrte Josch.

»Wir werden morgen hoffentlich rausfinden, wem diese Hütte gehört«, kündigte Katja an. »Außerdem werden wir alles daransetzen, um zu ermitteln, wer dieser Anrufer war, der sich telefonisch als Alfred Koch ausgab und in dessen Namen eine Woche Urlaub bei der Personalabteilung des Landesamtes beantragt hatte. Oder weißt du inzwischen mehr darüber, Josch?«

Josch wollte gerade antworten, als seine Frau ihm zuvorkam.

»Wieso sollte Josch das wissen?«, ereiferte sie sich. »Der hat mit dem Fall überhaupt nichts zu tun! Immer hackt ihr auf meinem armen Josch rum!«

»Er wird's verdient haben«, seufzte Daniela. »Und übrigens, Josch: Ihr könnt euren Kochbruder jetzt beisetzen; ich habe es der Marion bereits gesagt.«

»Gut, ich kümmere mich drum. Ich werde beim Landesamt nachfragen, ob die sich an der Beerdigung in irgendeiner Form beteiligen wollen.«

»Tu das! Den Weg dorthin kennst du ja bereits«, grinste Katja Reinert. »Hast du eigentlich Kochs Wagen noch?«

»Klar! Mit der Kiste transportieren wir die Sachen vom Kochclub und die Mahlzeiten für den Wärmebus nach Saarbrücken.«

»Das macht ihr?«, wunderte sich Katja.

»Ja! Einmal oder zweimal im Jahr!«

»Toll! Super Sache!«

»Apropos Mahlzeit!«, unterbrach Daniela und klatschte in die Hände. »Die Nachspeise! Toni, holst du sie bitte aus dem Kühlschrank im Keller?«

Die glasierten Birnen mit Walnüssen in einer Vanille-Mascarpone-Crème setzten dem Menü die Krone auf; Daniela hatte alle Register gezogen!

Als sich der Nachmittag dem Ende zuneigte, suchte Josch die Toilette auf und hatte Neuigkeiten zu verkünden, als er zurückkam.

»Im Radio haben sie gerade durchgegeben, dass man heute aus dem Nonnweiler Stausee die Leiche eines unbekannten Mannes gefischt hat. Spaziergänger haben sie entdeckt.«

»Habt ihr Radio auf dem Klo?«, wollte Sam von Daniela wissen.

»Nein, aber im Wohnzimmer läuft immer das Radio; eine Angewohnheit von Toni, weil er Angst hat, er könnte etwas verpassen.«

»Quatsch!«, wehrte der sich. »Ich habe es halt gerne, wenn im Hintergrund Musik läuft.«

»Na Mahlzeit!«, stöhnte Katja. »Sieht so aus, als ob wir noch mehr Arbeit bekommen.«

40

Montag 3. Juli 2023

Am Montagmorgen überschlugen sich die Ereignisse, kaum dass Katja Reinert und Sam Wolff ihren Dienst angetreten hatten.

Die Hauptkommissarin erhielt einen Anruf aus der Gerichtsmedizin, der alles auf den Kopf stellen sollte.

»Frau Hauptkommissarin, wir haben hier eine Leiche auf dem Tisch, die Sie interessieren wird. Wenn mich nicht alles täuscht, dürfte es sich bei dem Toten um eine Person handeln, die Sie ganz aktuell zur Fahndung ausgeschrieben haben.«

»Wir fahnden nach zwei Personen; eine haben wir bereits gefunden«, antwortete Katja Reinert. »Falls Ihre Vermutung stimmt, dürfte es sich demnach um Ralf Sauer handeln.«

»Moment, bitte.«

Im Hintergrund waren Gesprächsfetzen zu hören, dann setzte der Kollege, dessen Namen Katja Reinert zuvor noch nie gehört hatte, fort.

»Entschuldigung, es gab da gerade ein kleines Problem. Ralf Sauer? Ja, ich glaube schon. Die Leiche lag zwar einige Tage im Wasser, aber die Gesichtszüge und die Statur passen auf eure Beschreibung.«

»Wie sicher ist das aus Ihrer Sicht?«

»Naja, ich würde mal sagen: neunzig Prozent.«

»Ich schicke euch zum Abgleich Fingerabdrücke aus seiner Wohnung«, schlug Katja Reinert vor.

»Besser umgekehrt! Ich schicke euch die der Leiche, das ist für uns einfacher.«

»Oder so! Aber bitte möglichst schnell!«

»Moment!«

Wieder waren im Hintergrund Stimmen zu hören; anscheinend gab der Kollege Anweisungen weiter.

»So!«, meldete er sich erneut. »Ist veranlasst!«

»Super! Könnt ihr schon etwas über Todesursache und den Zeitpunkt seines Ablebens sagen?«

»Nach erster Einschätzung lag die Leiche mindestens eine Woche im Wasser. Es ist davon auszugehen, dass er bereits tot war, als er ins Wasser verfrachtet wurde oder gefallen ist. Wie lange er da schon tot war, kann ich derzeit beim besten Willen nicht sagen. Tod durch Ertrinken ist jedenfalls auszuschließen.«

»Äußere Verletzungen?«, hinterfragte die Hauptkommissarin.

»Bisher nicht feststellbar! Schuss-, Hieb- oder Stichverletzungen: negativ! Insgesamt keine Verletzungen, die auf Gewaltanwendung schließen lassen.«

»Okay, danke. Übrigens: Sind Sie ein neuer Kollege?«

»Ich bin sozusagen ein Leiharbeiter«, lachte der Gerichtsmediziner. »Für drei Monate von der Uni Mainz abgestellt.«

»Oha, und dann gleich eine Wasserleiche; kein guter Einstieg.«

»Nicht schlimmer als alle anderen Leichen. Nur Kinder sind ein Albtraum. Jedenfalls für mich, der ich selbst Kinder habe.«

»Das glaube ich Ihnen sofort. Könnte es sein, dass der Mann beim Schwimmen einen Herzinfarkt bekommen hat oder etwas in der Richtung?«

»Nein! Er hätte dann Wasser in den Lungen haben müssen. Wie erwähnt, war er schon tot als er ins Wasser kam. Er könnte natürlich posthum ins Wasser gefallen sein. Die Obduktion ist noch nicht abgeschlossen, aber das Herz scheint gesund gewesen zu sein. Beim Gehirn sind wir noch nicht angekommen.«

Katja Reinert gruselte es bei der Vorstellung, was der Kollege als nächstes vorhatte.

»Was gibt es über den Fundort zu sagen?«

»Im Ufergestrüpp eines kaum zugänglichen Seitenarms des Sees.«

»Wieso wurde er trotzdem gefunden, und von wem?«

»Das weiß ich nicht, da müssen Sie die KTU fragen.«

»Lässt sich feststellen, ob der Mann vergiftet wurde oder an Drogen starb?«, bohrte die Hauptkommissarin nach.

»Das ist sehr schwierig! Dafür braucht es aufwendige Analysen, die von der Staatsanwaltschaft angeordnet werden müssen. Ohne offizielle Anforderung kann ich nichts machen, weil unser Budget das nicht hergibt. Tut mir leid, so ist das nun mal in diesem Land.«

»Verstehe! Ich werde das in die Wege leiten. Da ihr an die Identität nur anhand der äußeren Merkmale glaubt, gehe ich davon aus, dass der Tote keine Papiere bei sich hatte.«

»Korrekt! Er war zwar vollständig bekleidet, aber in den Taschen war nichts. Auch am Auffindeort gab es keine Hinweise. Wir sind die Vermissten- und Suchlisten der näheren Umgebung durchgegangen, und da kommt eigentlich nur Ralf Sauer in Frage.«

»Wann habt ihr ihn reinbekommen?«

»Gestern Abend. Ich wurde informiert, bin ins Institut gefahren und habe gleich angefangen. Gegen Mitternacht habe ich unterbrochen und mache jetzt weiter.«

»Danke für den Anruf! Ihr informiert mich bitte, falls es neue Erkenntnisse gibt. Bis dann!«

Kaum eine Viertelstunde später wurden die Fingerabdrücke über das interne Netz übermittelt und von Katja Reinert an die KTU zwecks Abgleichs weitergeleitet. Zwischenzeitlich hatte die Hauptkommissarin ihren Kollegen Sam Wolff und die Staatsanwältin informiert.

Die Presse hatte bereits nachgefragt und drängte auf ein Interview. Daher hatte der Pressesprecher des LKA voreilig zugesagt, dass es am Nachmittag eine offizielle Stellungnahme geben werde, ohne zu ahnen, dass es sich bei dem Toten womöglich um Ralf Sauer handeln könnte.

Eine Stunde nach dem Anruf aus der Gerichtsmedizin stand die Identität des Toten fest. Es handelte sich tatsächlich um Ralf Sauer. In einer eilig einberufenen Besprechung wurde daraufhin das weitere Vorgehen diskutiert.

»Nach aktuellem Stand der Dinge können wir nicht warten, bis Wolfgang Sauer hier eintrudelt«, legte die Staatsanwältin fest. »Zwei ungeklärte Todesfälle in seinem unmittelbaren Umfeld reichen mir aus, um eine sofortige Vorführung zwecks Vernehmung zur Sache anzuordnen.«

»Ich rufe die Kollegen in Weiskirchen an. Die sollen den Sauer sofort herbringen«, erklärte Sam Wolff. »Wir benötigen zudem einen Durchsuchungsbeschluss für das Wohnmobil.«

»Gut!«, bestätigte Daniela Sommer. »Setz die Kollegen aus Weiskirchen in Marsch! Unverzüglich! Ich gebe die Informationen gleich an die obere Etage weiter, damit die für die Pressekonferenz gerüstet sind. Meldet euch sofort, wenn der Sauer hier eintrifft! Ich will bei der Vernehmung dabei sein.«

Eine halbe Stunde später kam Hauptkommissar Wolff aufgeregt ins Büro von Katja Reinert gestürmt.

»Der Sauer ist weg!«

»Was!«, rief die Hauptkommissarin entsetzt. »Du machst Witze!«

»Ich wollte, es wäre so! Die Streife hat ihn auf dem Campingplatz nicht angetroffen. Das Wohnmobil war nicht abgeschlossen, aber Sauer war nicht da, weder vorne an der Rezeption noch bei dem Ehepaar Speck. Aber jetzt kommts: Der Sauer hat die anscheinend kräftig über den Tisch gezogen!«

»Inwiefern?«, wollte Katja Reinert wissen.

»Sauer hat denen erklärt, dass er das Ersatzteil für sein Wohnmobil bei einem Händler in Lebach abholen müsse. Erst hat der Speck sich angeboten, den Sauer dorthin zu fahren, aber Sauer hat ihm weisgemacht, dass das keinen Sinn mache, weil er ja um zwei Uhr bei uns im LKA einen Termin habe, der nicht verschoben werden könne, ohne dass er selbst Ärger bekäme. Die Zeit würde nicht ausreichen, um das Wohnmobil rechtzeitig fahrbereit zu machen. Er müsse also von Lebach aus direkt nach Saarbrücken, bekäme aber kurzfristig kein Taxi und Busse würden um diese Zeit auch keine fahren und so weiter und so fort. Er hat den Specks irgendeine Story aufs Ohr gedrückt …«

»Und dann?«

»Hat ihm der Speck seinen Wagen geliehen und den Samariter gespielt. Angeblich hat Sauer am Vortag beim Frühschoppen einen vertrauenerweckenden Eindruck hinterlassen.«

»Sauer ist mit Specks Wagen unterwegs?«

»Genau das!«

»Ich fasse es nicht!«

»Tja, das ist wirklich der Hammer!«, bestätigte Sam Wolff. »Ich kann mir nicht vorstellen, dass Sauer vorhat, hier aufzutauchen.«

»Wann ist er losgefahren?«, wollte die Hauptkommissarin wissen.

»Speck hat ihm den Wagen etwa um zehn Uhr übergeben; eigentlich wollte Sauer schon früher weg, aber der Speck wollte erst fertig frühstücken. Ob Sauer dann tatsächlich gleich losgedüst ist, weiß niemand.«

»Das heißt: Großfahndung! Besorg die Daten von Specks Wagen …«

»Habe ich schon!«

»Gut; ich informiere die Staatsanwaltschaft und leite alles in die Wege.«

»Sollen wir nicht besser warten, bis der 14 Uhr Termin verstrichen ist?«

»Bis wir alles besprochen und angeleiert haben, ist die Zeit ohnehin vorbei. Die einzelnen Dienststellen informieren wir zwecks Fahndung vorab; die sollen die Augen offenhalten! Du kannst sicherheitshalber bei den Ersatzteilhändlern in Lebach anrufen, ob Sauer da bestellt hat und vorstellig war, aber ich sag dir jetzt schon, dass er dort nicht aufgetaucht ist. Der hatte nie vor hierherzukommen und hat uns genauso verarscht wie er die Specks über den Tisch gezogen hat.«

»Ich hätte nicht gedacht, dass Sauer so ein ausgekochter Bursche ist«, seufzte Sam Wolff. »Ganz schön viel kriminelle Energie für einen Beamten.«

»Ja, wir haben ihn falsch eingeschätzt, das müssen wir uns ankreiden lassen.«

»Das riecht nach Stunk mit der Chefetage«, prophezeite Sam Wolff.

»Darauf kannst du wetten! Wenn wir Sauer nicht umgehend erwischen, drehen die uns durch den Fleischwolf.«

41

Am gleichen Tag

Die Nachricht, dass es sich bei der Leiche aus dem Nonnweiler Stausee um die des gesuchten Ralf Sauer handelte, und sein Bruder Wolfgang sich der Vernehmung durch Flucht entzogen hatte, schlug beim Landeskriminalamt in Saarbrücken wie eine Bombe ein; allerdings mit unterschiedlichen Auswirkungen.

Während die Ermittler alle Hebel in Bewegung setzten, um Wolfgang Sauer zu kriegen, und alle Dienststellen des Landes und der angrenzenden Regionen in die Suche eingebunden wurden, reagierte die Chefetage im Polizeipräsidium wie ein aufgescheuchter Hühnerhaufen. Im Mittelpunkt der Aufregung stand die anstehende Pressekonferenz und die damit verbundene Frage, wie man den Journalisten gegenübertreten sollte, falls von dort Kritik an der bisherigen Polizeiarbeit geäußert werden würde.

Das Innenministerium schaltete sich ein, und Daniela Sommer fragte sich, wer das Ministerium so schnell von der Entwicklung des Falles informiert hatte. Der Polizeipräsident drehte am Rad, weil er fürchtete, dass seine Karriere einen Knick bekommen könnte, und warf mit Schuldzuweisungen um sich, stellte die Fähigkeiten seiner Mitarbeiter in Frage und machte der Staatsanwaltschaft den Vorwurf, Wolfgang Sauer nicht früher in Haft genommen zu haben.

Letzteres ließ die Staatsanwaltschaft nicht kommentarlos auf sich sitzen und konterte, dass der Herr Polizeipräsident offensichtlich von der Rechtslage keine Ahnung habe und sich um seine eigenen Belange kümmern solle.

Zwischendurch schaltete sich mehrfach der Pressesprecher des LKA ein und mahnte an, dass man sich bitte um einen gemeinsam abgestimmten Pressetext kümmern möge, worauf der arme Kerl seinerseits sein Fett abbekam und sich den Vorwurf gefallen lassen musste, dass er offenbar unfähig sei, einen eigenen Entwurf zu formulieren und vor Veröffentlichung zur Abstimmung vorzulegen.

Von all diesen Querelen ließen sich Katja Reinert und Sam Wolff nicht beeindrucken, weil sie diese Reaktionen erwartet und andere Sorgen hatten.

Die Dienststellen waren mit Informationen zum Fluchtwagen zu versorgen. Besonders im Norden des Saarlandes und im Grenzgebiet mussten die Einsatzkräfte verstärkt werden, weil in Betracht gezogen werden musste, dass sich Sauer nach Frankreich oder Luxemburg absetzen wollte. An den Bahnhöfen wurden die Einsatzkräfte der Polizei durch Mitarbeiter der Bahn verstärkt, und die Flughäfen in der gesamten Republik und im benachbarten Ausland wurden ebenfalls involviert.

Sam Wolff eilte mit zwei Spurenermittlern zum Campingplatz nach Weierweiler, um Sauers Wohnmobil unter die Lupe zu nehmen, kam aber ohne nennenswerte Erkenntnisse zurück. Sauer hatte anscheinend nichts oder kaum etwas an Kleidung und Nahrungsmitteln mitgenommen, denn die Wechselwäsche und einige Konserven waren noch im Camper. Es gab keinerlei Hinweise, die auf ein mögliches Reiseziel von Wolfgang Sauer hindeuteten. Wertsachen und Papiere hatte er wohl mitgenommen, einen Computer hatten die

Ermittler ebenfalls nicht gefunden. Die defekte Wasserpumpe lag auf der Ablage hinter der Frontscheibe. Viel mehr wurde nicht vorgefunden.

Wie erwartet, verstrich der gesetzte Termin, ohne dass Wolfgang Sauer im Präsidium auftauchte.

Zunächst blieb die Suche nach Wolfgang Sauer erfolglos, aber gegen 15 Uhr 30 meldete eine Polizeistreife, dass der gesuchte Fluchtwagen auf dem Parkplatz eines Einkaufszentrums in St. Wendel entdeckt worden war.

Einsatzkräfte der örtlichen Polizeiinspektion eilten sofort dorthin, sicherten das Fahrzeug, durchkämmten den Supermarkt sowie den nahegelegenen Bahnhof und befragten die Taxifahrer im nahen Umkreis. Sie erhielten jedoch keinen einzigen Hinweis, auch aus den Befragungen der Busfahrer kam nichts Brauchbares zutage.

Zwei Stunden später wollte ein Anrufer die gesuchte Person im Freibad in St. Ingbert am Getränkestand gesichtet haben, ein anderer gab an, dass Wolfgang Sauer in einem Baumarkt in Neunkirchen gesehen worden sei.

»Vergiss es!«, urteilte Sam Wolff. »Wer auf der Flucht ist, geht nicht schwimmen und auch nicht in einen Handwerkermarkt! So bescheuert ist keiner!«

Interessant war zunächst der Hinweis eines Autoverleihers aus Wadern, der behauptete, dass der Gesuchte am Vormittag bei ihm ein Fahrzeug hatte anmieten wollen, aber als die Polizei der Sache auf den Grund ging, war schnell klar, dass diese Spur nicht zielführend sein konnte, da Sauer zum angegebenen Zeitpunkt nachweislich noch auf dem Campingplatz in Weierweiler gewesen war.

Ein ernst zu nehmender Hinweis auf den Aufenthaltsort von Wolfgang Sauer blieb trotz zahlreicher Meldungen aus, was die Ermittler schier zur Verzweiflung brachte.

»Sauer hat das Auto von Herrn Speck stehen lassen, obwohl der Tank noch halb voll war«, analysierte Katja Reinert bei einer Besprechung am späten Nachmittag. »Er hat das Fahrzeug auf dem Parkplatz vom *Globus* abgestellt, weil er hoffte, dass es in der Masse nicht gleich auffällt. Das wiederum lässt mich vermuten, dass Sauer aus dem Autoradio mitbekommen hat, dass nach ihm verstärkt gefahndet wird. Er ist frühestens um 10 Uhr in Weierweiler gestartet, vielleicht auch etwas später. Die Fahndung ging um 13 Uhr 30 in den Nachrichten über den Sender; zwei Stunden später wurde das Fahrzeug entdeckt. Sauer war demnach zwischen drei und fünf Stunden mit Specks Auto unterwegs, was für die Entfernung von Weierweiler nach St. Wendel viel zu lang ist. Wenn wir davon ausgehen, dass …«

»Vielleicht war er zwischendurch noch woanders!«, unterbrach Sam Wolff.

»Da hast du natürlich recht, aber wer auf der Flucht ist, macht erfahrungsgemäß keine Umwege!«, urteilte die Hauptkommissarin. »Und du hast selbst rausgefunden, dass es in Lebach nur einen Abholmarkt für dieses Ersatzteil gibt, Sauer dort zwar bestellt hat, aber nicht vorstellig wurde.«

»Das bedeutet für mich, dass ihm nach eurem Besuch der Boden unter den Füßen zu heiß wurde«, bemerkte Staatsanwältin Sommer. »Fragt sich nur, weshalb er mit seinem Aufbruch so lange gewartet hat?«

»Schon klar, aber lasst uns zur Zeitschiene zurückkommen«, ergriff die Hauptkommissarin wieder das Wort. »Vom Campingplatz bis nach St. Wendel braucht man etwa eine Stunde. Angenommen, Sauer ist nicht gleich losgefahren, weil er noch was eingepackt hat, oder er stand unterwegs im Stau. Dann könnte er das Fahrzeug möglicherweise unmittelbar nach der Suchmeldung abgestellt haben …«

»Du meinst, weil er in Panik geriet«, warf die Staatsanwältin ein.

»Womöglich hat er unterwegs Station gemacht und etwas aus einem Depot geholt«, meinte Sam Wolff. »Immerhin ist der Verbleib des Goldes seines Bruders ungeklärt, und wo das Bargeld …«

»Kann sein oder auch nicht!«, unterbrach Katja Reinert genervt. »Alles Spekulationen, die uns nicht weiterbringen. Sauer hat jedenfalls einen Vorsprung von einigen Stunden. Nach wie vor stellt sich die Frage, wie er von St. Wendel weggekommen ist; und vor allem: in welche Richtung!«

»Wenn er wegen der Fahndungsmeldung in Panik geraten ist und ihm der Boden zu heiß wurde, wird er wahrscheinlich nicht auf öffentliche Verkehrsmittel umgestiegen sein«, spekulierte der Hauptkommissar. »Von den Taxifahrern kam kein Hinweis, die Autovermietungen haben ihn auch nicht wahrgenommen. Kann sein, dass er zu Fuß unterwegs ist!«

»Gut möglich, dass er sich versteckt und auf die Dunkelheit wartet«, stimmte die Hauptkommissarin zu.

»Oder bis die erste Welle der Fahndung abgeebbt ist«, ergänzte die Staatsanwältin.

»Falls dem so ist, wird er sich irgendwann mit Nahrung versorgen müssen«, erwiderte Sam Wolff. »Da er Einkäufe nicht riskieren kann, wird er sich in Lagerräumen und Gartenlauben bedienen.«

»Ich denke, dass er verzweifelt und mit der Situation vielleicht völlig überfordert ist«, urteilte Daniela Sommer. »Er irrt ziellos durch die Gegend, und ihm ist im Grunde klar, dass er aus der Nummer nicht mehr rauskommt.«

»Das macht ihn womöglich noch unberechenbarer! Er könnte eine Geisel nehmen und …«

»Hat er eine Waffe?«, wurde die Hauptkommissarin von Staatsanwältin Sommer unterbrochen.

»Das wissen wir nicht, aber er hatte zumindest schon einmal eine in der Hand. Vielleicht war er es, der Roman Czerny erschossen hat, aber das bleibt nach wie vor Spekulation.«

»Lasst uns überlegen, wohin er abgehauen sein könnte, falls er tatsächlich zu Fuß unterwegs ist!«, schlug Sam Wolff vor und wandte sich seinem Bildschirm zu. »Ich google mal die Gegend.«

»Die Spürhunde haben Sauers Fährte bereits nach fünfzig Metern verloren«, erklärte Katja Reinert. »Er kann in alle Richtungen gegangen sein. Wo willst du da suchen, Sam?«

»Ich gehe nicht davon aus, dass er sich in der Gegend gut auskennt«, spekulierte Sam. »Die Kollegen versuchen sein Handy zu orten. Solange sein Handy Saft hat, kann er sich über GPS orientieren, aber der Akku wird nicht ewig halten. Bisher blieb die Ortung ohne Erfolg, vielleicht ist sein Akku bereits leer. Wir bleiben aber dran. Gut möglich, dass er in einem Funkloch unterwegs ist.«

»Er muss die Hauptverkehrswege, Fußgängerzonen und belebte Bereiche generell meiden«, entgegnete die Staatsanwältin. »Also wird er versuchen, über Feld- und Waldwege weiter zu kommen. Andererseits ist man in einer Stadt anonymer als auf dem Land, wo jeder jeden kennt und Fremde sofort auffallen.«

»Ihr nagelt euch meiner Meinung nach zu sehr darauf fest, dass er zu Fuß unterwegs ist«, merkte Katja Reiner kritisch an. »Ich glaube da nicht dran! Vielleicht hat er sich ein Fahrrad geliehen oder geklaut; immerhin ist Sankt Wendel eine Fahrradstadt. Sam, schau nach, wo der vom Parkplatz nächstgelegene Radverleih ist!«

Sam Wolff reagierte sofort und recherchierte im Internet.

»Es gibt einen Verleih, der liegt nur einen Katzensprung entfernt, aber der hat montags geschlossen.«

»Andere Möglichkeiten?«

»Nicht in der Nähe; sogar relativ weit entfernt.«

»Ruf auf dem Revier an, ob heute irgendwo ein Fahrrad geklaut wurde«, empfahl Daniela Sommer.

Fünf Minuten später stand fest, dass aktuell kein Fahrraddiebstahl gemeldet wurde.

»Es besteht die Möglichkeit, dass der Diebstahl noch nicht bemerkt wurde«, machte sich die Hauptkommissarin selbst froh.

»Je länger ich mir die Gegend auf der Karte anschaue, umso mehr komme ich zu der Überzeugung, dass Sauer Richtung Osten unterwegs ist«, urteilte Sam. »Er ist von Norden gekommen, weshalb sollte er dorthin zurück? Richtung Ottweiler und Richtung Baltersweiler gibt es relativ wenig Wald. Am geeignetsten wäre das Gebiet rund um den Bosenberg; von dort aus kann er runter ins Ostertal, dann ist die Grenze zu Rheinland-Pfalz nicht mehr weit entfernt.«

»Weshalb Rheinland-Pfalz?«, zweifelte Daniela. »Dort läuft die Fahndung nach ihm genau wie hier.«

»Das weiß er womöglich nicht«, meinte Sam. »Vielleicht nimmt er an, dass dort weniger Leute den saarländischen Rundfunk hören. Wenn er erstmal den Pfälzer Wald erreicht hat, sind seine Chancen um einiges größer.«

»Da könnte was dran sein!«, bestätigte Katja. »Ich bin beeindruckt! Aber ob Sauer genauso denkt wie du? Ich weiß nicht …«

In den nächsten Stunden gab es allerlei Spekulationen, aber keinen einzigen Hinweis zu einem möglichen Aufenthaltsort von Wolfgang Sauer.

Die Pressekonferenz wurde kurzfristig um einen Tag verschoben, mit der Begründung, dass das LKA sich aktuell vorrangig um die Fahndung und Klärung einiger Details kümmern müsse, was die gesamte Personalkapazität binde.

Da Journalisten nichts mehr hassen, als fehlende Informationen und fadenscheinige Ausreden, wurden aus deren Reihen eigene Theorien zu dem Thema entwickelt. Offenbar waren auch Informationen durchgesickert, die seitens des LKA nicht für die Ohren der Presse bestimmt waren.

In den regionalen Abendnachrichten wurde im Fernsehen offene Kritik an der Informationspolitik der Polizei geübt und vermutet, dass der zuständige Minister dem LKA einen Maulkorb verpasst habe, weil der Gesuchte ein Mitarbeiter seines Ministeriums sei und der Tote vom Nonnweiler Stausee womöglich mit dem Flüchtigen in Kontakt gewesen sein könnte. Zudem sei auffällig, dass vor einigen Wochen ein Kollege des Gesuchten, der im gleichen Ministerium beschäftigt war, tot aufgefunden wurde und um dessen Todesumstände ebenfalls der Deckmantel des Schweigens gehüllt werde.

»Wer sich so verhält, muss sich nicht wundern, wenn die Glaubwürdigkeit in die Politik bei der Bevölkerung verlorengeht«, schloss ein Reporter seinen Bericht vor laufender Kamera.

Mörder aus dem Ministerium weiterhin auf der Flucht, lautete der Aufmacher einer bekannten Tageszeitung, und ein weiterer Artikel stellte die Frage: *Warum mauert der Minister?*

Während sich die Chefetagen der Behörden und die Presse mit Schuldzuweisungen beschäftigten, gingen die Ermittlungen des LKA ungebremst weiter.

Alle Personen, die dem Umfeld von Wolfgang Sauer zugeordnet werden konnten, wurden überprüft, das gemietete Wohnmobil und sein PKW fast komplett auseinandergenommen und auf Spuren überprüft, seine Wohnung erneut auf den Kopf gestellt und die Akten wieder und wieder durchforstet.

Die weitergehende Autopsie von Ralf Sauers Leichnam ergab, dass im Herzmuskel des Toten eine ungewöhnliche Anreicherung von Cadmium gefunden wurde, was eine Vergiftung, zum Beispiel durch Maitotoxin, nicht ausschloss; allerdings war eine Gewissheit daraus auch nicht herzuleiten. Eine Vergiftung durch Dimethylcadmium konnte hingegen ausgeschlossen werden, was auch den weitergehenden Recherchen von Frau Dr. Wertmüller entsprach.

»Das Gift wirkt in fester oder flüssiger Form eher als Langzeitgift«, hatte Ramona der Hauptkommissarin in einem Telefonat mitgeteilt. »Wenn er es als gasförmige Substanz eingeatmet hätte, wäre es in der Lunge und in den Augen nachweisbar.«

»Und wozu kann man dieses Zeug sonst noch gebrauchen?«, hatte Katja Reinert hinterfragt.

»Keine Ahnung! Frag ihn selbst, wenn du ihn vor dir sitzen hast.«

Ralf Sauers Todestag konnte anhand diverser Analysen und Berechnungen näher eingegrenzt werden. Daraus ergab sich, dass er zwischen dem zwanzigsten und dreißigsten Juni gestorben sein musste, also in einem Zeitraum unmittelbar nach seiner Krankmeldung am neunzehnten Juni. In seiner Wohnung war Ralf Sauer laut Spurenanalyse zum letzten Mal vor dem zweiundzwanzigsten Juni. Damit war der Zeitpunkt seines Ablebens relativ genau bestimmt: zwischen dem neunzehnten und einundzwanzigsten Juni! Und ausgerechnet das war auch der Zeitpunkt, als sein Bruder Wolfgang von der Bildfläche verschwunden war.

An den nächsten beiden Tagen tappten die Ermittler auf der Suche nach Wolfgang Sauer weiterhin im Dunkeln. Dann kam ein Anruf bei der Polizeiinspektion St. Wendel an, der für Aufregung sorgte.

Ein Mann namens Bernd Closter, seines Zeichens Ortsvorsteher des St. Wendeler Ortsteils Leitersweiler, hatte eine Beobachtung gemeldet, die von der Dienststelle aufgenommen und danach direkt zu Hauptkommissarin Reinert als leitende Ermittlerin weitergeleitet wurde.

»Schönen Dank für Ihren Anruf, Herr Closter«, leite Katja Reinert das Gespräch ein. »Was haben Sie denn zu melden?«

»Ich bin der Ortsvorsteher von Leitersweiler und logischerweise auch Mitglied im Angelsportverein. Heute Mittag war ich oben am Heifelbacher Fischweiher, weil ich nachschauen wollte, ob wir vor dem Sommerfest am Samstag den Rasen nochmal mähen müssen. Erst habe ich es gar nicht bemerkt, aber als ich die Hütte aufsperrte, habe ich gesehen, dass da jemand eingebrochen ist.«

»Wann waren Sie vor Ort und wie ist der Einstieg erfolgt?«

»Das war vor etwa einer halben Stunde, so um halb drei. Ich war zu Fuß unterwegs und hatte dummerweise mein Handy nicht dabei; also bin ich im Schweinsgalopp runter ins Dorf gerannt und habe die Polizei informiert. Die haben mir erklärt, dass sie eine Streife schicken und mich sofort mit Ihnen verbunden.«

»Super gemacht, Herr Closter! Nochmal: Wie ist der Täter in die Hütte gekommen?«

»Anscheinend über das angrenzende Holzlager. Die Tür dort ist nicht allzu stabil.«

»Haben Sie selbst die Hütte betreten?«

»Ja klar! Dass eingebrochen wurde, habe ich erst bemerkt, als ich drin war.«

»Wurde etwas gestohlen oder zerstört?«

»Genau das ist es, was mich stutzig gemacht hat! Ich habe auf den ersten Blick nicht feststellen können, dass etwas fehlt und außer der morschen Tür ist auch nix kaputt. Aber auf der

Bank vom Stammtisch lagen zwei alte Decken, die wir als Fliegenschutz beim Fang benutzen und ein Stapel Stuhlkissen; anscheinend hat auf der Bank jemand gepennt! Ja, und da ist mir eure Personenfahndung in den Sinn gekommen, weil …«

»Gut reagiert, Herr Closter! Wo sind Sie im Augenblick!«

»Beim Guido in der Oberdorfstraße. Da bin ich hin, weil ich von dort am schnellsten telefonieren konnte.«

»Guido, wie noch? Und die genaue Adresse bitte!«

Der Ortsvorsteher gab die gewünschten Informationen durch und erklärte sich bereit, auf die Polizei zu warten, damit die ihn zur Fischerhütte mitnehmen konnte. Katja Reinert bedankte sich für den Anruf und forderte Closter auf, zusammen mit den Streifenbeamten vor der Fischerhütte auf das Eintreffen der Ermittler zu warten, auch wenn das eine Weile dauern würde.

»Und bitte, betreten Sie die Hütte nicht mehr!«, beendete sie das Telefonat.

»Komm mit, Sam!«, rief sie ins Büro ihres Kollegen. »Einsatz!«

Die Fahrt ins knapp fünfzig Kilometer entfernte Leitersweiler im Landkreis St. Wendel dauerte nur wenig mehr als eine halbe Stunde, weil Katja Reinert mit Blaulichteinsatz all ihre fahrerischen Fähigkeiten, die sie in zahlreichen Lehrgängen erworben hatte, ausspielte. Trotz der halsbrecherischen Fahrweise informierte sie ihren Kollegen ausführlich und ohne Hektik über die Entdeckung des Ortsvorstehers.

»Ich fordere die Hundestaffel an«, entschied Sam Wolff. »Wenn die Hunde Witterung aufnehmen, wissen wir sofort, ob es Wolfgang Sauer war oder nicht. Alles andere, mit Fingerabdrücken und so weiter, dauert zu lange!«

»Wir haben kein Vergleichsstück für die Hunde!«, entgegnete die Hauptkommissarin.

»Ich rufe die KTU an! Die sollen sofort ein Vergleichsstück aus den Asservaten dorthin schaffen lassen!«

»Mach das! Und informier bitte die Staatsanwältin.«

Als die Hauptkommissarin wenig später den Wagen über einen ausgefahrenen Feldweg in Richtung Fischerhütte steuerte, hatte Sam Wolff alle Telefonate erledigt.

»Meine Güte!«, meinte er. »Das liegt hier wirklich am Arsch der Welt. Einen besseren Unterschlupf kannst du dir eigentlich nicht wünschen, wenn du auf der Flucht bist.«

»Ich werd's mir merken, falls ich mal in die Gelegenheit komme«, grinste die Hauptkommissarin.

Zwei Streifenbeamte und ein großer Mann saßen auf einer Sitzgruppe am Rande des Fischteichs und starrten erwartungsvoll zu den ankommenden Ermittlern. Nachdem man sich begrüßt hatte, streiften Katja und Sam die Schutzfolien über ihre Schuhe und betraten die Hütte.

»Der Holzschuppen ist rechts um die Ecke!«, rief der Ortsvorsteher den beiden zu.

»Gibt es hier irgendwo Licht?«, fragte die Hauptkommissarin.

»Nein, nur wenn der Notstromdiesel läuft; der steht noch bei der Feuerwehr.«

In der düsteren Hütte war bei geschlossenen Fensterläden fast nichts zu entdecken, aber das Öffnen der Klappläden musste warten, bis die KTU die Spuren gesichert hatte. Bis dahin musste die Handylampe für etwas Licht sorgen. Wie von Closter beschrieben, hatte offensichtlich jemand auf der Bank übernachtet. Krümmel auf dem Tisch deuteten darauf hin, dass der ungebetene Gast zudem etwas gegessen hatte; auf dem Boden standen zwei leere Getränkeflaschen.

»Sind hier Lebensmittel gelagert?«, fragte der Hauptkommissar, als er wieder ins Freie trat.

»Nur ein bisschen Knabberzeug«, antwortete Closter. »Am Tresen stehen ein paar Getränke, aber die sind alle pisswarm, weil ohne Aggregat keine Kühlung läuft.«

»Falls es Sauer tatsächlich war, hat er nur eine Notration zu sich nehmen können«, flüsterte Katja Reinert ihrem Kollegen zu. »Damit kommt er nicht weit.«

»Ich höre Motorengeräusche«, sagte Sam und zeigte auf den Waldrand.

Kurz darauf kamen drei Einsatzfahrzeuge der Hundestaffel den Feldweg entlanggefahren und hielten vor der Fischerhütte; eine Motorradstreife mit dem Vergleichsstück der KTU traf fünf Minuten später ein, hatte aber auf dem ausgefahrenen Feldweg allerhand Mühe, die Balance zu halten.

Es dauerte eine halbe Stunde, bis die Hunde beruhigt, an die Umgebung gewöhnt und einsatzbereit waren. Nachdem ihnen das Vergleichsstück mit Sauers spezifischem Geruch unter die Schnauzen gehalten worden war, ging es allerdings sehr schnell, denn die Hunde nahmen die Witterung sofort auf. Zweifelsfrei stand fest, dass es Wolfgang Sauer gewesen war, der in der Fischerhütte übernachtet hatte.

Die Hunde folgten seiner Duftspur, die in das oberhalb des Fischweihers gelegenen Waldstück führte. Von dort aus ging sie weiter über einen Feldweg bis zu den Leitersweiler Buchen, wo Sauer anscheinend auf einem Hochsitz eine Pause eingelegt hatte. Während Hauptkommissar Wolff der Hundestaffel folgte, forderte Katja Reinert zusätzliches Personal bei der Bundespolizei an, setzte die Staatsanwaltschaft in Kenntnis und setzte alle Hebel in Bewegung, damit das angrenzende Gebiet flächendeckend überwacht wurde.

Es war zu vermuten, dass der Flüchtende sich auf das Naturschutzgebiete des Tiefenbachtals zubewegte, so wie es Sam Wolff vermutet hatte. Das riesige Gebiet komplett zu durchforsten war ein Ding der Unmöglichkeit, aber dessen Grenzen konnten überwacht werden, sofern genügend Personal rekrutiert werden konnte. Daniela Sommer hatte zugesagt, das zu organisieren, wenngleich es schwierig werden würde, in der Kürze der Zeit so viele Kräfte zu mobilisieren. Die Suchmeldung wurde erneut gesendet und nun auf das Gebiet um das Tiefenbachtal konkretisiert.

»Nach Analyse der Zeitschiene und des Streckenverlaufs dürfte Sauer einen Vorsprung von mindestens sechs Stunden haben«, hatte die Hauptkommissarin der Staatsanwältin durchgegeben. »Wir versuchen rauszufinden, ob und wann jemand vor dem Ortsvorsteher an der Hütte war, aber so wie es aussieht, hat Sauer nur eine Nacht dort verbracht, und zwar die vergangene.«

»Woraus schließt du das?«, hinterfragte Daniela Sommer.

»Aus den Kekskrümeln, die er hinterlassen hat. Vorbehaltlich der Analyse der KTU, aber mir scheinen sie noch ziemlich frisch zu sein. Wenn Sauer gleich bei Sonnenaufgang aufgebrochen ist, hat er einen Vorsprung von sechs bis acht Stunden. Das Gelände ist schwierig, er muss Pausen einlegen. Meiner Überzeugung nach hält er sich noch innerhalb des Naturschutzgebietes auf.«

»Fragt sich nur: wo? Wir können das Gebiet nicht vollständig absperren, aber wir können die Wanderer befragen und die Parkplätze und die Gasthäuser überwachen. Eine Luftüberwachung bringt nichts, dafür sind zu viele Menschen unterwegs; meine Hoffnung liegt weiterhin bei den Hunden.«

»Frische Tiere sind bereits im Anmarsch.«

Die Suche ging bis zum Einbruch der Dunkelheit unvermittelt weiter, ohne dass sich der erhoffte Erfolg einstellte. Niemand hatte eine Person gesehen, auf die die Beschreibung von Wolfgang Sauer zutraf. An einem Rinnsal im Tiefenbachtal hatte sich seine Spur verloren, und die Hunde konnten sie auch nicht wieder aufnehmen. Der Wald hatte Wolfgang Sauer verschluckt.

»Dass er durch den Bach gelaufen ist, bedeutet, dass er weiß oder vermutet, dass wir mit den Hunden hinter ihm her sind«, folgerte Sam Wolff. »Der Typ ist wirklich clever.«

»Morgen früh geht's weiter«, antwortete Katja Reinert. »Wenn er sich noch innerhalb des Gebietes aufhält, finden wir ihn; andernfalls wird es schwierig werden.«

»Ich bin da sehr zuversichtlich. Er braucht Nahrung, das muss ihn irgendwann aus der Reserve locken und unvorsichtig werden lassen. Auf Dauer hält er das nicht durch; sein Risiko wird immer größer und die Orte, wo er Nachschub fassen könnte, werden überwacht. Es ist nur eine Frage der Zeit, bis wir ihn kriegen.«

»Dein Wort in Gottes Ohr, Sam. So! Ich bleibe hier und übernachte im Bereitschaftsraum …«

»Wenn du willst, können wir uns ein Bett teilen«, grinste der Hauptkommissar.

»Das hättest du gerne, du Schuft! Vergiss es! Und schon gar nicht im Bereitschaftsraum!«

»Na, dann besteht ja immer noch Hoffnung auf eine bessere Gelegenheit.«

42

Am gleichen Tag

Was bin ich für ein gottverdammter Idiot!

Dabei war alles bombensicher geplant und vorbereitet! Es hätte auch funktioniert, wenn … ja wenn! Hätte, hätte, Fahrradkette!

Blöder hätte es wirklich nicht laufen können! Mann! Jetzt sitze ich in der Scheiße und muss sehen, wie ich aus dem Schlamassel rauskomme.

Verdammt, ist das kalt hier!

Mein größter Fehler war es, diese verdammte Knarre in die Hand zu nehmen, aber wie hätte ich ahnen können, dass Alfred so ein hinterfotziges Arschloch ist? Okay, mein Fehler! Ohne das wären die im Leben nicht auf mich gekommen! Wie denn auch?

So ein gottverdammter Mist!

Wenn die mich kriegen … darüber will ich gar nicht nachdenken. Bis ich wieder rauskomme, bin ich über siebzig, falls ich überhaupt …

Und dann? Lande ich als mittelloser Tattergreis in einem Pflegeheim oder so. Nee, das kommt nicht in die Tüte! Soll ich dafür ein Leben lang geschuftet haben? Ich hätte Ralf vor vierzig Jahren umbringen sollen, dann wäre alles anders gelaufen; und die Alten gleich dazu! Ich hab's damals schon vermasselt!

Okay, das bringt mich im Augenblick nicht weiter!

Ich muss schauen, dass ich schnellstmöglich an das Gold und den Rest der Kohle komme. Das Geld im Rucksack reicht nicht. Wenn ich im Ausland bin, wird es schwer, da nochmal ranzukommen; ein Zurück wird es wahrscheinlich nicht geben.

Ein paar Stunden werde ich in diesem kalten Loch noch aushalten müssen. Augen zu und durch. Dann geht's weiter. Ich brauche was zum Essen und einen Akku, ansonsten finde ich das Depot nicht oder es dauert ewig.

Reiß dich zusammen, das wird schon! Weit ist es nicht mehr, aber ohne Orientierung geht es nicht. Wenn's dämmert geht's los! Vorher machen die mit den Hunden auch nicht weiter. Bis die hier sind, bin ich längst über alle Berge; der Zwischenstopp wird nicht lange dauern, das müsste reichen.

Dass die mit den Hunden so schnell auftauchen, hatte ich nicht einkalkuliert, das war auch ein Fehler. Gott sei Dank habe ich es vom Hochsitz aus noch rechtzeitig mitbekommen, sonst hätten sie mich schon. Ein Glück, dass mir das noch rechtzeitig gedämmert hat.

Hätte ich mit der Wasserpumpe nicht so viel Pech gehabt, wäre der Käse längst gegessen, aber was sollte ich machen? Und dann auch noch diese übereifrigen Camper; da kam wirklich alles zusammen!

Trotzdem: Ich schaffe das! Es muss einfach! Aufgeben ist keine Option!

Ein bisschen Schlaf wäre gut, wenn es hier nur nicht so saukalt wäre; und der Gestank …

Egal! Ich muss da jetzt durch!

Ich muss einfach!

43

Am folgenden Morgen

Katinka Oberringer hatte keine Angst vor fremden Menschen, aber sie scheute den Kontakt mit ihnen, weil sie unbekannte Gesichter und Stimmen nicht einordnen konnte.

Wenn jemand, den sie nicht kannte, etwas zu ihr sagte, sein Gesicht sich dabei veränderte und die Person mit Händen und Armen fuchtelte, verwirrte sie das, weil sich ihr nicht erschloss, wie das alles zusammenpasste. Manchmal entstand in ihrem Kopf dann ein Feuerwerk und es blieb kein anderer Weg, als davonzulaufen, sich in eine ruhige Ecke zu verkriechen und zu warten, bis die Explosionen wieder aufhörten.

Frau Bommer und Herr Müller hatten gesagt, dass das nicht schlimm ist, und sie sich deswegen nicht fürchten müsse. Davonlaufen sei völlig in Ordnung, sie solle aber auf dem Hof bleiben, am besten in der Nähe der Gärtnerei.

Was die Betreuer sagten, war wichtig und gut, das hatte Katinka längst erkannt. Dass sie Inge und Heiner zu ihnen sagen durfte, fand sie toll, und dass sie von ihnen Kati gerufen wurde, war schön, auch wenn Katinka den Grund dafür nicht einsah, denn schließlich hieß sie ja nicht so. Aber das war egal.

Heiner hatte ihr für heute eine besondere Aufgabe gegeben, und darauf war sie richtig stolz. Jemand, den alle Herr Kunde nannten, hatte einen großen Blumenkranz bestellt, und Heiner hatte gesagt, dass der ganz früh fertig sein musste. Um sechs Uhr hatte Heiner sie abgeholt, damit sie mit dem Binden noch vor dem Frühstück fertig sein konnten. Inge und Alwina würden danach die Bänder mit den Sprüchen anbringen.

Die Arbeit in der Gärtnerei des Wendelinushofes machte Katinka unheimlich viel Spaß. Endlich hatte sie eine tolle Aufgabe und war glücklich, wenn das Ergebnis den anderen gefiel.

»Kati«, hatte Heiner gleich zu Beginn der Arbeit zu ihr gesagt, »geh mal bitte raus und hol aus dem Schuppen ein paar Tannenzweige; so groß wie der da.«

Damit sie die richtige Größe aussuchen konnte, hatte er ihr einen Zweig in die Hand gedrückt und Katinka war losgestiefelt.

Auf dem Weg zum Schuppen sah Katinka eine Gestalt, die um das Gewächshaus schlich. Der fremde Mann hatte einen Rucksack an, bewegte sich ganz langsam und bückte sich andauernd, so wie bei den Versteckspielen in der Gruppe, aber in der Gruppe hatte sie den Mann noch nie gesehen. Katinka blieb stehen und schaute dem Mann zu. Irgendwie war das komisch! Versteckspielen vor dem Frühstück? Und wo waren die anderen, die ihn suchen mussten?

Jetzt ging der Mann in die Richtung vom Hofladen. Der machte aber erst nach dem Frühstück auf, oder wollte er sich dort etwa verstecken?

Katinka eilte zum Schuppen, suchte die passenden Tannenzweige aus und brachte sie zu Heiner.

»Super, Kati! Mal sehen, ob die ausreichen, andernfalls müssen wir noch mehr holen!«

»Der Mann spielt verstecken! Das ist lustig, weil die anderen noch frühstücken.«

»Welcher Mann, Kati?«

»Draußen! Der hat einen Rucksack und spielt Verstecken.«

»Da läuft ein Mann mit einem Rucksack rum? Um diese Zeit? Wo, Kati?«

»Er geht zum Hofladen ...«

»Bist du sicher?«, unterbrach Heiner.

»Ja! Und er spielt Verstecken.«

»Zeig mir den bitte mal, Kati. Aber psst, wir müssen still sein.«

»Psst!«, wiederholte Kati und legte einen Finger auf den Mund; dann nahm sie Heiner bei der Hand und zog ihn nach draußen und um den Schuppen herum.

»Tatsächlich!«, flüsterte Heiner, als er den Mann entdeckte, der in gebückter Haltung von Gebäude zu Gebäude schlich, und sich alle Mühe gab, nicht entdeckt zu werden.

»Vielleicht ist das der Mann, den die Polizei sucht«, murmelte Heiner. »Gut gemacht, Kati. Komm, wir gehen wieder rein und rufen die Polizei.«

* * *

Wenn der Biobauer vom Sonnenhof heute wieder zu spät anliefern würde, sollte er ein Donnerwetter erleben, das hatte sich Sabine Hofmeister geschworen. Sie war es endgültig leid, durch die Verspätungen jedes Mal in unnötigen Stress zu geraten. Der Hofladen öffnete zwar erst um 9 Uhr, aber die Lieferung musste geprüft, sortiert, verpackt und etikettiert werden, und das brauchte nun mal Zeit; Zeit, die Sabine nicht hatte, weil sie das meiste alleine erledigen musste. Das hatte sie dem Lieferanten schon x-mal klargemacht, aber der arrogante Schnösel kümmerte sich einen Dreck um ihre Beschwerden und schien sich einen Spaß daraus zu machen, wenn sie wütend wurde; damit war jetzt Schluss!

Als Sabine den Hofladen durch die Hintertür über das Lager betreten wollte, stutzte sie zunächst und fluchte dann wie ein Rohrspatz.

Die Tür stand einen Spalt offen und es war klar erkennbar, dass sie mit Gewalt aufgebrochen worden war. Wie oft hatte sie den Verwalter bereits darauf hingewiesen, dass die billige Leichtmetalltür ein Risiko darstellte, hatte aber immer die gleiche Antwort erhalten, dass das Budget eine solche Anschaffung im Augenblick angeblich nicht hergebe. Nun hatten sie den Salat!

Vorsichtig öffnete Sabine die Tür und spähte ins Lager. Es war still, das Licht war aus und der Einbrecher wohl schon wieder verschwunden.

»Hallo?«, rief sie trotzdem in den Raum, aber es tat sich nichts.

Als sie den Lichtschalter drückte, stellte sie erstaunt fest, dass auf den ersten Blick alles in Ordnung war. Sie hatte erwartet, ein heilloses Durcheinander und geplünderte Regale vorzufinden, aber die Wandbretter waren gefüllt und alles stand an seinem Platz. Einigermaßen erleichtert atmete sie durch, aber so ganz traute sie dem Frieden noch nicht. Vielleicht hatte es der Eindringling auf die Kasse vorne im Verkaufsraum abgesehen, dabei konnte sich jeder halbwegs intelligente Mensch vorstellen, dass die Einnahmen jeden Abend im Tresor des Hauptgebäudes landeten.

Sabine drückte vorsichtig die Klinke der Tür und öffnete sie einen Spalt weit. Obwohl die Jalousien zum Haupteingang noch geschlossen waren, fiel ein schwacher Lichtschein aus dem Halbdunkel auf das Regal mit den Cerealien, das direkt neben dem Ständer mit den Teesorten stand. Bei der Lichtquelle konnte es sich nur um die Thekenbeleuchtung über den Wurstwaren handeln.

Als Sabine den Kopf durch den Türspalt steckte, sah sie einen Rucksack vor der Theke stehen. Mehr konnte sie nicht erkennen, ohne sich weiter vorzubeugen, und als sie das tat, legte sich plötzlich eine Hand über ihren Mund, während sie gleichzeitig einen spitzen Gegenstand an ihrem Hals verspürte. Sie wollte schreien, brachte aber keinen Ton heraus und wäre vor Schreck beinahe in Ohnmacht gefallen.

»Ganz ruhig«, hörte sie eine Stimme seitlich von ihr. »Wenn du dich ruhig verhältst, passiert dir nix!«

Sabine wollte nicken, aber sie war steif vor Schreck und unfähig, auch nur einen einzigen Muskel zu bewegen. Nach einer gefühlten Ewigkeit ließ der Druck am Hals etwas nach und ihre Atmung beruhigte sich ein wenig.

»Ich mache alles, was Sie wollen«, hörte sie sich hauchen. »Tun Sie mir bitte nichts, ich habe zwei kleine Kinder.«

»Pack Konserven in den Rucksack, Brot und Bananen!«, befahl die Stimme. »Wasser und Papiertücher! Und gib mir dein Handy! Nicht rumdrehen, sonst steche ich dich ab. Wenn du brav bist, bin ich gleich wieder weg.«

»Mach ich! Das Telefon ist in meiner rechten Jackentasche. Gleich kommt der Lieferant vom Sonnenhof, der wird …«

»Lass das mein Problem sein! Los! Einpacken!«

* * *

Heiner Müllers Anruf bei der Polizei löste sofortigen Großalarm aus. Über den Polizeiruf wurde auch die Polizeistreife auf dem Parkplatz des Wendelinushofes informiert, die erst kurz zuvor als Ablösung eingetroffen war. Die beiden Beamten waren unschlüssig, was sie tun sollten, und erhielten die Anweisung, sich im Bereich des Hofladens vorsichtig umzuschauen und das Gebäude zu sichern, bis weitere Einsatzkräfte vor Ort eintreffen würden.

Katja Reinert war schon auf den Beinen, als die Meldung einging. Nachdem einige Details telefonisch abgeklärt waren, ging die Hauptkommissarin zur Überraschung ihres Kollegen Sam Wolff vor Wut an die Decke.

»Ich komme da ehrlich nicht mehr mit!«, schnaubte sie. »Wir postieren extra eine Streife auf dem Gelände und die Trottel bekommen nicht mit, dass sich da jemand rumtreibt. Was machen die denn? Im Auto sitzen und Gameboy spielen, oder was?«

»Hallo!«, entfuhr es Sam. »Wenn er sich in der Dämmerung rangeschlichen hat, ist das bei der Größe des Geländes für zwei Augenpaare schwierig zu erkennen. Du warst oft genug auf Streife, um zu wissen, dass das ein Scheiß Job ist! Nun mach mal halblang!«

»Ach, ist doch wahr! Wenn dort jetzt was passiert, heißt es hinterher, dass wir alle Deppen sind. Dann sind wir wieder alle dran schuld, nur weil die zwei da oben gepennt haben.«

»Dann drehen wir den Spieß rum und erklären, dass bei der dünnen Personaldecke einfach nicht mehr drin ist«, schlug der Hauptkommissar vor.

»Du hättest in die Politik gehen sollen«, seufzte Katja Reinert. »Los, machen wir uns auf den Weg!«

* * *

Die beiden Streifenbeamten hatten am Hintereingang des Bioladens Stellung bezogen, als weitere Einsatzkräfte anrückten. Die Einsatzleitung hatte angeordnet, auf Blaulicht und Sirenen zu verzichten und leise zu sein, damit weder der Einbrecher noch das Personal des Inklusionsbetriebes aufgeschreckt wurden.

»Da drin ist alles ruhig«, machte einer der Streifenpolizisten Meldung. »Vorne am Haupteingang ist die Jalousie geschlossen.«

»Ich weiß, dass es noch einen weiteren Eingang über das Restaurant gibt«, antwortete Einsatzleiter Hauptmeister Klaus Scheer. »Habt ihr den überprüft?«

»Nein, das war uns nicht bekannt!«

»Na super! Zwei Mann auf die andere Seite zum Restauranteingang, Meldung machen, aber nur falls sich dort was tut! Ansonsten Funkstille! Zwei Mann sichern hier! Ihr beiden geht 30 Meter in diese Richtung, übernehmt den Funkverkehr und gebt die Informationen weiter. Ben und ich gehen rein!«

»Sollten wir nicht besser das SEK anfordern?«, mahnte ein Kollege.

»Bist du Polizist oder vom Wachdienst?«, schnauzte der Hauptmeister zurück. »Bis das SEK eintrifft, kann da drinnen weiß Gott was passieren. Vielleicht ist er schon weg, dann brauchen wir kein SEK. Falls er alleine drin ist, holen wir ihn raus. Wenn er eine Geisel hat, will ich das wissen. Also gehen wir rein und schauen nach; was glaubst du, weshalb wir hier sind? Das SEK können wir notfalls immer noch anfordern.«

Klaus Scheer winkte seinen Kollegen Obermeister Ben Zimmermann zu sich und besprach sich kurz mit ihm. Dann gingen die beiden Polizisten mit gezückten Dienstwaffen durch die Tür des Lagerraums. Da sich dort niemand aufhielt, bewegten sie sich auf die nächste Tür zu und bezogen dort Stellung.

Scheer bedeutete seinem Kollegen mit Handzeichen, dass er selbst als Erster durch die Tür gehen werde, und Ben ihn nach links absichern solle. Bevor er den ersten Schritt durch die Tür wagte, lugte er vorsichtig in den Raum, um sich einen Überblick zu verschaffen.

Keine drei Meter rechts von der Tür stand ein Mann, mit dem Rücken zum Hauptmeister. In der rechten Hand hielt er am ausgestreckten Arm ein Messer, das auf eine Frau gerichtet war, die Waren aus einem Regal nahm und in einen Rucksack packte, der vor ihr auf dem Boden stand. Der Typ mit dem Messer deutete mit der linken Hand auf das Regal und zischte unverständliche Anweisungen.

Hauptmeister Scheer gab Ben Zimmermann das Zeichen zum Rückzug, worauf die beiden Beamten langsam bis zur Tür des Lagerraums zurückschlichen und ins Freie traten. Draußen bedeutete Scheer den Kollegen, dass sie sich absolut ruhig verhalten sollten.

»Der Mann hat eine Frau als Geisel«, flüsterte er. »Er ist mit einem Messer bewaffnet und bedroht die Frau. Sie packt Lebensmittel in einen Rucksack. Soweit ich sehen konnte, ist sonst niemand in dem Raum. Zwei Mann zur Tür! Ich fordere das Sondereinsatzkommando an; bei Geiselnahme habe ich keine andere Wahl.«

Scheer gab Anweisung, das Personal am Haupteingang und am Eingang zum Café zu verstärken, dann ging er zu einem der Einsatzfahrzeuge, machte über Funk Meldung an die Leitstelle und forderte das SEK an.

»Gut möglich, dass wir die Sache alleine erledigen müssen«, ergänzte er zum Schluss. »Wenn der Rucksack gepackt ist, wird er sich davon machen wollen, das wird nicht mehr lange dauern, schätze ich. Dass die Sicherheit der Geisel äußerste Priorität hat, ist klar. Ende.«

Scheer ging zurück zu seinem Kollegen und forderte ihn auf, mitzukommen.

»Wir müssen ihn dazu bringen, rauszukommen. Am Haupteingang sind die Jalousien runter, der andere Eingang am Café ist abgesperrt; er kann also nur hier hinten raus.«

»Er wird die Geisel als Schutzschild benutzen«, entgegnete Ben.

»Wahrscheinlich. Ob er neben dem Messer noch eine Schusswaffe mit sich führt, konnte ich nicht erkennen. Bis das

SEK hier eintrifft, wird es eine Weile dauern. Die Zeit haben wir nicht; weiß der Teufel, was er bis dahin mit der Frau anstellt. Ich bin der Ansicht, dass wir ihn rauslocken sollten!«

»Wie willst du das anstellen?«

»Wir rufen im Hofladen an. Da wird zwar niemand rangehen, aber das macht ihn nervös und er wird schleunigst abhauen wollen. Den Hintereingang geben wir frei und gehen mit je zwei Mann um die Ecke rechts und den Vorbau links in Deckung. Wenn er rauskommt, lassen wir ihm ein paar Meter, dann empfangen ihn die Kollegen frontal. Wir nehmen ihn seitlich und von hinten in die Zange. Abwehrspray, Warnschuss. Sonst kein Schusswaffengebrauch, um die Geisel nicht zu gefährden.«

»Guter Plan, aber das wird nicht einfach, und es muss schnell gehen!«

»Dann los!«

Die Kollegen wurden schnell informiert, die Aufgaben verteilt und die Posten besetzt. Danach gab Scheer das Zeichen zum Telefonanruf. Den Männern und Frauen stand die Anspannung ins Gesicht geschrieben, aber alle verharrten still an ihren Plätzen und warteten auf das Erscheinen des Geiselnehmers.

Der ließ nicht lange auf sich warten; der Plan schien aufzugehen. Nach wenigen Minuten erschien der Kopf eines Mannes im Türrahmen; erst kurz und vorsichtig, dann immer länger. Wie ein Tier, das Witterung aufnimmt, lugte er nach draußen und prüfte, ob die Luft rein war. Bald trat er vollends in die Tür, machte einen Schritt ins Freie und schaute sich um.

Er hatte den Rucksack seitlich links über die Schulter gehängt, zog die Frau mit der rechten Hand am Handgelenk hinter sich her und hatte das Messer leicht nach vorne gerichtet in der linken Hand. Nach drei vorsichtigen Schritten blieb er stehen; die Frau folgte ihm apathisch ohne eine Spur von Panik.

Als er weiterging, und die Gefahr bestand, dass er beim Umschauen die lauernden Beamten hinter ihm entdecken könnte, fiel von vorne ein Schuss.

Der Mann erschrak und machte eine ruckartige Bewegung, worauf ihm der Rucksack von der Schulter rutschte, die Hand mit dem Messer nach unten zog und blockierte. Genau in diesem Moment stürmten die vier auf der Lauer liegenden Beamten nach vorne, und sprühten dem Geiselnehmer das Abwehrspray ins Gesicht. Der Mann wankte und ließ die Hand der Geisel los.

Binnen Sekunden kniete Ben Zimmermann auf seinem Rücken, fixierte seine Arme und legte ihm Handschellen an. Hauptmeister Scheer hatte derweil die Frau zur Seite geschoben und das Messer mit einem Tritt weit weg befördert.

»Alles in Ordnung mit Ihnen?«, fragte er die Frau. »Alles gut, es ist vorbei! Sind Sie verletzt?«

Die Frau war nicht fähig, einen Ton von sich zu geben und schüttelte den Kopf.

Ben Zimmermann sprach beruhigend auf den am Boden liegenden Mann ein und forderte ihn auf, sich ruhig zu verhalten. Weitere Beamte stürmten herbei und sicherten die Lage.

Ein Rettungswagen war mittlerweile für die Erstversorgung eingetroffen, binnen kurzer Zeit wimmelte es auf dem Gelände des Wendelinushofes von Rettungs- und Einsatzkräften, selbst ein Polizeihubschrauber kreiste über dem Gelände, wobei niemand sagen konnte, wer den angefordert hatte und weshalb überhaupt.

Nach einiger Zeit traf das SEK ein, wurde über den Sachstand informiert und rückte gleich wieder ab, ohne dass die Spezialkräfte ihre Einsatzfahrzeuge verlassen hatten.

Bürgermeister Klär und Landrat Recktenwald waren mit der Presse im Schlepptau eingetroffen, wurden aber gebeten, hinter der Absperrung zu warten.

Etwa zeitgleich mit dem Rettungswagen waren auch Katja Reinert und Sam Wolff am Einsatzort eingetroffen. Während Sabine Hofmeister erstversorgt wurde, konnten die Ermittler erste Fragen an das Opfer stellen, brachten aus ihm allerdings wegen des Schocks nur wenige Informationen heraus.

In einem der Einsatzfahrzeuge hatte man den Täter mittlerweile auf einen Sitz verfrachtet, wo er in sich zusammengesunken, regungslos zu Boden starrte, ohne einen Ton von sich zu geben.

Auch als ihm die Ermittler gegenübertraten und ihn ansprachen, zeigte er keinerlei Regung.

»Wolfgang Sauer, ich nehme Sie vorläufig fest, wegen des Verdachtes des Mordes zum Nachteil des Alfred Koch und Ihres Bruders Ralf Sauer, und weiterer Delikte. Ich belehre Sie jetzt Ihrer Rechte«, erklärte Hauptkommissarin Reinert.

Auch darauf reagierte Wolfgang Sauer nicht und ließ sich widerstandslos zum Wagen führen.

44

Tage und Wochen danach

Unmittelbar nach seiner Festnahme war Wolfgang Sauer in die Haftanstalt eingeliefert worden, wo er verpflegt wurde, duschen konnte und frische Kleidung bekam. Psychisch und physisch war er in einem erbärmlichen Zustand. Er wurde daher nur formell nach seiner Person befragt, medizinisch untersucht und auf Anraten des Arztes fürs Erste in Ruhe gelassen.

Erst am nächsten Morgen wurde er in Begleitung eines Rechtsanwaltes dem Haftrichter vorgeführt. Auf die Fragen des Richters gab Sauer keine Antworten, und sein Anwalt erklärte, dass sein Mandant auch mit ihm bisher kein Wort gesprochen habe, er zur Sache also nichts sagen könne. Was es mit den rund einhundertfünfzigtausend Euro, die sein Mandant im Rucksack mit sich geschleppt hatte, auf sich habe, sei ihm nicht bekannt, da sich Sauer auch dazu nicht geäußert habe. Dennoch plädierte der Anwalt auf Haftentlassung.

Richter Simon hörte sich daraufhin die Argumente der Staatsanwaltschaft an und befragte die Hauptkommissare Reinert und Wolff. Am Ende ordnete er Untersuchungshaft an und forderte die Staatsanwältin auf, im Rahmen der gesetzlichen Fristen entweder Anklage zu erheben oder den Verzicht zu erklären. Damit waren die Formalitäten vorerst erledigt und Sauers Vernehmungen konnten beginnen.

Es dauerte Tage, bis sich Wolfgang Sauer äußerte, aber seine Einlassungen waren zunächst wirr und teilweise widersprüchlich. Schuld an allem seien sein Bruder und die Wasserpumpe, erklärte er, ohne weiter auf die Zusammenhänge einzugehen.

Mehr schien er auch in den Vier-Augen-Gesprächen mit seinem Anwalt nicht von sich gegeben zu haben, denn der war anscheinend ratlos, wie er seinen Mandanten entlasten könnte.

Staatsanwältin Sommer schlug vor, einen Psychologen hinzuzuziehen, aber das lehnte Wolfgang Sauer entschieden ab und erklärte, er sei ja nicht verrückt.

»Sie wollen mich doch nur für alle Zeiten in eine Klapse stecken!«, protestierte er.

Erst nach Tagen, an denen er immer wieder vernommen und mit den Fakten konfrontiert worden war, schien Sauer langsam zu realisieren, dass alles anders war, als er es sich in seinem Kopf zurechtlegte. Die Gespräche mit seinem Anwalt dauerten nun länger, seine Einlassungen wurden zunehmend konkreter. Da er aber ständig das Thema wechselte und in seinen Äußerungen keine chronologische Reihenfolge erkennbar war, mussten die Ermittler seine Aussagen wie Mosaikstücke zu einem Gesamtbild zusammensetzen. Durch gezielte Fragen versuchten sie, Zusammenhänge zu finden und Lücken zu schließen. Die Auswertungsergebnisse von Sauers Mobilfunkgerät führte dann endlich zum Ziel.

Sauer hatte auffällig oft über einen längeren Zeitraum ein Ziel im Bereich des Ohmbachsees in der Nähe des pfälzischen Bruchmühlbachs angepeilt. Als ihn die Ermittler mit dieser Auffälligkeit konfrontierten und erklärten, dass man den Ort auch ohne sein Zutun ausfindig machen werde, wurde Sauer nervös und äußerte sich schließlich zu diesem Thema.

»Wenn Sie mir verbindlich zusagen, dass ich nicht mehr als fünf Jahre bekomme, sage ich was und führe Sie hin«, forderte er.

Auf diesen Deal ließen sich die Ermittler nicht ein und bohrten weiter. Sauers Anwalt schien nach und nach mehr Einfluss auf seinen Mandanten zu bekommen und konnte ihn schließlich zu einer Aussage bewegen.

Sauer gab an, dass er in einem mit Steinen abgedeckten Erdloch in einem Waldstück eine Metallkassette deponiert habe. Daraufhin wurde am angegebenen Ort tatsächlich in einem nahezu perfekten Versteck ein Behälter mit Bargeld in diversen Währungen und einige Goldbarren gefunden, alles in allem im Wert von etwa sechshunderttausend Euro.

Das Geld stamme aus dem Vermögen seines Bruders Ralf, erklärte Wolfgang Sauer; er habe es zufällig in dessen Wohnung gefunden und an sich genommen, weil er wisse, dass Ralf es sich aus illegalen Geschäften ergaunert habe und es seinem Bruder daher gar nicht zustehe.

»Das Geld aus dem Rucksack werde ich behalten und den Rest spenden«, erklärte er.

Weitere Angaben machte Sauer nicht, auch nicht, als die Ermittler ihm klarmachten, dass weder das eine noch das andere je stattfinden werde.

Zum Tod von Alfred Koch und Ralf Sauer verweigerte Wolfgang Sauer jegliche Aussage. Es schien, als ob das Thema für ihn überhaupt nicht existierte.

»Wir müssen ihn weiter beackern; irgendwann wird er weich!«, schätzte die Hauptkommissarin.

Parallel zu Wolfgang Sauer wurden Gespräche mit Mitarbeitern des Landesamtes, der Bauunternehmung Klein, dem Ingenieurbüro König, den Kochbrüdern und Verantwortlichen der Bauherren zahlreicher Bauprojekte geführt. Mittlerweile hatte auch die Steuerfahndung ihre Chance erkannt, führte Razzien in einigen Geschäfts- und Privaträumen durch und beschlagnahmte eine Vielzahl von Akten.

»Wenn der Staat Witterung aufnimmt und Geld riecht, geht's plötzlich«, kommentierte die Staatsanwältin die Aktionen. »Hunderttausend Euro Steuergeld sind mehr wert als zwei Tote! Gut, dass ich diesen Wahnsinn bald hinter mir haben werde.«

»Ist doch nichts Neues!«, meinte Sam Wolff. »Al Capone haben sie seinerzeit auch wegen Steuerhinterziehung eingebuchtet. Wegen Mordes wurde der nie angeklagt!«

Nach zähen Ermittlungen und Gesprächen mit den spanischen Behörden stellte sich heraus, dass Tatjana Weber seit vielen Monaten ein Jet-Set-Leben in den einschlägigen Clubs der spanischen Mittelmeerküste führte. Das Erbe und die monatlichen Apanagen waren groß genug, um diesen Lebensstil zu finanzieren, zudem schien sie zu wissen, wie man sich in diesen Kreisen durchschlagen konnte. Sie wurde von der spanischen Polizei befragt, hinterließ jedoch den Eindruck, dass ihre geistigen Fähigkeiten mehr als beschränkt waren.

Nach eingehender Beratung verzichtete die Staatsanwaltschaft schließlich darauf, Tatjana persönlich zu einer Befragung vorzuladen und auf den Zeugenstand zu verzichten, zumal sich Tatjana über ihre Rechtsanwälte weigerte, einer Vorladung widerspruchslos zu folgen.

»Bei der ist nichts zu holen«, urteilte die Staatsanwältin. »Die Arbeit und den bürokratischen Aufwand können wir uns vorerst sparen. Wenn es für uns eng wird, können wir das immer noch arrangieren.«

Zweieinhalb Wochen nach seiner Festnahme wurde Wolfgang Sauer auf Antrag seines Anwaltes erneut dem Haftrichter vorgeführt, aber der Schuss ging für Sauer nach hinten los.

Statt der vom Anwalt geforderten Haftentlassung durch den Richter, verkündete Staatsanwältin Sommer, dass sie gegen Wolfgang Sauer Anklage erheben werde; wegen zweifachen Mordes, Einbruchdiebstahls, Geiselnahme und weiterer Delikte. Eine Anklage wegen Steuerhinterziehung, Vorteilnahme und Betruges werde vom Wirtschaftsdezernat derzeit vorbereitet. Die Staatsanwaltschaft sei zu der Überzeugung gelangt, dass eine Anklageerhebung auch ohne ein Geständnis des Beschuldigten vor Gericht anhand der Indizien zu einer Verurteilung führen werde. Daniela Sommer unterstrich ihre Behauptung durch die Vorlage von Beweisstücken und Aussageprotokollen, worauf der Haftrichter die Untersuchungshaft auf unbestimmte Zeit verlängerte.

Im Anschluss an die richterliche Verkündung führte Wolfgang Sauer mit seinem Anwalt ein langes Gespräch. Am Tag darauf versuchte er erneut, einen Deal mit der Staatsanwältin zu erwirken.

»Was bieten Sie mir an, wenn ich auspacke?«, fragte er frech.

»Herr Sauer«, antwortete Daniela Sommer gelassen. »Sie sind nicht in der Position, mir einen Handel vorzuschlagen. Die Beweislast ist erdrückend! Ich werde Ihnen vor Gericht den Mord an Ihrem Bruder und an Alfred Koch nachweisen. Wissen Sie, das wird meine letzte Anklageerhebung sein, danach gehe ich in den Ruhestand, und glauben Sie mir, ich werde mich nicht mit einem fadenscheinigen Deal verabschieden, nur damit ich meine Ruhe habe! Mir ist es auch egal, ob der Prozess zwei, drei oder sechs Monate dauert und wann der Verhandlungstermin angesetzt wird. Ich habe unendlich viel Zeit, während Sie in der Haft jeden Tag ein Stück nervöser werden.«

Als Sauers Anwalt zu einer Gegenrede ansetzen wollte, wurde er von der Staatsanwältin bereits im Ansatz gestoppt.

»Wenn Ihr Mandant schlau ist, kooperiert er mit uns, dann hat er es hinter sich. Vielleicht kann er damit wenigstens erwirken, dass nicht auch noch die Schwere der Schuld vom Gericht festgestellt wird. Andernfalls wäre eine dauerhafte Inhaftierung auf unbestimmte Zeit die Folge. Falls Sie und Ihr Mandant das Gericht jedoch von Herrn Sauers Unschuld überzeugen sollten, wäre das für mich auch kein Problem, denn ich bin es gewohnt, mich dem Urteil des Rechtsstaates zu beugen. Vorher aber haben Sie von mir keinerlei Zugeständnisse zu erwarten. Herr Sauer, Sie können vor der Wahrheit nicht davonlaufen; Ihr Traum ist ausgeträumt! Machen Sie reinen Tisch, dann ist es für Sie leichter zu ertragen.«

Ob die Ansprache der Staatsanwältin der auslösende Faktor war, Verzweiflung oder die Gespräche mit seinem Anwalt, blieb unklar, jedenfalls ließ Wolfgang Sauer am nächsten Tag durch seinen Anwalt mitteilen, dass er bereit sei, ein umfassendes Geständnis abzulegen. Er wolle dies allerdings schriftlich tun, weil er so besser in der Lage sei, seine Gedanken zu ordnen und die Geschehnisse in der richtigen Reihenfolge wiederzugeben. Weitere Fragen werde er erst später beantworten.

Wenige Tage später lag Wolfgang Sauers handschriftliches Geständnis auf dem Tisch. Es umfasste mehr als fünfzig Seiten und las sich wie ein Roman, der das Zeug hatte, auf einer Bestsellerliste zu landen.

Sauer hatte seit seiner Kindheit ein gestörtes Verhältnis zu seinem Bruder Ralf, der von den Eltern immer bevorzugt behandelt worden war. Im Laufe der Zeit hatte sich daraus ein tiefgreifender Hass entwickelt, der bestärkt worden war, weil sein Bruder ihn als Weichei, Versager und Prinzipienreiter bezeichnete und ihn bisweilen in der Öffentlichkeit vorführte. Bereits damals hatte Wolfgang Sauer beschlossen, es seinem

Bruder irgendwann heimzuzahlen, sobald sich die Gelegenheit dazu ergeben würde. Den Plan, ihn umzubringen, habe er damals allerdings noch nicht gehabt, das sei erst später und spontan gekommen.

Dass Ralf seinen ausschweifenden Lebensstil und sein großkotziges Verhalten nicht allein aus seinem Arbeitseinkommen finanzieren konnte, sei Wolfgang bereits vor Jahren klargeworden. Er habe irgendwann damit begonnen, ihm nachzuspionieren und Recherchen anzustellen. Bei Zusammentreffen mit Leuten aus der Branche habe er denen Fragen gestellt, zunächst ganz unverfänglich, mit der Zeit immer bohrender. Anlässlich eines Neujahrsempfanges habe er zufälligerweise mitbekommen, wie Alfred Koch, Ralf und Vertreter von Baufirmen und Planungsbüros in vertrauter Runde zusammengestanden und mit ihren Sexabenteuern in einschlägigen Etablissements geprahlt hatten.

Da Alfred Koch mit seiner Großspurigkeit und offen gezeigter Sympathie zum FC Saarbrücken damals beim Landesamt im Ruf stand, zu wenig Distanz zur freien Wirtschaft zu haben, sei Wolfgang der Groschen langsam gefallen. Er habe Koch damals erst kurz gekannt und ihn heimlich beobachtet. Von Woche zu Woche sei ihm immer klarer geworden, was zwischen Koch und seinem Bruder lief. Am Ende sei er zu der Entscheidung gekommen, dass er von dem Kuchen ein Stück abhaben wollte, um sich ein schönes Leben finanzieren und aus dem tristen Berufsalltag ausbrechen zu können.

Zwischenzeitlich hatte die Amtsleitung gewechselt, was zur Folge hatte, dass Koch unter der neuen Leitung wegen seiner Kontakte zur Politik quasi machen konnte, was er wollte. An seinen Bruder Ralf hatte sich Wolfgang anfangs nicht rangetraut, aber jedes Mal, wenn er den Kollegen Koch in der Kantine oder im Flur traf, ließ Wolfgang eine spitze Bemerkung fallen, die andeuten sollte, dass er wusste, welches Spiel gespielt wurde. Das ging eine ganze Weile so, bis Alfred Koch reagierte und ihm drohte, seinen Bruder Ralf auf ihn zu hetzen.

»Der hat schon einmal einen umgebracht und würde nicht zögern, es noch einmal zu tun«, soll Alfred Koch gesagt haben; das sei auch der Augenblick gewesen, als Alfred ihm die Waffe gezeigt und in die Hand gedrückt habe.

Wolfgang Sauer bestritt in seinem Geständnis, Kenntnis von dem Mord an Roman Czerny gehabt zu haben. Koch habe nicht gesagt, wen Ralf angeblich umgebracht hatte. Er habe das damals auch nicht geglaubt und nur für einen Einschüchterungsversuch gehalten.

Mit solch einer dahergesagten Drohung habe er sich nicht abspeisen lassen und Alfred Koch weiterhin bedrängt. Eines Tages hatte Ralf vor Wolfgangs Haustür gestanden und ihn aufgefordert, mit dem Unsinn aufzuhören. Alfred habe ihn geschickt, um ihm des lieben Friedens willen tausend Euro anzubieten, damit er endlich Ruhe gebe. Andernfalls würde er es irgendwann bereuen, aber da er immerhin sein Bruder sei, wolle er helfen, die Sache aus der Welt zu schaffen.

»Eines will ich dir sagen, du Schwachkopf«, soll Ralf zu ihm gesagt haben. »Zur Polizei brauchst du erst gar nicht zu gehen! Die Sache ist eine Nummer zu groß für dich! Nimm das Geld und halt die Fresse. Überleg nicht allzu lange, Alfred wartet auf eine Antwort.«

Nach Wolfgang Sauers Einschätzung hatte sein Bruder Ralf damals wohl nicht geahnt, dass Wolfgang wusste, dass Ralf mit Alfred gemeinsame Sache machte, sonst »… hätte mich das Arschloch gleich umgebracht.«

Wolfgang ließ sich zum Schein auf den Deal mit Alfred Koch ein, hatte aber nicht vor, sich mit tausend Euro abspeisen zu lassen. Bei einem Treffen hatte er das Zwanzigfache gefordert.

»Pass auf, Kollege«, hatte Alfred daraufhin gewettert. »Ich spendiere dir zusätzlich zu den tausend einen Besuch in einem Edelpuff erster Sahne, damit du auch mal was vom Leben hast, und dann ist Schluss! Treib's nicht auf die Spitze, sonst kommt der böse Wolff, und dann ist der Spaß endgültig vorbei!«

Das sei der Moment gewesen, als Wolfgang Sauer tief gekränkt beschlossen habe, Alfred Koch zu töten und sich bei ihm zu holen, was ihm zustand. Eine Woche lang habe er überlegt, wie er das anstellen solle, und sei über eine Dokumentation im Fernsehen schließlich auf das Gift des Kugelfisches aufmerksam geworden. Wie er an das Zeug rankommen konnte, habe er im Internet recherchiert und sei überrascht gewesen, wie einfach das war. Das Ganze habe ihn zwar eine Stange Geld gekostet, aber in Anbetracht des erwarteten Ergebnisses, sei das gut angelegtes Geld gewesen.

Alfred hatte mehrfach einen Termin zur Geldübergabe mit anschließendem Bordellbesuch vorgeschlagen, aber Wolfgang hatte Ausreden parat und erst angenommen, als Zeit- und Treffpunkt seinen Vorstellungen entsprach.

Kollege Koch hatte Wolfgang abends spät ins Clubheim der Hobbyköche bestellt, weil sie dort alleine waren und man sofort ins nahe gelegene private Puff fahren konnte. Wolfgang war vorbereitet und hatte den als Cuba-Libre getarnten tödlichen Mix als angeblichen Versöhnungsdrink dabei. Der Rest sei einfach gewesen, schrieb er in seinem Geständnis; Details zum Tod von Alfred Koch gab er nicht preis.

»Eigentlich bin ich ganz gut darin, Dinge akribisch zu planen und konsequent durchzuführen«, bemerkte er noch. »Aber zum Schluss hatte ich nicht damit gerechnet, dass Alfred so schnell entdeckt wird.«

Koch war also tot, und Sauer brauchte Zeit, um dessen Wohnung nach Bargeld zu durchsuchen, weil er sicher war, dass

Koch die ergaunerte Kohle bei sich zu Hause aufbewahrte. Da Wolfgang wusste, dass im Landesamt organisatorisch einiges im Argen lag, war es nicht schwer von einem Prepaid-Handy aus Kochs Urlaubsantrag zu fingieren.

Zur Überraschung der Ermittler behauptete Sauer in seinem Geständnis, bei Koch weder eine Waffe gesucht, noch zufällig gefunden zu haben. Er blieb dabei, die Waffe nicht in Kochs Schreibtisch deponiert zu haben und bei der Version seiner ersten Aussage, wie der Fingerabdruck auf die Waffe gekommen sein könnte.

Neben dem Bargeld hoffte Wolfgang Sauer in Kochs Wohnung eindeutige Hinweise auf Ralfs Machenschaften zu finden. Dass Koch sich für Abrechnungstipps und überzogene Verträge hatte fürstlich entlohnen lassen, war sonnenklar, aber welche Art von Dreck Ralf am Stecken hatte, konnte sich Wolfgang bis dahin nur vage zusammenreimen. Es musste etwas mit manipulierten Abrechnungen, Ausschreibungen und Aufmaßen zu tun haben, oder mit allem zusammen.

Tatsächlich fand Sauer in Kochs Wohnung einhundertsechszigtausend Euro an Bargeld, aber er hatte sich insgeheim mehr erhofft. Nach Kunstgegenständen, Aktien oder anderen Anlageformen hatte er nicht gesucht, weil er mit denen nichts anfangen konnte.

Die Schilderungen Sauers stimmten im Wesentlichen mit den Ermittlungen des Landeskriminalamtes überein, und womöglich war es tatsächlich so, dass Koch einen Großteil des ergaunerten Geldes in einschlägigen Etablissements verjubelt hatte.

»Dass das LKA so schnell im Amt auf der Matte stehen würde, war nicht zu erwarten«, schrieb Sauer. »Deshalb musste ich improvisieren.«

Sauers Schilderungen auf den folgenden Seiten waren nicht immer eindeutig und konnten teilweise im Zeitablauf nicht stimmen. Ob sich bei der Formulierung die Hektik des damaligen Momentes wiederholte, oder ob er in seiner Wahrnehmung die Situation im Nachhinein anders empfand oder verwechselte, mussten die Ermittler erst später durch intensive Befragungen herausfinden; spätestens im Gerichtsprozess würden die Fakten glasklar auf dem Tisch liegen müssen.

Glaubte man Wolfgang Sauers Aufzeichnungen, hatte er nicht geplant, seinen Bruder Ralf zu töten; zumindest erwähnte er solch ein Vorhaben mit keinem Wort. Aus seinen Formulierungen war allerdings herauszulesen, dass er mit dem Thema ein Problem hatte, das ihn mehr belastete, als er in früheren Befragungen hatte zugeben wollen.

Über Seiten hinweg schrieb Sauer über die Erniedrigungen, die er von Seiten seines Bruders über Jahre hatte erdulden müssen, wiederholte sich dabei immer wieder, kam aber letztendlich nicht auf den Punkt. Sein schriftliches Geständnis schloss er mit der Erklärung, dass nicht er das Geld vergraben habe, sondern Ralf, und er nur zufällig davon erfahren habe.

Da ihnen das zu wenig war, drängten die Ermittler Wolfgang Sauer mit einer Fülle von Fragen in die Enge. Als er damit konfrontiert wurde, dass nur er als Täter und Mörder seines Bruders in Frage komme, und ihn zwischen dem 19. und 21. Juni auf ähnliche Weise wie zuvor Alfred Koch aus Rache und Geldgier umgebracht habe, bestritt Sauer das vehement.

Erst als Staatsanwältin Sommer ihm die Fotos der Leiche von Ralf Sauer präsentierte, brach Wolfgang Sauer unter Tränen zusammen und gestand zunächst zögerlich und dann vollumfänglich die Tat.

Er habe seinen Bruder aufsuchen wollen, unter dem Vorwand, sich mit ihm angesichts des Todes von Alfred Koch zu versöhnen. Im Zuge der Kontaktaufnahme habe er von der Baufirma telefonisch erfahren, dass Ralf sich krankgemeldet hatte. Daraufhin habe er beschlossen, ihn zu Hause mit einem Besuch zu überraschen.

Ralf habe anfangs ziemlich aggressiv reagiert und ihn abweisen wollen, dann aber eingelenkt und ihn in die Wohnung gelassen. Sein Bruder habe einen ziemlich verwirrten Eindruck hinterlassen; ob er betrunken oder bekifft war, habe Wolfgang nicht einordnen können, aber vermutet, dass Ralf wegen Alfred Kochs Tod befürchtete, dass seine krummen Geschäfte nun ans Licht kommen würden. Er habe nämlich immer wieder gefragt, ob Wolfgang etwas mit dem Tod von Koch zu tun habe.

Glaubst du, dass ein Weichei wie ich zu einem Mord fähig ist?, habe er seinen Bruder gefragt, worauf der in schallendes Gelächter ausgebrochen sei und zugestanden habe, dass eher ein Kamel durch ein Nadelöhr passe.

Sie hätten schließlich zusammengesessen, und Wolfgang habe Ralf als Mitbringsel den Rum und die Cola präsentiert. Ralf habe keinerlei Verdacht geschöpft, dass ihm dabei ein tödlicher Mix eingeschenkt wurde. Wolfgang selbst, habe nur von der Cola getrunken, mit dem Argument, dass es noch mit dem Auto nach Hause fahren müsse. Das habe Ralf arglos akzeptiert, weil er nicht ahnen konnte, dass das Gift dem Rum beigemischt war. Ralf habe das Zeug gesoffen wie Wasser und sei nach und nach versöhnlich geworden, aber da war es bereits zu spät.

Kurz bevor das Zeug Wirkung gezeigt hatte, habe Ralf vorgeschlagen, dass sie beide das Land verlassen sollten, um sich für den Rest ihrer Tage ein schönes Leben sonst wo zu machen. Er habe Wolfgang angeboten, ihm fünfzigtausend Euro zu geben; damit könne er in Kuba viele Jahre gut auskommen, und außerdem habe er ja bestimmt auch noch was auf der hohen Kante. Ralf selbst wollte irgendwo anders hin, habe aber kein Ziel genannt.

Woher er denn das viele Geld habe, hatte Wolfgang scheinheilig gefragt, worauf Ralf lachend gemeint habe, dass wisse er doch ganz genau.

So viel Geld auf einem Haufen hast du in deinem ganzen Leben noch nie gesehen, habe Ralf benebelt behauptet. Das sei auch ziemlich das Letzte gewesen, was er noch habe von sich geben können, denn bald habe er angefangen zu schwitzen und Atemnot bekommen.

Dem Todeskampf seines Bruders habe Wolfgang nicht zuschauen können, deshalb sei er in den Keller gegangen und habe gewartet, bis alles vorbei war.

»Wissen Sie«, erklärte Wolfgang Sauer den Ermittlern, »bei Alfred war das etwas Anderes, aber Ralf war trotz allem mein Bruder.«

Der Rest war schnell erzählt: Die ganze Nacht hindurch hatte Wolfgang die Wohnung seines Bruders durchstöbert und im Tresor, dessen Schlüssel Ralf am Schlüsselbund trug, eine niedrige fünfstellige Geldsumme gefunden. Dort habe auch eine Auflistung im Tabellenformat gelegen, die Wolfgang auf Ralfs Rechner als Excel-Tabelle wiederfand.

»Mehr als eine halbe Million in Gold und Banknoten! Ich war fast am Ziel meiner Träume«, gestand Wolfgang Sauer. »Aber ich wusste nicht, wo er das Zeug gebunkert hatte; in dieser Nacht bin ich fast wahnsinnig geworden!«

Er habe stundenlang in Ralfs Unterlagen gestöbert, dessen Computer durchforstet und sei irgendwann auf die Ortsangaben des Verstecks gestoßen, dass Ralf erst wenige Tage zuvor angelegt haben musste; das habe er aus den Datumsangaben der Dateien entnommen. Anscheinend hatte Ralf nach Alfred Kochs Tod spontan beschlossen, sich aus dem Staub zu machen, und war mitten in den Vorbereitungen zu seiner Flucht gewesen.

»Ich bin quasi in letzter Minute aufgetaucht, andernfalls wäre er über alle Berge gewesen, und mein Plan hätte nicht mehr funktioniert«, erklärte Wolfgang Sauer. »Wenn ich seine Nachforschungen im Internet richtig verstehe, hatte Ralf vor, sich nach Paraguay abzusetzen, da hätte ich ihn nie und nimmer gefunden.«

Wolfgang Sauer schilderte, dass er Ralfs Leiche unmittelbar vor der ersten Durchsuchung der Wohnung seines Bruders geholt und zum Nonnweiler Stausee transportiert habe; das sei eine mühselige Arbeit gewesen.

»Das war das Schlimmste von allem, aber irgendwie musste ich ihn ja loswerden.«

Ralfs Computer habe er zerstört und auf einem Wertstoffhof entsorgt. In der Wohnung sei er vorsichtig vorgegangen, habe Handschuhe getragen und aufgepasst, dass er keine Spuren hinterließ.

Seine eigene Flucht habe er sorgfältig geplant. Er wollte mit dem Campmobil Richtung Norden fahren und das Gefährt irgendwo im deutsch-niederländischen Grenzgebiet auf einem Campingplatz abstellen. Mit der Bahn sollte es dann wieder zurückgehen in Richtung Pfalz, um das Depot zu leeren. Danach wollte er in Richtung Süden verschwinden.

»Die Zeit hätte dicke ausgereicht, um bis nach Italien zu gelangen, und von dort aus mit dem Schiff nach Nordafrika überzusetzen, bevor ihr mir auf die Schliche hättet kommen können. Wenn ihr den Camper in Holland gefunden hättet, wäre niemand auf die Idee gekommen, dass ich in Richtung Süden unterwegs bin. Aber dann kam die Scheiße mit der Wasserpumpe.«

Als die Polizei auf dem Campingplatz in Weierweiler aufgetaucht war, sei er in Panik geraten; von da an habe nix mehr gepasst und einen Plan B hatte er nicht.

Wolfgang Sauer beantwortete fast alle Fragen bis ins Detail zu seiner Flucht. Einmal in Fahrt gekommen, sprudelte es nur so aus ihm heraus.

Details über die krummen Geschäfte seines Bruders habe er nicht herausgefunden, aber das sei letztendlich auch nicht mehr wichtig gewesen.

Ein zweites Ermittlungsverfahren gegen Sauer wegen etwaiger Wirtschaftsdelikte wurde seitens der Staatsanwaltschaft daher nicht weiterverfolgt, man beschränkte sich auf die in den Fokus geratenen Baufirmen, Planungsbüros und andere Projektbeteiligte.

Es war jedoch klar, dass es trotz des Geständnisses Monate dauern würde, bis ein Gerichtsverfahren in Gang kommen geschweige denn abgeschlossen werden könnte, aber das war den Ermittlern der Mordkommission und Staatsanwältin Sommer völlig egal.

In den Pressekonferenzen und öffentlichen Erklärungen zum Fall Wolfgang Sauer traten lediglich Vertreter des Ministeriums und der Leitung des Landeskriminalamtes vor die Kameras und Mikrofone. Daniela Sommer hatte sich geweigert, sich öffentlich zu äußern, und der Oberstaatsanwalt sah sich nicht in der Lage, vor der Presse detaillierte Angaben zu machen.

Die Auftritte des auserkorenen Personenkreises vor den Augen der Öffentlichkeit waren bisweilen an der Grenze zur Peinlichkeit, weil die Pressevertreter Fragen stellten, die niemand detailliert beantworten wollte oder konnte. Dementsprechend negativ fielen die Kommentare und Schlagzeilen aus.

Doppelmörder nach Monaten endlich gefasst! Polizei bekleckert sich nicht mit Ruhm!

Die zahlreichen Polizeireformen tragen endlich Früchte – es wird nicht besser!

45

19. August 2023

Das jährliche Sommerfest des Clubs kochender Männer wurde um vier Wochen nach hinten auf einen Samstag im August verschoben, weil sich vorher kein Termin fand, mit dem alle einverstanden waren.

Die Heimspiele des neuen Zweitligisten der Fußballbundesliga SV Elversberg wollte niemand verpassen, einige waren sogar zu den Auswärtsspielen unterwegs. Da es für die Feier zur Freifläche des Wandervereins im Ort keine Alternative gab, musste auch die Verfügbarkeit berücksichtigt werden und daneben gab es zahlreiche Sommerfeste der ortsansässigen Vereine, die sich ebenfalls niemand entgehen lassen wollte. Am Ende blieb nur der 19. August übrig, weil die Elversberger Fußballer bereits einen Tag vorher in Kaiserslautern spielten und dieser Samstag auch in den Veranstaltungskalender des Wandervereins passte.

»Männer!«, hatte der Klubchef beim ersten Organisationstreffen posaunt, »heute müssen wir unbedingt über die Anzahl der Teilnehmer sprechen!«

»Ich bin dafür, dass wir uns zuerst über das Menü unterhalten«, widersprach einer der Köche.

»Quatsch!«, entgegnete ein anderer Kochbruder. »Wenn wir wissen, für wie viele Leute wir kochen müssen, ist die Menüauswahl wesentlich einfacher.«

»Mir ist das egal«, meinte Josch, »aber der 19. August ist blöd, weil meine Frau am 16. Geburtstag hat.«

»Wo ist das Problem?«, fragte der Nächste. »Was hat der 16. mit dem 19. Zu tun? Da liegen drei Tage zum Ausruhen dazwischen.«

Josch wollte es erklären, kam aber nicht mehr zu Wort. Nach hitzigen Diskussionen, ob nur die Aktiven oder auch die Altköche teilnehmen sollten, kam plötzlich die Idee auf, dass auch die Frauen der Köche teilnehmen sollten. Bevor die Streitgespräche weiter ausuferten, wurde dieser Tagesordnungspunkt ergebnislos verschoben und die Menüfrage wieder aufgegriffen. Um Mitternacht lagen sechs Vorschläge vor, zu denen es vierzehn Meinungen gab. Verzweifelt schloss der Vorsitzende die Sitzung und legte ein neues Treffen fest, das eine Woche später stattfinden sollte.

Bei der nächsten Zusammenkunft erklärte Josch, dass der vereinbarte Termin nun deshalb doch nicht stattfinden könne, weil Staatsanwältin Sommer ausgerechnet an diesem Tag ihr Abschiedsfest bei einem Sternekoch in Blieskastel geplant habe; dem könne er unmöglich fernbleiben.

»Erst Marion, jetzt die Staatsanwältin«, moserte Gerald. »Richtest du dein ganzes Leben nach Frauen aus?«

Nach lebhaften Diskussionen zu diesem Thema hatte schließlich Zahnarzt Dr. Martin eine zündende Idee und eine Lösung parat.

»Abschlussfest beim Sternekoch«, meinte er. »Da sind die ersten drei Ruhestandsgehälter weg, bevor die Staatsanwältin überhaupt im Ruhestand ist.«

»So schlimm wird das nicht«, entgegnete Josch. »Es sind nur sechs oder sieben Personen eingeladen.«

»Ach du lieber Gott!«, lachte Etsch. »Was ist denn das für eine Abschlussparty? Für eine Handvoll Leute? Soll das ein Witz sein? Da ist ja auf der Geburtstagsparty meines Wellensittichs mehr los!«

»Hm«, grübelte der Apotheker. »Was haltet ihr davon, wenn die Staatsanwältin mit ihren paar Leuten ihr Abschiedsessen mit unserem Fest zusammenlegt und das Geld bei uns investiert? Beim Sternekoch ist sie mit Getränken auch für so wenige Leute locker mal zwei Mille los; das machen wir für die Hälfte. Im Übrigen herrscht in unsrer Vereinskasse eine ziemliche Ebbe. Naja, und Josch wäre damit auch geholfen.«

Nach eingehenden Diskussionen wurde die Idee schließlich für gut befunden und der Teilnehmerkreis angesichts des neuen Konzepts um etliche Personen erweitert; am Ende standen nicht weniger als vierzig Personen auf der Liste. Offen blieb dagegen, was bei so vielen Gästen auf den Tisch kommen sollte.

»Leute«, stöhnte der Apotheker. »Ihr treibt mich in den Wahnsinn! Nächstes Treffen ist übermorgen! Bis dahin macht ihr euch Gedanken! Uns läuft die Zeit davon!«

Zwei Tage später erklärte Josch, dass Daniela Sommer von dem Vorschlag begeistert sei und sich bereit erklärt habe, die kompletten Kosten für das Fest zu übernehmen. Diese Mitteilung animierte Roland zu der Feststellung, dass man darauf einen trinken müsse. Dem Antrag wurde stattgegeben.

Da sich die Köche zwischen Spanferkel und Prager Schinken nicht einigen konnten, wurde beschlossen, beides anzubieten; dazu eine Gemüselasagne für die vegetarisch orientierten Gäste.

Roland und Etsch wurden auserwählt, sich um den Aperitif zu kümmern, Ralf war für das Equipment zuständig und der Rest der Truppe teilte sich die Besorgung der Zutaten auf. Josch sollte für den Aufbau der Tische, Zelte und Sitzgelegenheiten zuständig sein und sich jemanden besorgen, der ihn dabei unterstützte. Einigermaßen enttäuscht, beschwerte er sich über die ihm zugeteilte Aufgabe und erhielt vom Apotheker eine tröstende Antwort.

»Einer muss schließlich das Grobe übernehmen, und das kannst du am besten.«

»Außerdem kannst du da nicht viel verkehrt machen«, ergänzte der Zahnarzt, was Joschs Laune nicht gerade zuträglich war.

* * *

Nach zehn hektischen Tagen der Vorbereitung war der Tag des Sommerfestes endlich gekommen.

Ab 11 Uhr trudelten die Gäste ein, aber es wurden wesentlich mehr, als eingeladen waren. Die private Veranstaltung hatte sich irgendwie rumgesprochen und vor allem Joschs Nachbarn vom Köppchen gingen anscheinend davon aus, dass das ganze Dorf eingeladen war. Zurückgewiesen wurde niemand, und die Köche hatten alle Hände voll zu tun, um die hungrigen Mäuler zu stopfen und die durstigen Kehlen zu versorgen.

Es wurde ein tolles Fest, an dem alle viel Freude hatten, vor allem Daniela Sommer, die immer wieder betonte, dass sie sich eine schönere Abschiedsfeier nicht hätte vorstellen können, auch wenn sie die meisten Gäste überhaupt nicht kannte.

Wie üblich bildeten sich zunächst diverse Grüppchen, die ihre eigenen Themen diskutierten. Die Frauen, die Fußballfans, die Leute vom Köppchen oder die politisch engagierten, die sich um den Bürgermeister scharten. Beim Essen durchmischten sich die Gruppierungen und lobten einheitlich die ausgezeichnete Küche.

Endlich erschienen auch Katja Reinert und Sam Wolff auf dem Festgelände, wurden herzlich begrüßt und sofort umzingelt. In der Folge drehten sich die Gespräche fast ausschließlich um die Auflösung des Falles und den Tod von Kochbruder Alfred.

»Jetzt mal Hand aufs Herz!«, forderte Katja Reinert irgendwann. »Wer von euch beiden hat den Zettel unter meine Tür geschoben? Josch oder Toni?«

»Ich wars!«, gestand Toni. »Notgedrungenermaßen musste ich herhalten, weil Josch sich nicht hätte aus dem Haus schleichen können, ohne dass es Marion aufgefallen wäre.«

»Ach!«, staunte Sam. »Und Daniela ist nicht stutzig geworden?«

»Äh nein … das heißt: doch, aber …«

»Will heißen, dass sie mit euch unter einer Decke gesteckt hat«, brachte es Katja Reinert auf den Punkt.

»Habe ich!«, gab Daniela Sommer zu. »Ja, und die Erstanalyse der Ingenieurverträge hat Toni auf mein Drängen hin vorgenommen. Irgendwie mussten wir schließlich weiterkommen!«

Marion traute ihren Ohren nicht und regte sich fürchterlich auf.

»Ihr seid sowas von bescheuert! Das heißt, dass alle mitgemacht haben, nur ich habe nichts davon mitbekommen. Das ist total unfair … boah, ich könnte euch alle umbringen!«

»Lass mal gut sein, das hatten wir schon«, beschwichtigte Daniela. »Beim nächsten Mal bist du dabei; versprochen!«

»Das hört sich nicht nach Ruhestand an!«, bemerkte Bürgermeister Huf. »Aber bitte nicht mehr in meiner Gemeinde! Sucht euch einen anderen Ort aus! Mir reichts langsam!«

»Stimmt!«, bestätigte der Apotheker. »Und Sie Herr Hauptkommissar, sollten aufpassen, falls Sie mal in die Verlegenheit kommen, meine Apotheke aufsuchen zu müssen. Nach all den Verdächtigungen sind meine Mitarbeiterinnen und

Mitarbeiter nicht sonderlich gut auf Sie zu sprechen. Nicht, dass Sie hinterher nicht mehr vom Klo runterkommen.«

»Und bei mir kann es sein, dass es weh tut«, ergänzte der Zahnarzt trocken.

»Begrabt das Kriegsbeil!«, forderte Katja Reinert. »Sam hat hervorragende Arbeit geleistet. Wo gehobelt wird, fallen nun mal Späne!«

»Wow!«, rief Josch lachend. »Unser lieber Sam hat in Katja einen echten Fan gefunden. Hey Sam, du hast bei ihr ja einen richtigen Stein im Brett!«

»Brett oder Bett?«, funkte Kochbruder Gerald dazwischen.

»Was ist denn nun?«, fragte Josch und fiel mit der Tür ins Haus. »Seid ihr nun ein Paar oder nicht?«

Betroffenes Schweigen, während alle gespannt auf eine Antwort warteten, und Sam erwartungsvoll zu Katja rüber schaute.

»Ich kann nur sagen, dass ich gestern trotz Einladung nicht auf dem Betzenberg in Kaiserslautern war«, erklärte Sam schließlich.

»Was soll ich jetzt damit anfangen?«, fragte Josch. »Was hat das Ganze mit dem Spiel gegen Elversberg zu tun?«

»Sam hat eine neue Flamme«, klärte Katja Reinert auf. »Eine junge hübsche Kommissarin von der Polizeidirektion Kaiserslautern. Die ist ganz heiß auf ihn und …«

»So ein Blödsinn!«, wehrte sich Sam. »Ich habe gar nix mit der! Katja ist eifersüchtig, das ist alles!«

»Hm, das ist interessant«, grübelte Toni. »Eifersucht hat etwas mit Verlustangst zu tun, was wiederum bedeutete, dass …«

»Klugscheißer!«, unterbrach Daniela Sommer. »Es gibt auch Menschen, die haben Angst vor Arbeitsplatzverlust, obwohl ihnen ihr Job überhaupt keinen Spaß macht.«

»Oder Angst, ihren Geldbeutel zu verlieren, obwohl da gar nix drin ist«, stellte Kochbruder Roland lapidar fest.

Das Thema wurde weiter diskutiert, ohne dass etwas Sinnvolles dabei rauskam.

»Macht euch über uns mal keine Gedanken«, schlug Katja Reinert schließlich vor. »Wenn es soweit ist, geben wir euch Bescheid.«

»Das will ich dann aber vor allen anderen wissen!«, forderte Marion.

»Wir kochen auch etwas Leckeres für euch!«, erklärte Josch.

Der Zahnarzt, der Apotheker und alle anderen Kochbrüder schauten sich betroffen an. Schließlich ergriff Kochbruder Andreas das Wort.

»Du besser nicht, Josch!«

ENDE

Danksagung

Mir sind Danksagungen am Schluss eines Buches einerseits wichtig, andererseits ein Gräuel.

Im schlimmsten Fall vergesse ich jemanden und bin um einen Freund oder eine Freundin ärmer. Die gleiche Gefahr besteht bei einer unglücklichen Wahl der Reihenfolge der zu nennenden Personen oder noch schlimmer: Ich schreibe den Namen falsch oder erwische den falschen Vornamen.

Über die Dauer eines Lebenswerkes droht dem Autor die Vereinsamung, wobei das Schreiben ohnehin kein Job ist, den man in Gruppenarbeit erledigt, und auf lange Sicht gibt es im stillen Kämmerlein ein Kommunikationsdefizit, sofern man das nicht durch Leseveranstaltungen kompensiert.

Aus vorgenannten Gründen ziehe ich es vor, mich ganz allgemein bei denen zu bedanken, die mir die Vorlagen aus den Verrücktheiten des Lebens und des Alltags unfreiwillig nach Hause geliefert haben.

Damit sind nicht nur Verwandte, Freunde, Bekannte, Kochbrüder und viele andere gemeint, sondern auch Menschen, die mich gar nicht kennen und von deren Existenz ich erst aus Presse, Funk und Fernsehen erfahren habe.

In Bauskandale verwickelte Personen, Politiker mit zweifelhaftem Ruf, Amtsträger, die es mit der Wahrheitsfindung oder Interpretation von Eigentum und Besitz nicht so genau nehmen, sind brauchbare Fundgruben und ihre Missetaten gute Grundlagen, um daraus etwas zu stricken, was am Ende zu einem Kriminalroman führt.

Ich will durch meinen Dank diese Schufte natürlich nicht entschuldigen oder gar in ein positives Licht setzen, das wäre doch zu viel des Guten, aber ich muss anerkennen, dass diese Leute bisweilen auf Ideen kommen, die einem Krimiautor von alleine nicht einfallen würden. Dennoch möchte ich nicht mit ihnen tauschen!

Meinen Leserinnen und Lesern möchte ich selbstverständlich persönlich danke sagen! Jedem und jeder Einzelnen von Ihnen!

Ich wünsche Ihnen eine gute Zeit!

Ein herzliches Dankeschön gilt meiner Frau Marion und meinem Sohn Nils. Danke für die Geduld, die ihr mit mir hattet und für die kritischen Anmerkungen; ihr habt dem Manuskript einen guten Feinschliff verpasst und mich ermutigt, weiterzumachen.

Klaus Brabänder, im Juni 2024

Nachwort

Es hat zugegebenermaßen etwas gedauert, bis ich Ihnen dieses Buch präsentieren konnte – nun ist es endlich soweit!

Die Zeitverzögerung ist einfach zu erklären:

Ich war geschockt über die Mitteilung meines Verlegers, dass er seinen Verlag in der alten Form nicht mehr weiterführen werde. Das traf mich wie ein Blitz aus heiterem Himmel, zumal mich die Nachricht mit einer lapidaren Mail erreichte – und das nach über zehn Jahren erfolgreicher und vertrauensvoller Zusammenarbeit.

Der Schock saß so tief, dass ich über Wochen und Monate keinerlei Lust verspürte, einen neuen Kriminalroman zu schreiben; es ging einfach nicht.

Meine liebe Frau und einige Freunde haben mich zunächst in Ruhe gelassen und dann »bearbeitet«. Deren Überzeugungskraft war groß und mittlerweile wurde ich auch von meinen Fans immer wieder auf mein nächstes Werk angesprochen und gedrängt. Irgendwann kam ich zu dem Schluss, dass ich meine Leserschaft nach zehn erfolgreichen Jahren und ebenso vielen Kriminalromanen wegen des eigenen Frustes nicht einfach vor den Kopf stoßen darf, und siehe da: Die Lust am Schreiben kam zurück und mit ihr auch neue Ideen.

Wie immer war mir auch für dieses Werk die reelle Welt eine wichtige Vorlage für die Ausarbeitung der Handlung und der Figuren.

Die meisten Personen sind zwar erfunden, und Namensgleichheiten zu reellen Personen reiner Zufall, aber rund ein Drittel meiner Figuren gibt es im reellen Leben unter den aufgeführten Namen tatsächlich. Es sind liebe Menschen aus meinem persönlichen Umfeld, die gerne ihr Einverständnis gegeben haben.

Auch der Klub kochender Männer, die Artistes Culinaires Elversberg (ACE) entspringt nicht meiner Fantasie, ebenso wenig wie dessen Mitglieder, mit Ausnahme von Alfred Koch.

Selbst den Wiener Kriminalinspektor und seine Lebensgefährtin gibt es tatsächlich; ich habe sie im Urlaub in der Karibik kennenlernen und seinen Wiener Dialekt genießen dürfen, was nicht immer einfach war.

Sollten Ihnen gewisse Handlungsmuster aus Verwaltung oder Politik bekannt vorkommen, dann haben Sie ein gutes Gespür für den alltäglichen Wahnsinn der Bürokratie.

Nun möchte ich Sie nicht weiter daran hindern, in die Handlung einzusteigen, und wünsche Ihnen viel Freude beim Lesen.

Klaus Brabänder, im Juni 2024

KBV KRIMINALROMAN

Franziska Franke

SHERLOCK HOLMES AN DER SAAR

Taschenbuch, 296 Seiten
ISBN 978-3-95441-676-9
14,00 EURO

Mörderjagd im Saarland

Als Sherlock Holmes einen alten Freund in St. Johann besucht, dem heutigen Saarbrücken, lernt er zufällig einen Arzt aus Mettlach kennen, der am Vortag ein geheimnisvolles Päckchen ohne Absender erhalten hat, in dem sich ein wertvoller, uralter Goldkelch befand. Dieses Rätsel schlägt Sherlock Holmes augenblicklich in den Bann, zumal er sofort ahnt, dass hinter der Sache weit mehr steckt, als es den Anschein hat.

Kaum sind der Meisterdetektiv und sein zeitweiliger Assistent, der Buchhändler David Tristram, in dem idyllischen Ort Mettlach angelangt, wird der Leichnam eines Unbekannten gefunden.

Es dauert lange, bis dessen Identität endlich geklärt werden kann. Auch bleibt er nicht der einzige Tote. Der ganze Ort ist in heller Panik, während Holmes in aller Ruhe angeln geht, da er hofft, einen der legendären Riesenwelse aus der Saar zu ziehen.

»Der Geist Arthur Conan Doyles schwebt über diesem Pastiche, hat die Autorin zu einer interessanten Handlung inspiriert, die dem genialen Helden an Spannung und Erzählweise gerecht wird.«

(KrimiLese zu »Sherlock Holmes und das Orakel der Runen«)

Tim Nicolas Zwick

ROT WIE SCHNEE

Taschenbuch, 320 Seiten
ISBN 978-3-95441-704-9
15,00 EURO

Mord im verschneiten Landhaus

Ein eiskalter Hauch von Agatha Christie in der Pfalz

Die nebelverhangenen Täler des verschneiten Pfälzer Walds bieten eine ungewöhnliche Kulisse für die Einweihungsfeier, zu der Wanda und Felix in ihr abgelegenes altes Herrenhaus eingeladen haben. Zu den Gästen zählt auch der in Ungnade gefallene Psychotherapeut Ares Rot.

Als ein Sturm die Feiergesellschaft einschließt, geschieht plötzlich ein Mord. Misstrauen und Angst bestimmen von da an das Handeln der Gruppe, denn jemand aus ihrer Mitte hat die Tat begangen. Mit psychologischem Geschick versucht Ares Rot herauszufinden, wer es war. Welche Rolle spielt die mysteriöse Wanda, die unbedingt in den Raunächten feiern wollte? Was hat das verschwundene Kind der ebenfalls anwesenden Vorbesitzer des Hauses mit dem Mord zu tun?

Es beginnt ein Wettlauf gegen die Zeit, gegen den Schneesturm und gegen den eigenen Verstand …

KBV KRIMINALROMAN